HELEN FIELDING

Bridget Jones – Verrückt nach ihm

Helen Fielding

Bridget Jones – Verrückt nach ihm

Roman

Aus dem Englischen von
Marcus Ingendaay

GOLDMANN

Die Originalausgabe erschien 2013 unter dem Titel
»Bridget Jones – Mad About the Boy«
bei Jonathan Cape, Random House, London.

Penguin Random House Verlagsgruppe FSC® N001967

2. Auflage
Filmbuchausgabe Februar 2025
Copyright © der Originalausgabe 2013 by Helen Fielding
Copyright © der deutschsprachigen Ausgabe 2014
by Wilhelm Goldmann Verlag, München,
in der Penguin Random House Verlagsgruppe GmbH,
Neumarkter Str. 28, 81673 München
produktsicherheit@penguinrandomhouse.de
(Vorstehende Angaben sind zugleich Pflichtinformationen
nach GPSR)

Umschlaggestaltung: UNO Werbeagentur, München
Umschlagmotiv: Cover © Universal Studios 2024
Redaktion: Martina Klüver
AB · Herstellung: ik
Satz: GGP Media GmbH, Pößneck
Druck und Bindung: GGP Media GmbH, Pößneck
Printed in Germany
ISBN: 978-3-442-49652-5

www.goldmann-verlag.de

Für Dash und Romy

INHALT

PROLOG

PROLOG

Donnerstag, 18. April 2013

14.30 Uhr. Soeben hat Talitha angerufen und mich wie immer auf ihre geheimniskrämerisch-aufgekratzte Art zugetextet. »Schatz, du sollst wissen, am 24. Mai ist mein Sechzigster. Natürlich nicht offiziell. Offiziell ist es nur ein ganz normaler Geburtstag. Und, bitte, sag auch keinem was von einer Party. Schließlich kann ich nicht jeden einladen. Ich will nur, dass du dir den Termin vormerkst.«

Bei mir sofort Panik. »Äähm, das ist ja super!«, brachte ich wenig überzeugend hervor.

»Bridget, es ist ausgeschlossen, dass du *nicht* kommst.«

»Die Sache ist nur die …«

»Was?«

»Am selben Abend feiert Roxster seinen Dreißigsten.«

Totenstille am anderen Ende der Leitung.

»Gut möglich, dass wir im Mai gar nicht mehr zusammen sind, aber falls doch, dann könnte es …« Ich wusste nicht weiter.

»Ich habe extra auf die Einladung geschrieben ›keine Kinder‹.«

»Immerhin wird er dreißig«, wehrte ich mich.

»War nur ein Witz, Schatz. Natürlich kannst du deinen Toyboy mitbringen. Ich organisiere schon mal eine Hüpfburg für ihn. Hoppla, bin wieder auf Sendung, muss weg, tschüssi!«

Versuchte, den Fernseher einzuschalten, um zu sehen, ob mich Talitha, wie so oft, live aus dem Studio angerufen hat, während gerade ein Filmbeitrag lief. Wie eine Blöde auf den Tasten herumgedrückt. Warum braucht man neuerdings drei Fernbedienungen mit neunzig Tasten, um die Glotze anzukriegen? Mein Verdacht: Die Dinger werden in verschmuddelten Jugendzimmern entwickelt, von pubertierenden Technikfreaks, die angetreten sind, den kompliziertesten Gebrauchsgegenstand aller Zeiten zu bauen. Soll sich der Normalmensch ruhig als Versager fühlen, ihnen ist das egal. Diese Pickelgesichter nehmen seelischen Schaden von globalem Ausmaß in Kauf.

Schmeiße Fernbedienungen genervt aufs Sofa, worauf Fernseher angeht und eine makellos gestylte Talitha zeigt, die sexy ein Bein übergeschlagen hat und interessanten Studiogast interviewt. Heute: ein dunkelhaariger Liverpool-Spieler mit offenbar geringer Frustrationstoleranz, der einen Spieler der Gegenmannschaft gebissen hat. Auch jetzt sieht er aus, als könnte er jeden Moment seine Zähne in Talitha schlagen, wenngleich nicht aus demselben Grund wie auf dem Platz.

Okay. Kein Grund zur Panik. Werde einfach meine bewährte Pro-und-Kontra-Tabelle erstellen? Also: Ist Roxsters Anwesenheit auf Talithas Party eine gute Idee?

ARGUMENTE DAFÜR, ROXSTER MITZUSCHLEPPEN:

- Rückzieher machen geht nicht. Das kann ich Talitha nicht antun. Sie ist meine Freundin seit *Sit Up Britain*-Zeiten – als sie die glamouröse Nachrichtensprecherin war und ich nur das Dummchen aus der Redaktion.

• Der Kontrast dreißigster gegen sechzigster Geburtstag könnte ganz lustig werden und den anderen vor allem ihre elende Mitleidstour vermasseln. Sie tun nämlich immer so, als sei für eine Frau »ab einem gewissen Alter« der Zug sowieso abgefahren, während gleich alte Männer angeblich aufpassen müssen, dass sie nicht von der Nächsten weggeangelt werden, ehe auch nur die Scheidung durch ist. Und Roxster ist so was von jung und morgenschön, dass ich mir einreden kann, mein eigenes Alter betrifft mich nicht mehr.

ARGUMENTE DAGEGEN, ROXSTER MITZUSCHLEPPEN:

• Roxster ist sein eigener Herr und will möglicherweise nicht als Witz auf zwei Beinen oder als passendes Anti-Aging-Mittelchen gesehen werden.

• Ü60-Fete mit lauter älteren Herrschaften könnte mich möglicherweise in ein falsches Licht rücken und Roxster abschrecken. Im schlimmsten Fall fühlt er sich sogar genötigt, unseren Altersunterschied zu thematisieren, obwohl ich doch so viel jünger bin als Talitha. Ehrlich gesagt will ich gar nicht wissen, wie alt ich wirklich bin. Wie Oscar Wilde so richtig sagte, ist 35 das perfekte Alter für eine Frau. Das stimmt. Nicht umsonst haben sich so viele Frauen dieser Meinung angeschlossen und werden ihr Leben lang keinen Tag älter.

• Vielleicht veranstaltet Roxster aber auch seine eigene Party, mit Grillen auf dem Balkon, Siebzigerjahre-Discomusik und massenhaft jungen Leuten, die diese Zeit gar nicht erlebt haben und Disco deshalb »voll retro« finden. Wahrscheinlich überlegt er gerade, wie er eine Einladung an mich vermeiden kann, damit seine Freunde nicht herauskriegen, dass er mit einer Frau zusammen ist, die seine Mutter sein könnte. Ja, sogar seine Großmutter! Schließlich kommen die Kids heutzutage immer früher in die Pubertät, mit all der hormonverseuchten Milch und so. Himmel, was soll das? Warum ziehe ich mich mit solchen Gedanken runter?

15.10 Uhr. Gaaah! Muss in zwanzig Minuten Mabel abholen, und die Reiswaffeln sind auch noch nicht eingepackt. Gaah! Jetzt klingelt auch noch das Telefon.

»Ich verbinde Sie mit Brian Katzenberg.«

Mein neuer Agent! Ich habe nämlich seit Neuestem einen Agenten. Allerdings komme ich garantiert zu spät zur Schule, wenn ich jetzt mit ihm spreche.

»Kann ich Brian später zurückrufen?«, trällerte ich in den Hörer und versuchte zugleich, die Reiswaffeln einhändig mit Margarine zu bestreichen, zusammenzuklappen und in einen Sandwichbeutel zu stecken.

»Es geht um das Drehbuch, für das Sie einen Produzenten suchen.«

»Ich bin … in einer Konferenz!«, sagte ich aufs Geratewohl, obwohl das natürlich Unsinn war. Nur Sekretärinnen können sagen, dass jemand in einer Konferenz ist, nicht dieser Jemand selbst. Denn der sitzt ja in dem Meeting.

Also los zur Schule. Natürlich hätte ich am liebsten sofort erfahren, was es Neues an der Drehbuchfront gab. Brian hat das Manuskript bisher zwei Produktionsfirmen angeboten, beide Male mit einer Absage. Aber vielleicht hat ja jetzt einer angebissen.

Versuchung war übermächtig, Konferenz für beendet zu erklären und Brian anzurufen, entschied mich aber dagegen. Daran sieht man, was für eine gute Mutter ich bin. Man muss Prioritäten setzen.

16.30 Uhr. Fahrt zur Schule noch chaotischer als sonst. Erinnerte mich an eine Szene aus *Wo ist Walter?* Ein Wimmelbild mit einer Million grellgelb bemantelter Verkehrshelfer-Damen, Babys in Kinderwagen, Proleten in Lieferwagen und studierten Mums, die sich mit ihren dicken SUVs gegenseitig den Weg versperren. Dazu noch ein Fahrradfahrer mit einer Bassgeige auf dem Rücken und all die Öko-Muttis mit den Kinder-Rikschas für die Brut. Die ganze Straße war vollkommen dicht. Auf einmal kam eine Frau angerannt und schrie aufgeregt: »Platz da! Platz da! Denkt denn hier jeder nur an sich?«

Mir wurde klar, dass dort ein Unfall geschehen sein musste, und alle, auch ich, rangierten ihren Wagen hektisch auf den Bürgersteig und in anderer Leute Vorgärten, um eine Gasse für den Rettungswagen zu bilden. Als das erledigt war, wollte ich dann doch mal einen Blick auf die Unfallstelle riskieren, aber Fehlanzeige. Von Einsatzkräften nicht die geringste Spur! Da war nur diese aufgestylte Frau, die sich in ihren schwarzen Porsche pflanzte und über die nun freie Straße davonbrauste, das feiste, schuluniformierte Balg neben sich auf dem Beifahrersitz.

Als ich nach dieser ganzen Aufregung endlich an der Schule ankam, war Mabel (neben Thelonius, der gerade von seiner Mutter abgeholt wurde) das letzte Kind aus ihrer Klasse, das dort wartete.

Mit ihren großen ernsten Augen sah sie mich an.

»Hey, langsame Kröte«, sagte sie lieb.

»Wir haben uns schon gefragt, wo du bleibst«, meinte die Mutter von Thelonius. »Schon wieder vergessen, wann du hier sein sollst?«

»Aber nein. Hahah!«, sagte ich in Richtung von Thelonius-Mum. »Ich laufe schnell los und hol Billy!«

Vorher schob ich allerdings noch Mabel rasch ins Auto, wo ich mir fast den Rücken verrenkte bei dem Versuch, sie im Kindersitz anzuschnallen. Irgendwie bin ich nicht mehr so beweglich wie früher.

Vor dem Trakt für die Grundschüler fällt mir als Erstes

Nicolette auf. Nicolette, die Unerreichte. Nicolette ist unsere Elternvertreterin, die Supermum mit dem perfekten Haus, dem perfekten Mann, den perfekten Kindern. Das Einzige, das nicht ganz so perfekt ist, ist ihr Vorname. Der klingt nämlich verdächtig nach einem beliebten Nikotinersatzprodukt. Natürlich steht sie auch jetzt im Mittelpunkt der Mütter. Nicolette ist mal wieder wahnsinnig schick angezogen, die Haare mit dem Föhn perfekt gestylt, und sie trägt eine von diesen coolen megagroßen Handtaschen. Ich drängelte mich nach vorn, um das Thema des Tages mitzukriegen, da wirft sie verärgert die Haare zur Seite und rammt mir ihre Riesenhandtasche direkt ins Auge.

»Ich fragte ihn, warum Atticus in Fußball immer noch eine Vier hat. Dass der Junge in Tränen aufgelöst nach Hause kommt, scheint ihm völlig egal zu sein. Er meinte nur: ›Er hat eine Vier, weil er spielt wie ein Blinder. Sonst noch was?‹«

Ich blickte hinüber zum Thema des Tages, das heißt zu dem neuen Sportlehrer: durchtrainiert, etwas jünger als ich, kurzgeschorene Haare, vom Aussehen her fast wie Daniel Craig. Mürrisch musterte er eine Meute tobender Jungen, dann kam die Trillerpfeife, und er bellte: »He, ihr da, Schluss für heute. Ab in die Umkleide, oder es gibt einen Eintrag ins Klassenbuch.«

»Seht ihr?«, sagte Nicolette, als die Jungen im Laufschritt und in einer mehr oder weniger geraden Kolonne zurück ins Schulgebäude trabten. Dabei riefen sie im Takt zu Mr Wallakers Trillerpfeife: »Eins, Sir! Zwei, Sir!« Was ziemlich lächerlich war.

»Er sieht schon scharf aus«, sagte Farzia, die stets das Naheliegende im Blick hat und die ich von allen Schulmuttis die Netteste finde.

»Scharf vielleicht, aber verheiratet«, entgegnete Nicolette.

»Und Kinder hat er auch, obwohl man das nicht meinen würde.«

»Angeblich ein Bekannter vom Direktor«, mischte sich eine andere ein.

»Genau. Ist er überhaupt ausgebildeter Lehrer?«, geiferte Nicolette.

»Mummy!« Ich drehte mich um, und da stand Billy in seinem kleinen Blazer, mit wild zerzausten Haaren und heraushängendem Hemd. »Sie haben mich nicht für die Schachmannschaft aufgestellt.« Dieselben dunklen Augen wie sein Vater, nur diesmal voller Kummer.

»Ist doch egal, ob du in der Mannschaft bist oder nicht«, sagte ich und drückte ihn kurz. »Wichtig ist, wer du bist.«

»Das ist überhaupt nicht egal.« Gaah! Es war Mr Wallaker. »Der Junge muss eben mehr tun. Bei mir gibt es nichts geschenkt.« Im Weggehen hörte ich ihn maulen: »Nicht zu fassen, dieses Anspruchsdenken der Mütter an dieser Schule.«

»Oh, mehr tun?«, rief ich ihm hinterher. »Darauf wäre ich von selbst nie gekommen. Sie halten sich wohl für besonders schlau, Mr Wallaker. Ich meine: Sir!«

Er sah mich aus seinen eisblauen Augen an.

»Und was hat Schach eigentlich mit Leibeserziehung zu tun?«, fügte ich hinzu.

»Ich leite auch die Schach-Gruppe.«

»Wie schön! Ebenfalls mit Trillerpfeife?«

Das schien ihn kurz zu verwirren, dann sagte er: »Eros! Raus aus dem Blumenbeet, sofort!«

»Mummy.« Billy zog an meiner Hand. »Die aus der Schachmannschaft kriegen zwei Tage frei, für das Schachturnier.«

»Ich übe mit dir.«

»Aber du bist kacke in Schach.«

»Bin ich nicht. Ich bin sogar sehr gut in Schach. Ich habe dich geschlagen.«

»Hast du nicht.«

»Habe ich doch.«

»Hast du nicht.«

»Ich habe dich gewinnen lassen, weil du noch so klein bist«, platzte es aus mir heraus. »Außerdem war die Partie nicht fair, du hast Schachunterricht.«

»Warum kommen Sie nicht ebenfalls in den Unterricht, Mrs Darcy?« O Gott! Hatte Mr Wallaker etwa alles mitgehört? »Unsere Altersgrenze liegt zwar bei sieben, aber wenn wir Ihre geistige Entwicklung zum Maßstab nehmen, passt das schon. Hat Billy Ihnen auch die andere Neuigkeit erzählt?«

»Oh«, sagte Billy strahlend. »Ich habe Läuse!«

»Läuse?« Entgeistert starrte ich ihn an und griff mir unwillkürlich in die Haare.

»Ja, Läuse. Alle haben sie, die ganze Klasse. Ich schätze mal, jetzt rufen unsere Nord-Londoner Edelmuttis den nationalen Notstand aus und kontaktieren umgehend ihren Hairstylisten, obwohl man sie mit einem Nissenkamm problemlos entfernen kann. Nur sollten Sie die eigenen Haare nicht vergessen.«

O Gott, deswegen kratzt sich Billy neuerdings dauernd am Kopf. Ich gebe zu, ich habe nicht darauf geachtet, weil ich auch so schon genug zu tun habe. Mein eigene Kopfhaut fing plötzlich ebenfalls leise an zu jucken, und die Gedanken ratterten. Wenn Billy diese Biester hat, dann haben sie sich wahrscheinlich auch bei Mabel und mir eingenistet. Was wiederum bedeutet, dass … auch Roxster sie hat.

»Alles in Ordnung?«

»Ja, klar, alles prima!«, sagte ich. »Alles bestens. Wiedersehen, Mr Wallaker.«

Zog dann ab, mit Billy und Mabel an der Hand. Doch dann

meldete sich mein Handy mit einer neuen SMS. Setzte also schnell die Brille auf. SMS war von Roxster.

<Bist du heute Morgen überhaupt aus dem Bett gekommen, mein Schatz? Soll ich den Bus nehmen und einen Shepherd's Pie mitbringen?>

Gaaah! Ich kann Roxster überhaupt nicht gebrauchen, solange es bei uns aussieht wie auf einer Entseuchungsstation. Andererseits, wie krank ist das denn? Nur weil im Haus Kopfläuse grassieren, sagt man doch keinem Toyboy ab. Warum bringe ich mich dauernd in so einen Schlamassel?

17.00 Uhr. Zurück in unserem kleinen Reihenhaus. Sofort breitet sich das übliche Chaos aus: Rucksäcke, Zeichenblöcke mit zerknickten Bildern, zermatschte Bananen plus Nissenbekämpfungsset aus der Apotheke. Vorbei an dem zunehmend überflüssigen Wohn/Arbeits-Bereich mit der Schlafcouch und den leeren Umzugskartons polterten alle runter in die warme, vollgemüllte, gemütliche Souterrain-Wohnküche, wo wir uns meistens aufhalten. Ich setzte Billy an seine Hausaufgaben, und Mabel durfte mit ihren Familie-Hase-Püppchen spielen, während ich mich an den Herd stellte und die Spaggi-Bolo machte. War vollkommen überfordert damit, was ich Roxster zurücksimsen sollte, vor allem: Sollte ich das mit den Läusen erwähnen?

17.15 Uhr. Lieber nicht.

17.30 Uhr. O Gott, jetzt habe ich geschrieben: <Hätte dich liebend gern hier, muss aber arbeiten.> Im selben Moment sprang Mabel auf und krähte das bei Billy verhasste *Forget-about-the-money-money-money*. Dann klingelte auch noch das Telefon.

Ich hechtete zum Apparat, zeitgleich mit Billy, der schrie: »Mabel, halt die Klappe!« Und im Hörer hauchte eine Telefonistin: »Ich habe Brian Katzenberg für Sie.«

»Ähm, könnte ich Brian vielleicht zurückrufen, so in …«

»*Ba-Bling, Ba-Bling*!«, sang Mabel und scheuchte Billy um den Tisch.

»Ich verbinde Sie mit Brian …«

»Nein, das geht jetzt nicht, ich …«

»Mabel!«, schrie Billy. »Hööör auf!«

»Ruhe, ich telefoniere!«

»Heyyyyyy!«, meldete sich Brians überoptimistische Stimme. »Also: Es gibt Neuigkeiten. Greenlight Productions ist an einer Option auf das Drehbuch interessiert.«

»Was?«, sagte ich, während mein Herz einen Satz machte. »Heißt das, sie wollen es verfilmen?«

Darüber musste Brian erst einmal lachen: »Wir sind hier im Filmgeschäft! Sie zahlen dir zunächst nur eine kleine Summe, und du bekommst Gelegenheit, den Stoff zu entwickeln, und später dann …«

»Maaamii! Mabel hat ein Messer in der Hand!«

Ich hielt die Sprechmuschel zu und zischte: »Mabel, gib mir das Messer! Auf der Stelle!«

»Hallo? Hallo?«, hörte ich Brian. Und: »Laura, ich glaube, Bridget ist weg.«

»Nein, ich bin noch da«, sagte ich und versuchte, Mabel zu erwischen, die ihrerseits mit dem Messer hinter Billy her war.

»Sie wollen dich am kommenden Montag gegen Mittag zu einem Vorgespräch treffen.«

»Montag? Wunderbar!«, sagte ich und entwand Mabel das Messer. »Vorgespräch, ist das so etwas wie ein … Vorstellungsgespräch?«

»Maaamii!«

»Schhh!« Ich scheuchte die Kinder aufs Sofa und nahm den Kampf mit den Fernbedienungen auf.

»Es gibt da ein paar Punkte an dem Drehbuch, über die sie gerne mit dir reden wollen, ehe die endgültige Entscheidung fällt.«

»Na schön«, sagte ich und war irgendwie beleidigt. Von Anfang an hatten sie etwas zu meckern, das ging ja gut los. Trotzdem hätte mich natürlich interessiert, was das für »Punkte« waren.

»Vergiss nicht, sie suchen keinen …«

»Maaamii, ich blute!«

»Soll ich später noch einmal anrufen?«

»Nein, das geht schon«, sagte ich mit wachsender Verzweiflung, denn gleichzeitig plärrte Mabel: »Hol einen Krankenwagen!«

»Was wolltest du sagen?«

»Ich wollte sagen, was sie nicht wollen, ist ein Neuling, der nur Theater macht. Also sieh zu, dass du ihnen maximal entgegenkommst. Mach einfach alles so, wie sie es wollen.«

»Okay, ich soll nicht rumzicken?«

»Genau«, sagte Brian.

»Mein Bruder stirbt!«, schluchzte Mabel.

»Ähm, alles in Ordnung bei euch?«

»Sicher, könnte gar nicht besser gehen. Dann bis Montag, zwölf Uhr«, sagte ich, während Mabel schrie: »Ich habe meinen Bruder umgebracht!«

»Gut dann«, sagte Brian nervös. »Die Einzelheiten mailt dir Laura noch.«

18.00 Uhr. Endlich hatte sich der Rabatz gelegt. Der mikroskopisch kleine Kratzer an Billys Knie war mit einem Superman-Pflaster notversorgt, Mabel hatte auf ihrer Benimmkarte ein paar Minuspunkte mehr, und Spaggi-Bolo füllte die Kindermägen. In meinem Kopf aber überschlugen sich die Gedanken wie bei einem Ertrinkenden, nur positiver. Was sollte ich bloß zu diesem Vorgespräch anziehen? Bekam ich demnächst vielleicht einen Oscar für das beste adaptierte Drehbuch? Moment mal: Hatte Mabel montags nicht früher frei, und wie sollte ich da die Kinder von der Schule abholen? Und schließlich: Was trug man bei einer Oscar-Verleihung, und sollte Greenlight Productions erfahren, dass Billy Läuse hatte?

20.00 Uhr. *Entdeckte Kopfläuse: 9; davon voll ausgebildet: 2; Nissen: 7 (sehr gut)*

Habe gerade die Kinder gebadet und Haare nach Nissen durchgeharkt, was sogar Spaß machte. Bei Billy 2 Kopfläuse und 7 Eier hinter den Ohren. 2 hinter einem und ein ganzes Nest (5) hinter dem anderen. Befriedigendes Gefühl, wenn die kleinen schwarzen Dinger am Nissenkamm hängen bleiben. Mabel war sauer, weil sie keine hatte, beruhigte sich aber, nachdem sie mich durchkämmen durfte und ich ebenfalls keine hatte. Doch dann schwenkte Billy triumphierend den Nissenkamm und rief: »Ich habe sieben!« Worauf Mabel anfing zu heulen und erst aufhörte, als Billy ihr drei von seinen ins Haar legte und Mabel daher gleich noch einmal gekämmt werden musste.

21.15 Uhr. Kinder sind endlich im Bett. Das geplante Meeting mit Greenlight Productions lässt mir keine Ruhe. Bin professionelle Drehbuchautorin und gehe zu einem Meeting! Werde vermutlich das marineblaue Seidenkleid anziehen und mir vorher noch beim Friseur die Haare perfekt föhnen lassen, trotz Mr Wallakers schnöseliger Bemerkung über Hair-stylisten. Ich ignoriere auch den nagenden Verdacht, dass zwanghafte Föhn-Aufdonnerung Frauen wie mich allmählich in affektierte, schräge Tussis verwandelt. So wie im Rokoko, als man nur noch mit gepuderter Perücke aus dem Haus ging.

21.21 Uhr. Frage mich aber, ob Föhn-Aufdonnerung mora-lisch vertretbar ist, wenn in meinem Skalp noch unentdeckte Nissen lauern könnten, die nur darauf warten, mit ihrem sie-bentägigen Entwicklungszyklus loszulegen.

21.25 Uhr. Ist es nicht. Es ist moralisch überhaupt nicht ver-tretbar, ja geradezu unverantwortlich. Sollte Mabel und Billy vielleicht auch eine Weile von anderen Kindern fernhalten.

21.30 Uhr. Auch Roxster hat ein Recht, die ganze eklige Wahrheit über den Streichelzoo auf meinem Kopf zu erfah-ren, denn Lügen haben in einer Beziehung keinen Platz. Na ja, vielleicht ist das hier die Ausnahme. Wen jucken schon ein paar Läuse?

21.35 Uhr. Nissen werfen somit eine Vielzahl moralischer Fragen auf.

21.40 Uhr. Gaah! Bin gerade meinen kompletten Kleider-schrank durchgegangen (d.h. den Haufen Klamotten auf meinem Spinning-Bike) plus alle aktuellen Outfits – und kann das marineblaue Seidenkleid nicht finden. Habe jetzt nichts für das Meeting. Nichts. Woran liegt es eigentlich, dass in dem Berg von Sachen nichts ist, das man zu wichtigen Anlässen tragen kann?

Nehme mir vor, demnächst Inventur zu machen, statt mir

allabendlich den Reibekäse reinzustopfen und mich mit Wein abzufüllen. Alles, was ich ein Jahr lang nicht angehabt habe, verschenke ich an die Armen, und der Rest kommt – nach Farben sortiert – in einen Schrank. Mit diesen zeitlosen Basics dürfte die morgendliche Kleiderwahl künftig die reine Freude sein und nicht mehr in hektisches Grabbeltischgewühle ausarten, so wie jetzt. Und in der gewonnenen Zeit (20 Minuten mindestens) werde ich auf meinem Spinning-Bike trainieren, denn das Ding ist ja eigentlich kein Kleiderschrank, sondern ein Trainingsgerät.

21.45 Uhr. Könnte sogar noch einen Schritt weiter gehen und *nur* noch das Seidenkleid tragen, so ähnlich wie der Dalai Lama, bloß in Blau. Dazu muss ich es aber erst einmal finden. Wahrscheinlich hat jedoch selbst der Dalai Lama mehrere Gewänder oder einen speziellen Reinigungssklaven, der auf Knopfdruck angerannt kommt. Mit Sicherheit bunkert er in seinem Schrank keine Spontankäufe von Topshop, Oasis, ASOS, Zara etc. – Sachen, die ich zwar mal gekauft, aber nie getragen haben.

21.46 Uhr. Und er feuert sie auch nicht aufs Spinning-Bike.

21.50 Uhr. Gerade nach den Kindern geschaut. Mabel schlief, und wie immer lag ihr Gesicht versteckt unter lauter Haaren, was aussieht, als hätte sie den Kopf falsch herum auf. Mit dabei ihre Puppe Sabbelina. Der Name ist vermutlich ein Verhörer aus *Sabrina – total verhext.* Das glauben jedenfalls Billy und ich. Aber Mabel findet den Namen gut.

Dann Billy auf die heiße Wange geküsst, auch er mit seinen geliebten Schlafkameraden Mario, Horsio, Puffles Eins und Puffles Zwei. Zwischendurch hob Mabel den Kopf und sagte: »Schönes Wetter heute«, ehe sie wieder ins Kissen sank.

Ich sah die beiden an, lauschte ihren rasselnden Atemzügen, ehe mich der alte Gedanke wieder anfiel: »Wenn doch bloß…« Das alles kam so unerwartet und ohne Vorwarnung. »Wenn doch bloß…« Und mit den Erinnerungen waren auch der Kummer und die Traurigkeit plötzlich wieder da und schlugen über mir zusammen wie eine große graue Tsunamiwelle.

22.00 Uhr. Ging dann wieder nach unten in die Küche, aber das machte es nicht besser. Alles war so still, einsam und leer. »Wenn doch bloß…« Schluss jetzt, das kann ich mir nicht erlauben. Also erst einmal den Wasserkessel aufgesetzt. Ich war lange genug in diesem Schattenreich, da will ich nie wieder hin.

22.01 Uhr. Gott sei Dank, es klingelt an der Tür. Wer kann das bloß sein um diese Uhrzeit?

HAUFENWEISE FLACHWICHSER

Donnerstag, 18. April 2013 (Fortsetzung)
22.45 Uhr. Tom und Jude. Beide waren zu wie eine Handbremse und kamen kichernd in den Flur gestolpert.

»Können wir mal kurz deinen Laptop benutzen? Wir waren gerade im Dirty Burger und…«

»Ich wollte mit meinem iPhone auf PlentyofFish.com gehen, aber wir können uns über Google kein Foto runterladen, deshalb dachten wir…« Und schon klapperte Jude in Highheels und Business-Kostüm nach unten in die Küche, während mich Tom (immer noch ohne ein einziges graues Haar, immer noch unheimlich attraktiv, immer noch unfassbar schwul) mit übertriebener Geste auf die Wange küsste.

»Muahh, Bridget! Hast du etwa abgenommen?«

(Das fragt er mich seit fünfzehn Jahren, fragte es sogar, als ich im neunten Monat schwanger war.)

»Sag mal, hast du noch Wein im Haus?«, rief Jude von unten aus der Küche.

Wie sich herausstellt, wurde Judes Profil gestern auf einer Internet-Dating-Seite entdeckt, und zwar ausgerechnet von ihrem widerlichen Ex, genannt Richard, der Fiese. Jude herrscht zwar souverän über das Kurskarussell an der Londoner Börse, bringt es aber fertig, das durchgedrehte Geschehen auf dem Parkett direkt auf ihr Liebesleben zu übertragen.

»Man muss sich das mal vorstellen«, sagte Tom. »Nicht nur, dass dieser niederträchtige Flachwichser und Beziehungsphobiker ewig mit ihr gespielt hat, ehe er sie heiratete und zehn Monate später wieder verließ, nein, jetzt schreibt er ihr auch noch eine beleidigte Nachricht, weil sie auf PlentyofFish ist. Typisch Richard! Jude, zeig doch mal, was er geschrieben hat.«

Konfus drückte Jude auf dem Touchscreen ihres Smartphones herum. »Shit, jetzt finde ich es nicht mehr. Er hat es gelöscht. Kann man eigentlich seine eigene Nachricht wieder löschen, nachdem man sie…«

»Gib mal her. Wie auch immer, der Punkt ist, dass er sie erst beleidigt und dann blockt, damit sie nicht antworten kann…« Tom lachte. »Aber jetzt haben wir uns überlegt…«

»Wir haben uns überlegt, dass wir auf PlentyofFish ein Fake-Profil erstellen«, beendete Jude den Satz.

»PlentyofÄrsche passt wohl eher«, schnaubte Tom.

»Noch besser: PlentyofFlachwichser. Und mit dem erfundenen Mädchen machen wir ihn fertig«, sagte Jude.

Wir drei quetschten uns aufs Sofa, und Tom durchsuchte Google nach fünfundzwanzigjährigen Blondinen, deren Foto wir in das Profil einfügen konnten, während wir uns launige Antworten für den Fragebogen überlegten. Wünschte, Shazzer wäre da gewesen. Sie hätte ihre feministische Platte abspielen können, statt im Silicon Valley zu sitzen und als Dotcom-Start-up die fette Kohle zu machen. Entgegen jeder Erwartung ist sie heute übrigens mit dem passenden Dotcom-Ehemann verheiratet.

»Was liest denn unsere Kleine so?«, fragte Tom.

»Schreib ›Was soll die Frage? Dafür bin ich nicht hier««, sagte Jude. »Immer dran denken: Männer lieben verdorbene Luder.«

»Oder schreib: ›Bücher, wass'n das?‹«, schlug ich vor, hatte dann aber Bedenken. »Moment mal, Leute, verstößt das nicht gegen die Online-Dating-Richtlinien? Stand da nicht irgendwo, man soll nur ehrliche, ernst gemeinte Angaben machen?«

»Das ist es ja gerade. Unsere Seite wird krass daneben und herrlich pervers sein«, sagte Tom, mittlerweile ein ziemlich angesehener Psychologe. »Außerdem gilt das nicht bei Flachwichsern.«

Ich war so froh, dem großen grauen Elends-Tsunami entronnen zu sein und mich als Racheengel auf PlentyofFish aufschwingen zu können, dass ich meine eigenen Neuigkeiten beinahe vergaß. »Habt ihr schon gehört? Greenlight Productions will mein Drehbuch verfilmen«, platzte es aus mir hervor.

Anfangs sahen sie mich nur mit offenem Mund an, dann fragten sie mir ein Loch in den Bauch und brachen schließlich in Jubel aus.

»Wahnsinn!«, rief Jude. »Erst der Toyboy, dann das Drehbuch, manche kriegen einfach alles.«

Dann schob ich die beiden sanft zur Tür, weil ich müde war und ins Bett wollte.

Während Jude nach draußen wankte, blieb Tom noch kurz stehen und sah mich besorgt an. »Alles okay mit dir?«

»Ja«, sagte ich. »Es kommt nur alles ein bisschen schnell …«

»Dann mach langsam«, sagte er mit unerwarteter professioneller Nüchternheit. »Dir steht einiges bevor, wenn du mit den großen Jungs spielen willst. Auf dich warten nicht nur Besprechungen, sondern auch knallharte Deadlines und der ganze Kram.«

»Ich weiß, aber sagtest du nicht, ich sollte wieder anfangen zu schreiben?«

»Das stimmt. Trotzdem, du brauchst jemanden, der dich mit den Kindern unterstützt. Deine augenblickliche Euphorie hält nicht ewig. Natürlich ist es fantastisch, wie sich die Dinge entwickeln, aber im Innern bist du noch sehr verletzlich …«

»Tom!«, rief Jude, die auf der Straße ein Taxi gesichtet hatte und unsicher darauf zusteuerte.

»Du weißt, wo du uns findest, wenn du Hilfe brauchst«, sagte er. »Wir sind Tag und Nacht für dich da.«

22.50 Uhr. Denke noch einmal über »ehrliche, ernst gemeinte Angaben« nach und beschließe, Roxster anzurufen und ihm das mit den Läusen zu sagen.

22.51 Uhr. Obwohl, ein bisschen spät ist es schon.

22.52 Uhr. Und wenn ich jetzt anrufe, bauscht das die Sache mit den Nissen nur unnötig auf. Also besser eine SMS.

<Roxster?>

Die Antwort lässt nicht lange auf sich warten.

<Ja, Jonesey?>

<Ich habe dir doch gesagt, dass ich heute Abend arbeiten muss.>

<Stimmt, Jonesey.>

<Das war aber nicht der wahre Grund.>

<Ich weiß, Jonesey. Du kannst nicht mal per SMS lügen. Hast du etwas mit einem Jüngeren?>

<Nein, aber es ist nicht weniger peinlich. Es hat mit kleinen Krabbeltierchen zu tun, genauer gesagt mit einer Art von Insekten.>

<Bettwanzen?>

<Warm.>

<*Schreianfall des Empfängers, kratzt sich hysterisch am Kopf.* Doch wohl keine… Läuse?>

<Kannst du mir noch einmal verzeihen etc.?>

Kurze Pause, dann erneut SMS-Pling.

<Soll ich vorbeikommen? Bin in Camden?>

Mit so einer supernetten Reaktion hatte ich nicht gerechnet. Ich schreibe zurück.

<Ja, wenn dich die Läuse nicht stören.>

<Tun sie nicht. Ich habe sie gegoogelt: Die Viecher sind allergisch gegen Testosteron.>

DIE KUNST DER KONZENTRATION

Freitag, 19. April 2013

61 kg; Kalorien: 3.482 (schlecht); Anzahl von Nissen-Checks bei Roxster: 3; entdeckte Nissen: 0; Anzahl der Krabbeltierchen in Roxsters Essen: 27; Anzahl der Krabbeltierchen im Haus: 85 (schlecht); SMS an Roxster: 2; SMS von Roxster: 0; Rundmails von Eltern aus der Schule: 36; Zeitaufwand für Mail-Check: 62 Min.; Zeitaufwand für Verrücktmachen wg. Roxster: 360 Min.; Hin- und Herüberlegen, ob ich mich jetzt auf das Film-Meeting vorbereiten soll: 20 Min.; tatsächliche Vorbereitung: 0 Min.

10.30 Uhr. Okay, dann wollen wir mal. Bin dabei, meine Präsentation in Angriff zu nehmen. Bei dem Drehbuch handelt es sich um eine moderne Bearbeitung der berühmten norwegischen Tragödie *Hedda Gabbler* von Anton Tschechow, nur dass sie jetzt in London spielt. *Hedda Gabbler* war schon mein Spezialgebiet an der Uni in Bangor, obwohl ich im Examen letztlich leider nur eine Drei bekommen habe. Aber noch ist nicht aller Tage Abend!

10.32 Uhr. Konzentration ist jetzt ganz entscheidend.

11.00 Uhr. Hab mir gerade einen Kaffee gemacht und die Reste vom Frühstückstisch verputzt. Sehnsüchtige Gedanken an Roxster und gestern Nacht. Er kam um Viertel nach elf, sah herrlich aus in seiner Jeans und dem dunklen Pulli. Er hatte tatsächlich etwas zu essen mitgebracht und hielt grinsend und mit leuchtenden Augen die Tüte hoch: Shepherd's Pie von Waitrose, zwei Dosen Baked Beans und einen Ingwerkuchen Jamaica.

Mmmm… Wenn sein Gesicht so nah über mir ist und ich die Bartstoppeln seiner schönen Kinnpartie schon beinahe spüren kann, bin ich in einer anderen Welt. Die kleine Zahnlücke vorn kann man übrigens nur sehen, wenn man unten liegt. Diese starken nackten Schultern! Ich wachte mitten in der Nacht auf und merkte, dass Roxster mich zärtlich küsste, erst auf die Schulter, dann am Hals, an den Wangen, schließlich auf die Lippen, wobei sich an meinem Schenkel seine Erektion bemerkbar machte. O Gott, er ist so schön, er küsst so gut und weiß mich wirklich… zu nehmen… Mmm, mmm. Na gut, sollte jetzt aber lieber über feministische Positionen in *Hedda Gabbler* nachdenken… Ach was, es ist viel zu schön, es tut mir so gut, mir ist, als schwebte ich auf Wolke sieben. Trotzdem sollte ich endlich etwas tun.

11.15 Uhr. Musste plötzlich lachen, weil mir die abgedrehte Unterhaltung im Bett gestern Abend wieder einfiel.

»Oh, oh, oh, du bist so hart.«

»Ich bin so hart, weil ich dich will, Baby.«

»*Irre* hart…«

»*Du* machst mich hart, Baby.«

Aus irgendeinem Grund konnte ich dann ebenfalls nicht mehr an mich halten und keuchte: »Du machst *mich* hart.«

»Wie bitte?«, sagte Roxster, die Stimmung war dahin, und wir mussten noch einmal von vorn anfangen.

In seiner unbekümmerten Art machte sich Roxster über die Nissen-Invasion keine großen Gedanken, auch wenn wir natürlich im Sinne von Safer Sex als Erstes die Läuseharke zum Einsatz brachten. Roxster war super witzig, tat so, als würde er die Nissen aufessen, die er angeblich gefunden hatte, und küsste mich zwischendurch auf den Nacken. Als ich mit Kämmen dran war, war es mir aber zu peinlich, die Lesebrille aufzusetzen, also striegelte ich nur sein wundervoll dichtes Haar und hoffte auf das Beste, obwohl ich praktisch nichts sah. Zum Glück wollte Roxster die Prozedur so schnell wie möglich hinter sich bringen und alles Weitere ins Schlafzimmer verlegen, meine Blindheit fiel ihm gar nicht auf. Und ihn schützte möglicherweise schon sein Testosteron. Trotzdem, normal ist das nicht, aus lauter Eitelkeit die Brille nicht aufzusetzen, wenn es um Leben und Gesundheit meines geliebten Toyboys geht.

11.45 Uhr. Wo waren wir? Richtig, das Drehbuch. *Hedda Gabbler* ist für Frauen schon deshalb immer noch so aktuell, weil es zeigt, was passiert, wenn man sein Glück von einem Mann abhängig macht. Warum habe ich noch keine SMS von Roxster? Hoffe, es liegt nicht am Läuse-Zwischenfall.

An diesem Tag konnten wir ausnahmsweise gemeinsam frühstücken, weil Chloe, unser Babysitter, die Kinder zur Schule brachte. Chloe kam, kurz nachdem es passiert war, zu uns und kümmert sich seither um die Kinder, wenn ich selber nicht kann. Chloe ist so etwas wie die verbesserte Version meiner selbst: jünger, schlanker, größer, netter und kompetenter, was Kinder angeht. Außerdem hat sie einen altersgerechten Lebenspartner namens Graham. Trotzdem halte ich es für besser, wenn Roxster zunächst weder ihr noch den Kindern begegnet, zumindest nicht in dieser Phase, daher bleibt er im Schlafzimmer weggesperrt, bis alle aus dem Haus sind.

Frohgemut wollte er sich dann den ersten Löffel Müsli einverleiben, doch er spuckte den Papp gleich wieder in hohem

Bogen heraus. Zwar bin ich derlei gewöhnt, doch nicht von Roxster. Er hielt mir die Müslischale entgegen, und im Müsli regte sich vielfältiges Leben. Winzige Krabbeltierchen kämpften dort gegen ihren Ertrinkungstod in der Milch.

»Sind das Nissen?«, fragte ich entsetzt.

»Nein«, sagte er, »das sind Kornkäfer.«

Zugegeben, das war nicht komisch, trotzdem musste ich darüber lachen. Kornkäfer!

»Ist dir klar, wie es sich anfühlt, plötzlich eine Ladung von diesen Biestern im Mund zu haben?«, fragte er. »Ich hätte sterben können. Und was noch schlimmer ist, die auch.«

Als er die Schale korrekt in den Bio-Mülleimer entsorgte, folgte gleich der nächste Schock. »Ameisen!«, rief er. Tatsächlich verlief eine Ameisenstraße vom Keller bis hin zu ebenjenem Eimer. Und als er den Vorhang zurückschlug, erhob sich aus dem Stoff ein Wolke von Motten.

»Igitt! Bald hast du alle biblischen Plagen durch!«, sagte er.

Obwohl er lachen musste und mir in der Diele noch einen ziemlich erregenden Kuss auf die Lippen drückte, schwieg er sich über das bevorstehende Wochenende aus. Mich beschlich das dumme Gefühl, dass ihm irgendetwas an meiner Art der Lebensmittelaufbewahrung oder meinem System der Mülltrennung missfiel.

12.00 Uhr. Gaah! Es ist schon Mittag, und ich habe immer noch keinen einzigen brauchbaren Gedanken.

12.05 Uhr. Bis jetzt auch keine einzige SMS von Roxster. Vielleicht sollte *ich* ihm etwas schreiben? Entspricht jedoch nicht dem hergebrachten Sex-Knigge. Nach Beischlaf hat sich nämlich der Herr als Erster zu melden. Doch vielleicht wurden solche Feinheiten ebenfalls ein Fraß der Insekten.

12.10 Uhr. Egal. Zurück zu *Hedda Gabbler*.

12.15 Uhr. Gerade SMS abgeschickt: <Bitte verzeih die biblischen Plagen und dass ich darüber gelacht habe. Werde bis zum nächsten Mal das Haus einschließlich aller Bewohner ausräuchern lassen. Geht es dir gut?>

12.20 Uhr. Recht so. Hervorragend. Jetzt aber Hedda. Keine Antwort von Roxster.

12.30 Uhr. Immer noch nichts. Sieht ihm gar nicht ähnlich.

Mal meine Mails checken. Manchmal wechselt er aus reiner Angeberei das elektronische Medium.

Nein! E-Mail-Eingang ist überschwemmt mit Junk von Ocado, ASOS, SnappySnaps, Cotswold Holiday Cottages, mexikanischem Viagra, Links zu lustigen YouTube-Videos, Terminvorschlägen für Cosmatas Kindergeburtstagsparty bei Build-A-Bear und jeder Menge Elternmails, in denen es um die verbummelten Schuhe von Atticus geht.

Absender: Nicolette Martinez
Betreff: Atticus' Schuh
Gestern kam Atticus nach Hause und hatte zwei fremde Schuhe an, einen von Luigi, der andere ist auch nicht seiner, hatte aber kein Namensschild. Ich wäre euch sehr verbunden, wenn ich das vollständige Paar zurückbekommen könnte. Beide Schuhe sind klar und deutlich gekennzeichnet.

12.35 Uhr. Beschloss, mich an dem Schuh-Drama zu beteiligen, einmal wegen elterlicher Solidarität, zum anderen um mich von nerviger Arbeit abzulenken.

Absender: Bridget Billymum
Betreff: Atticus' Schuhe
Nur zur Klärung: Sind Luigi und der unbekannte Dritte jeweils
mit nur einem Schuh vom Schwimmen heimgekommen?

12.40 Uhr. Hähä, jetzt habe ich eine lustige E-Mail-Diskus-
sion losgetreten. Man glaubt ja nicht, mit was die Kinder alles
nicht nach Hause kommen: Hosen, Unterhosen etc.

Absender: Bridget Billymum
Betreff: Billys Ohr
Letzte Woche kam Billy vom Fußball und hatte nur noch ein
Ohr am Kopf. Hat jemand vielleicht Billys zweites Ohr? Es war
klar und deutlich mit einem Namensschild versehen, und ich
würde mich über die sofortige Rückgabe freuen.

12.45 Uhr. Hähä!

Absender: Nicolette Martinez
Betreff: Billys Ohr
Manche Eltern halten es anscheinend für witzig, wenn Kinder
auf ihre persönlichen Sachen achten oder wenn diese Sachen
mit einem Namensschild kennzeichnet sind. Dabei ist genau
diese Achtsamkeit ungeheuer wichtig für die Entwicklung
eines jungen Menschen hin zu einer selbständigen Persönlich-
keit. Vielleicht vergeht besagten Eltern ja das Lachen, sobald
die Schuhe ihres eigenen Kindes betroffen sind.

12.50 Uhr. O neiin! Jetzt ist sie beleidigt. Habe Elternvertreterin vor den Kopf gestoßen und mich in die Nesseln gesetzt.
Werde umgehend Entschuldigungs-Rundmail schicken.

Absender: Bridget Billymum
Betreff: Atticus' Schuh, Billys Ohr etc.
Tut mir sehr leid, Nicorette. Mir war langweilig, und ich wollte
nur einen Witz machen. Das war nicht sonderlich nett.

12.55 Uhr. Oh nein!

Absender: Nicolette Martinez
Betreff: Bridget Jones
Ich gehe davon aus, dass es sich bei meinem falsch geschriebe-
nen Namen um eine Freud'sche Fehlleistung handelt. Wir alle
wissen ja, dass du es nie ganz schaffst, die Finger von den Zigaretten zu lassen. Sollte es jedoch absichtlich geschehen sein, so
kann ich ein solches Verhalten nur als unhöflich und bewusst
verletzend auffassen. Vielleicht sollten wir die Sache einmal vor
dem Schulpsychologen zur Sprache bringen.
NicoLette

Mist! Hab sie tatsächlich Nicorette genannt. Egal, kann ich
jetzt nicht mehr ändern. Darf mich aber nicht hineinsteigern.
Lass die Sache auf sich beruhen und konzentriere dich lieber
auf die Besprechung am Montag.

13.47 Uhr. Das ist lächerlich. Ich habe die totale Blockade.

13.48 Uhr. Jetzt bin ich bei allen Schulmuttis unten durch,
und Roxster hat auch noch nicht geantwortet.

13.52 Uhr. Sinke am Küchentisch zusammen.

13.53 Uhr. Trotzdem, ich lasse mich nicht ins Schattenreich
treiben. Außerdem kommt Grazina, die Putzfrau, jeden Mo-

ment, sie darf mich nicht so sehen. Ich lege ihr einen Zettel hin: Haben Insektenplage im Haus, bitte entsprechende Maßnahmen ergreifen. Derweil verdrücke ich mich zu Starbucks.

14.16 Uhr. Bin jetzt im Starbucks mit einem Schinken-Käse-Panini. So. Gleich geht's mir besser.

15.16 Uhr. Ein Schwarm Macchiato-Mütter mit Kinderwagen hat den ganzen Coffeeshop übernommen. Alle quaken laut durcheinander über ihre Ehemänner.

15.17 Uhr. Was für ein Krach! Ich hasse Leute, die hier drinnen in ihr Handy quatschen, sodass jeder alles mithören kann. Oh, meins klingelt. Vielleicht ist es Roxster!

15.30 Uhr. Nein, Jude, offenbar in einer Konferenz, deshalb sprach sie so leise. »Bridget, hör zu, Richard hat angebissen. Das fiese Schwein ist total verknallt in Isabella.«

»Wer ist Isabella?«, flüstere ich zurück.

»Die Fake-Frau, die wir für PlentyofFish gemacht haben. Richard will sich schon morgen mit ihr treffen.«

»Aber sie ist nicht echt.«

»Genau. Sie ist ich. Das Date soll in der Shadow Lounge stattfinden, und sie wird ihn selbstverständlich versetzen.«

»Hervorragend«, flüsterte ich, während Jude im Hintergrund jemanden anraunzte: »Setz die Stopp-Order für die zwei Millionen Yen auf hundertfünfundzwanzigtausend und warte auf den Quartalsbericht.« Dann ist wieder Flüster-Jude dran: »Und gleichzeitig treffe ich mich, nur ein paar Straßen weiter, mit diesem Typ von SingleDoctors in einem Hotel in Soho.«

»Klingt ja toll!«, sage ich leicht verwirrt.

»Ich weiß. Kann jetzt aber nicht weiterreden.«

Hoffe nur, der Typ von SingleDoctors entpuppt sich nicht als Fake von Richard und versetzt sie ebenfalls.

16.00 Uhr. Als ich nach Hause kam, roch es dort wie im Kleiderschrank meiner Oma. Dabei hatte Grazina lediglich meine hingekrakelten Anweisungen befolgt, sämtliche Lebensmittel weggeworfen, alles sauber gewischt und jede Wand, jede Fußleiste, jedes Möbelstück mit Tod und Verderben besprüht. Vor jeder Ritze, durch die die Plagegeister kommen könnten, lauert jetzt eine Mottenkugel. Wird mich das ganze Wochenende kosten, die Dinger wieder zu beseitigen. Den Overkill hält zwar keine Motte aus, aber womöglich auch kein Toyboy, und das darf ich nicht riskieren. Doch vielleicht erübrigt sich das Ganze ja ohnehin, da immer noch keine SMS eingegangen ist.

16.15 Uhr. Gaah! Das Gepolter im Flur kann nur heißen, dass die Rasselbande wieder zurück ist. Heute ist Freitag, sprich Chloe macht früh Feierabend, und ich habe immer noch keinen klaren Gedanken gefasst.

16.16 Uhr. Wie kann Roxster mir das antun? Vor allem, weil ich ihm in meiner letzten SMS eine Frage gestellt habe. Habe ich doch, oder? Noch mal nachgucken.

<Bitte verzeih die biblischen Plagen und dass ich darüber gelacht habe. Werde bis zum nächsten Mal Haus einschließlich aller Bewohner ausräuchern lassen. Geht es dir gut?>

Machte mir Vorwürfe, denn das war keine bloße Frage, sondern auch eine dreiste Unterstellung, dass es ein nächstes Mal geben würde.

18.00 Uhr. Ging nach unten und versuchte tapfer, innere Kernschmelze vor Billy und Mabel zu verbergen. Das klappte, weil Wochenende war und sie in *Pflanzen gegen Zombies* bzw. in *Beverly Hills Chihuahua 2* abgetaucht waren. Währenddessen Spaggi-Bolo zubereitet (diesmal nur mit Käse und ohne Bolognese-Sauce, da Grazina alles andere weggeschmissen hat). Später beim Befüllen der Spülmaschine habe ich es nicht mehr ausgehalten und Roxster eine falschfröhliche SMS geschickt: <Endlich Wochenende!!!>

Doch das Elend griff nach mir, und damit die Kinder nichts merkten, ließ ich Billy endlos Zombies metzeln, und Mabel durfte sich zum siebten Mal *Beverly Hills Chihuahua 2* ansehen. Das war natürlich unverantwortlich und pädagogisch unterste Schublade, doch immer noch besser, als dass Kinder mitkriegen, wie ich allmählich am Rad drehe wegen einem Kerl, der dem Kindesalter näher ist als meinem eigenen vorgerückten ... Gaaah! Stimmt das eigentlich? Ist Roxster altersmäßig näher an Mabel als an mir? Nein, aber an Billy. O Gott, was habe ich mir bloß eingebildet? Kein Wunder, dass keine SMS mehr kommen.

21.15 Uhr. SMS-Situation unverändert: nichts. Immerhin kann ich mich jetzt fallen lassen und voll in Elend und Minderwertigkeitskomplexen versinken. Die Sache ist doch die: Wenn man mit einem jüngeren Mann geht, hat man erst das Gefühl, man habe auf wundersame Weise die Zeit zurückgedreht. Manchmal, wenn wir es auf dem Hocker im Bad treiben und ich sehe uns im Spiegel, kann ich meinen eigenen Augen kaum trauen. Bin ich das? Soll ich diejenige sein, die jetzt gerade mit Roxster vögelt? Doch jetzt ist dieses Gefühl weg, die Euphorie zerplatzt wie eine Seifenblase. War die ganze Affäre ohnehin nur ein hilfloser Versuch, die existentielle Verzweiflung vor dem Älterwerden abzublocken? Dies und die Angst, demnächst vielleicht einen Schlaganfall zu erleiden – und was soll dann *bitte schön* aus Billy und Mabel werden?

Früher war diese Angst sogar noch schlimmer. Ständig redete ich mir ein, ich könnte im Schlaf sterben oder die Treppe hinunterfallen, und niemand käme zu Hilfe, und sich selbst überlassene Kinder würden am Ende ihre eigene Mutter aufessen. Insofern hat Jude schon recht, wenn sie sagt: »Da lebt man besser allein und wird bloß von einem Schäferhund angeknabbert.«

21.30 Uhr. Sollte mir lieber die alte Weisheit aus *Zen oder die Kunst, sich zu verlieben* ins Gedächtnis rufen: »Wenn er kommt, heißen wir ihn willkommen. Wenn er geht, lassen wir ihn ziehen.« Überhaupt, als Zen-Schüler, so im Lotossitz, schließt man Bekanntschaft mit dem Alleinsein, was etwas anderes ist als Einsamkeit. Alleinsein ist ein vorübergehender Zustand. Man merkt, wie Menschen, die man liebt, in unser Leben treten und irgendwann auch wieder gehen. Dass so was unweigerlich zum Kreislauf des Lebens gehört. Oder vielleicht ist es auch so, dass Einsamkeit und Alleinsein… Immer noch keine SMS.

23.00 Uhr. Kann nicht schlafen.

23.15 Uhr. Ach, Mark! Mark! Ich weiß, ich habe mich damals genauso verrückt gemacht. Immer die Frage: »Ruft er an, ruft er nicht an?« Aber es war trotzdem ganz anders. Schließlich kannte ich ihn ja so gut. Ich kannte ihn, seit ich als kleines Kind nackt im Garten seiner Eltern herumgetollt war.

Und wenn er schlief, konnte man sich mit ihm unterhalten.

So wusste ich immer, wie es in seinem Innern aussah und was er wirklich empfand.

»Mark?«, fragte ich das dunkle, schöne Gesicht, das neben mir schlief. »Bist du nicht… so was von *süß*?«

Aber darauf seufzte er nur und schüttelte traurig den Kopf.

»Liebt dich deine Mami gar nicht?«

Wie ein kleiner Junge murmelte er darauf etwas, das sich anhörte wie nein. Mark Darcy, der große, mächtige Menschenrechtsanwalt, doch innen drin noch immer der kleine verstörte Junge, den man mit sieben ins Internat abgeschoben hat.

»Aber ich, liebe *ich* dich denn?«, fragte ich dann, und ein Lächeln kam über sein Gesicht, und stolz nickte er und zog mich an sich, bis ich mich unter seine Achselhöhle kuscheln konnte.

Wir kannten uns in- und auswendig. Mark war ein Gentleman, und ich vertraute ihm blind in allem, er war der ruhende Pol, von dem aus ich in die Welt aufbrach. Er war mein sicheres Unterseeboot in den gefährlichen Tiefen des Ozeans. Und jetzt habe ich nichts mehr von alledem, und alles macht mir Angst, weil nichts mehr je so sicher sein wird wie früher.

23.55 Uhr. Warum mache ich so etwas eigentlich? Warum fange ich so etwas an? Warum konnte ich nicht einfach für mich bleiben? Traurig, arbeitslos, sexlos, aber immerhin Mutter zweier Kinder, die dem Vater der beiden… nach wie vor treu ist.

MITTERNACHT DER SEELE

Freitag, 19. April 2013 (Fortsetzung)

Fünf Jahre. Ist es wirklich schon fünf Jahre her? Anfangs war jeder Tag ein neuer Kampf. Zum Glück war Mabel noch zu klein, um viel davon mitzukriegen, aber ich sehe Billy vor mir, wie er durchs Haus läuft und sagt: »Ich hab Dada verloren.« Und wie Jeremy und Magda vor der Tür stehen, hinter ihnen ein Polizist. Allein ihr Gesichtsausdruck. Und wie sie sich gleich die Kinder schnappten und sie mir angstvoll in den Arm drückten. »Was ist denn los, Mummy? Was ist denn los?« Auf einmal stehen Regierungsleute im Wohnzimmer, einer schaltet versehentlich die Nachrichten ein. Marks Gesicht ist auf dem Bildschirm zu sehen, darunter die Zeile:

Mark Darcy 1956–2008

Aber diese Erinnerungen bleiben verschwommen. Familie und Freunde umschlossen mich wie ein Uterus, den Nachlass regelten Marks Juristenfreunde. Es fiel mir schwer zu akzeptieren, dass er tot war. Es war wie ein Film, der plötzlich zu Ende ist, obwohl ich eigentlich dachte, noch mittendrin zu sein. Denn auch in meinen Träumen war Mark immer noch da. Ich wachte morgens um fünf auf, und für den Bruchteil einer Sekunde war mein Tagesgedächtnis noch gelöscht, sodass ich dachte, es sei alles wie immer. Doch dann fiel es mir wieder ein, und der Schmerz trieb mir einen Pflock ins Herz und nagelte mich ans Bett, und ich war unfähig, mich zu rühren. Jede Bewegung, dachte ich, würde jetzt den Schmerz weiter im System verteilen. Aber ich wusste auch, in einer halben Stunde würden die Kinder wach, und ich musste funktionieren: Windeln wechseln, Fläschchen machen, so tun, als sei alles in Ordnung. Zumindest bis zum Eintreffen des Babysitters musste ich den Laden zusammenhalten, erst dann war ich berechtigt, mich im Bad einzuschließen und zu heulen. Doch auch da kann man nicht ewig bleiben. Irgendwann legt man Mascara auf und wappnet sich erneut für die Welt.

Denn wer Kinder hat, darf nicht zerbrechen, und so machte auch ich einfach weiter. *Keep buggering on!* Churchills berühmter Spruch. Eine Armee von Trauerberatern und Therapeuten sparten nicht mit tollen Tipps, wie Billy und Mabel an die Wahrheit »heranzuführen« seien, ohne sie dauerhaft zu traumatisieren. Die Schlüsselbegriffe waren: größtmögliche Offenheit, keine Geheimnisse, mit den Kindern reden und ihnen »ein Grundvertrauen in die Welt« vermitteln. Doch dieses sogenannte »Grundvertrauen in die Welt« (bitte nicht lachen!) war für mich eben nur ein hohles Wort.

Das Einzige, das ich aus diesen Sitzungen wirklich mitnahm, war die Frage »Kannst du das überleben?«. Aber hatte ich eine Wahl? Ich musste alles ausblenden: unsere letzten gemeinsamen Momente, der Stoff seines Anzugs an meiner Haut, ich noch im Nachthemd, der Abschiedskuss, von dem niemand ahnte, dass es der letzte sein würde. Verzweifelt versuche ich heute, die Erinnerung an seinen letzten Blick nicht auch noch zu verlieren. Dann das Klingeln an der Tür, die betretenen Gesichter und schließlich der immer gleiche Gedanke: »Ich werde ihn niemals ...« und »Ach, wenn doch nur ...« Doch all das durfte keine Rolle spielen. Heute muss ich sagen, dass die Leute vom Kriseninterventionsteam, allesamt Experten mit sanfter Stimme und schwer betroffenem Lächeln, weniger brachten als rein praktische Problemlösungsstrategien. Wie etwa schafft man es, eine Windel zu wechseln und gleichzeitig Fischstäbchen zu braten? Mein Ehrgeiz war nicht einmal besonders groß. Ich wollte lediglich, dass das Schiff nicht unterging. Mag sein, es lag mit schwerer Schlagseite im Wasser, aber da hilft es schon, einfach nicht von der Pumpe zu gehen. Was Finanzen und Lebensversicherungen anging, hatte Mark vorgesorgt. Wir zogen weg aus dem großen Haus in Holland Park, ein Haus voller Erinnerungen, und kauften uns etwas Kleineres in Chalk Farm. Bis hin zum Schulgeld war alles geregelt, ich brauchte nicht einmal arbeiten zu gehen. Und dennoch, alles, das mir von ihm geblieben war, waren Mabel und Billy – mein Mark in klein. Ich war Mutter und Witwe, eine Frau, die scheinbar *unbeirrt* ihren Weg ging und doch innerlich so leer und verwüstet war, dass die alte Bridget nirgendwo mehr existierte.

Nach vier Jahren allerdings wurde es meinen Freunden zu bunt.

TEIL 1

·····················

Rühr mich nicht an!

EIN JAHR ZUVOR ...

Dies sind Tagebuchauszüge aus dem letzten Jahr. Sie beginnen exakt an Marks viertem Todestag und zeigen, wie ich in den gegenwärtigen Schlamassel geraten bin.

TAGEBUCH 2012

Donnerstag, 19. April
79,5 kg; Alkoholeinheiten: 4 (geht in Ordnung); Kalorien: 2.822 (trotzdem: besser richtige Mahlzeiten im Shoreditch House essen als alte Käseränder und Fischstäbchen allein zu Hause); Aussicht oder Verlangen, im Leben jemals wieder Sex zu haben: 0.

»Aber jemand *muss* sie mal flachlegen«, erklärte Talitha resolut, nippte an ihrem Wodka-Martini und besah sich zu meinem Schrecken die verfügbaren Kandidaten in dem schicken East Londoner Privatclub.

Es war an einem dieser halbregelmäßigen Abende, die Talitha, Tom und Jude für mich veranstalten – »damit ich mal rauskomme«. Immerhin scheint es noch etwas mehr Spaß zu machen, als mit der Oma an die See zu fahren.

»Meine Rede«, sagte Tom. »Übrigens, habe ich schon erzählt, dass ich auf LateRooms.com eine Suite im Chedi in Chiang Mai gebucht habe, für nur zweihundert Pfund die Nacht! Es gab auch noch eine Junior-Suite für 179 auf Expedia, aber die hatte keine Terrasse.«

Mit den Jahren ist Toms Geschmack immer exklusiver geworden. Urlaub macht er nur noch in schweineteuren Boutique-Hotels, und auch uns versucht er von einem Lifestyle zu überzeugen, der sich direkt am Blog von Gwyneth Paltrow orientiert.

»Tom, halt die Klappe«, murmelte Jude und blickte von ihrem iPhone auf, wo sie kurz auf DatingSingleDoctors nachgesehen hatte. »Die Angelegenheit ist viel zu ernst. Wir müssen etwas unternehmen, sonst macht sie endgültig einen auf Rühr-mich-nicht an.«

»Ihr versteht das nicht«, sagte ich. »Das ist ein Ding der Unmöglichkeit, ich will keinen. Und selbst wenn, was nicht der Fall ist, selbst wenn, wird kein Mann großes Interesse an mir haben. Ich bin das absolute Gegenteil von sexy, kein Mensch verliebt sich mehr in mich.«

Ich starrte auf meinen Bauch, der sich allzu deutlich unter dem schwarzen Top abzeichnete. Ja, es stimmte: Ich war wieder zur Jungfrau geworden. Und das in einer Welt, in der man mit erotischen Bildern geradezu bombardiert wird. Das Plakat mit der Hand auf dem Hintern. Die Sandalenreklame mit knutschenden Pärchen am Strand, von den echten Paaren im Park nicht zu reden. In der Apotheke liegen die Kondome direkt neben der Kasse und künden von einem Zauberreich, das mir für immer verschlossen bleibt.

»Es hat doch keinen Sinn, dagegen anzukämpfen, ich bin nun mal eine Witwe an der Grenze zum Seniorenalter. Und irgendwann bin ich nichts weiter als eine verhutzelte alte Jungfer«, erklärte ich melodramatisch und hoffte auf Widerspruch. Etwa durch einen schmeichelhaften Vergleich mit Penelope Cruz oder Scarlett Johansson.

»Jetzt sei nicht albern«, sagte Talitha und bedeutete dem Kellner, ihr noch einmal dasselbe zu bringen. »Du könntest etwas abnehmen, das ist wahr. Und von Zeit zu Zeit bisschen Botox kann ebenfalls nicht schaden. Die Frisur würde ich ändern, die geht gar nicht, aber sonst...«

»Botox?«, entrüstete ich mich.

»O Gott!«, rief Jude plötzlich. »Dieser Typ ist gar kein Arzt. Der war schon mit demselben Foto auf DanceLoverDating.«

»Vielleicht ist es ein Arzt, der gern das Tanzbein schwingt und jede Möglichkeit nutzt«, tröstete ich sie.

»Komm endlich wieder runter, Jude«, sagte Tom. »Du versinkst noch in diesem Sumpf von halbseidenen Cyber-Replikanten. Die meisten davon existieren ohnehin nicht, sondern törnen sich nur gegenseitig an – oder ab, wie's beliebt.«

»Von Botox kann man sterben«, sagte ich. »Es hat nämlich was mit Botulismus zu tun, einem Gift, und wird von Kühen übertragen.«

»Na und? Lieber an Botox krepieren als an Einsamkeit wegen zu vieler Mimikfalten.«

»Halt endlich die Klappe, Talitha«, sagte Tom.

Abermals vermisste ich Shazzer, die sich spätestens jetzt eingeschaltet und gesagt hätte: »Würdet ihr bitte aufhören, euch gegenseitig das Wort zu verbieten, verdammte Scheiße?«

»Genau, hör auf, Talitha!«, sagte Jude. »Nicht jeder will aussehen wie Botox-Bärbel aus der Geisterbahn.«

»Ach, Schätzchen«, sagte Talitha und legte die Hand an die Stirn. »Von Geisterbahn kann überhaupt keine Rede sein. Trauerzeit hin oder her, Bridget hat ihren Sextrieb verloren, oder sagen wir: kurzzeitig verlegt. Jetzt ist es unsere Aufgabe, ihr beim Wiederfinden zu helfen.«

Worauf sie ihre schimmernde Lockenmähne schüttelte und sich zufrieden zurücklehnte. Wir sahen sie an und nuckelten stumm an unseren Trinkhalm-Cocktails.

Aber Talitha war noch nicht fertig. »Das ganze Anti-Aging-

Ding beruht darauf, bestimmte Zeichen der Alterung gar nicht erst zuzulassen. Heißt: Der Körper wird gezwungen, die typischen Fettpölsterchen & Co., wie sie mit etwas reiferen Jahren leider vorkommen können, *nicht* anzulegen. Auch Falten sind meiner Meinung nach überflüssig, umso wichtiger ist dagegen volles gesundes Haar...«

»Das sich noch vor Kurzem auf dem Kopf eines armen indischen Mädchens befand und für ein paar Rupien verkauft wurde«, warf Tom ein.

»Ich gebe zu, es sind Echthaar-Extensions. Mehr braucht man aber nicht, um die Uhr zurückzudrehen.«

»Habe ich richtig gehört?«, sagte Jude. »Hast du gerade ›in reiferen Jahren‹ gesagt?«

»Wie auch immer«, meinte ich. »Für mich kommt das alles sowieso nicht infrage.«

»Jetzt hört mal zu«, sagte Talitha. »Ich finde es wirklich traurig, wenn Frauen in unserem Alter ...«

»Du meinst in *deinem* Alter ...«, murmelte Jude.

»... Frauen in unserem Alter nicht begreifen wollen, dass sie an ihrem miesen Selbstwertgefühl selber schuld sind. Wer sich ständig damit runterzieht, dass er seit vier Jahren kein Date mehr hatte, darf auch nichts anderes erwarten. Germaine Greers *Disappearing Woman* sollte man echt erschlagen, erschlagen und irgendwo vergraben. Wir brauchen ein neues Selbstbewusstsein, wir müssen uns mit der Aura einer geheimnisvollen Anziehungskraft umgeben, uns geradezu neu erschaffen – und das sowohl für uns selbst als auch für unsere Geschlechtsgenossinnen.«

»Sag ich ja. Wie Gwyneth Paltrow«, sekundierte Tom.

»Gwyneth Paltrow ist aber nicht gerade in unserem Alter«, sagte Jude. »Außerdem ist sie verheiratet.«

»Nein, ich meinte, ich kann doch nicht einfach mit jedem

ins Bett steigen«, erklärte ich. »Das wäre nicht fair den Kindern gegenüber. Außerdem bin ich auch so ausgelastet, da brauche ich keinen Kerl, der noch Sonderwünsche anmeldet. Männer sind eh so aufwändig.«

Talitha sah mich mitleidig an in meiner schwarzen Komforthose und dem sackartigen Shirt, das über die Trümmer meiner früheren Figur gebreitet war. Ich meine, Talitha spricht aus Erfahrung. Sie war dreimal verheiratet und kreuzt auch heute nirgendwo ohne irgendeinen Vollhorst im Schlepptau auf, der sich in sie verknallt hat.

»Eine Frau hat ihre Bedürfnisse«, dräute sie. »Was kann sie ihren armen Kindern denn mitgeben, wenn sie selbst unter Minderwertigkeitskomplexen und sexueller Frustration leidet? Ich sage dir, wenn du nicht bald Sex hast, wächst du buchstäblich zu. Und verkümmerst. Und wirst alt und verbittert.«

»Mir egal«, sagte ich.

»Wie war das?«

»Es wäre nicht fair Mark gegenüber.«

Einen Moment lang herrschte vollkommene Stille. Es war, als hätte man einen kalten nassen Fisch auf die gute Stimmung geklatscht.

Später folgte mir ein angetrunkener Tom auf die Damentoilette. Schwankend lehnte er an der Wand, während ich mit der Hand vor dem Designer-Wasserhahn herumwedelte, um die Aufmerksamkeit des Bewegungssensors zu erregen.

»Bridget«, sagte er, als ich vor lauter Verzweiflung unter dem Waschbecken nach Fußhebeln suchte.

Ich sah ihn von unten an. »Was ist?«

Tom war wieder im Therapeuten-Modus.

»Da wir gerade von Mark reden: Er würde sich sicher wünschen, dass du wieder jemanden findest. Er wollte nicht, dass du aufhörst zu leben.«

»Ich habe nicht aufgehört zu leben«, sagte ich und richtete mich mühevoll auf.

»Du solltest wieder arbeiten«, sagte er. »Wieder am Leben teilnehmen. Und du brauchst jemanden an deiner Seite, der dich liebt.«

»Aber ich nehme am Leben teil«, versetzte ich missmutig. »Und ich brauche bestimmt keinen Kerl. Ich habe die Kinder.«

»Zumindest hättest du dann jemanden, der dir zeigt, wie so ein Wasserhahn aufgeht«, sagte er, drehte an dem viereckigen Ding in der Mitte, worauf Wasser sprudelte. »Geh auf Goop. com«, sagte er und schlug erneut seinen flapsigen Ton an. »Lies, was Gwyneth über Sex und relaxte Kindererziehung zu sagen hat.«

23.15 Uhr. Soeben Chloe verabschiedet und so getan, als sei ich noch nüchtern.

»Tut mir leid, ich habe mich etwas verspätet«, sagte ich dümmlich.

»Waren ja auch nur fünf Minuten«, erwiderte sie und rümpfte die Nase, aber nicht unfreundlich. »Ich hoffe, du hast dich wenigstens amüsiert.«

23.45 Uhr. Endlich im Bett. Bedenklich, bedenklich: Trage zum ersten Mal seit Langem nicht Pyjama mit Hunden drauf (passend zu den Schlafanzügen der Kinder), sondern das einzige halbwegs sexy Nachthemd, in das ich noch hineinpasse. Habe auf einmal wieder Hoffnung. Vielleicht hat Talitha ja recht. Verschrumpelt und verbittert nütze ich den Kindern gar nichts. Sie entwickeln sich bloß zu Egoisten und kleinen

Tyrannen, und ich werde eine griesgrämige alte Schachtel, die ohne die Sherryflasche nicht mehr leben kann und überall Undank wittert. »Warum tut keiner mal was für mich, wäääääh!«

23.50 Uhr. Vielleicht liegt der lange dunkle Tunnel bald hinter mir, jedenfalls ahne ich irgendwo Licht. Vielleicht kann mich jemand noch lieben. Es gibt keinen Grund, nicht mal einen Mann nach Hause zu bringen. Müsste aber zusätzlichen Riegel an die Schlafzimmertür anbringen, damit die Kinder nicht einfach so hereinspaziert kommen, wenn wir gerade im Reich der Sinne sind und die Spiele der Erwachsenen spielen. Oh nein! Das ist Mabel. Mabel schreit.

23.52 Uhr. Schnell ins Kinderzimmer, wo kleiner Strubbelkopf aufrecht im unteren Etagenbett saß, sich aber ganz schnell wieder ganz klein machte wie Möbel im Ikea-Karton, denn bei uns wird durchgeschlafen. Aber dann setzte sie sich erneut auf und starrte auf ihre Pyjamahose, wo das Malheur passiert war. Wortlos öffnete sie den Mund und übergab sich.

23.53 Uhr. Mabel ins Bad getragen und erst mal Schlafanzug ausgezogen. Durchfall riecht ja nie so prickelnd, doch diesmal musste ich echt würgen.

23.54 Uhr. Mabel gewaschen, abgetrocknet und auf den Boden gesetzt und frischen Schlafanzug gesucht. Dasselbe mit dem Bettzeug. Keine Ahnung, wo die Laken wieder liegen.

Mitternacht. Schon wieder Weinen aus dem Kinderzimmer, dabei hatte ich die Durchfall-Laken noch nicht einmal entsorgt. Also wieder hoch, doch da meldete sich konkurrierendes Heulen aus dem Bad. Was hätte ich jetzt für ein Glas Wein gegeben! Sagte mir aber, ich bin eine verantwortungsvolle Mutter, keine Thekenschlampe.

0.01 Uhr. Wie eine Irre zwischen Kinderzimmer und Bad hin und her gerannt. Schreipegel im Bad jetzt deutlich höher. Dachte erst, Mabel hätte Einwegrasierer in die Finger gekriegt oder WC-Reiniger verschluckt, war aber nur so, dass sie nicht mehr an sich halten konnte und auf den Boden kackte und dabei ein Gesicht machte, das zugleich schuldbewusst und völlig überrascht war.

War überwältigt von einer ungeheuren Liebe zu diesem Kind. Nahm Mabel in den Arm, wodurch Kotze und Durchfall nicht nur auf Laken, Badematte und Mabel waren, sondern auch auf meinem einzigen halbwegs sexy Nachthemd.

0.07 Uhr. Ging mit Mabel plus vollgekackter Bettwäsche ins Schlafzimmer zurück, wo sich folgender Anblick bot: Billy war aufgestanden, sein Gesicht glühte, und unter seinen wirren Haaren sah er mich an, als sei ich eine gütige Gottheit mit Antwort auf sämtliche Fragen. Er nahm nicht einmal den Blick von mir, als er sich übergab wie in *Der Exorzist*, nur dass sein Kopf dabei nach vorn knickte, statt zu rotieren.

0.08 Uhr. Kurz darauf eruptierte der Durchfall auch in Billys Pyjama, und allein die Verwirrung auf seinem Gesicht rührte mich so, dass es wehtat. Am Ende waren wir alle in einer vollgekotzten/-geschissenen Gruppenumarmung vereint, einschließlich Badematte, Laken und halbwegs sexy Nachthemd.

0.10 Uhr. Wünschte, Mark wäre hier. Erinnerte mich plötzlich, wie Mark immer auf Babychaos reagierte, in seinem Gentleman-Morgenmantel, der nur ein winziges Stück seiner behaarten Brust freigab. Wie er versuchte, alles immer generalstabsmäßig in den Griff zu kriegen, so, als müsse zwischen irgendwelchen Konfliktparteien vermittelt werden, was natürlich absurd war und was er schließlich selber einsah. Dann fing er an zu lachen. Und ich auch. Sogar in solchen Stress-Nächten konnten wir noch gemeinsam lachen.

All das entgeht ihm jetzt, die vielen kleinen Momente. Er kann nicht mehr miterleben, wie seine Kinder aufwachsen. Selbst so einer Situation hätte er noch etwas Komisches abgewonnen, während ich mir gleich immer die größten Sorgen mache. Einer von uns wäre bei den Kindern geblieben, der andere hätte die Betten frisch bezogen. Dann hätten wir uns zu den Kindern ins Etagenbett gelegt und darüber lachen können. Wer würde das je wieder tun? Die Kinder auch dann noch lieben, wenn sie sich in kleine spuckende Kackmonster verwandeln?

0.15 Uhr. »Mummy!« Billy kam allmählich wieder zu sich. Dennoch war die Lage weiterhin schwierig, da alle mit Kacke und Kotze beschmiert waren und die Übelkeit nicht nachließ. Ideal wäre es gewesen, sie einzeln von sämtlichen Klamotten und Körperflüssigkeiten zu befreien, in die Badewanne zu setzen und frische Sachen zu suchen, aber wie gesagt: Was, wenn es sie auch in der Wanne überkam? Wasser wäre in null Komma nichts ein tierisch gefährlicher Seuchenherd, wie eine offene Kloake in einem Flüchtlingslager.

0.16 Uhr. Zwischenlösung: Lege Kunststoffmatte in Badezimmer aus und polstere sie mit Kissen, Handtüchern etc. auf.

0.20 Uhr. Wollte runter zur Waschmaschine (d.h. Kühlschrank mit Weinflasche).

0.24 Uhr. Tür zugemacht und nach unten gegangen.

0.27 Uhr. Schon ein paar Schluck Wein sorgten für einen klaren Kopf. Alkohol wirkt wie Waschmittel für seelische Schmutzwäsche. Hauptsache, die Kinder überleben bis zum Morgen und ich drehe bis dahin nicht durch.

0.45 Uhr. Musste feststellen, Wein ist zweischneidiges Schwert im Lebenskampf. Stärkt zwar die Nerven, sorgt aber für flaues Gefühl im Magen.

0.50 Uhr. Jetzt habe ich ebenfalls gekotzt.

2.00 Uhr. Billy und Mabel sind nach provisorischer Reinigung endlich unter ihren Handtüchern im Bad eingeschlafen. Lege mich in meinem unsexy besudelten Nachthemd zu ihnen.

2.05 Uhr. Triumphgefühl wie bei einem General, der die Schlacht noch einmal gewendet und friedliche Lösung herbeigeführt hat. In meinem Kopf spielt die Titelmusik von *Gladiator*. Fühle mich wie Russell Crowe vor düster qualmendem Hintergrund und dem Schriftzug »Zeit für Helden«.

Trotzdem, der Gedanke, dass dieses von der Realität so schwer geprüfte Haus jemals ein Liebesnest sein könnte, kommt mir ziemlich verwegen vor.

ALLES AUF ANFANG

Freitag, 20. April 2012

78,5 kg; eingeplanter Zeitrahmen für Meditation: 20 Min.; davon meditiert: 0 Min.

14.00 Uhr. Okay. Bin heute zu einem Entschluss gekommen. Werde mich komplett ändern. Werde mich wieder meinen Zen-, New-Age-, Ratgeberbüchern zuwenden. Plus Yoga machen. Es wird eine Revolution von innen, nicht von außen. Werde regelmäßig meditieren und dabei abnehmen. Habe im Bad schon alles bereitgestellt wie Kerze, Yogamatte etc. und will in aller Stille ein Ründchen meditieren, ehe ich mit den Kindern zum Arzt gehe. Muss vorher nur noch a) einen Happen essen und b) die Autoschlüssel finden.

Alles Weitere steht hier:

WAS ICH WILL:

- 15 kg abnehmen.
- Account einrichten auf Twitter, Facebook, Instagram und WhatsApp, statt immer alt, hässlich und von allem ausgeschlossen zu sein – denn die anderen tun es ja auch.
- Endlich die Gebrauchsanweisung von der Fernbedienung und dem Digitalreceiver finden und durchlesen, damit mir nicht jedes Mal davor graut, das Gerät einzuschalten. Fernsehen soll schließlich Spaß machen.
- Werde auch regelmäßigen Putztag einführen, an dem ich das Haus von allem unnötigen Kram befreie, insbesondere aus der

Abstellkammer unter der Treppe, sodass von nun jedes Ding seinen Platz hat, genau wie von den Zen-Buddhisten empfohlen. Oder von der Haus-und-Garten-Ikone Martha Stewart.

- In diesem Sinne werde ich auch Mum bitten, nicht länger ausrangierte Handtaschen, Stolas (Oder sagt man Stolen?), Wedgewood-Terrinen und dergleichen bei mir abzuladen. Eventuell mit Hinweis darauf, dass die Zeit der Lebensmittelrationierung nun schon eine Weile zurückliegt und nicht die Güter rar sind, sondern der Platz für so viele Güter, zumindest in der westlichen Welt.

- Außerdem anfangen, mein Drehbuch zu schreiben, damit ich wieder ein Berufsleben habe wie alle anderen auch.

- Im Klartext: Ich will aufhören, planlos im Haus rumzulaufen, um irgendwelche Sachen zu suchen, die ich am Ende sowieso wieder vergessen habe, weil ich mich wegen tausend anderer Sachen verrückt mache. Als da wären unbeantwortete E-Mails und SMS, Rechnungen, Playdates und Go-Kart-Partys der Kinder, nicht zu vergessen Arzt- und Waxing-Termine, Elternabende, Babysitter-Planung, die seltsamen Kühlschrankgeräusche und die Tatsache, dass ich den Fernseher mal wieder nicht ankriege.

- Ich will auch nie mehr dauernd dieselben drei Sachen anziehen, weil es so praktisch ist, sondern stattdessen allmorgendlich ein richtig cooles Outfit zusammenstellen, so wie Promis auf den Illustrierten-Fotos.

- Ich will die Abstellkammer unter der Treppe ausmisten.

- Endlich die Ursache für die seltsamen Geräusche vom Kühlschrank ergründen.

- Nur noch eine Stunde täglich mit E-Mails verbringen, statt in dem ewigen Strudel von Spam-Mails mit Links zu News-, Shopping- oder Holidayseiten festzuhängen und dabei nicht mal die wenigen persönlichen Mails beantwortet zu kriegen.

- Muss mir auch überlegen, wie ich dann meinen neuen Account bei Twitter, Facebook und WhatsApp aus diesem Wahnsinn heraushalte.

- Von jetzt an werde ich jede neue Nachricht sofort beantworten und auf diese Weise meine E-Mail in ein effektives elektronisches Kommunikationsmittel verwandeln, statt Opfer einer Zeitvernichtungsmaschine zu werden, die mir nur ein schlechtes Gewissen macht.

- Will nach zwei Kindern besser aussehen als Chloe, meine Babysitterin.
- Will feste Familienrituale einführen, damit jeder weiß, woran er ist, besonders ich.
- Will Erziehungsratgeber lesen wie *Die 100 besten Elterntricks* und *Warum französische Kinder keine Nervensägen sind*, um Chloe auch auf diesem Gebiet zu übertreffen.
- Will netter sein zu Talitha, Jude, Tom und Magda, denn wenn es einer verdient hat, dann sie.
- Will von nun an einmal die Woche zu Pilates, zweimal zu Zumba, dreimal ins Sportstudio und viermal zum Yoga.

WAS ICH NICHT WILL:

- Vor dem Yoga so viel Coke light trinken, denn damit wird jede Stunde zu einer übermenschlichen Pupsunterdrückungs-Übung.
- Die Kinder jemals wieder zu spät zur Schule bringen.
- Auf der Fahrt zur Schule anderen den Stinkefinger zeigen.
- Will mich nicht mehr über den penetranten Piepston von Geschirrspülmaschine, Trockner oder Mikrowelle ärgern, die mir sagen wollen, dass alles fertig ist. Führt nämlich nur dazu, dass ich auf diesen Scheiß eingehe und meine Haushaltsgeräte lobe wie ein kleines Kind: »Ja, ist es denn die Möglichkeit? Bist du nicht ein *feiiiner* Geschirrspüler? Jetzt hast du tatsächlich das ganze Geschirr gespült: Hammer!« Ist ironisch gemeint, klar, aber trotzdem irgendwie kindisch. Also Schluss damit.
- Will mich auch nicht mehr über Mum oder Nicolette ärgern.
- Oder Nicolette »Nicorette« nennen.
- Oder mehr als zehn Stück Nicorette täglich kauen.
- Oder leere Weinflaschen vor Chloe verstecken.

- Oder Reibekäse direkt aus der Tüte essen, dabei fällt die Hälfte nur auf den Fußboden.
  - Will nicht mehr mit den Kindern schimpfen, sondern nur noch mit ruhiger Hotline-Warteschleifen-Stimme mit ihnen kommunizieren.
  - Will nicht mehr als (je) eine Dose Coke light und Red Bull am Tag trinken.
  - Auch nicht mehr als zwei nicht koffeinfreie Cappuccinos täglich. Na gut, drei.
  - Auch Big Macs oder Schinken-Käse-Paninis von Starbucks sind von nun an auf drei Stück pro Woche begrenzt.
  - Will nicht mehr zu den Kindern sagen: »Ich zähle bis drei!« – wenn ich nicht weiß, was ich bei drei wirklich machen will.
  - Oder morgens im Bett liegen und düsteren Gedanken nachhängen bzw. von Sex träumen. Von nun an stehe ich jeden Morgen um sechs Uhr auf und mache mich schick für den Kinderbringdienst, so wie Stella McCartney, Claudia Schiffer und andere.
  - Will auch nicht mehr bei jedem Mist im Dreieck springen, sondern versuchen, innere Ruhe zu finden und gelassen zu bleiben – eine starke Eiche im Sturm sein.

Aber wie soll ich gelassen hinnehmen, was geschehen ist? Okay, sollte mich jetzt nicht gleich wieder… Oh nein! Muss gleich zum Arzt und habe weder etwas zu essen für die Kinder noch irgendwas geschrieben noch meditiert. Nicht einmal den verdammten Autoschlüssel kann ich finden.

MEIN ERWACHEN IM SOZIALEN NETZ

Samstag, 21. April 2012
78 kg; auf Spinning Bike trainiert: 0 Min.; Abstellkammer ausgemistet: 0 Min.; Betriebsgeheimnisse von Fernbedienung ergründet: 0 Min.; Vorsätze eingehalten: 0.

21.15 Uhr. Kinder schlafen jetzt, im Haus ist es dunkel und still. Mein Gott, ich sterbe noch vor Einsamkeit! Jeder andere in London ist jetzt mit Freunden unterwegs, hat jede Menge Spaß – und anschließend Sex.

21.25 Uhr. Andererseits: Es ist durchaus okay, an einem Samstagabend mal allein zu Hause zu sein. Endlich Zeit, die Abstellkammer unter der Treppe zu entrümpeln und mich später aufs Spinning Bike zu setzen.

21.30 Uhr. Kurzer Blick in die Abstellkammer: lieber nicht.

21.32 Uhr. Stattdessen im Kühlschrank nachgesehen. Könnte mir ein Glas Wein gönnen. Reibekäse ist auch noch da.

21.35 Uhr. So, das habe ich gebraucht. Außerdem werde ich mich jetzt bei Twitter anmelden. Mit den sozialen Netzwerken heutzutage braucht sich niemand mehr einsam und allein zu fühlen.

21.45 Uhr. Bin jetzt auf der Hauptseite von Twitter und verstehe nur Bahnhof. Ein Strom aus unverständlichem Kauder-
welsch und Mini-Nachrichten im Telegrammstil, die sich mal
@diesen, mal @jenen richten. Wer blickt da eigentlich noch
durch?

Sonntag, 22. April 2012
21.15 Uhr. Okay, bin jetzt dabei, Twitter-Profil anzulegen.
Brauche noch einen Namen. Aber etwas, das jung klingt – wie
VollFetteBridget.

21.46 Uhr. Das vielleicht nicht.

22.15 Uhr. JoneseyBJ!

22.16 Uhr. Aber warum heißt es dauernd @JoneseyBJ? Wozu
dieses *at*? *At* was?

Montag, 23. April 2012
80 kg (Himmel, hilf!); Twitter-Follower: 0.

21.15 Uhr. Weiß immer noch nicht, wie ich mein Profilfoto
hochladen kann. Zu sehen ist nach wie vor nur ein graues Ei.
Von mir aus! Das bin eben ich, vor der Zeugung.

21.45 Uhr. Okay, wollen mal sehen, was die Follower machen.

21.47 Uhr. Keine Follower.

21.50 Uhr. Auf Follower warten hat wohl keinen Sinn. Follower sind scheues Wild. Die kommen nicht, wenn man guckt.

22.00 Uhr. Aber interessieren würde es mich natürlich schon.

22.02 Uhr. Keine Follower.

22.12 Uhr. Immer noch nichts. Humpf! War das nicht der Sinn von Twitter, weltweit mit anderen Menschen in Verbindung zu treten? Ich sehe aber weit und breit keinen anderen Menschen, mit dem ich in Verbindung treten könnte.

22.15 Uhr. Follower: 0. Mich packen Angst und Scham. Wahrscheinlich twittern alle gerade lustig miteinander und ignorieren mich, weil ich so unbeliebt bin.

22.16 Uhr. Vielleicht ziehen sie sogar gerade über mich her, weil ich so unbeliebt bin.

22.30 Uhr. Na toll. Bin nicht nur einsam und allein, sondern ganz offensichtlich auch unbeliebt.

Dienstag, 24. April 2012
79,5 kg; Kalorien: 4.827; Zeitaufwand für Gebrassel an diversen technischen Geräten: 127 Min.; Anzahl der technischen Geräte, die anschließend das taten, was sie sollten: 0; Zeitaufwand für angenehme Aktivitäten außer der körperlichen Aufnahme von 4.827 Kalorien und Gebrassel an technischen Geräten: 0 Min.; Anzahl von Followern bei Twitter: 0.

7.06 Uhr. Fiel mir gerade wieder ein: bin auf Twitter. Fühle mich gleich ein Stück größer. Bin nämlich Teil einer gewaltigen gesellschaftlichen Revolution und obendrein so verdammt jung. Gestern Abend zählt nicht, man muss Twitter Zeit lassen. Gut möglich, dass schon jetzt Tausende Follower auf mich warten. Ach was, Millionen! Bin total viral. Also schnell mal nachgucken.

7.10 Uhr. Oh.

7.11 Uhr. Fehlanzeige. Keine Follower.

Mittwoch, 25. April 2012

81 kg; nachgeguckt, wie viele Follower ich habe: 87 Mal; Twitter-Follower: 0; Kalorien: 4.832 (schlecht, aber daran sind nur die nichtexistenten Follower schuld).

21.15 Uhr. Auch weiterhin keine Follower. Musste daher Folgendes zu mir nehmen:

- 2 Schoko-Croissants
- 7 Babybel (aber eins war schon angebissen)
- ½ Tüte geriebener Mozzarella
- 2 Coke light
- 1½ Würstchen (Rest vom Frühstück der Kinder)
- ½ McDonald's-Cheeseburger aus dem Kühlschrank
- 3 Teacakes von Tunnock's
- 1 XXL-Schokoriegel (Cadbury Dairy Milk)

Dienstag, 1. Mai 2012

23.45 Uhr. Bin gerade bei Twitter auf die Whitelist gekommen, weil ich innerhalb von einer Stunde 150 Mal meine Follower gecheckt habe.

Mittwoch, 2. Mai 2012

79 kg; Twitter-Follower: 0.

21.15 Uhr. Gehe nicht mehr auf Twitter und will auch keine Follower mehr checken. Vielleicht ist Facebook besser.

21.20 Uhr. Habe gerade Jude angerufen, um zu fragen, wie man sich bei Facebook anmeldet. »Sieh dich bloß vor«, meinte sie. »Facebook ist eine prima Sache, wenn man mit Leuten in Kontakt bleiben will, aber es kann auch sein, dass man am Ende lauter verflossenen Lovern begegnet, die alle längst schon wieder eine neue Freundin haben und nichts mehr mit dir zu tun haben wollen.«

Humpf! Kann mir aber nicht passieren. Also auf zu Facebook!

21.30 Uhr. Vielleicht warte ich noch ein bisschen mit Facebook.

Anruf von Jude, die aus dem Lachen gar nicht mehr herauskam. »Lass das erst mal mit Facebook. Gerade ist Tom da etwas passiert. Er wollte bloß ein paar Dating-Profile checken und hat wohl irgendwo das falsche Häkchen gesetzt. Jetzt kann wohl jeder die intimsten Sachen über ihn einsehen, einschließlich seiner Eltern und ehemaligen Uni-Professoren.«

ZWERCHFELL MIT SCHWANGERSCHAFTSSTREIFEN

Mittwoch, 9. Mai 2012
79,5 kg; Twitter-Follower: 0.

9.30 Uhr. Hilfe, ein Notfall! Mein Rücken hat sich verabschiedet. Also nicht in dem Sinne, dass jetzt zwischen Schultern und Hintern nichts mehr ist, aber zu gebrauchen ist er trotzdem nicht mehr. Hatte gerade noch Twitter-Follower gecheckt und empört den Laptop zugeknallt, als es passierte. Vielleicht weil ich, als ich »Pah!« sagte, den Kopf etwas zu heftig zur Seite drehte, ich weiß es nicht. Mit einem Mal verzerrte sich die ganze linke Seite. Dass man einen Rücken hat, merkt man ja normalerweise nicht. Doch das ist Vergangenheit. Jetzt bestimmt Schmerz mein Leben. Was soll ich bloß tun?

11.00 Uhr. Soeben von der Chiropraktikerin zurück. Die Frau meinte, Twitter sei vollkommen unschuldig an meinem kaputten Rücken, es läge eher am jahrelangen falschen Heben von Kindern, und ich solle mich künftig nicht mehr so tief bücken, sondern eher »aus den Beinen heraus« arbeiten. Also erst in die Hocke gehen wie afrikanische Ureinwohnerinnen, was aber ganz schön dämlich aussieht. Wobei ich klarstellen muss: Nur bei mir sieht so etwas dämlich aus, *nicht* bei afrikanischen Ureinwohnerinnen. Afrikanische Ureinwohnerinnen sind bekanntlich allesamt Gazellen.

Die Chiropraktikerin fragte, ob ich noch weitere Beschwerden habe, und ich sagte: »Sodbrennen.« Sie drückte und manschte in meinem Bauch herum und rief dann: »Mein lieber Schwan, so ein labberiges Zwerchfell erlebt man nicht alle Tage.«

Ist aber altersbedingt. Weil nach zwei Schwangerschaften das Zwerchfell nicht mehr in seine alte Form zurückgefunden hat, ist der ganze Verdauungstrakt nicht mehr so gut verpackt wie früher. Kein Wunder, dass mir die Schwimmringe über die Jogginghose hängen.

»Und was soll ich jetzt machen?«

»Als Erstes: Bauchtraining. Sie müssen abspecken. Im St. Catherine's Hospital gibt es eine hervorragende Adipositas-Klinik. Für Menschen mit Übergewicht.«

»Sie meinen, ich muss in eine Fatty-Farm???« Aufgebracht sprang ich vom Untersuchungstisch und zog mich wieder an. »Kann sein, ich habe ein paar Speckröllchen wegen der Babys, aber bestimmt kein Übergewicht.«

»Langsam, langsam«, sagte sie. »Natürlich haben Sie kein Übergewicht. Aber wenn Sie *richtig* abnehmen wollen, dann müssen Sie zum Spezialisten. Allein dürfte es schwer werden, zumal mit Kindern.«

»Ich weiß«, sagte ich. »Man will seine Ernährung umstellen und isst um fünf Uhr nachmittags nur schnell die restlichen Fischstäbchen mit Pommes von den Kindern auf. Und abends gibt es dann noch einmal ein volles Abendessen obendrauf…«

»Genau so ist es. Aus diesem Grund setzt die Klinik komplett auf Mahlzeitersatz, so gibt es keine Diskussion mehr, was Sie noch essen dürfen und was nicht«, sagte die Chiropraktikerin. »Außer Ihrer Astronautennahrung nehmen Sie nichts mehr in den Mund.«

Keine Ahnung, was Tom, Jude und Talitha dazu sagen würden, har-har!

Zog beleidigt ab, wäre dann aber fast umgekehrt, um sie zu bitten, mir auf Twitter zu followen.

21.15 Uhr. Wieder zu Hause besah ich mich im Spiegel – und war entsetzt. Ich ähnle in der Tat immer mehr einer fetten Mastgans. Arme und Beine sind gleich geblieben, aber die Körpermitte mit Bürzel ist mächtig aufgegangen. Bekleidet gleiche ich einem dekorierten Weihnachtsbraten, nackt sehe ich aus wie diese bleichen Vögel, die die ganze Nacht im Dampfgarer waren. Talitha hat recht. Das Geheimnis besteht darin, jede alterstypische Fetteinlagerung sofort zu unterbinden.

Donnerstag, 10. Mai 2012
79 kg; Twitter-Follower: 0.

10.00 Uhr. Gerade mit Adipositas-Klinik telefoniert. Kleiner Lichtblick: Es war zunächst unklar, ob ich wirklich dick genug bin, um aufgenommen zu werden! Habe mich daher dicker gemacht, als ich wirklich bin. Tolles Gefühl von Souveränität.

10.10 Uhr. Werde mich in gestählten Superbody verwandeln, mit knallhartem Sixpack & ohne Wabbelbauch.

10.15 Uhr. Nur noch schnell die Reste vom Frühstück der Kinder aufessen.

Donnerstag, 17. Mai 2012
79,5 kg; Twitter-Follower: 0.

9.45 Uhr. Adipositas-Klinik. Würde am liebsten auf der Stelle kehrtmachen. Habe das Gefühl, tiefer kann ich nicht mehr sinken. Es ist bestimmt wie in einer dieser Gesundheitssendungen im Fernsehen – arme, tief beschämte Schweine, die in Krankenhaushemden gesteckt werden und allerlei entwürdigende Untersuchungen erdulden müssen, während ein Reporter-Lackaffe im Vordergrund sich über die »Fettsucht-Welle« verbreitet, die angeblich über das Land schwappt.

10.00 Uhr. Adipositas-Klinik war doch nicht so übel. Hatte zwar Mühe, das Wort *Adipositas-Klinik* am Empfang auszusprechen, aber einmal drin, war der erste Anblick seltsam tröstlich. Ich sah nämlich einen Mann, der so dick war, dass er seine Riesenwampe in einer Art Einkaufswagen vor sich her schieben musste. In seiner Begleitung war eine kaum minder fette Frau, die ihn mit säuselnden Worten angrub: »Warst du als Kind auch schon dickleibig?«

Vor allem: Ich zog dieselben bewundernden Blicke auf mich wie zuletzt mit zweiundzwanzig, als ich die Zipfel meiner Hippie-Bluse noch locker um meinen flachen Bauch knoten konnte. Sie hielten mich wohl für den lebenden Beweis, wie erfolgreich das Fatty-Programm der Klinik war. In ihren Augen galt ich als geheilt. Für mich eine völlig neue Erfahrung und Grund für neues Selbstbewusstsein. Aber das war natürlich völlig falsch und grenzte nur meine Mitpatienten aus.

Außerdem führte der Anblick von Schwabbelmasse in einem Einkaufswagen zu der tiefgreifenden Erkenntnis: Fett ist nicht zu übersehen, Fett ist real. Fett ist man nicht einfach so, es hat seinen Grund. Und zwar in alledem, was wir täglich so in uns hineinstopfen.

»Sie heißen?«, fragte der Mann an der Rezeption, selber beunruhigend dick. Tolles Aushängeschild. Hätten sie nicht wenigstens dieses Dickerchen auf Normalmaß herunterhungern können?

Aber die ganze Sache ist hochkompliziert und erfordert tausend verschiedene medizinische Untersuchungen wie etwa Bluttests oder EKG und – ganz wichtig – das beratende Gespräch durch den Arzt/die Ärztin. Als wir erst einmal den peinlichen Moment hinter uns hatten (auf dem Aufnahmebogen wollten sie mich allen Ernstes als »Spätgebärende« eintragen!), lief alles wie von selbst. Es ist nämlich so: Sich bloß täglich zu wiegen bringt gar nichts. Und darum geht es auch nicht. Es geht darum, ganze Konfektionsgrößen loszuwerden. Leute mit erheblichem Übergewicht (sagen wir dreißig oder hundert Kilo zu viel) können tatsächlich unglaublich viel Fett abbauen, bis zu zwölf Pfund in einer Woche! Wohlgemerkt, Fettgewebe! Bei denen, die lediglich zehn, fünfzehn Prozent ihres Körpergewichts abnehmen wollen, bedeuten die ersten paar Pfunde, die purzeln, noch gar nichts. Die gehen meistens auf alles Mögliche zurück, so die schwammige Erklärung.

Ausschlaggebend ist nämlich nicht der reine Gewichtsverlust, sondern das Verhältnis von Muskelmasse zu Fettgewebe. Bei einer Crash-Diät ohne begleitendes Krafttraining verliert man eher nur Muskelmasse, was auf der Waage erst einmal beeindruckend aussieht, weil Muskelgewebe schwerer ist als Fett. Man wiegt zwar weniger, aber der Körper hat jetzt prozentual mehr Fett als vorher. Oder so ähnlich. Kurz und gut, ich soll mich regelmäßig im Sportstudio sehen lassen.

Und mein Ernährungsplan sieht folgendermaßen aus: Tagsüber gibt es Schoko-Protein-Pudding und Schoko-Protein-Riegel, abends fettfreie Gemüsegerichte plus noch einmal eine kleine Proteindröhnung. Was bedeutet: Etwas anderes als das Vorgenannte kommt mir nicht in den Mund. (Ausgenommen Penisse, aber warum sage ich das jetzt? Ausgerechnet ich!) Obwohl, wäre mal was Neues. Und nach dem heutigen Tag, scheint mir, liegt es sogar im Bereich des Möglichen.

ALLES NEU!

Donnerstag, 24. Mai 2012

81 kg (wie das?); verlorene Pfunde: 0; hinzugewonnene Twitter-Follower: 0; konsumierte Schoko-Protein-Riegel: 28; konsumierte Schoko-Protein-Puddings: 37; durch Proteinprodukte ersetzte Mahlzeiten: 0; durchschnittliche Kalorienmenge pro Tag bei kombinierter Ernährung (normales Essen plus Proteinprodukte): 4.798.

War gerade zum ersten Wiegen in der Adipositas-Klinik.

»Bridget«, sagte die Krankenschwester, »die Proteinpräparate sollen Ihr normales Essen *ersetzen*, nicht ergänzen. Sie futtern alles zusammen.«

Blickte säuerlich auf mein Gewichtsdiagramm und sagte: »Wenn ich das normale Essen weglasse, folgen Sie mir dann auf Twitter?«

»Ich bin nicht auf Twitter«, sagte sie. »Folgen Sie lieber unseren Anweisungen, und beschränken Sie sich auf die Präparate. Und vergessen Sie Twitter. Das wäre erst einmal alles.«

21.15 Uhr. Die Kinder schlafen. Gott, bin ich einsam. Kein Twitter-Follower weit und breit. Ich bin dick, der Magen hängt mir bis in die Kniekehlen, und die Mahlzeitersatzprodukte kann ich nicht mehr sehen. Hasse diese Zeit am Abend, wenn die Kinder im Bett sind. Eigentlich sollte ich mich entspannen und ein bisschen Spaß haben, stattdessen fühle ich mich nur einsam. Na gut, will mich nicht hineinsteigern. Zumindest wird sich an diesem Zustand in den nächsten drei Monaten einiges ändern. Werde nämlich Folgendes tun:

- 35 kg abnehmen,
- 75 Twitter-Follower gewinnen,
- 75 Seiten meines Drehbuchs schreiben,
- lernen, den Fernseher zu bedienen,
- Gleichgesinnte mit Kindern finden, die in der Nähe wohnen und mit denen man sich abends treffen und Spaß haben kann. Mein normaler Tagesablauf ist nämlich ungesund: erst permanentes Kinderchaos, dann bedrückende Stille mit Reibekäse-Fressattacken.

Genau, das ist die Lösung. So etwas brauche ich. Für die Kinder wäre es auch besser, nicht die ganze Zeit allein im Haus rumzuhocken, wo sich alles nur um sie dreht. Aus Angst vor Kinderschändern lasse ich sie ja nicht mal auf die Straße. Pädophile gab es wahrscheinlich auch schon zu meiner Zeit, aber die Medien haben die Eltern derart hysterisiert, dass es die Kindererziehung insgesamt verändert hat. Brauche dringend andere Eltern, denen es ähnlich geht. Dann könnten wir uns zusammensetzen und Wein trinken, während die Kinder miteinander spielen. Modell italienische Großfamilie wie in der Bertolli-Werbung, wo grundsätzlich draußen gegessen wird. Und wie heißt es so richtig: »Es braucht ein ganzes Dorf, um ein Kind zu erziehen.«

Oder um künftigen Promis den Weg auf den roten Teppich zu ebnen.

Wohnt gegenüber nicht diese nette Frau, die offenbar auch Kinder hat? Okay, das Wort »nett« trifft es nicht ganz, denn sie kommt mir ganz schön künstlerisch-alternativ vor mit ihrer schwarzen Mähne voller Deko-Zeug, das aussieht wie aus dem Gartencenter oder einer Tierhandlung, so wenig eignet es sich auf den ersten Blick als menschlicher Zierrat. Aber sie ist eben eine exotische Schöne, da gelten andere Maßstäbe. Habe sie schon mit anderen Leuten gesehen, nicht nur mit Kindern und Jugendlichen, auch mit Nannys, Babysittern (männliche!), Liebhabern – aber dahinter will ich Fragezeichen machen. Es gibt da einen Typ von einer etwas raubauzigen Ansehnlichkeit, der auch ihr Ehemann sein könnte oder ein Künstlerfreund. Ach ja, und ein Baby habe ich auch schon gesehen. Vielleicht hat sie ja Kinder, die im selben Alter sind wie Billy und Mabel.

Na also, geht mir gleich besser. Morgen sieht die Welt schon anders aus.

Donnerstag, 31. Mai 2012
79 kg.

Juhu! Habe seit letzter Woche vier Pfund abgenommen! Bin wieder dort, wo ich zu Beginn der Diät angefangen habe. Die Schwester meinte aber, es wäre kein Fett, sondern irgendetwas anderes. Sie sagte auch, ich sollte lieber radfahren, statt den ganzen Tag auf meinem Hintern zu sitzen.

Donnerstag, 7. Juni 2012
78 kg.

10.00 Uhr. Bin jetzt auf den Zug von dem neuen Bikesharing-Programm aufgesprungen, das sich unser abgedrehter (d. h. eigentlich ganz vernünftiger) Bürgermeister Boris Johnson für diese Stadt ausgedacht hat. Echt klasse! Habe mir Aktivierungsschlüssel für Boris-Bike gekauft und Drahtesel ausgeliehen und alles. Fühle mich als Teil einer jungen coolen

Radlergeneration, die Autos verschmäht und lieber schlank und grün ans Ziel kommt. Natürlich fahre ich jetzt auch mit dem Fahrrad zur Fatty-Farm.

10.30 Uhr. Schwer traumatisiert wieder zurück. Fahrradfahren war brutaler Schock, vor allem wenn man keinen Sicherheitsgurt hat. Jedes Mal, wenn ein Auto kam, bin ich abgestiegen. Das nächste Mal lieber am Kanal entlang, da sind keine Autos.

11.30 Uhr. Na also, Radweg am Kanal klappte schon besser. Allerdings hat mich jemand von einer Brücke aus mit einem Ei beworfen, keine Ahnung. Sturzgeburt von Vogel in vollem Flug ist theoretisch auch möglich. Muss mich erst sauber machen. Ich glaube, ich lasse das mit dem Boris-Bike und nehme künftig den Bus, da sitze ich zwar nur auf meinem Hintern, komme aber unbekleckert und lebend an statt tot und voller Eipampe.

Donnerstag, 14. Juni 2012
76 kg.

Ziehe immer wieder meine Sachen aus und stelle mich auf die Waage. Meistens nehme ich dann auch noch Uhr und Armreif etc. ab und gucke, was auf der Anzeige passiert. Bin absolut begeistert und mehr denn je entschlossen, die Diät fortzusetzen.

Mittwoch, 20. Juni 2012

13.00 Uhr. War gerade im Sportstudio, was einerseits gut ist, andererseits – aus verständlichen Gründen – ganz furchtbar. Eins frage ich mich wirklich: Wie kommt es, dass in der Umkleide *immer* jemand den Spind direkt über mir hat, auch wenn sonst kein Schwein zum Training da ist?

Jetzt gehe ich erst einmal auf Twitter und lerne jede Menge neue Leute kennen.

13.30 Uhr.
<@DalaiLama So wie die Schlange sich häutet, so müssen auch wir immer wieder unsere Vergangenheit abstreifen.>

Siehst du? Im Cyberspace sind der Dalai Lama und ich ganz nah beieinander. Ich streife meine Fettschicht ab wie eine Schlange.

Mittwoch, 27. Juni 2012

9.30 Uhr. Habe mit dem Drehbuch angefangen. Auch heute ist das Thema noch wichtig, weil es um eine junge Frau geht – in Queen's Park, in London, bei mir –, die begreift, dass für sie »die Zeit des Tanzens vorbei« ist. Dass kein netter Mann sie je heiraten wird. Also schnappt sie sich irgendeinen Langweiler – im allerletzten Moment, so wie man bei der Reise nach Jerusalem nach dem letzten freien Stuhl hechtet. Da fällt mir ein: Ich könnte sie auch eine Abmagerungskur machen lassen und ihr ganz viele Twitter-Follower andichten.

10.00 Uhr. Besser nicht. Twitter-Follower: 0.

Donnerstag, 28. Juni 2012
72 kg, 18 Pfund abgenommen!

OMG! Habe tatsächlich 9 fette Kilo verloren! Was mich wundert: Da macht man jahrelang hunderte Diäten, die entweder gar nicht funktionieren oder nach fünf Tagen wieder abgebrochen werden, doch diesmal…

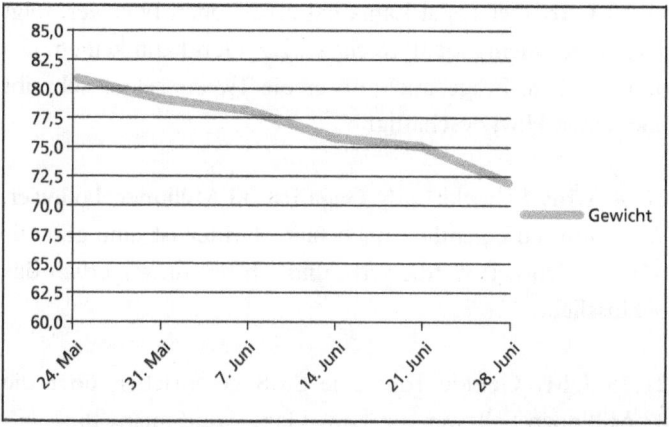

…doch diesmal tut sich was. Liegt sicher auch daran, dass man jede Woche auf die Viehwaage muss und den Körperfettanteil gesagt bekommt, wodurch Mogeln unmöglich wird. Mogeln kann man besonders gut, indem man flexibel ist und einmal behauptet, man macht Trennkost nach der Hay-Methode (und zwar immer dann, wenn man Heißhunger auf eine Ofenkartoffel hat), und ein andermal so tut, als sei man bei den Weightwatchers, weil man sich gerade ein Mars reinziehen will. Ebenfalls neu: Ich passe wieder in ein Kleid, das ich mir einmal vor der Schwangerschaft gekauft habe. Okay, es ist ein rechter Sack, dennoch packt mich ein irrer Optimismus.

Donnerstag, 12. Juli 2012
70 kg; 11 Kilo abgenommen; fertige Drehbuchseiten: 10; Twitter-Follower: 0.

21.15 Uhr. O Gott, diese Einsamkeit! Aber jetzt! Werde von nun an auf Twitter richtig loslegen.

21.20 Uhr. Der Dalai Lama hat 2 Millionen Follower, folgt aber selber niemandem. Recht so. Ein Gott kann keinem anderen folgen. Frage mich, ob er die Tweets selber schreibt oder einen Hiwi beschäftigt.

21.30 Uhr. Schock! Lady Gaga hat 33 Millionen Follower. Wozu bin ich eigentlich noch hier? Twitter ist eine gigantischer Beliebtheitswettbewerb, und ich bin unweigerlich das Schlusslicht.

21.35 Uhr. Gerade Tom eine SMS geschrieben über die 33 Millionen Follower von Lady Gaga – und meine 0.

21.40 Uhr. <Du musst anderen Leuten folgen, sonst wissen sie doch gar nicht, dass du auf Twitter bist.>
    <Der Dalai Lama folgt niemandem.>
    <Du bist aber nicht Gott oder Lady Gaga, Herzchen. Du musst von dir aus aktiv werden. Folge mir: @TomKat37.>

22.00 Uhr. @TomKat37 hat 878 Follower. Wie zum Teufel hat er das gemacht?

Freitag, 13. Juli 2012
22.15 Uhr. Ich habe einen Follower! Na endlich. Die Leute bemerken also meinen unverwechselbaren Stil.

22.16 Uhr. Oh. <@tomKat37 Siehst du? Jetzt hast du einen Follower und musst nur dranbleiben.>
    War bloß Tom.

Dienstag, 17. Juli 2012

69 kg; Twitter-Follower: 1.

12.00 Uhr. Heute ist ein ruhmreicher historischer Tag. War gerade bei H&M und fragte Verkäuferin nach etwas in Größe 42, aber sie sah mich an, als sei ich wahnsinnig geworden, und sagte dann: »Sie brauchen was in 40.«

War erst einmal sauer, weil ich nie und nimmer in eine 40 reinpasse. Aber dann brachte sie mir das Teil, und es saß perfekt. Ab heute trage ich 40.

Und ich habe einen Follower. Bin nicht mehr zu stoppen.

Donnerstag, 26. Juli 2012

68 kg; Drehbuchseiten fertig: 25; Twitter-Follower 1.

Hurra, bin jetzt deutlich unterhalb der magischen Grenze von 70 Kilo. (Dass ich dabei auf einem Bein stand und mich leicht ans Waschbecken lehnte, hat sicher geholfen, aber egal, 67,5 Kilo sind 67,5 Kilo.)

Außerdem voll im Schreibfieber. Habe mich entschlossen, den Titel zu ändern, der Film heißt jetzt *Laub in seinem Haar*. Es ist Heddas berühmtestes Zitat in *Hedda Gabbler*, auch wenn es hauptsächlich deshalb berühmt ist, weil es kein Mensch versteht.

Montag, 30. Juli 2012

67 kg; Twitter-Follower: 50.001.

21.15 Uhr. Neuen Follower gewonnen! Aber irgendwie komisch. Es ist ein Follower mit 50.000 Followern.

21.35 Uhr. Die Sache wird immer mysteriöser. Follower hängt über mir wie Raumschiff in *Independence Day*. Beobachtet er mich? Würde ihm gern eins vor den Bug knallen oder so was.

21.40 Uhr. Follower nennt sich XTC Communications.

22.00 Uhr. Habe die Sache mit dubiosem Follower Tom getweetet, der zurückschrieb:

<@**TomKat37** @JoneseyBJ Das ist ein Spambot, Baby. Werbung.>

22.30 Uhr. Hihi, geht doch. Ich schrieb:

<@**JoneseyBJ** @TomKat37 Erst so kurz dabei und schon einen Spambot. Du hättest ihn sehen sollen heute Morgen, im schonungslosen Licht der Frühe.>

Dienstag, 31. Juli 2012
Twitter-Follower: 50.001.

14.00 Uhr. FÜNFZIGTAUSEND UND EIN FOLLOWER. Herrliches Gefühl! Habe gerade Lip-Plumper gekauft. Kribbelt ein bisschen auf den Lippen, scheint aber zu funktionieren.

15.00 Uhr. Frage mich, ob ich dicke Finger bekomme, wenn ich Lip-Plumper darauf schmiere.

Mittwoch, 1. August 2012
Twitter-Follower: bin wieder bei 1.

7.00 Uhr. Humpf! Spambot hat sich irgendwie verdünnisiert und die 50 000 Follower mitgenommen. Mist! Kinder sind wach.

21.15 Uhr. Nur kurz auf Twitter nachsehen.

21.20 Uhr. Tom hat meinen Spambot-Tweet retweetet, und sieben Follower sind hinzugekommen.

21.50 Uhr. Und was soll ich jetzt mit ihnen anstellen? Sie begrüßen, gar willkommen heißen?

21.51 Uhr. Oder *ihnen* folgen?

22.00 Uhr. Bin wie gelähmt und habe keine Ahnung von den Gepflogenheiten in sozialen Netzwerken. Vielleicht ist Twitter doch nichts für mich.

Donnerstag, 2. August 2012
64 kg; seit Beginn der Diät 17 kg verloren; Zuwachs an Muskelmasse: 5 % (was immer das bedeuten mag).

13.00 Uhr. Mir ist ganz schwindlig vor Glück! War gerade in der Adipositas-Klinik und habe von der Krankenschwester erfahren, dass ich gewichtsmäßig sogar über dem Plan liege (d. h. mehr Kilo runter habe als erwartet) und damit ein richtiger Musterpatient bin. Dann zu H&M gegangen, um Konfektionsgrößen auszuprobieren. Trage jetzt 38.

Bin gertenschlank und keine Mastgans mehr! Bin eine zweite Uma Thurman oder Jemima Kahn!

14.00 Uhr. Dann noch zu Marks & Spencer gegangen und zur Feier des Tages einen Schoko-Mousse-Kuchen gekauft und mit einem Bissen weggeputzt wie ein ausgehungerter Polarbär.

Freitag, 3. August 2012
66 kg (Alarmglocken!)

10.00 Uhr. Schoko-Mousse ist vom Mund direkt in den Magen gerutscht und hat sich dort festgesetzt wie die Plastikauskleidung einer billigen 5-Liter-Weinbox Rüppelheimer Nierentritt. Muss Drehbuch und Karriere erst mal ruhen lassen und ins Sportstudio gehen.

12.00 Uhr. Gehe nie wieder dahin! Und werde daher wohl auch nie von meinem Gewicht herunterkommen, ist mir aber scheißegal. Gibt es etwas Demütigenderes, als mit hochgerecktem Hintern auf der Beinbeuger-Maschine zu liegen und das Ding bewegt sich keinen Millimeter? Sah mich um, aber den anderen ging es nicht besser. Alle klemmten mit verzerrtem Gesicht in irgendwelchen Martergeräten, die direkt aus einem Höllenbild von Hieronymus Bosch stammen könnten.

Warum sind Körper eigentlich so schwer zu formen? »Ja, ist das denn die Möglichkeit? Bin ich nicht ein toller Körper? Ich verbrenne Fett, so schnell kannst du gar nicht gucken. Vorausgesetzt du hungerst dich zu Tode und machst dich in miefigen Folterkellern zum Affen. Ach ja, ab und zu ein Glas Wein ist auch verboten.« Ehrlich, ich hasse Diäten. Dass es so etwas überhaupt gibt, daran ist nur unsere Gesellschaft schuld. Warum nicht in Ruhe alt und dick werden und dafür essen, so viel man will? Okay, Wermutstropfen ist, man hat nie

wieder Sex und fährt am Ende die Wampe in einem Einkaufswagen spazieren, aber sonst?

Sonntag, 5. August 2012

Gewicht: unbekannt, ich trau mich nicht zu gucken.

23.00 Uhr. Habe heute Folgendes zu mir genommen:

- 2 Muffins *Healthy Start* (macht je 482 Kalorien)
- 1 komplettes englisches Frühstück inkl. Würstchen, Rührei, Bacon, gegrillte Tomaten und Toast
- 1 Pizza von Pizza Express
- 1 Banana Split
- 2 Pckg. Rolos
- ½ Schoko-Käse-Kuchen von Marks & Spencer (okay, eher
  einen ganzen)
- 2 Gläser Chardonnay
- 2 Tüten Chips (Cheese & Onion)
- 1 Tüte Reibekäse
- 1 Fruchtgummi-Schlange (30 cm, im Kino)
- 1 Tüte Popcorn (groß, im Kino)
- 1 Hotdog (groß)
- Reste von 2 weiteren Hotdogs (groß)

Har-har-har, das ist die Wahrheit, liebe Gesellschaft. Und jetzt
schieb sie dir irgendwohin.

Donnerstag, 9. August 2012

*69 kg, Gewichtszunahme seit letzter Woche: 5 kg; habe das Gefühl,
der Schoko-Käse-Kuchen liegt immer noch unverdaut im Magen.*

14.00 Uhr. Konnte mich kaum aufraffen, in die Adipositas-Klinik zu gehen, denn ich könnte vor Scham im Boden versinken.

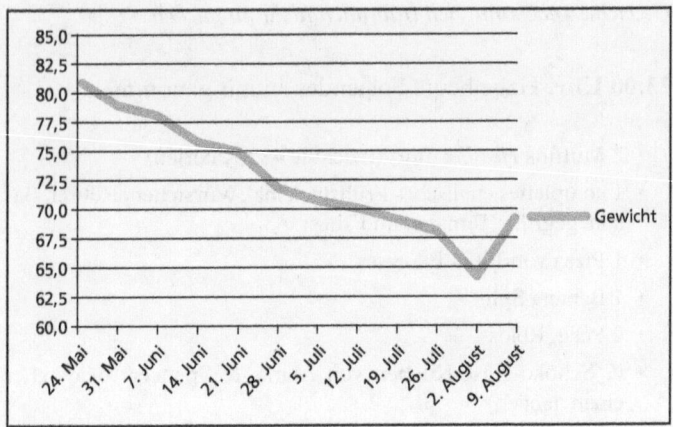

Die Krankenschwester warf nur einen kurzen Blick auf die Anzeige der Waage und schickte mich erst zum Arzt und danach in die Gruppentherapie, wo die Leute über ihre »Fress-Rückfälle« reden. War aber nicht so schlecht, denn mit meiner Liste (siehe oben) schoss ich eindeutig den Vogel ab, und alle waren schwer beeindruckt.

21.15 Uhr. Mag ja sein, dass die Schwester mit ihrem Vortrag recht hat (»Man braucht nur drei Tage, um eine Sucht zu entwickeln, aber drei Wochen, um wieder davon loszukommen.«). Ich will trotzdem weiter Kuchen und Käse essen.

21.30 Uhr. Krümelnd und den Mund voller Reibekäse habe ich Tom angerufen und ihm die ganze Sache gebeichtet.

»Die Fressattacken übergewichtiger Personen auf Teufel

komm raus *überbieten* zu wollen bringt dich auch nicht weiter. Wie läuft's mit Twitter? Folgst du deinen Followern? Folge doch mal Talitha.«

21.45 Uhr. Tom hat mir soeben Talithas Twitter-Adresse getweetet.

21.50 Uhr. @Talithaluckybitch hat 146.000 Follower. Ich hasse Talitha, ich hasse Twitter. Könnte jetzt einen ganzen Sack Käse plattmachen. Oder Talitha.

21.52 Uhr. Gerade an Tom geschrieben: <@**JoneseyBJ** @TomKat37 Talitha hat 146.000 Follower.>

<@**TomKat37** @JoneseyBJ Sei unbesorgt, das sind überwiegend Leute, mit denen sie schon geschlafen hat bzw. verheiratet war.>

22.00 Uhr. <@**Talithaluckybitch** @TomKat37 @ JoneseyBJ Ihr Lieben! Auf Twitter die giftige Kröte Neid von der Leine zu lassen ist ja sooo billig.

Freitag, 10. August 2012
Twitter-Follower erst 75, dann 102, dann 57 und jetzt vermutlich 0.

7.15 Uhr. Über Nacht sind – kurios, kurios – 75 Follower aufgetaucht.

21.15 Uhr. Und jetzt sind es 102. Ich spüre auf einmal die Last der Verantwortung, denn ich bin Anführer eines Kults. Auf mein Geheiß stürzen sich meine Anhänger in eiskaltes Wasser oder Schlimmeres. Muss erst mal ein Glas Wein darauf trinken.

21.30 Uhr. Sollte außerdem echte Führerschaft demonstrieren und ein Grußwort an meine Follower sprechen.

<@JoneseyBJ Seid mir willkommen, ihr Follower, ich bin euer Führer und begrüße euch herzlich bei meinem Kult.>

<<@JoneseyBJ Ihr müsst aber nicht gleich in kaltes Wasser springen, bloß weil ich es sage, denn dann bin ich wahrscheinlich nicht mehr nüchtern.>

21.45 Uhr. <@JoneseyBJ Gaah! 41 von euch, geliebte Follower, sind gerade entschwunden – und das so schnell, wie ihr gekommen seid.>

<@JoneseyBJ Ich aber sage euch: Kehrt um!>

Donnerstag, 16. August 2012
62 kg; fertige Drehbuchseiten: 45; Twitter-Follower: 97.

16.30 Uhr. Siehe da, erneute Trendwende. Follower haben sich besonnen und sind jetzt mehr denn je. Sehe dies als gutes Omen. Habe weiter abgenommen, nur das Drehbuch schwillt an. Der zweite Teil ist jetzt fertig – na ja, so gut wie. Und das Beste: Habe Erstkontakt mit meiner künstlerisch-alternativen Nachbarin hergestellt.

Es geschah beim Einparken. Das ist eigentlich bei unserer engen, gewundenen Straße unmöglich, weil alles mit Autos zugestellt ist. Hatte erfolglos vierzehn Mal vor- und zurückgesetzt und es dann mit französisch Einparken versucht, also nach Gehör: Wenn's kracht, noch einen Meter. Jeder hier macht das so. Und falls mal wieder ein LKW durch unsere Straße brettert und dabei jeden Kotflügel zerkratzt, wird das Kennzeichen aufgeschrieben, und die Versicherung reguliert alles, auch die alten Dellen.

»Maaamii!«, rief Billy. »Da sitzt jemand in dem Auto, das du gerade angebumst hast.«

Tatsächlich, am Steuer saß meine künstlerisch-alternative Nachbarin – und stauchte gerade die hinten sitzenden Kinder zusammen. Fühlte sogleich eine tiefe Seelenverwandtschaft. Sie stieg aus, gefolgt von zwei dunklen, ungezähmten Kindern. Sie wirkten nicht älter als Billy und Mabel: größerer Junge, kleineres Mädchen. Dann besah sich die Mutter ihre Stoßstange, grinste mich an und verschwand im Haus.

Unsere erste Begegnung! Der Anfang ist gemacht, Freundschaft nur noch eine Frage der Zeit – falls sie nicht genauso wieder verschwindet wie der Spambot.

Donnerstag, 23. August 2012
61 kg; Gewichtsverlust insgesamt: 21 kg (der Wahnsinn!); trage jetzt drei Kleidergrößen kleiner.

Ein freudiger Tag von historischer Bedeutung! Habe kein Gramm Fett mehr zu viel. Adipositas-Klinik meint, ich hätte jetzt gesundes Idealgewicht und sollte auf »Erhaltungsprogramm« umsteigen, weiterer Gewichtsverlust hätte lediglich ästhetische Zielsetzung und keine gesundheitsfördernde Wirkung.

Zum Beweis ging ich zu H&M – und mir passte: Größe 36!

Mein Drehbuch ist zur Hälfte fertig, außerdem habe ich herausgefunden, dass die Kinder meiner Nachbarin tatsächlich so alt sind wie meine. Ich gebiete über 79 Follower, bin Teil einer global vernetzten Generation und trage Größe 36. Bin also nicht *nur* scheiße.

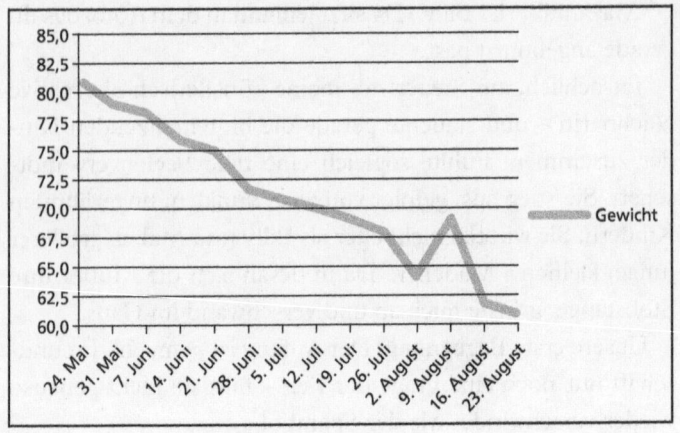

Montag, 27. August 2012

Fertiggestellte Akte des Drehbuchs: 2,25; Twitter-Follower: 87.

Mabel ist so was von witzig. Heute saß sie da und starrte so eigenartig vor sich hin.

»Darf man fragen, was du hast?«, sagte Billy und sah sie aus seinen braunen Augen amüsiert an. Mark Darcy, das Original! Nur jünger, wie wiedergeboren in diesem kleinen Jungen.

»Ich mache einen Anstarr-Wettbewerb«, sagte Mabel.

»Und mit wem machst du einen Anstarr-Wettbewerb?«

»Mit dem Stuhl«, sagte Mabel, als sei es das Normalste von der Welt.

Billy und ich prusteten los, doch da verstummte er und blickte mich an: »Du kannst ja wieder lachen, Mummy.«

PÄRCHENCLUB DER HÖLLE

Samstag, 1. September 2012
61 kg; positive Gedanken: 0, Zukunftsaussichten in Sachen Liebe: 0.

22.00 Uhr. Bin heute einen großen Schritt weitergekommen. War nämlich bis vorhin auf der gemeinsamen Geburtstagsfete von Magda und Jeremy. Ich hatte mich etwas verspätet, da ich geschlagene zwanzig Minuten brauchte, bis der Reißverschluss zu war. Und davor schon Zeit mit dieser Yogaübung vertan hatte, bei der man die Hände hinterm Rücken verschränken muss – und das möglichst ohne zu pupsen.

Vor Jeremys Haustür kamen die alten Erinnerungen wieder hoch: wie ich mit Mark früher hier gestanden und er mir die Hand auf den Rücken gelegt hatte. Der Moment, als ich erfahren hatte, dass ich mit Billy schwanger war, und wir es am liebsten allen sofort erzählt hätten. Wie wir Mabel in ihrem kleinen Maxicosi ins Auto gepackt hatten. Wie ich gern zu solchen Feiern gegangen war, weil Mark mich begleitete. Ich musste mir keine Gedanken machen, was ich anziehen sollte, denn Mark half mir bei der Auswahl. Und wenn er einen Kommentar abgab, dann nie, dass ich zu dick sei. Natürlich zog er auch sämtliche Reißverschlüsse zu. Zu allem fiel ihm noch etwas Lustiges ein, selbst wenn ich wieder mal eine Dummheit begangen hatte. Und feuerquallige Bemerkungen von anderen (die Sorte Gemeinheit, die dich aus der

Deckung gepflegter Unterhaltung trifft und die erst zeitverzögert wehtut) – die wusste er stets gelassen zu parieren und zu entschärfen.

Doch jetzt stand ich allein vor der Tür, hörte die Musik und das Gelächter im Haus und wäre am liebsten weggelaufen. Dann ging die Tür auf, und Jeremy stand da.

Ich sah, dass auch er den alten Schmerz noch spürte – und die Lücke, die Marks Tod in seinem Leben hinterlassen hatte, denn die beiden kannten sich ja seit ewigen Zeiten.

»Ah, da bist du ja, wie schön!«, sagte er und überspielte seine Traurigkeit, wie er es von Anfang an getan hatte. Britischer Stoizismus, wie man ihn in dieser Form nur in teuren Eliteschulen lernt. »Tritt ein, wie geht's den Kindern? Ich hoffe, sie wachsen und gedeihen.«

»Nein«, sagte ich widerborstig. »Sie haben aus Trauer das Wachstum eingestellt und wollen für den Rest ihres Lebens Zwerge sein.«

Jeremy hat mit Sicherheit noch kein Zen-Buch gelesen und weiß daher auch nicht, wie das geht mit dem »Zulassen« und »Gewährenlassen« von anderen Menschen. Trotzdem hatte ich seine konventionelle Aufgeräumtheit zumindest insoweit aufgebrochen, dass wir uns einen kurzen Moment lang wie entblößt gegenüberstanden, vereint in unheilbarer Trauer. Dann hüstelte er und spulte sein Gastgeber-Programm ab, als wäre nichts passiert.

»Jetzt komm schon rein. Was darf ich dir anbieten? Wodka Tonic? Gib mir deinen Mantel. Mein Gott, bist du schlank geworden!«

Er schob mich in das allzu bekannte Wohnzimmer, wo Magda mir vom Getränketisch freudig zuwinkte. Magda ist meine älteste Freundin, ich kenne sie seit der Uni in Bangor. Auch die anderen Gesichter sind mir seit rund drei Jahrzehnten vertraut. Es sind noch die »Sloane Rangers« von früher, die reichen, hippen Kinder der englischen Oberschicht, nur älter. Und verheiratet. Wie Dominosteine fielen sie mit Anfang dreißig, landeten in dieser speziellen Form der Versorgungsehe und sind bis heute da geblieben, das heißt nach außen hin zusammen: Cosmo und Woney, Pony und Hugo, Johnny und Mufti. Und ganz wie früher fühlte ich mich fremd unter ihnen. Ich bin der Korken auf dem Wasser, der nie wirklich in ihre Konversation eintauchen kann. Weil ich, obwohl gleichaltrig, immer anders war als sie, jünger, unfertiger, wenn man so will. Und weil mein Leben erkennbar in die falsche Richtung steuerte, das heißt nicht in dieselbe wie ihres.

»Bridget, schön, dich zu sehen! Meine Güte, hast du abgenommen, wie geht es dir?«

Erst dann zuckte es in ihren Augen, und sie erinnerten sich, dass ich Witwe war und alleinerziehend, und sie fragten: »Und die Kinder? Wie geht es den Kindern?«

Nicht so Woneys Mann Cosmo, ein erfolgreicher, überaus selbstbewusster Eierkopf von Fondsmanager. Er kam gleich angetrampelt wie der Elefant im Porzellanladen.

»Aber hallo, wen haben wir denn da? Bridget! Na, immer noch keinen gefunden? Aber gut siehst du aus! Wann dürfen wir die Hochzeitsglocken läuten?«

»Cosmo, Klappe!«, ging Magda dazwischen.

Einen Vorteil hat die Witwenschaft, zumal im Vergleich zum Singledasein früherer Jahre (denn am Singledasein ist man ja selber schuld). Selbstzufriedene Ehegespanne können sich nicht mehr alles erlauben, sondern sind gezwungen, wenigstens ein Minimum an Takt walten zu lassen. Es sei denn, man heißt Cosmo und lässt gleich den nächsten Spruch vom Stapel.

»Also, ich würde sagen, jetzt muss langsam mal Schluss

sein mit der Trauerzeit, meinst du nicht? Du kannst nicht ewig Trübsal blasen.«

»Ja, aber das Problem ist …«

Woney schaltete sich ein. »Frauen, die in mittleren Jahren plötzlich allein dastehen, haben es nie leicht.«

»Das mit den mittleren Jahren habe ich überhört«, sagte ich und versuchte, Talitha nachzumachen.

»Ich meine ja nur. Guck dir nur jemanden wie Binko Carruthers an, der ist nun wahrlich kein Bild von einem Mann, trotzdem konnte er sich vor Anträgen kaum retten, als Rosemary ihn sitzenließ. Geradezu überschüttet wurde er. Gleich reihenweise warfen sich ihm die Frauen an den Hals.«

»Zu Dutzenden, kein Scherz!«, sagte Hugo. »Einladungen ohne Ende. Dinnerpartys, Theaterbesuche und mehr. Und immer der Hahn im Korb.«

»Ich gebe zu bedenken, dass alle diese Damen ein gewisses Alter bereits überschritten hatten«, sagte Johnny.

Grrr. Dieses »gewisse Alter« ist noch herabsetzender als die berühmten »mittleren Jahre«. Vor allem scheint das »gewisse Alter« ausschließlich Frauen zu betreffen.

»Und wenn schon«, sagte Woney.

Doch das konnte einen Cosmo nicht beeindrucken. »Na ja, ich meine ja nur«, tönte er. »Aber wenn ein Mann schon einen Neuanfang geschenkt bekommt, dann will er davon auch was haben. In erster Linie mal was Jüngeres, Knackigeres …«

Das saß. Ich sah den Schmerz in Woneys Blick. Woney ist nämlich, anders als Talitha, wahrlich kein Genie der Selbstvermarktung und Produktverschlankung, sondern hat die Fettzellen der mittleren Jahre gewähren lassen. Kurz, sie ist eine rechte Tonne, und ihre Haut, unbelästigt von Gesichtsmasken, Peelings und Make-up mit Diamanteffekt, durfte sich erschöpft in lebenserfahrene Falten legen. Die ehedem prachtvollen schwarzen Haare sind grau geworden und wurden freudlos zur Kurzhaarfrisur gestutzt, was wiederum Woneys Doppelkinn betonte. Was vermeidbar wäre, wenn man Talitha glauben will, zumindest mit dem passenden konturierenden Make-up – geht angeblich kinderleicht und ganz fix. Dazu passt, wie von Talitha vorgemacht, das Hochgeschlossene mit Rüschenbluse, siehe Maggie Smith in *Downton Abbey*, aber in der Zara-Version.

Ich ahnte, dass Woney die nötige Auffrischung bewusst unterlassen hatte, allerdings weniger aus feministischer Verachtung für den männlichen Blick, sondern eher aus einer altmodischen englischen Ehrbarkeit heraus. Sie ist eben, wie sie ist, und wem das nicht passt, der kann sie mal. Sie definiert sich nicht über ihr Aussehen oder ihren Sexappeal und fühlt sich auch so geliebt. Und das bei einem Typ wie Cosmo, der seinerseits Selbstzweifel nicht kennt. Typen wie Cosmo haben Wampe, gelbe Zähne, Glatze und wild wuchernde Brauen, aber *nie* das Gefühl, fremden Ansprüchen *nicht* zu genügen. Sie gehen *immer* davon aus, dass sie von *jeder* Frau, die ihn haben darf, auch bedingungslos geliebt werden.

Doch in diesem Moment blitzte der Schmerz in Woneys Augen, und ich fühlte mit ihr. Zumindest bis sie fortfuhr…

»Ich meine, es ist doch so: Ein alleinstehender Mann in Bridgets Alter hat die freie Auswahl, er befindet sich sozusagen auf einem Käufermarkt. Aber fragt doch mal Bridget, wann zuletzt ein Mann an ihre Tür geklopft hat. Wäre sie ein Mann in mittleren Jahren, mit einem eigenen Haus, eigenem Einkommen und zwei hilflosen Kinderchen, sie könnte sich vor Angeboten kaum retten. Aber so? Schaut sie euch doch an.«

Cosmo tat genau das. Musterte mich von oben bis unten. Dann sagte er: »Stimmt, eigentlich müssten wir sie verkuppeln. Ich wüsste nur nicht, wer sie in ihrem Alter noch…«

»Okay, das reicht«, unterbrach ich ihn. »Was meint ihr eigentlich dauernd mit *mittleren Jahren*? Es ist nicht die Mitte des Lebens. Zu Zeiten von Jane Austen wären wir alle schon tot. Heute wird der Mensch hundert Jahre alt, da kann man nicht sagen, fünfzig wäre die Mitte. Oh, okay, zugegeben, kann man doch, rein rechnerisch. Trotzdem ist mit dem Wort immer auch ein bestimmtes Äußeres gemeint.« Ich merkte, wie ich mich um Kopf und Kragen redete, sah kurz zu Woney hinüber und fiel in ein tiefes Loch. »So ein Gefühl von ›unwiederbringlich dahin‹, von Unverfügbarkeit, von Untauglichkeit für den Liebesmarkt. Aber wer sagt eigentlich, dass es so sein muss? Was wollt ihr mir damit sagen? Dass ich keinen Liebhaber habe, nur weil ich nicht dauernd darüber rede? Ich meine, vielleicht habe ich sogar mehrere!«

Sie starrten mich an und hätten beinahe angefangen zu sabbern.

»Und? Hast du?«, fragte Cosmo.

»Hast du einen Liebhaber?«, fragte Woney, als könnte dies nur ein Außerirdischer sein.

»Ja«, log ich, denn in meinem Kopf existierten sie ja, die Liebhaber.

»Und wo steckt er?«, fragte Cosmo. »Warum sehen wir ihn nie?«

In diesem Moment hätte ich am liebsten gesagt: »Weil ich ihm so ein Altersheim, wie ihr es seid, nicht zumuten möchte. Weil ich nämlich weiß, was er von euch halten würde. Ihr seid allesamt zu alt, zu vernagelt, zu hinterhältig.« Wie gesagt: hätte. Ich tat es aber nicht, weil ich sie komischerweise nicht verletzen wollte – wie schon seit zwanzig Jahren oder mehr.

Stattdessen griff ich auf einen Trick zurück, den ich ebenfalls seit zwanzig Jahren mit Erfolg anwende, und sagte nur: »Ich muss mal kurz auf die Toilette.«

Seufzend ließ ich mich auf den Klositz nieder und sagte zu mir: »Ruhig, ganz ruhig.« Legte Lip-Plumper nach und ging wieder nach unten. Magda war gerade auf dem Weg in die Küche, in der Hand – hochsymbolisch! – eine abgegessene Würstchenplatte.

»Hör nicht auf Flachköpfe wie Cosmo und Woney«, sagte sie. »Sie sind gerade in einer schwierigen Phase. Max ist mittlerweile auf der Uni, Cosmo steht kurz vor der Pensionierung, da bleibt ihnen nicht mehr viel. Außer sich die nächsten drei Jahrzehnte über ihren Siebzigerjahre-Designer-Esstisch hinweg anzustarren.«

»Danke, Mag.«

»Schadenfreude kann ja so schön sein. Vor allem bei Leuten, die sich dir gegenüber so arschig verhalten.«

Magda war immer schon nett.

»Also, du weißt, was du zu tun hast«, sagte sie. »Einfach ignorieren, was andere sagen, und ins kalte Wasser springen. Wäre doch gelacht, wenn du niemanden findest. So wie jetzt geht es nämlich nicht weiter. Ich kenne dich schon ewig, Bridget. Ich weiß, du schaffst das.«

22.25 Uhr. Soso, ich schaffe das! Aber wie, wenn ich mich innerlich so verdammt… beschissen fühle! Also aus dem Stand heraus geht gar nichts. Denn es kommt ja nicht darauf an, wie man sich außen rum fühlt, sondern innerlich. Wahres Glück kommt immer von innen. Oh, Telefon! Vielleicht mein zukünftiger Verlobter.

22.30 Uhr. »Hallo, Liebes…« Meine Mutter. »Ich rufe an, weil ich fragen wollte, was wir Weihnachten machen sollen. Una will nämlich jetzt doch keine Anti-Aging-Gesichtsbehandlung mehr, weil sie gerade beim Friseur war, und es ist ja schon in einer Viertelstunde. Es ist mir zwar absolut schleierhaft, warum sie sich die Haare machen lässt, wenn sie noch zur Kosmetikerin muss und zum Aqua-Zumba, aber das ist ihre Sache.«

Ich schloss mehrmals die Augen, nur um hier hinter einen Sinn zu kommen. Aber diese Telefongespräche kenne ich schon, seit Mum und Tante Una ins St. Oswald's gezogen sind. St. Oswald's House ist eine teure Seniorenresidenz nahe Kettering, nur dass das Wort Seniorenresidenz dort verpönt ist.

Die Non-Seniorenresidenz ist rund um ein viktorianisches Herrenhaus angelegt und gleicht eher einem Ferienresort. Laut Webseite verfügt sie über einen See »mit einer Vielzahl seltener Tiere« (hauptsächlich Eichhörnchen) sowie mehrere gastronomische Angebote wie der *Brasserie 120* (mit Bar- und Bistrobetrieb), dem Restaurant *Ess-Lust* und dem Café Plauder-Tasche. Dazu kommen Gesellschaftsräume, Gäste-Suiten für Familien auf Besuch und »niveauvoll ausgestattete« Häuser und Bungalows, umgeben von einem Italienischen Garten, den der bekannte englische Landschaftsarchitekt Russell Page 1934 eigens für das Anwesen entworfen hat.

Nicht zu vergessen *Viva*, die Fitness/Wellness-Anlage mit Pool, Spa, Gym, Beauty-Salon und Friseur. Natürlich bietet St. Oswald's House auch entsprechende Fitness-Kurse an, doch erfahrungsgemäß sind gerade diese Gemeinschaftserlebnisse eine beständige Quelle von Spannung und Streit.

»Bridget, bist du noch da? Bridget, hast du was? Du hast doch was, Bridget, machst du wieder auf Selbstmitleid?«

»Ja. Nein!«, sagte ich und bemühte mich um einen Ton, der nicht auf Selbstmitleid machte.

»Bridget, du machst auf Selbstmitleid, das höre ich.«

Grrr. Ich weiß, auch Mum hatte es nicht leicht nach Dads

Tod. Der Lungenkrebs brauchte nicht lange, ein halbes Jahr nach der Diagnose lag Dad unter der Erde. Aber zumindest hatte er, kurz vor seinem Tod, Billy noch im Arm gehalten. Wie gesagt, anfangs war es schwer für Mum, vor allem, da Una noch ihren Geoffrey hatte. Fünfundfünfzig Jahre lang waren Una und Geoffrey ihre besten Freunde gewesen und hatten ihren Teil zur Familienlegende beigesteuert, zum Beispiel wie ich als kleines Mädchen nackt in ihrem Garten herumlief. Doch nach Geoffreys Herzinfarkt waren die beiden Damen nicht mehr zu bremsen und begannen unverzüglich mit ihrem neuen Leben in St. Oswald's. Keine Ahnung, wie sehr Mum noch um Dad trauert oder Una um ihren Geoffrey, denn sie lassen sich nie etwas anmerken. Sie sind eben die Kriegsgeneration, da jammert man nicht, da macht man einfach weiter. Offenbar steckt in Trockenei und tranigen Walfleischprodukten doch mehr Kraft, als wir alle ahnen.

»Auch als Witwe darf man nicht nur rumheulen, Liebes. Man muss dafür sorgen, dass es einem besser geht. Warum kommst du nicht her, dann kannst du mit uns in die Sauna springen.«

Das war lieb gemeint, aber wie stellt sie sich das vor? Soll ich die Kinder allein lassen, eine Stunde lang nach Kettering fahren, mir die Kleider vom Leib reißen und mir einen Lenz machen, Sauna- und Friseurbesuch inklusive?

»Also wegen Weihnachten: Una und ich hätten gern gewusst, ob du nur herkommen willst oder ob …«

(Mir ist aufgefallen: Wenn dich jemand vor eine Alternative stellt, dann ist es meistens die zweite Option, die er dir schmackhaft machen will.)

»Die Sache ist nämlich die: Dieses Jahr ist wieder die St.-Oswald's-Kreuzfahrt, und wir fragen uns, ob du gerne mitkommen würdest? Die Kinder natürlich auch. Es geht zu den

Kanaren, aber es fahren nicht nur alte Leute mit. Außerdem laufen wir ein paar *sehr schicke Orte* an.«

»Hmm, Kreuzfahrt klingt nicht schlecht«, sagte ich und dachte: Wenn dir die Fatty-Farm ein neues Schlankheitsgefühl vermitteln kann, dann wird dich dieser Geronten-Dampfer subjektiv um Jahrzehnte verjüngen.

Ich sah es direkt vor mir, wie Mabel und ich auf dem Oberdeck Fangen spielen, zwischen lauter gebläuten und gepufften Frisuren und surrenden Seniorenporsches.

»Es gefällt dir bestimmt, schließlich ist es eine Ü50-Kreuzfahrt«, sagte Mum und atomisierte binnen einer Mikrosekunde meine ganze schöne Theorie.

»Nein, eigentlich wollten wir Weihnachten hier feiern. Ihr seid herzlich eingeladen, aber es wird chaotisch, das sage ich euch gleich. Wenn ihr euch also lieber für eine Kreuzfahrt in die Sonne entscheidet...«

»Wo denkst du hin, Liebes? Wir können euch Weihnachten doch nicht allein lassen. Una und ich kommen gern. Weihnachten mit den Kindern ist doch das Schönste, das es gibt, und wir beide hatten es in diesem Jahr nun wirklich nicht leicht.«

Gaaah! Jetzt habe ich auch noch Mum und Una am Hals, und Chloe ist mit Graham auf Goa, Tai-Chi-Workshop. Will auf keinen Fall, dass es so wird wie im letzten Jahr beim Warten aufs Christkind, als ich am Küchentresen stand und am liebsten nur geheult hätte, weil Mark nicht da war. Währenddessen hatten es sich Mum und Una an *meinem* Tisch bequem gemacht und meckerten in einem fort über die Klümpchen in der Soße, über meinen Haushalt und die Kindererziehung. Ich meine, ich hatte sie zu einem Weihnachtsfest eingeladen. Wenn ich einen Systemanalytiker brauche, melde ich mich schon.

»Darüber muss ich erst nachdenken«, sagte ich.

»Na gut, aber lass dir nicht zu viel Zeit, wir müssen bis morgen die Kabinen buchen.«

»Dann fahr ruhig, Mum. Du brauchst auf uns keine Rücksicht zu nehmen. Ich weiß es nämlich wirklich nicht…«

»Aber du kannst innerhalb der ersten vierzehn Tage von der Reise zurücktreten«, sagte sie.

»Okay, wenn das so ist«, sagte ich. »Dann mach ich es.«

Na toll, jetzt steche ich Weihnachten mit dieser Gruft-Galeere in See. Das sind fürwahr düstere Aussichten.

23.00 Uhr. Warum habe ich eigentlich noch immer meine Sonnenbrille mit Sehstärke an? Na bitte, jetzt sieht die Welt schon heller aus.

Vielleicht bin ich ja wirklich wie eine einzige große Welle. Eine Welle, die sich auftürmt, bis sie bricht – aber sofort anfängt, sich von Neuem aufzubauen. So etwas Ähnliches steht auch schon in *Männer sind vom Mars, Frauen von der Venus*. Frauen sind wie Wellen, und Männer sind wie Gummibänder, die sich erst einmal in ihre Höhle zurückziehen und erst später wieder zurückkommen.

Nur meiner kam nicht mehr zurück.

23.15 Uhr. So und jetzt Schluss damit. Wie heißt es auf der Twitter-Seite des Dalai Lama: <@**Dalai Lama** Wir können Schmerz nicht vermeiden, wir können Verlust nicht vermeiden. Doch innerer Frieden entsteht, wenn wir den unablässigen Veränderungen mit heiterer Gelassenheit und Flexibilität begegnen.>

Vielleicht sollte ich Yoga machen und flexibler werden.

Vielleicht sollte ich aber auch nur mal mit Freunden um die Häuser ziehen und mir einen auf die Tröte gießen.

EIN PLAN

Sonntag, 2. September 2012

Alkoholeinheiten: 5 (geschätzt, bei Mojitos weiß man nie, es könnten ebenso gut 500 gewesen sein).

»Wird Zeit, dass wir sie mal ins *Bollwerk* mitnehmen«, sagte Tom bei seinem vierten Mojito im *Quo Vadis*.

Das *Bollwerk* ist seit einiger Zeit ein fester Anlaufpunkt in Toms Mikrouniversum, ein illegaler Kellerclub in Hoxton, der von einem seiner Patienten geleitet wird.

»Da ist es wie in einem gut gemachten Musikvideo«, sagte Tom mit leuchtenden Augen. »Es gibt alles, Alt und Jung, Schwarz und Weiß, Homo und Hetero, jeder ist willkommen. Gwyneth war auch schon da. Wer weiß, wie lange der Laden überhaupt existiert.«

»Ach komm«, sagte Talitha. »Wahrscheinlich länger, als irgendeiner hingehen will.«

»Wie auch immer«, sagte Jude. »Wer mag schon richtige Leute treffen, wo es das Online-Dating gibt?«

»Nicht nur richtige Leute, auch amerikanische Bands und Sofas sind da. Man kann reden und tanzen und knutschen.«

»Ja, aber warum sollte ich das tun, wenn ich woanders mit einem Klick feststellen kann, ob sie geschieden sind oder alleinerziehend und ob sie lieber zum Bunjee-Jumping gehen als ins Kino? Darüber hinaus erfahre ich, wie es um ihre Rechtschreibung bestellt ist oder ob sie wissen, dass man ›lol‹

oder ›Nette Mädels zum Klönen gesucht‹ nie ohne gewisse Hintergedanken verwendet. Oder ob sie gar denken, dass Leute mit niedrigem IQ sich nicht fortpflanzen sollten.«

»Na ja, zumindest weißt du bei Realtreffen, dass das Foto nicht schon fünfzehn Jahre alt ist.«

»Wir gehen jetzt«, sagte Talitha.

Endergebnis: Am Donnerstag wollen wir alle gemeinsam ins *Bollwerk*.

Mittwoch, 5. September 2012

Fertiggestellte Akte des Drehbuchs: 2,5;Versuche, Babysitter aufzutreiben: 5; gefundene Babysitter: 0.

21.15 Uhr. Katastrophe: Hab glatt vergessen, Chloe zu fragen, ob sie morgen Abend auf die Kinder aufpassen kann, und jetzt begleitet sie Graham zu den südenglischen Tai-Chi-Meisterschaften.

»Ich würde ja gern, aber Tai Chi bedeutet Graham so viel. Ich kann die Kinder am Freitag aber zur Schule bringen, sodass du ausschlafen kannst.«

Was mache ich denn jetzt?

Tom kann ich nicht fragen, weil er ja ebenfalls mitkommt, dasselbe gilt für Jude und Talitha. Außerdem ist für Talitha, wie sie sagt, das Thema Kinder erledigt, auch die eigenen braucht sie eigentlich nur noch als Begleitung bei Wohltätigkeitsversteigerungen.

21.30 Uhr. Soeben bei Mum angerufen.

»Ach, nichts lieber als das, aber morgen ist Viva-Probierküche. Wir machen Schinken in Coca-Cola. Alle kochen im Augenblick mit Coca-Cola.«

Sinke am Küchentisch zusammen und mag mir die Cola-

Sause in der Viva-Probierküche gar nicht vorstellen. Es ist vor allem ungerecht. Ich gebe doch wirklich alles, um mich als Frau neu zu entdecken, und falle trotzdem immer wieder auf die... Moment, wie wär's mit Daniel?

EIN DANIEL OHNE FURCHT UND TADEL

Mittwoch, 5. September 2012 (Fortsetzung)

»Jones, du kleiner Teufel«, grunzte Daniel animalisch, als er meine Stimme hörte. »Was hast du an, welche Farbe hat dein Höschen, und wie geht's meinen Patenkindern?«

Daniel Cleaver, mein Ex-Flachwichser-Boyfriend und Erzrivale von Mark, hat zugegebenermaßen nach Marks Tod sein Bestes gegeben, mich nicht hängen zu lassen. Nach Jahren erbitterter Feindschaft (vor allem, als Billy geboren wurde) haben sich die beiden schließlich vertragen, und Daniel ist sogar Pate der Kinder geworden.

Allerdings, »sein Bestes gegeben« bedeutet hier: im Rahmen seiner Möglichkeiten. Als er beim letzten Mal die Kinder zu sich nahm, geschah es nur, weil er vor einer anderen Frau mit seinen Patenkindern angeben wollte. Es versteht sich von selbst, dass er sie drei Stunden zu spät in der Schule ablieferte. Und als ich die Kinder später holte, waren Mabels Haare zu einem kunstvoll geflochtenen Designer-Dutt gestylt.

»Mabel, was für eine hübsche Frisur!«, sagte ich und dachte einen Moment lang allen Ernstes, Daniel hätte morgens um kurz nach sieben John Frieda höchstpersönlich kommen lassen, damit das Kind passabel aussieht.

»Das hat meine Lehrerin gemacht«, sagte Mabel. »Daniel hat mich mit einer Gabel gekämmt, aber da war Ahornsirup dran.«

»Jones? Bist du noch da, Jones?«

»Ja«, sagte ich verwirrt.

»Ich nehme an, du suchst einen Babysitter, richtig?«

»Ja, ich wollte fragen, ob du …«

»Aber sicher. Wann?«

In mir zog sich alles zusammen. »Morgen?«

Kurze Pause. Ich hatte den Eindruck, dass Daniel im Hintergrund irgendetwas tat, was keiner wissen durfte.

»Morgen passt wunderbar. Es ist nämlich der unwahrscheinliche Fall eingetreten, dass ich für diesen Abend von allen weiblichen Wesen unter vierundachtzig eine Absage erhalten habe.« Aua.

»Es kann aber spät werden, ist das in Ordnung?«

»Liebes Kind, ich bin von Natur aus nachtaktiv.«

»Und du schleppst nicht wieder ein Model an und machst mein Bett zu deiner Spielwiese?«

»Ach wo, Jones. Ich sagte doch, Spielwiese war gestern, morgen ist das vorbildliche Kinderparadies angesagt, mit Brettspielen und gesundem Vollwertessen und dem ganzen Kram. Eine Frage hätte ich noch …«

»Ja?«, fragte ich und hätte es mir eigentlich denken können.

»Was trägst du gerade für Höschen? Ich meine jetzt, in diesem Moment? Einen Mamischlüpfer? Mamis wundervollen Mamischlüpfer? Magst du ihn Daddy morgen mal zeigen?«

Trotzdem mag ich Daniel immer noch, auch wenn er seinen Kopfporno wohl ohne meine Mithilfe realisieren muss.

DER PERFEKTE BABYSITTER

Donnerstag, 6. September 2012

60 kg (sehr gut), Alkoholeinheiten: 4; Sexualkontakte in den letzten 5 Jahren: 0; Sexualkontakte in den letzten 5 Stunden: 2; davon oberpeinlich: 2.

Der Tag der *Bollwerk*-Exkursion war gekommen. Billy war ganz aufgeregt, weil Daniel abends kommen wollte. »Ist Amanda auch wieder dabei?«

»Wer ist Amanda?«

»Die Frau mit den großen Möpsen, die beim letzten Mal da war.«

»Nein«, sagte ich. »Mabel, suchst du was?«

»Meine Haarbürste«, sagte sie kryptisch.

Schaffte es irgendwie, sie ins Bett zu stecken und mich selber in aller Eile zu stylen, ehe Daniel eintraf.

Ich hatte mich für Jeans und Cowboyhemd entschieden, denn das schien mir für eine amerikanische Bar nur angemessen. (Die Jeans war jedoch ein Schlankmacher-Stretch-Modell der Marke *Not Your Daughter's Jeans*. Ein Name wie eine kalte Dusche.)

Natürlich war Daniel nicht pünktlich. Seine Haare waren kürzer als früher, aber der Anzug war geblieben, ebenso wie sein unwiderstehliches Lächeln. Er hatte jede Menge pädagogisch wertlose Geschenke dabei wie Spielzeugpistolen, halbnackte Barbies, tütenweise Süßigkeiten und Krispy-

Kreme-Doughnuts. Auf die fragwürdige, halb versteckte DVD wollte ich gar nicht erst eingehen, denn ich war auch so schon spät dran.

»Alter Schwede, ich krieg die Motten!«, sagte er. »Hast du dich auf Diät gesetzt? Hätte nie gedacht, dich noch einmal so zu sehen.«

Eigentlich schlimm, wie manche Leute reagieren, wenn man plötzlich schlank ist und nicht mehr dick. Bei geschminkt und ungeschminkt (d.h. normal) ist es dasselbe. Kein Wunder, dass Frauen so verunsichert sind. Mag sein, Männern geht es ab und zu ebenso, aber nur Frauen stehen heute die Mittel zur Verfügung, sich binnen einer halben Stunde in einen komplett anderen Menschen zu verwandeln.

Dennoch, die Unsicherheit bleibt. Habe ich wirklich alles getan, um das Beste aus mir herauszuholen? Man vergleiche einmal die Werbeplakate voller hinreißender Models mit den realen Menschen, die an diesen Plakaten vorbeilaufen. Fast könnte man denken, man sei auf einem Planeten gelandet, dessen Bewohner allesamt klein, grün und dick sind. Mit Ausnahme einer verschwindend kleinen Elite, die hochgewachsen, dünn und gelb ist – wie eben die auf den Plakaten. Und sie wurden sogar noch speziell nachbearbeitet, damit sie noch größer, noch gelber aussehen. Das kann die kleinen, grünen, dicken Aliens natürlich nicht erfreuen, und so fühlen sie sich entsprechend mies. Weil sie nicht gleichfalls hochgewachsen, dünn und gelb sind.

»Jones? Bist du geistig noch anwesend? Ich habe gefragt, ob du dich einem kleinen Quickie verschließen kannst?«

»Ja, kann ich«, sagte ich und riss mich in die Wirklichkeit zurück. »Ich kann mich dem durchaus verschließen. Was meine Dankbarkeit für deine Mühe mit den Kindern allerdings in keinster Weise schmälert.« Dann spulte ich noch eine ganze Latte von Einzelanweisungen ab, dankte und war eine Minute später aus der Tür. Innerlich ärgerte ich mich zwar über seine dickendiskriminierende Anmache, doch als Frau fühlte ich mich endlich wahrgenommen.

Als ich bei Talitha eintraf, brach Tom spontan in Lachen aus. »Sag mal, machst du Witze? Gehst du jetzt als Dolly Parton?«

»In unserem Alter ist auf einen Knackarsch in Jeans kein Verlass mehr«, erklärte Talitha, als sie mit einem Tablett Mojitos hereinkam. »Wir müssen andere Geschütze auffahren.«

»Es sollte nicht nuttig aussehen«, sagte ich.

»Trotzdem, du musst dich für ein erotisches Hauptargument entscheiden, Beine oder Titten. Beides zusammen geht nicht.«

»Wie wär's mit einem Kompromiss, ein Bein und eine Titte?«, sagte Tom.

Am Ende fand ich mich in einem sündteuren kleinen Schwarzen und YSL-Overknee-Stiefeln mit irrsinnigen Absätzen aus Talithas Bestand wieder.

»In denen kann ich nicht laufen.«

»Schätzchen«, sagte Talitha, »in denen brauchst du nicht zu laufen.«

Im Taxi kam mir der Gedanke, wie sehr auch Mark diese Stiefel gefallen hätten.

»Lass das«, sagte Tom, der Gedanken lesen kann. »Er hätte gewollt, dass du endlich wieder ein Leben hast, das den Namen verdient.«

Als Nächstes machte ich mir Sorgen um die Kinder, also zückte Talitha, die Daniel auch schon ewig lange kennt, ihr Handy und schrieb folgende SMS:

<Daniel, bitte informiere Bridget, dass es den Kindern gut geht und dass sie schlafen. Dito für den entgegengesetzten Fall.>

Keine Antwort. Angespannt starrten wir gemeinsam auf das Display.

Dann fiel es mir wieder ein. »Daniel schreibt keine SMS«, sagte ich und fügte kichernd hinzu: »Er ist zu alt dazu.«

Talitha schaltete die Freisprecheinrichtung ein und rief ihn an.

»Daniel, du verkommener alter Sack!«

»Talitha, meine Liebe! Schon der Gedanke an dich erregt mich mehr, als ich sagen kann. Was treibst du gerade und welche Farbe hat dein Höschen?«

Grrr. Er soll auf die Kinder aufpassen, von Telefonsex war nicht die Rede.

»Ich bin gerade mit Bridget zusammen«, sagte Talitha. »Wie ist die Lage?«

»Könnte nicht besser sein. Die Kinder schlafen, und ich drehe meine Runden durchs Haus wie ein Wachmann. Ich habe eine weiße Weste.«

»Gut.«

Sie klappte ihr Handy zu. »Siehst du? Alles in Ordnung. Jetzt hör auf, dich künstlich aufzuregen.«

DAS BOLLWERK

Das *Bollwerk* war ein ehemaliges Lagerhaus mit einer Stahltür ohne Schild, durch die man nur mit einer Geheimzahl Einlass erhielt. Tom tippte die Nummer ins Tastenfeld, und ich stakste auf meinen mörderischen Highheels durch ein Beton-Treppenhaus, in dem es nach Pisse roch.

Oben nannte Tom unsere Namen für die Gästeliste, und ich war auf einmal wie elektrisiert. Die Wände waren nacktes Mauerwerk, es gab zerschlissene Sofas, und an den Ecken lagen Strohballen. Mein Dolly-Parton-Outfit wäre also gar nicht so verkehrt gewesen. Weiter hinten spielte eine Band, und an der Bar bedienten junge Männer, die sich ständig nervös umsahen, was sehr zur Atmosphäre des Verbotenen beitrug. Sie hatten wohl Angst, dass gleich der Sheriff den ganzen Laden hochnehmen könnte. In diesem Schummerlicht war zwar kaum jemand zu erkennen, aber es war klar, dass nicht nur junges Publikum die Bar frequentierte, sondern auch ein paar...«

»...auch ein paar ganz ansehnliche Männer treiben sich hier rum, hast du gesehen«, murmelte Talitha.

»Also, Mädel«, sagte Tom. »Jetzt zeig mal, was du noch drauf hast.«

»Ich bin zu alt für so was«, sagte ich.

»Na und? Hier sieht dich keiner, es ist stockfinster.«

»Was soll ich denn sagen? Von der Musik habe ich keine Ahnung mehr.«

»Deswegen sind wir auch nicht hier, Bridget«, sagte Talitha. »Du sollst deine Sinnlichkeit wiederentdecken. Reden muss man dafür nicht.«

Ich fühlte mich wieder in Teeny-Zeiten versetzt – mit dem ewigen Zwiespalt zwischen den erotischen Möglichkeiten, die sich plötzlich boten, und der eigenen Unsicherheit. Das Ganze erinnerte mich an Partys, zu denen ich mit sechzehn gegangen war. Sobald keine Eltern mehr in Sicht waren, wurde das Licht ausgemacht, und alle fingen an zu knutschen, sogar Leute, zwischen denen es vorher nur den allerflüchtigsten Augenkontakt gegeben hatte.

»Guck mal den dahinten«, sagte Tom. »Der sieht dich die ganze Zeit an.«

»Schnauze!«, blaffte ich und verschränkte die Arme vor der Brust, um mein Kleid zumindest bis zu den Overknees herunterzuziehen.

»Reiß dich zusammen, Bridget. Und tu endlich was!«

Ich zwang mich, den Blick in die angegebene Richtung zu lenken *und* mit einer gewissen sexuellen Aggressivität aufzuladen. Aber der gutaussehende Typ machte bereits mit einem verschärften iBabe in Hotpants und schulterfreiem Pulli herum.

»*Oh my God*, das ist ja widerlich. Sie ist ein Embryo«, lautete Judes Verdikt.

»Vielleicht bin ich ja altmodisch«, murmelte Talitha. »Aber in der *Glamour* stand, dass selbst die knappsten Shorts immer noch einen Tick länger sein sollten als die eigene Vagina.«

Und so guckten wir bald alle ziemlich dumm aus der Wäsche, und unser schönes Selbstbewusstsein kollabierte wie ein Kartenhaus. »O Gott, sehen wir wirklich aus wie ein Schwarm alternder Tunten?«, fragte Tom.

»Das habe ich kommen sehen«, sagte ich. »Jetzt stehen wir

da wie die alte Schachtel, die sich einbildet, der Pfarrer will etwas von ihr, nur weil er von der Letzten Ölung spricht.«

»Kinder!«, sagte Talitha. »Ich verbiete euch, weiter in diesem Ton zu reden.«

Daraufhin gingen Talitha, Tom und Jude auf die Tanzfläche, nur ich blieb auf meinen Strohballen hocken und schmollte. »Ich will nach Hause und mit meinen Kindern kuscheln. Ich will ihre leisen Atemzüge hören, da weiß ich wenigstens, wer ich bin und was wichtig für mich ist.« Anders ausgedrückt: Gut, dass ich diese Kinder habe, denn mit ihnen kann ich locker über die Tatsache hinweggehen, dass ich längst zum alten Eisen zähle.

Dann setzten sich zwei Beine in Jeans neben mich, und ich konnte *den Mann wittern*, wie Talitha gesagt hätte. Kunststück, er rückte mir ja auch gleich auf die Pelle. »Willst du tanzen?«

So einfach war das also. Ich musste mir keinen Schlachtplan überlegen oder was ich sagen sollte, ich brauchte ihm nur in seine attraktiven braunen Augen zu schauen und zu nicken. Er nahm meine Hand, zog mich mit seinem starken Arm nach oben und umfasste von da an meine Taille, was gut war, denn auf den Highheels war ich höchst wacklig unterwegs. Zum Glück spielten sie ein langsames Stück, sonst hätte ich mir die Haxen gebrochen. Er hatte ein breites Lächeln aufgesetzt, und in der spärlichen Beleuchtung wirkte er wie ein Mann, der sonst nur in der Werbung für teure SUV vorkommt. Er trug eine Lederjacke und zog mich näher an sich heran.

Als ich ihm meinen Arm auf die Schulter legte, wurde mir klar, worauf Tom und Talitha immer hinauswollten: Sex war nichts weiter als Sex.

Das Echo einer lang verhallten Lust flirrte unter meiner Haut. Wie bei Frankensteins Monster, sobald es an den Strom angeschlossen wird, nur romantischer, sinnlicher. Unwillkürlich tasteten meine Finger an den Haarspitzen im Nacken des Unbekannten. Er presste sich noch näher an mich und machte auf diese Weise unmissverständlich klar, dass er tatsächlich auf Sex aus war. Während wir uns im Takt der Musik wiegten, bemerkte ich, wie Tom und Talitha uns anstarrten. Es war eine Mischung aus *Be*wunderung und *Ver*wunderung. Ich fühlte mich wie eine Vierzehnjährige, die ihren allerersten Freund erobert hat, und zog ein Gesicht, damit sie jetzt bloß keinen Blödsinn machten. Denn das Gefühl, diesem Unbekannten so nah zu sein, war so unwiderstehlich wie in einem Liebesroman. Er war mein Held, und jetzt suchten seine Lippen die meinen.

Und dann küssten wir uns tatsächlich, und alles wurde völlig verrückt. Als hätte ich in Stilettos das Gaspedal eines Sportwagens bis zum Anschlag durchgetreten. Der Wagen mochte jahrelang in der Garage gestanden haben, doch der Motor heulte sofort auf und beschleunigte vehement. Noch eben war ich die geschlechtslose Hausfrau und Mutter, und jetzt gab es plötzlich kein Halten mehr. Was tat ich da? Und was war mit den Kindern, was mit Mark? Und wer war eigentlich dieser unverschämte Kerl?

»Komm, gehen wir irgendwohin, wo wir ungestört sind«, murmelte er. Aha, daher wehte also der Wind. Nur deshalb hatte er mit mir tanzen wollen. Damit er mich später umbringen und fressen konnte. Ein abgekartetes Spiel von Anfang an.

»Ich muss jetzt gehen.«

»Was?«

Angstvoll sah ich ihn an. Es war schon Mitternacht. Und ich war Aschenputtel und musste dringend zurück zu den Kinderbetten und den Kindermädchen, den schlaflosen Nächten und dieser asexuellen Grundstimmung, mit der ich meinem weiteren Leben entgegensah. Immerhin war das besser, als in irgendeinem düsteren Winkel ermordet zu werden.

»Tut mir schrecklich leid, aber ich muss wirklich. War schön mit dir. Danke.«

»Gehen, wieso denn?«, fragte er. »O Gott, ja ... mit *diesem* Gesicht!«

Fluchtartig verließ ich den Ort des Geschehens, aber noch in dem verstunkenen Treppenhaus überkam mich der Zorn über seine letzte Bemerkung. »Mit *diesem* Gesicht ...?« Was sollte das heißen? Ich war Kate Moss! Ich war Cheryl Cole! Erst im Taxi, nach einem Blick in den Spiegel und hilflosen Erklärungsversuchen vor den anderen, bekam dieses Bild Risse. Denn auch jede *berechtigte* Empörung verzerrt die Züge, zumal mit verschmiertem Mascara und vom Alkohol aufgedunsener Haut.

»Tja, so ein Vintage-Gesicht bringt auch den kaltblütigsten Frauenmörder aus dem Konzept. Dabei hat er es schon geküsst, das heißt, er hat sein Opfer markiert. Und dann das!«

»Nur fressen mag er es nicht mehr. Ihm ist schlicht der Appetit vergangen.« Was alle unheimlich witzig fanden.

»Sag mal, spinnst du eigentlich?«, sagte Jude zu mir und kam aus dem Kichern nicht mehr heraus. »Der Typ war doch richtig heiß.«

»Na ja, halb so schlimm«, sagte Talitha und bemühte sich, auf der nach Curry Vindaloo müffelnden Rückbank eine elegante Pose einzunehmen. »Ich habe seine Nummer.«

0.10 Uhr. Gerade leise ins Haus geschlichen. Alles still und dunkel. Nur wo war Daniel?

0.20 Uhr. Auf Zehenspitzen nach unten und dort Licht angemacht. Es sah aus, als sei dort eine Bombe eingeschlagen. Die Xbox lief noch, Familie Hase lag ordentlich aufgereiht auf dem Boden, dazwischen Plastikdinos, Spielzeug-MPs, Kissen, Pizzakartons, Tüten mit Krispy-Kreme-Doughnuts, Verpackungen von Schokoriegeln und ein Becher mit geschmolzenem Häagen-Dazs-Eis, umgekippt auf dem Sofa. Die Kinder würden sich vermutlich im Laufe der Nacht übergeben, aber zumindest hatten sie bis dahin ihren Spaß gehabt. Von Daniel keine Spur.

Nach oben ins Kinderzimmer. Mabel und Billy schliefen friedlich, aber ihre Gesichter waren über und über mit Schokolade beschmiert. Auch hier kein Daniel. Panik.

Ich stürmte nach unten zur Schlafcouch im Wohnzimmer. Ebenfalls Fehlanzeige. Wieder nach oben zu meinem Schlafzimmer und die Tür aufgerissen: *Kreisch!* Da lag Daniel in *meinem* Bett, hob den Kopf und blinzelte aus der Dunkelheit.

»Träume ich, Jones?«, sagte er. »Oder trägst du tatsächlich Fick-mich-Stiefel? Darf ich mal sehen?«

Er schlug die Decke zurück – und präsentierte sich halbnackt.

»Komm schon, Jones«, sagte er. »Ich verspreche, ich rühre dich nicht an.«

Die Mischung aus Alkohol, sexueller Erregung durch einen unlängst erfolgten Kuss sowie der Anblick eines halbnackten Unholds in meinem Bett weckte Erinnerungen an meine Single-Zeit. Eine Sekunde später wankte ich auf meinen knallengen Stiefeln ins Bett.

»Also, ich muss schon sagen, Jones«, eröffnete mir Daniel, »diese Stiefel versprechen ja einiges, deshalb frage ich mich, warum du dieses idiotische Kleidchen noch anhast.« Doch schon in der nächsten Sekunde war ich wieder in der Wirklichkeit und erinnerte mich – leider – an alles.

»Tut mir leid, aber das geht gar nicht. Nichts für ungut…« Mit diesen Worten sprang ich aus dem Bett, als wäre nichts gewesen.

Daniel blickte mir nach und fing an zu lachen. »Jones, Jones, Jones, du hast dich überhaupt nicht verändert. Du bist noch genau so irre wie damals.«

Ich wartete im Flur, bis er sich angezogen hatte. Doch spätestens bei Daniels Verabschiedung war ich wieder so durcheinander, dass ich mich beinahe ein zweites Mal auf ihn geworfen hätte. In dem Moment meldete sich sein Handy.

»Tut mir echt leid, mein Pummelchen«, sprach er in den Apparat. »Aber ich hänge hier auf der Arbeit fest… Ja, ich weiß… ist mir klar, verdammte Scheiße!« Genau so sah Daniel im angefressenen Zustand aus. »Herrgott, hör doch mal zu. Ich sagte, ich muss morgen diese Präsentation halten. Es ist ein Riesenprojekt und für uns absolut wichtig… Okay, okay, ich bin in einer Viertelstunde bei dir… Ja… ja doch… Ich verzehre mich nach dir, meine betörende Strahlenkugel…«

Betörende Strahlenkugel?

»…Ich möchte mich kopfüber in deine Fülle stürzen…«

Jetzt war ich doch froh, nicht auf seine Anmache eingegangen zu sein, und schaffte es, ihn hinauszukomplimentieren. Dann pellte ich mir Talithas Stiefel von den Beinen, räumte in der Küche so weit auf, dass Chloe morgen nicht gleich die Kündigung einreichte, und sank in mein leeres Bett.

0.55 Uhr. Doch jetzt bin ich völlig aufgekratzt. Kommt mir vor, als sei ich heute Abend aus der Männer-Wüste an einen Ort gebeamt worden, wo – halleluja! – Männer nur so vom Himmel fielen.

NACHSPIEL

Freitag, 7. September 2012

7.00 Uhr. Liege mit üblem Kopfweh nackt im Bett, muss jetzt jedoch raus und die Kinder zur Schule fahren.

7.01 Uhr. Nein, muss ich nicht. Das wollte Chloe ja machen. Bin aber eh schon wach.

7.02 Uhr. Oh mein Gott! Mir fällt gerade ein, was gestern Abend mit dem Lederjackenmann war. Und mit Daniel.

7.30 Uhr. Jedes Geräusch von unten tut weh, denn jedes Geräusch steht für etwas, das eigentlich *ich* machen müsste. Nicht Chloe. Zum Beispiel das Weetabix für Mabel in die Schüssel schütten, das sie sich morgens exakt mit einem Löffel Zucker versüßen darf. Oder die zwei Scheiben gebratenen Bacon mit Ketchup für Billy – aber dafür ist dann das Brot gestrichen.

7.45 Uhr. Fühle mich schuldig. Komme mir vor wie ein verkaterter Joan-Crawford-Klon, der im Morgenmantel und mit verschmiertem Lippenstift in die Küche gewankt kommt und sagt: »Hallo, Kinder, ich bin eure liebe Rabenmutter. Wie heißt ihr noch gleich?«

8.00 Uhr. Haustür knallt, Lärm verstummt.

8.01 Uhr. Haustür geht wieder auf, Lärm geht wieder los.

8.05 Uhr. Tür knallt abermals.

8.15 Uhr. Endlich Ruhe. Bett ist kühl und weiß, und es ist einfach nur schön, dazuliegen und nichts zu tun. Ich fühle mich, als sei endlich der Bann gebrochen und Dornröschen wachgeküsst, die schlafende Schöne – auch wenn alleinerziehende, nicht mehr ganz junge Mutter wohl besser passt. Der Frühling hat die dürren Winterzweige berührt, und Blätter und Knospen sprießen in alle Richtungen.

8.30 Uhr. Handy meldet neue SMS. Vielleicht Talitha, die mir die Nummer von Lederjackenmann schickt. Vielleicht ist es auch Jackenmann selber, der mit einem lockeren Spruch die blöde erste Begegnung vergessen macht, verbunden mit der Bitte um ein Date. Bin sexuell nämlich wieder verfüg- bzw. verführbar, das heißt voll da.

War aber nur Mabels Vorschullehrerin.

<Bitte denken Sie daran, heute Nachmittag die Einverständniserklärung mitzubringen. Sonst kann Ihr Kind nicht an dem Ausflug in den Zoo teilnehmen.>

FRAUEN ÄNDERN IHRE MEINUNG

Samstag, 8. September 2012

Nervige elektronische Geräte im Haus: 74; fiepende elektronische Geräte: 7; elektronische Geräte, die ich problemlos bedienen kann: 0; elektronische Geräte mit Passwörtern: 12; Passwörter insgesamt: 18; Passwörter, an die ich mich erinnern kann: 0; Zeitaufwand für Sexgedanken: 342 Min.

7.30 Uhr. Gerade aus einem wunderbaren Erotiktraum mit Daniel und dem Lederjackenmann aufgewacht. Fühle mich *derart* anders (sinnlich, fraulich), dass ich ein schlechtes Gewissen bekomme, weil ich damit Mark untreu werde. Und doch… es war einfach *so* für alle Sinne sinnlich, dass ich es mit voller Sinnlichkeit genieße, endlich wieder eine sinnenfrohe, frauliche Frau zu sein und nicht nur… oh, Kinder sind wach.

11.30 Uhr. Der ganze Morgen war bisher so sinnlich und friedlich! Wir alle drei begannen den Tag bei mir im Bett, mit Knuddeln und Fernsehgucken. Danach Frühstück. Danach Verstecken gespielt. Dann Moshi-Monsters ausgemalt, dann, immer noch im Schlafanzug, Hindernisparcours gebaut, während Brathähnchen im Ofen schon verführerisch duftet.

11.32 Uhr. Bin perfekte Mutter und sinnenhafte Frau mit allen sinnlichen Möglichkeiten. Ich meine, jetzt müsste bloß noch jemand wie die Lederjacke kommen und…

11.33 Uhr. Billy: »Können wir jetzt Computer spielen? Es ist Samstag.«

11.34 Uhr. Mabel: »Ich will *SpongeBob* gucken.«

11.35 Uhr. Bin auf einmal völlig ermattet und will nur noch ungestört und in paradiesischer Ruhe Zeitung lesen. Nur zehn Minuten lang.

»Maaamii! Der Fernseher ist kaputt.«

Auch das noch. Mabel hat die Fernbedienung in die Hände gekriegt. Ich drückte auf den Tasten herum, worauf nur noch weißes Rauschen kommt. Ton ist auch weg.

»Schnee!«, rief Mabel aufgeregt, und im Hintergrund gab die Geschirrspülmaschine ihren Piepton von sich.

»Mummy!«, sagte Billy. »Der Akku vom Laptop ist leer.«

»Dann tu den Stecker rein«, sagte ich, während ich in das Kabelwirrwarr unter dem TV-Rack eintauchte.

»Jetzt ist Nacht«, sagte Mabel, als der Bildschirm schwarz wurde. Dafür fing aber der Wäschetrockner an zu fiepen.

»Der Laptop lädt nicht mehr.«

»Nimm die Xbox.«

»Die geht auch nicht.«

»Vielleicht liegt es an der Internet-Verbindung.«

»Mummy, ich krieg den Stecker vom WLAN nicht mehr rein.«

Da ich merkte, dass mein gefühlter Temperaturzeiger allmählich in den roten Bereich kletterte, rief ich: »Kinder, Zeit zum Anziehen. Ich habe eine Überraschung für euch. Ich hole nur kurz eure Sachen.« Rannte dann nach oben ins Kinderzimmer und konnte nur noch schreien: »Diese scheißverdammte Technik. Warum halten nicht alle mal die Fresse, damit ich in Ruhe Zeitung lesen kann?«

Zu meinem Schrecken sah ich, dass das Babyfon noch an war. O Gott, das hätte ich schon längst rausschmeißen sollen, was aber von der Paranoia der alleinerziehenden Mutter vereitelt wurde. Ständig lauern Unfall, Krankheit und Tod. Wieder unten, fand ich Billy in Tränen aufgelöst vor.

»Ach, Billy, entschuldige, das war nicht so gemeint. Du hast das Babyfon gehört, nicht?«

»Nein«, weinte er. »Die Xbox hängt.«

»Mabel, hast du Mummy durchs Babyfon gehört?«

»Nö«, sagte sie und starrte gebannt auf den Bildschirm. »Der Fernseher ist wieder ganz.«

Der Bildschirm zeigte das Eingabefeld für das Passwort von Virgin-TV.

»Billy, wie war noch mal das Virgin-Passwort?«

»War es nicht dasselbe wie auf deiner Bankkarte, 1066?«

»Okay, ich kümmere mich um die Xbox, du gibst das Passwort ein.« Da klingelte es an der Haustür.

»Das Passwort funktioniert nicht.«

»Maaamii!«, rief Mabel.

»Still jetzt, alle beide!«, herrschte ich sie an. »Da ist jemand an der Tür.«

Mit Schuldgefühlen zur Tür gehetzt. Was bin ich nur für eine beschissene Mutter! Der Verlust des Vaters hat in meinen Kindern eine schmerzliche Lücke hinterlassen, die sie nun mit Technikspielzeug füllen müssen, und ich gucke tatenlos zu. Na, erst mal sehen, wer da ist.

Jude. Fein gemacht, aber sichtlich verkatert und verweint.

»Ach, Bridget«, sagte sie und fiel mir in die Arme. »Noch einen Samstag ganz allein ertrage ich nicht.«

»Was ist denn passiert? Du kannst es Mummy ruhig sagen…« Erst dann fiel mir ein, dass ich ja kein Kind vor mir hatte, sondern eine internationale Finanzjongleuse.

»Ach, es geht um den Typ von match.com, mit dem ich mich vorgestern getroffen habe – und schon beim ersten Mal geküsst.«

»Okaaay?«, sagte ich, obwohl ich nicht wusste, wen sie gerade meinte, denn da war immer einer, nur jedes Mal ein anderer.

»Er hat sich gar nicht mehr gemeldet. Aber gestern Abend bekomme ich eine Rundmail mit einem freudigen Ereignis. Ihm und seiner Frau ist soeben ein süßes Mädchen geboren worden, 3.060 Gramm!«

»O mein Gott, das ist ja widerlich, so was von gemein.«

»In all den Jahren wollte ich nie Kinder, obwohl alle sagten, dass ich irgendwann anders denken würde. Sie hatten recht. Ich werde meine Eier auftauen lassen.«

»Jude«, sagte ich. »Warum stehst du nicht zu deiner Entscheidung? Dass sich dieser Kerl von match.com als Flachwichser erwiesen hat, heißt doch nicht, dass es falsch war. Für dich kam doch gar nichts anderes infrage. Kinder sind schön. Aber Kinder sind auch... manchmal könnte man sie...« Ich warf einen Mörderblick in unsere gute Stube.

Jude hielt mir ihr Handy hin. Auf dem Display das Instagram-Foto eines Flachwichsers mit Baby. »So niedlich und knuddelig und rosig mit seinen 3.060 Gramm! Und ich, was tue ich? Ich arbeite nur, schleppe ab und zu einen Kerl ab, bin aber sonst völlig allein. An den Samstagen merkt man es besonders. Und deshalb...«

»Komm erst mal nach unten«, sagte ich. »Und dann urteile selbst, ob Kinder immer süß und knuddelig sind.«

Wir gingen also nach unten, und da standen Billy und Mabel wie die Engelchen, hielten mir ein selbstgemaltes Bild hin und sagten: »Wir lieben dich, Mummy.«

»Und wir räumen auch den Geschirrspüler aus«, sagte Billy. »Damit du nicht alles allein machen musst.«

Schöne Pleite! Was ist bloß in die Kinder gefahren?

»Ach, da danke ich euch, Kinder«, schnurrte ich und bugsierte Jude schnell wieder vor die Tür – ehe noch Schlimmeres passierte. Etwa, dass sie freiwillig den Mülleimer rausbrachten.

»Ich werde meine Eier auftauen lassen«, schluchzte Jude, als wir uns auf die Stufen setzten. »Die Technologie war damals zwar noch recht primitiv, aber es könnte funktionieren, wenn ... wenn ich einen Samenspender finde, der ...«

Plötzlich ging das Fenster im Obergeschoss vom Haus gegenüber auf, und heraus flogen zwei Xbox-Controller, die mit billigem Plastik-Scheppern neben den Mülleimern aufschlugen.

Nur Sekunden später sprang auch die Tür auf, und meine künstlerisch-alternative Nachbarin erschien, angetan mit pinkfarbenen Plüsch-Pantoletten, einem hochgeschlossenen, langen Nachthemd und Melone auf dem Kopf. Mit mehreren Laptops, iPads und iPods auf dem Arm marschierte sie die Eingangstreppe hinunter und warf den Schrott in den Mülleimer. Hinter ihr erschienen ihr Sohn und zwei seiner Freunde, die sich bitterlich beklagten: »Neiiin, ich hab doch meinen Level noch nicht beendet!«

»Sehr gut«, schrie sie zurück. »Als ich mich für Kinder entschied, habe ich nämlich diese schwarzen Plastikkisten nicht dazugebucht. Und ich kann mich auch nicht erinnern, irgendwas unterschrieben zu haben, dass ich eine nutzlose Bande von stinkfaulen Konsolen-Zombies rundum bedienen muss. Ich bin weder Zimmerservice noch Hardware-Beschaffer für Leute, die höchstens noch ihre Daumen bewegen. Weißt du, als du noch nicht geboren warst, da warnten mich alle, dass ich das noch bereuen werde. Ich habe es trotzdem gemacht, ich habe dich bekommen, habe dich aufgezogen. Aber soll ich dir was verraten? Wenn ich dich heute so anschaue, denke ich anders. Ich bereue es zutiefst.«

Ich starrte diese Frau an und dachte: Die muss ich kennenlernen.

»In Indien spielen Kinder eures Alters auf der Straße und sind vollkommen zufrieden damit«, sagte sie weiter. »Und ihr macht das jetzt auch. Ihr setzt euch hier an die frische Luft und seid gefälligst zufrieden, statt euch das letzte bisschen Hirn wegzudaddeln. Nächstes Level von *Minecraft*, ich glaube, mich tritt ein Pferd!! Überlegt euch lieber, wie ihr mich überzeugen könnt, so etwas wie euch wieder ins Haus zu lassen. Und damit wir uns recht verstehen: Pfoten weg von der Tonne! Wer an die Tonne geht, ist ein Kandidat für *Tödliche Spiele*!«

Dann, mit einer energischen Bewegung ihres melonenbehüteten Kopfs, ging sie ins Haus und knallte die Tür hinter sich zu.

Aus meinem eigenen Haus waren hingegen ganz andere Töne zu hören. Nämlich: »Maaamii!«

»Na, hast du Lust, wieder hereinzukommen?«

»Nein danke, ich glaube nicht«, sagte Jude und war wieder im Reinen mit sich. Sie stand auf. »Du hast recht, das ist nichts für mich. Schätze, es war wohl bloß der Katzenjammer. Also ich gehe jetzt frühstücken, eine Bloody Mary und die Morgenzeitung im Soho House werden mir guttun. Danke, Bridget, du warst wie immer ein Schatz. Man sieht sich.«

Dann zog sie ab in ihren kniehohen Gladiatorensandalen von Versace und sah selbst in ihrem verkaterten Zustand noch beneidenswert gut aus.

Ich blickte auf das Haus gegenüber. Die drei Jungs hockten nebeneinander auf der Eingangstreppe.

»Na, alles klar mit euch?«, rief ich.

Der dunkelhaarige Sohn grinste: »Sicher. Die kriegt sich schon wieder ein.«

Er warf einen vorsichtigen Blick nach hinten und zog dann einen iPod aus der Tasche. Sekunden später waren die drei kichernd mit diesem Ding beschäftigt.

Große Welle der Erleichterung. Frohgemut ging ich ins Haus zurück und wusste auch plötzlich wieder das Passwort für alles. Es war 1890, das Jahr, in dem Tschechow seine *Hedda Gabbler* schrieb.

»Maaamii!«

Ich schnappte mir den Xbox-Controller und die Fernbedienung, gab in beide Geräte »1890« ein, und siehe da, sämtliche Bildschirme erwachten zu neuem Leben.

»Na bitte«, sagte ich. »Hier habt ihr alles, was ihr zum Leben braucht. Mich braucht ihr nicht, ihr braucht nur eine Mattscheibe. Okay, ich gehe jetzt und mach mir einen Kaffee.«

Ich warf die Fernbedienungen auf den Sessel und verfügte mich zum Wasserkocher, und zwar so locker und unbeschwert, wie ich es bei meiner künstlerisch-alternativen Nachbarin gesehen hatte, doch Billy und Mabel lachten nur.

»Mummy!«, rief Billy. »Jetzt hast du wieder alles ausgeschaltet.«

20.30 Uhr. Am Ende kehrte dann doch Ruhe ein. Billy spielte friedlich an seiner Xbox, und Mabel sah sich, an mich gekuschelt, *SpongeBob* an. Später gingen wir in den Park von Hampstead Heath, und mir fiel die Lederjacke wieder ein und wie unglaublich dieser Kuss gewesen war. Und mit der Erinnerung kam dieses sinnliche Gefühl, und ich dachte: Vielleicht hat Tom ja recht, und ich habe echte sexuelle Bedürfnisse und bräuchte dringend jemanden in meinem Leben, der darauf eingeht. Man könnte es ja mal versuchen, ich meine, schaden kann es ja nicht. Soll ich Talitha wegen seiner Nummer anrufen?

DIE WELLE BRICHT

Sonntag, 9. September 2012

61 kg; Kalorien: 3.250; nachgesehen, ob Lederjacke SMS geschrieben hat: 27 Mal; SMS von Lederjacke: 0; unzüchtige Gedanken: 47.

2.00 Uhr. Und es wird noch schlimmer. Habe Talitha per SMS um die Nummer von Lederjacke gebeten, und siehe da: Sie hat nicht nur seine Nummer bekommen, sondern ihm auch *meine* gegeben. Mir ist ganz flau im Magen vor lauter Enttäuschung und Unsicherheit. Denn wenn er meine Nummer hat, warum ruft er nicht an?

5.00 Uhr. Sollte mich nie wieder mit Männern einlassen. Hatte nämlich die quälende Frage aus früheren Zeiten (Warum ruft er nicht an?) längst vergessen. Jetzt ist sie aktueller denn je.

21.15 Uhr. Kinder schlafen, und alles ist bereit für die kommende Woche. Nur ich bin am Ende. Warum hat Lederjacke nicht wenigstens eine SMS geschrieben? Offenbar hält mich Lederjacke für total bescheuert und steinalt. Na ja, war wohl meine eigene Blödheit. Sollte mich lieber auf meine Mutterrolle konzentrieren, dann stünde jeden Tag selbst zubereitete, gesunde Hausmannskost auf dem Tisch, und der Nachtisch wäre auch nicht irgendein süßer Industrieschleim aus dem Kühlschrank, sondern englischer Pudding nach guter alter

Art. Ich würde ihnen aus *Der Kampf um die Insel* vorlesen, sie beizeiten ins Bett stecken und dann … Ja, was dann? *Downton Abbey* angucken, von Sex mit Matthew Crawley träumen, und am nächsten Morgen beginnt der Tag erneut mit Weetabix?

21.16 Uhr. Soeben habe ich Talitha angerufen und ihr die Lage dargelegt. Sie will vorbeikommen.

21.45 Uhr. »Erst mal brauche ich was zu trinken.«
Ich bereite ihr den gewohnten Wodka Soda.
»Und das ist eine Katastrophe?«, fragte sie. »Nur weil ein Typ, den du gerade fünf Sekunden kennst, dir keine Liebesschwüre per SMS sendet? Okay, du willst wieder am Leben teilhaben und findest es gemein, wenn du nicht sofort bekommst, was du willst? Warum schreibst *du* ihm nicht einfach?«

»Nein. Lauf nie einem Mann hinterher, das bringt nur Unglück«, sagte ich. Es war unser Mantra von früher, als wir alle noch neunundzwanzig waren. »Anjelica Huston hat Jack Nicholson auch nie angerufen.«

»Ach, Schätzchen, du hast wohl wirklich keine Ahnung mehr, wie es läuft. Seit früher hat sich nämlich einiges geändert. Zum einen: Es gab keine SMS, es gab keine Mails, die Leute kommunizierten per Telefon. Aber das Wichtigste: Junge Frauen ergreifen heute eher die Initiative, sie sind auch sexuell viel aggressiver als früher. Und Männer daher viel bequemer. Du solltest ihm zumindest irgendein Leckerli hinwerfen …«

»Untersteh dich«, sagte ich und schnappte mir vorsichtshalber das Handy.

»Keine Angst, das mache ich schon nicht. Aber es sieht insgesamt nicht so schlecht aus, wie du denkst. Als wir die Telefonnummern tauschten, habe ich nämlich durchblicken lassen, dass du verwitwet bist…«

»Du hast was?«

»Glaub mir, das ist um Längen besser als geschieden. Romantischer auf jeden Fall. Es klingt so authentisch.«

»Das heißt, du benutzt Marks Tod als Werbeargument, um mir einen Mann zu besorgen?«

Von oben Getrappel. Billy in seinem gestreiften Schlafanzug erschien auf der Bildfläche.

»Mummy, ich habe meine Matheaufgaben noch nicht gemacht.«

Talitha blickte kurz hoch und wandte sich wieder ihrem Smartphone zu.

»Sag Talitha ›Hallo-schön-dich-zu-sehen‹. Und guck ihr in die Augen dabei.« Es war mein üblicher Spruch bei Besuchen. Aber warum machen Eltern das? Sag »bitte«. Sag »hallo« etc. Denn wenn die Kids das im kleinen Kreis nicht gelernt haben, funktioniert es auch nicht im wahren Leben.

»Hallo, Talitha.«

»Hallo, mein Schatz«, sagte Talitha, den Blick starr auf ihr Smartphone gerichtet. »Ist er nicht entzückend?«

»Du hast deine Matheaufgaben gemacht, Billy, weißt du noch? Und zwar alle. Gleich am Freitagnachmittag.«

»Hier, wie wär's damit?« Abermals sah Talitha nur kurz hoch.

»Aber da war noch ein Arbeitsblatt«, sagte Billy. »Da, siehst du? Vom Werkunterricht.«

Um Werken geht es denen schon lange nicht mehr. Über sechs Wochen hat Billy an einer kleinen Filzmaus gebastelt, nur um am Ende ein sogenanntes Arbeitsblatt zu kriegen, das Fragen stellte wie die folgende: »Welchen Zweck verfolgst du mit deiner Maus?«

Billy und ich sahen uns ratlos an. Wie ausführlich muss man solche Fragen beantworten? Ich meine, über die Philosophie einer Filzmaus könnte man ewig reden. Ich gab Billy einen Stift. Er setzte sich an den Küchentisch und reichte mir dann das Geschriebene.

Der Zweck der Maus war, eine Maus zu machen.

»Prima«, sagte ich. »Das reicht dicke. Und jetzt bringe ich dich wieder ins Bett, okay?«

Er nickte und legte seine Hand in meine. »Nacht, Talitha.«

»Sag Talitha gute Nacht.«

»Hab ich doch, Mummy.«

Mabel schlief fest in der unteren Etage des Stockbetts und hielt ihre Puppe im Arm.

»Kommst du noch mit kuscheln?«, fragte Billy, als er ins Bett kletterte. Unten saß zwar eine zunehmend ungeduldige Talitha, doch ich tat es trotzdem, zusammen mit Puffles Eins, Mario und Horsio.

»Mummy?«

»Ja?«, sagte ich beklommen, denn es war gut möglich, dass er jetzt nach Daddy fragte. Oder nach dem Tod.

»Wie hoch ist die Einwohnerzahl von China?« Mein Gott, sich über solche Sachen Gedanken zu machen! Er ist genau wie Mark. Welcher Teufel hat mich eigentlich geritten, dass mir ein unrasierter Lederjackenmann so wichtig war, der mich nicht einmal …

»Mummy?«

»Vierhundert Millionen«, log ich fix.

»Oh. Und warum schrumpft die Erde jedes Jahr um einen Zentimeter?«

»Ähm …« Ich musste nachdenken. Dass die Erde schrumpfte, war mir neu. Schrumpft der Planet insgesamt oder nur die Landmasse? Liegt es vielleicht an der Erderwärmung? Oder an der fürchterlichen Kraft der Wellen … Doch dann hörte ich, wie sein Atem ruhiger wurde und er einschlief.

Dann wieder nach unten gerannt, wo Talitha zufrieden auf ihr Werk blickte. »Okay, ich hoffe, es gefällt dir. Es war nicht leicht, aber ich denke, das kann man so stehen lassen.«

Sie gab mir ihr Smartphone.

<Hab mich endlich von der oberpeinlichen Situation erholt. Ich verstehe selbst nicht, warum ich vor Märchenprinz und seinem Bollwerk geflohen bin, denn es war so wahnsinnig erregend. Hatte vermutlich Angst, ich könnte buchstäblich Feuer fangen oder mich wieder in einen Kürbis verwandeln. Wie sieht es mit dir aus?>

»Du hast das doch nicht abgeschickt, oder?«

»Noch nicht. Aber der Text ist nicht schlecht. Man muss erst einmal sein Ego wieder aufbauen. Ich meine, dass du ohne ein Wort einfach verschwindest, muss er erst verdauen.«

»Aber klingt es nicht ein bisschen zu …«

»Es ist nur ein Frage. Und baut auf dem auf, was zwischen euch vorgefallen ist. Denk lieber nicht zu sehr darüber nach, du musst jetzt Nägel mit Köpfen machen.«

Sie nahm meinen Finger und rückte damit auf »Senden«.

»Neiiin! Du sagtest, du wolltest das nicht tun.«

»Soweit ich weiß, hast *du* gedrückt. Und könnte ich jetzt bitte noch einen klitzekleinen Wodka bekommen?«

Noch ehe ich am Kühlschrank war, meldete sich das Smartphone mit einer SMS. Talitha langte sofort hin, und ein selbstzufriedenes Grinsen breitete sich über ihre makellos geschminkten Züge.

<Hallo, bist du das, Cinderella?>

»So, Bridget«, sagte sie, als sie meine Verwirrung bemerkte. »Jetzt sei ein tapferes Mädchen und wirf dich ins Getümmel.

Du tust es nicht nur für dich, sondern auch für …« Sie deutete mit dem Kopf nach oben, wo die Kinder schliefen.

Natürlich hatte Talitha recht. Dennoch lief mit der Lederjacke von Anfang an alles schief. Was sie später übrigens selber einräumte.

»Alles meine Schuld. Ich hätte dich vorwarnen müssen. Wenn man eine so lange Beziehung hinter sich hat, ist der Erste immer der Schlimmste. Die Erwartungen sind einfach zu hoch. Man denkt, hier kommt die Rettung, doch das stimmt eben nicht. Außerdem hält man die neue Bekanntschaft für eine Art Lackmustest, ob man auf diesem Feld überhaupt noch etwas wert ist. Aber genau das erfährst du dabei nicht.«

Kurz und gut, ich verstieß bei der Lederjacke so ziemlich gegen alle Dating-Regeln der Jetztzeit. Zu meiner Verteidigung kann ich nur vorbringen, dass ich nicht wusste, dass es dieses Regelwerk überhaupt gab.

DIE DÜMMSTEN DATING-PATZER
IM ÜBERBLICK

Mittwoch, 12. September 2012

60 kg (2 Pfund weniger nach SMS-Marathon mit viel Daumeneinsatz); Sex-Fantasien über Lederjacke in Minuten: 347; wegen Lederjacke SMS-Eingang gecheckt: 37 Mal; SMS von Lederjacke: 0; Mail-Eingang gecheckt, obwohl Lederjacke meine Mail-Adresse nicht hat: 12 (Irrsinn!); Kinder insgesamt zu spät zur Schule gebracht: 27 Minuten.

14.30 Uhr. Mmm. Habe mich gerade in Primrose Hill mit Lederjackenmann zu Mittag getroffen. Mit seiner Lederjacke und der Pilotenbrille glich er noch mehr einem Model aus der Autowerbung. Es war für die Jahreszeit ziemlich warm, und die Sonne lachte vom blauen Firmament, sodass wir uns in ein Straßencafé setzten.

Gut:

Ich liebe ihn. Ich liebe ihn.

Weniger gut:

Er ist genau so alt wie ich, geschieden, zwei Kinder. Und er heißt Andy, was bekanntermaßen der coolste Name unter der Sonne ist.

Andy. Also echt!

Er nahm die Sonnenbrille ab, als ich mich setzte. Seine Augen strahlten in hellstem Azur, wie das karibische Meer vor einem weißen Traumstrand ...

Seien Sie nicht gleich hin und weg.

... nur braun. Macht nichts.

Bewahren Sie wenigstens ein Minimum von Objektivität.

Er versteht wirklich die Nöte von Alleinerziehenden. Fragte mich zum Beispiel: »Wie alt sind deine Kinder?«

Vermeiden Sie Wunschdenken und ziehen Sie keine voreiligen Schlüsse.

Auf den Sex mit ihm am Sonntagmorgen freue ich mich jetzt schon. Und später würden wir mit unserer ganzen Brut frühstücken. Wir könnten zusammenziehen und würden viel gemeinsam lachen. Wir würden unsere jetzigen Häuser verkaufen und irgendwo hinziehen, wo die Kinder zu Fuß zur Schule können. Und wir bräuchten auch nur noch ein Auto, dann wäre das Anwohnerparken auch nicht mehr so teuer ... Das denke ich gerade, doch er unterbricht mich: »Möchtest du vielleicht einen Kaffee?«

Leicht konfus blinzelte ich ihn an, denn eigentlich hätte *ich* ihn gerne etwas gefragt, nämlich: »Glaubst du, wir kommen mit einem einzigen Auto klar?«

Beim ersten Treffen bezahlt immer der Mann.

Als die Rechnung kam, machte ich einen ziemlich großen Aufstand, indem ich meine Kreditkarte zückte und erklärte: »Nein, ich bezahle ... oder machen wir getrennte Rechnung?«

»Lass mal, das übernehme ich«, sagte er und sah mich dabei so komisch an. Aber kein Wunder, wahrscheinlich muss er sich gerade eingestehen, dass er sich ebenfalls ich mich verliebt hat.

Reagieren Sie nur auf das, was ist, nicht auf etwas, das Sie sich erträumen.

Ich wünschte, die Zeit mit ihm würde nie zu Ende gehen, und schlug nach dem Essen noch einen Spaziergang zum Hügel im Regent's Park vor. Ach, es war einfach zu schön. Und als wir an seinem Auto standen, hoffte ich verzweifelt auf einen Kuss wie im *Bollwerk*, doch er beließ es mit einem nichtssagenden Küsschen auf die Wange und sagte: »Pass auf dich auf.«

Ich sah meine Felle davonschwimmen und sagte: »Meinst du, wir könnten uns wiedersehen?«

Vielleicht war das ein wenig zu direkt, aber dagegen kann eigentlich niemand was haben.

Irrtum.

»Aber sicher«, entgegnete er süffisant. »Ich warte jetzt nur noch darauf, dass du schreiend abhaust.« Und mit einem letzten falschen Autowerbelächeln stieg er in seinen Wagen.

Er kann ja so witzig sein!

Lassen Sie sich nicht aus der Bahn werfen.

Sollte mir endlich klarmachen, dass der Drops gelutscht ist. Ich kann auch nicht den lieben langen Tag im Bett liegen und mir einen runterholen, wenn ich mich a) um ein Drehbuch und b) um die Kinder kümmern muss.

Donnerstag, 13. September 2012

Im Auto: Konzentrieren Sie sich auf den Straßenverkehr, und stellen Sie persönliche Gedanken möglichst hintan.

8.30 Uhr. Hmmm. Andererseits hat er auf meine Frage, ob wir uns wiedersehen, nicht mit Nein geantwortet, sondern gesagt: »Aber sicher.«

Und das heißt immer noch ja, oder? Aber warum hat er beim Abschied nichts Konkretes verabredet? Oder auch nur eine SMS geschrieben? Ach, ich will das gar nicht wissen.

9.30 Uhr. In einer engen Kurve war ein Taxi stehen geblieben und verstellte mir, nur auf den eigenen schäbigen Vorteil bedacht, den Weg, die Sau. Hinter mir staute sich bereits alles.

Zog an dem Taxi vorbei und warf dem Fahrer einen vernichtenden Blick zu. Merkte leider zu spät, dass auf der Gegenfahrbahn schon ein Auto war. Der Fahrer beschimpfte mich seinerseits: »Los, verpiss dich von meiner Spur! Oder muss ich dir erst zeigen, wo der Rückwärtsgang ist?« So, als wäre ich blöd oder was.

»Ehrlich, wenn Männer Auto fahren!«, dachte ich und zeigte ihm den Stinkefinger. (Die große Ausnahme ist natürlich Lederjacke, weil der stets rücksichtsvoll und zuvorkommend ist.) »Hier, schaut mich an, ich bin das Alpha-Männchen mit eingebauter Vorfahrt und mache schutzlose Frauen platt, indem ich sie zwinge zurückzusetzen. Hammer!«

»Mummy«, sagte Billy. »Das Taxi ist nur stehen geblieben, damit das andere Auto an uns vorbeikann.«

Billy hatte recht, der entgegenkommende Wagen war vor mir da gewesen, und ein routinierter Fahrzeuglenker wie eben dieser Taxifahrer ließ ihn durch. Und jetzt war ich die Böse, das Alphaweibchen im Shopping-SUV (den ich nicht habe), die reiche Bitch im Tussipanzer, die auf der Gegenspur alles plattmacht wie ein wild gewordener Schneepflug.

Versuchte, betroffenem Verkehrsteilnehmer ein hingehauchtes »Sorry!« zu signalisieren, stieß aber auf taube Ohren und erntete stattdessen resignierte Blicke – so, als sei ich nur ein Beispiel mehr für den Niedergang unserer Zivilisation. Ich kenne das nur zu gut, denn es geht mir jeden Morgen genauso: Überall nur noch Barbaren. Früher war alles anders.

»Und?«, sagte ich erleichtert, als die Engstelle hinter uns lag. »Was hast du in der ersten Stunde, Billy? Sport?«

»Mummy?«

Ich sah nach hinten. Dieselben Augen, derselbe Ton wie Mark, wenn ich mal wieder Mist gebaut habe.

»Was ist?«

»Sagst du das jetzt bloß, weil du dir dämlich vorkommst?«

Freitag, 14. September 2012

Lassen Sie sich nicht irre machen.

Habe gerade künstlerisch-alternative Nachbarin kennengelernt, aber wohl alles vermasselt, weil ich noch völlig durcheinander war. Ich ging gerade vom Auto zurück. Sie trug eine Art gestrickte Harlekinmütze, dazu schwere Doc Martens und ein Kleidungsstück, das aussah wie deutscher-Wehrmachts-rock-meets-puffige-Krinoline.

»Hallo«, sagte sie auf einmal. »Ich heiße Rebecca. Wohnen Sie nicht in dem Haus gegenüber?«

»Ja«, sagte ich völlig überrascht und fing leider sofort an zu quasseln. »Ihre Kinder sind offenbar im selben Alter wie meine. Wie alt sind sie denn? Irren Hut haben Sie da auf…«

Trotzdem lief es wie geschmiert, und am Schluss sagte Rebecca: »Also wenn Sie wollen, einfach anklopfen, dann können sich die Kinder zu einem *Playdate* treffen – einfach nur spielen reicht unseren Pädagogen heutzutage nicht mehr. Ehrlich, bei so einem Wort möchte man sich am liebsten die Kugel geben.«

»Hahaaha!«, platzte ich los. »Da haben Sie recht. Playdate… Kugel geben, das ist gut…« Und machte dummerweise auch gleich vor, wie ich mich erschießen würde. »Gute Idee! Bis dann. Tschüssi!« Lief dann zum Haus und dachte noch: »Klasse! Jetzt sind wir beste Freundinnen, und ich kann ihr das mit der Lederjacke etc. erzählen und…«

»He, warten Sie!«

Ich drehte mich um.

»Ist das nicht *Ihr* Kind?«

Mist! Hatte ich total vergessen, Mabel war ja auch noch da. Sie stand wie immer verträumt vor Rebeccas Haus und sah aus wie ein ausgesetztes Waisenkind, so mutterseelenallein.

Achten Sie auf Ihre Gefühle. Irgendwo zwischen »geil« und »Magenschmerzen wegen zu vieler Schmetterlinge im Bauch« sollte auch das Wort »glücklich« stehen.

21.15 Uhr. Nach wie vor null SMS. Schmetterlinge im Bauch wegen Lederjacke – machen mir allmählich echte Bauchschmerzen.

DIE GOLDENSTE ALLER
DATING-REGELN

Samstag, 15. September 2012

Keine SMS im alkoholisierten Zustand!

20.15 Uhr. Endlich! Telefon!

21.00 Uhr. »Hallo, Liebes!« Meine Mutter, Mist! Wäre fast durchgedreht, weil ich nicht wusste, ob eine SMS von Lederjacke durchkommt, wenn Mum den Anschluss blockiert.

»Bridget? Bridget, bist du noch da? Bist du zu einem Entschluss gekommen, was die Kreuzfahrt angeht?«

»Tja, also ... ich kann mich noch nicht festlegen.«

»Die meisten von St. Oswald's haben ihre Enkel dabei. Es ist *die* Zeit im Jahr, wo man mit den Enkelkindern zusammen ist. Julie Enderbury und Michael nehmen die ganze Familie mit auf die Kanaren.«

»Und was ist mit Una? Hat sie keine Enkel?«, entgegnete ich.

»Diesmal sind die Angeheirateten dran.«

»Verstehe.«

Die Angeheirateten! Admiral Darcy und Elaine sind zwar furchtbar nett zu Billy und Mabel, trotzdem legen sie großen Wert darauf, dass immer nur *ein* Kind zu Besuch kommt. Und vor allem, dass es ein offizielles Programm gibt – perfekt geplant und bitte ohne Überraschungen. Insofern möchte ich bezweifeln, dass sie uns über Weihnachten wirklich ertragen. Sogar als Mark noch lebte, lud er immer *sie* zu uns ein und engagierte obendrein einen Koch für das Weihnachtsessen. Angeblich hätte es nichts mit meinen Kochkünsten zu tun, sagte er, aber so sei es eben entspannter, und wir hätten mehr Zeit füreinander. Fragte mich trotzdem, warum sie sich nicht entspannen können, wenn ich koche?

»Bridget? Bist du noch da? Ich will doch nur nicht, dass ihr Weihnachten allein seid«, sagte Mum. »Ich meine, noch kannst du dich entscheiden.«

»Schön, dann machen wir das … später«, sagte ich. »Weihnachten ist noch eine Ewigkeit hin.«

Und jetzt ist sie bei ihrem Aqua-Zumba. Ich wollte, Dad wäre noch da. Er war mein einziger Verbündeter gegen Mum. Er war derjenige, der mich in den Arm nahm, wenn Mum mal wieder alles niederquasselte, der, mit dem man über Mum lachen konnte. Das alles geht jetzt nicht mehr, und er fehlt mir sehr. Warum kann man sich nicht mit einer Flasche Wein besinnungslos trinken?

21.15 Uhr. Hoppla, Chloe ist von ihrem Weiberabend zurück. Sie übernachtet auf der Schlafcouch, sodass sie morgen früh direkt zu ihrem Tai Chi kann.

21.30 Uhr. Ich denke, jetzt, da sie hier ist, kann ich mir ein Gläschen gönnen. Nur um die Laune zu heben.

Achtung! Ehe Sie die Weinflasche entkorken, wickeln Sie Ihr Handy in ein Blatt Papier, auf dem steht: Keine SMS! Das Handy deponieren Sie anschließend im obersten Regal.

21.45 Uhr. So, es geht mir schon besser. Werde mir auch noch Musik auflegen. Vielleicht *Play the Game* von Queen. Schwule Perspektive, besonders in musikalischer Form, hilft immer. Mmmm, mein Lederkerl! Warum schickt er mir keine SMS, dann könnten wir uns treffen und total supersinnliches Erlebnis haben.

22.00 Uhr. Noch ein kleines Gläschen? Auf einem Bein kann man nicht stehen.

Achtung, Pegelstand!

22.05 Uhr. Ich liebe Queen.

22.20 Uhr. Mmm, ich könnte tanzen…
»*This is your life! Don't play hard to get…*«

22.20 Uhr. Also man kann sagen, was man will, aber wo er recht hat, hat er recht: »*Love runs… pumping through your veiiiins!*« Liebe meinen Lederkerl. Man darf eben nicht in Verklemmtheit versumpfen bzw. als Rühr-mich-nicht-an versauern. Die Liebe ist wie ein großer Fluss.

Orientieren Sie sich bei Ihren Entscheidungen nicht an hirnlosen Popsongs, vor allem dann nicht, wenn Sie getrunken haben.

22.21 Uhr. Sagte ich doch: *Don't play hard to get.* Wer sich verweigert, den bestraft das Leben. Warum ihm also keine SMS schreiben?

Gaaah! Genau das ist das Problem mit der modernen Informationsgesellschaft: Sie macht es uns zu einfach. Wären wir noch im Zeitalter der Briefpost, müsste ich erst allerlei Sachen zusammensuchen wie Papier und Stift und Umschlag und Briefmarke, ganz zu schweigen von der Lederjacken-Anschrift. Und ich müsste um halb zwölf in der Nacht aus dem Haus, Briefkasten suchen und die Kinder allein lassen. Dagegen ist eine SMS im Handumdrehen verschickt. Ach was, Handumdrehen! Bloßes Antippen reicht, und Sekunden später detoniert die Rakete in ihrem Ziel.

22.35 Uhr. Habe gerade auf »Senden« gedrückt. Geht aber in Ordnung, denke ich.

Deshalb noch einmal: Keine SMS im alkoholisierten Zustand!

FORTGESETZTE DATING-DOOFHEIT

Sonntag, 16. September 2012

60 kg (fühle mich trotzdem wie eine Mastgans)

Wir waren alle in meinem Wohnzimmer, Tom, ich, Jude und Talitha, die aus ihrer Meinung kein Hehl machte. »Das geht überhaupt nicht in Ordnung.«

»Aber warum nicht?«, fragte ich und blickte erschrocken auf meinen Text.

»Es waso schön mitt dir am Mottwoch. Wir mösen uns unbedingt bal wiedersehn!!«, las Tom und schnaubte abfällig.

»Nun ja«, sagte Jude und wandte sich kurz von OkCupid.com ab. »Erstens warst du eindeutig betrunken.«

»Zweitens war es halb zwölf in der Nacht«, sagte Tom. »Drittens hast du ihm bereits gesagt, dass du ihn wiedersehen willst, wodurch das Ganze schon ziemlich verzweifelt klingt.«

»Und viertens hast du Ausrufezeichen verwendet«, bemerkte Jude spitz.

»Dazu kommt deine mangelnde Aufrichtigkeit«, sagte Tom. »Deine SMS hat diesen überschwänglichen, durch und durch künstlichen Ton, wie man ihn bei einem Schulmädchen findet, das die Mannschaftsführerin im Korbball unbedingt als neue beste Freundin gewinnen will: scheinbar locker, aber innerlich völlig verkrampft – und verlogen.«

»Kein Wunder, dass du darauf keine Antwort kriegst«, sagte Jude.

»Ich habe also alles vermasselt?«

»Ich möchte mal so sagen: Du bist das kleine dumme Häschen unter lauter gefräßigen Kojoten.«

In diesem Moment brummte das Handy über eine eingehende SMS.

<Hoffentlich hast du mit dem Babysitter mehr Glück als mit deiner Orthografie. Wie wär's mit Samstagabend?>

Ich blickte mit derselben Genugtuung in die Runde, mit der Kriegsgegner aus aller Welt die Nachricht entgegengenommen haben, dass im Irak keinerlei Massenvernichtungswaffen entdeckt wurden. Zugleich war ich wieder auf Wolke sieben.

»Guckt mal, er macht sich sogar über den Babysitter Gedanken«, sagte ich. »So viel Aufmerksamkeit hat man selten.«

»Er will dich nur ins Bett kriegen«, sagte Jude.

»Jetzt steh nicht da wie der Ochs vor dem Scheunentor, tu was«, sagte Tom. »Schreib zurück.«

Nach kurzer Überlegung tippte ich:

<Samstag passt prima. Ich brauche nur noch ein starkes Seil, mit dem ich die Kinder anbinden kann.>

<Ich persönlich bevorzuge Gewebeband aus dem Baumarkt>, kam es zurück.

»Na, Humor hat er wenigstens«, sagte Tom. »Ansprechend finde ich auch den angedeuteten Bondage-Aspekt.«

Dann sahen sich alle zufrieden an. Der Triumph des einen ist ein Triumph aller.

»Okay, darauf sollten wir noch ein Fläschchen aufmachen«, sagte Jude und tappte in ihrem weiten Jumpsuit und den dicken Plüschsocken zum Kühlschrank. Nebenbei drückte sie mir einen Kuss auf den Scheitel. »Ich schätze mal, das können wir als Erfolg verbuchen«, sagte sie.

VERSCHÄRFTE DATING-DOOFHEIT

Seien Sie beim ersten Treffen offen für seine Vorschläge.
Gehen Sie erst einmal auf alles ein.

Mittwoch, 19. September 2012

61 kg, 2 Pfund mehr als vor einer halben Woche; Dating-Regeln gebrochen: 2.

21.15 Uhr. Chloe hat am Samstag keine Zeit, aber statt mir eine Alternative zu überlegen, sitze ich nur da und male mir wie besessen unseren ersten Abend zu zweit aus. Habe dauernd überlegt, was ich anziehen soll und wie überwältigt er dann von meinem blauen Seidenkleid ist, sodass ich zu nichts anderem gekommen bin. Oh! SMS von Lederjacke! <Lust auf Kino, z. B. Argo?>

21.17 Uhr. *Argo?* Was soll ich damit? Kino ist kein ordnungsgemäßes Date. Außerdem ist *Argo* ein Männerfilm. Und mit dem blauen Seidenkleid wäre ich im Kino ganz klar overdressed. Und überhaupt, wie soll ich das machen, wenn Chloe am Samstag nicht kann und …

21.20 Uhr. Gerade abgeschickt: <Warum gehen wir nicht essen? Würde dich gerne besser kennenlernen.>

Kommen Sie dem anderen nicht dauernd mit dem Babysitter.

21.21 Uhr. Ich: <Außerdem kriege ich am Samstagabend keinen Babysitter. Könnten wir nicht auf Freitag ausweichen?>

22.00 Uhr. Da haben wir den Salat! Lederjacke antwortet nicht. Ist er vielleicht ausgegangen? Womöglich mit einer anderen Frau?

23.00 Uhr. Lederjacke: <Freitag geht nicht. Wie ist es mit der Woche darauf, Freitag oder Samstag?>

23.05 Uhr. Meine Antwort: <Ja! Samstag!> Aber die kalte Dusche kam sofort: Warum will er eine ganze Woche warten? Wie hält er das aus?

Sonntag, 23. September 2012
21.15 Uhr. Eines ist sicher: Ich halte es *nicht* aus. Das ganze Wochenende über hat mich Lederjacke ignoriert. Wenn mich nicht alles täuscht, ist das ein klares Absetzmanöver. Falls er überhaupt je auf mich stand.

22.00 Uhr. Trotzdem, ich darf jetzt nicht lockerlassen, sondern muss frischen Schwung in die Sache bringen.

Versuchen Sie nicht, das »erste Mal« zu planen.

<Entschuldige wegen des Hin und Her. Werde dafür am Samstag Highheels tragen! Und der Babysitter bleibt über Nacht.>

Montag, 24. September 2012

62 kg, wieder 2 Pfund mehr; SMS von Lederjacke: 0. (Sehr wahr-scheinlich wegen Gewichtszunahme, auch wenn er direkt davon nichts mitgekriegt hat.)

21.15 Uhr. Kein Wort von Lederjacke. Hält mich wahrscheinlich für eine notgeile Schlampe.

Dienstag, 25. September 2012

61 kg; SMS von Lederjacke: 1 (schlecht).

11.00 Uhr. Gerade SMS von Lederjacke bekommen!
    <Wunderbar. Wie wär's mit dem E&O in Notting Hill, 19.45? Freue mich schon auf die Highheels.>
    Er hasst mich.

Samstag, 29. September 2012

Outfit für Date geändert: 7 Mal; Verspätung bei Date: 25 Min.; positive Gedanken bei Date: 0; SMS an Lederjacke: 12; SMS von Lederjacke: 2; Dating-Regeln gebrochen: 13; positive Ergebnisse nach dem ganzen Theater: 0.

Seien Sie pünktlich. Vergessen Sie nicht: Pünktlichkeit ist eine Zier und somit wichtiger als Outfit und Make-up. Verhalten Sie sich so, als müssten Sie einen Flieger erreichen, sonst ist der Zug bald abgefahren.

19.00 Uhr. Habe mich so lange neu umgezogen, dass das Minicar schließlich wegfuhr. Ist auch nicht wiedergekommen, und auf der Straße ist weit und breit kein Taxi in Sicht. Habe eine ganze Serie von SMS abgesetzt, doch Antwort war immer dieselbe: <Hier sind jede Menge Taxis.>

20.00 Uhr. Endlich in der Electric Bar. Bin schließlich mit dem eigenen Auto gefahren. Weil ich aber eh schon so spät dran war, habe ich es auf einem Anwohnerparkplatz abgestellt, wo ich garantiert ein Knöllchen bekomme. Lederjacke ist nicht da.

Vergewissern Sie sich bei jeder Verabredung, dass Sie auch dasselbe Lokal meinen.

20.10 Uhr. Mist! Er sagte doch E&O und nicht Electric Bar.

20.15 Uhr. Bin jetzt vollkommen aus dem Konzept. Habe ihm aber eine SMS geschickt, dass hier offenbar ein bedauerliches Missverständnis vorliegt und ich schnellstmöglich ins E&O komme.

Der erste Eindruck zählt. Seien Sie also bei der Begrüßung vollkommen entspannt, und schenken Sie Ihrem Gegenüber ein Lächeln. Denken Sie daran: Sie sind die Göttin des Lichts und die Ruhe selbst.

Mit vierzigminütiger Verspätung im E&O eingetroffen, wo mich die Empfangsdame offenbar für eine Irre hielt und mich direkt wieder auf die Straße setzen wollte.

Dumm war auch, dass ich Lederjacke nirgendwo sah und auch seinen Namen nicht mehr wusste.

Doch dann entdeckte ich ihn doch. Er saß dick und fett an einem Tisch voller sophisticated Werbeleute, so schien es jedenfalls. Ich musste direkt an ihn herantreten und ihn an die Schulter tippen, sonst hätte er mich gar nicht bemerkt. Als er mich den anderen vorstellen wollte, zeigte sich, dass ihm mein Name entfallen war.

Immerhin wollte er, dass ich mich setze, aber das erwies sich als Problem, weil kein weiterer Stuhl an den Tisch passte, sodass wir an einen Tisch für zwei umziehen mussten, was ihm überhaupt nicht schmeckte. Dauernd schaute er zu seinen coolen Freunden hinüber, die mit ziemlicher Sicherheit unterhaltsamer waren als ich.

Beim Abschied kamen sie immerhin noch einmal an und luden uns beide ein, auf eine Party mitzugehen. Das wollte ich auf keinen Fall, sagte aber: »Super, gern!«

Party war grässlich, und Lederjacke war bald verschwunden, sodass ich mich erst einmal auf der Toilette verbarrikadierte.

Kein Alkohol, keine Drogen. Bleiben Sie auf jeden Fall nüchtern.

Als ich Lederjacke schließlich ausfindig machte, nuckelte er an einem Joint. Ich hatte seit mindestens fünfzehn Jahren keinen Krümel Gras mehr geraucht und auch da immer nur wenige Züge. Ich vertrage das Zeug nicht, es macht mich paranoid. Dann denke ich immer, die Leute ignorieren mich, obwohl sie gerade mit mir reden. So auch jetzt. Ich war im Handumdrehen vollkommen zugequarzt und paranoid.

Er musste das gemerkt haben, denn er flüsterte: »Sollen wir lieber woanders hingehen?« Und zeigte auf eine geschlossene Tür. Ich nickte stumm.

Es war das Gästezimmer, und überall lagen die Mäntel und Jacken der Gäste. Er machte die Tür zu und drückte mich dagegen, küsste meinen Hals und schob seine Hand unter mein Kleid. »Sagtest du nicht, der Babysitter ist die ganze Nacht da?«

Ich nickte stumm.

**Lassen Sie sich Zeit. Schlafen Sie mit niemandem,
wenn Sie es (noch) nicht möchten.**

Problem war, ich war nicht nur stoned wie Tetris, ich war nicht nur paranoid, sondern ich hatte auch seit viereinhalb Jahren keinen Sex mehr gehabt – und plötzlich einen Riesenschiss davor. Was, wenn er mich im nackten Zustand abstoßend fand? Was, wenn er zwar mit mir schlief, aber dann nie wieder anrief? Was, wenn ich nicht mehr wusste, wie so etwas ging, Sex?

»Mit dir alles in Ordnung?«

**Bleiben Sie nicht ewig auf der Toilette, sonst könnte man
denken, Sie hätten Drogen- bzw. Verdauungsprobleme.**

Abermals nickte ich und brachte mühsam hervor: »Ich gehe nur mal kurz aufs Klo.«

Er blickte mich merkwürdig an und setzte sich aufs Bett.

Als ich wiederkam, saß er immer noch da. Er stand auf, schloss die Tür erneut, küsste erneut meinen Hals, schob mir erneut die Hand unters Kleid.

»Gehen wir zu mir?«, fragte er.

Ich nickte stumm und brachte mühsam hervor: »Aber …«

Verwirren Sie ihn nicht.

»Hör zu, wenn du nicht willst …«

»Doch, schon. Ich will ja. Aber …«

**Sie allein entscheiden, ob Sie mit jemandem schlafen oder nicht.
Treffen Sie also Ihre Entscheidung, und bleiben Sie dabei.**

»Du sagtest, der Babysitter wäre auch über Nacht da.«

Seien Sie nicht schwierig.

»Es ist nur so, dass ich seit viereinhalb Jahren mit niemandem mehr geschlafen habe.«

»Viereinhalb Jahre? Wenn's weiter nichts ist! Gott, bin ich froh, dass du nicht schwierig bist.«

»Ich weiß ja. Aber wenn man dann plötzlich jemanden trifft, den man wirklich mag...«

»Wie bitte?«

Sprechen Sie erst einmal nicht über Ihre Verletzlichkeiten. Warten Sie ab, bis der andere Sie so weit kennt, dass er Sie auch versteht.

»Ich meine, wir sind uns erst zweimal begegnet, das heißt, ich kenne dich gar nicht und weiß auch nicht, ob ich dir gefalle, wenn ich ausgezogen bin. Außerdem bin ich wirklich aus der Übung und verderbe vielleicht alles. Ich meine, ich bin Witwe und habe immer noch den Eindruck, als würde ich meinen Mann betrügen. Und dann fange ich an zu weinen, und alles ist im Eimer, und ich warte wieder tagelang auf einen Anruf.«

»Mir geht es genauso. Ich habe auch jemanden getroffen, den ich mag.«

Bewahren Sie Haltung und drehen Sie nicht durch.

»Wie bitte?«, fragte ich entrüstet. »Meinst du in den letzten zwei Wochen? Wer ist sie? Wie konntest du mir das antun?«

»Ich wollte ja mit dir sprechen, aber... Versetz dich mal in meine Lage: Ich bin ein Mann. Ich wusste doch gar nicht, ob ich dich anrufen darf. Oder ob du mit mir schlafen willst.«

»Ich weiß, das ist mir ja alles klar …«

»Gut, dann …« Wieder begann er mit der Küsserei und versuchte, mich aufs Bett zu ziehen. Irgendwann saß ich schräg auf seinem Bein.

Engen Sie ihn nicht ein.

»Unter einer Bedingung«, sagte ich. »Wenn ich mit dir schlafen soll, musst du mich später auch anrufen und mich auch wiedersehen wollen. Sonst verschieben wir es lieber auf ein andermal. So muss sich keiner Gedanken machen.«

»Hör zu … äh, Bridget …« Als hätte ich es geahnt. Wie schwer ihm allein mein Name über die Lippen ging. »Du bist bestimmt ein nettes Mädchen, aber ich glaube nicht, dass du für so etwas schon bereit bist. Und ich will nicht dafür verantwortlich sein, dass es irgendwem schlecht geht. Pass auf, ich hole dir ein Taxi und … ja, ich melde mich.«

»In Ordnung«, sagte ich bedrückt und folgte ihm nach unten. Nickte stumm, als er sich von mir verabschiedete. Er setzte mich in ein Taxi. Als es losfuhr, drehte ich mich noch einmal um und sah, dass er bereits auf die Tür zuging, hinter der die Party abging.

Schaffen Sie sich schöne Erinnerungen.

Sah mich selbst im Innenspiegel des Taxis. Meine Haare waren völlig durcheinander. Der irre Blick, der verschmierte Mascara, ich hätte glatt für Alice Cooper durchgehen können. Komisch, wenn man so darüber nachdenkt, aber nach unserer ersten Begegnung im *Bollwerk* war es genauso.

23.20 Uhr. Auf Zehenspitzen ins Haus geschlichen, damit Chloe nicht mitkriegt, was für ein Desaster dieser Abend war.

Sonntag, 30. September 2012
60 kg; Schlaf (in Minuten): 0; Gewichtsverlust durch Stress und Elend (in Pfund): 2; finanzieller Verlust, weil Auto abgeschleppt (in englischen Pfund): 245.

5.00 Uhr. Hab die ganze Nacht kein Auge zugetan. Bin echt der letzte Versager. Und alt und hässlich und scheiße im Bett bin ich auch.

8.00 Uhr. Extra früh aufgestanden, damit ich den Wagen holen kann, ehe er abgeschleppt wird. Doch unten laufe ich Mabel, Billy und Chloe direkt in die Arme. Sie waren bereits in der Küche und wollten soeben zum Park aufbrechen.

»Mummy«, sagte Billy. »Ich dachte, du wolltest über Nacht wegbleiben.«

»Ist wohl nicht so gut gelaufen«, sagte Chloe nicht ohne Mitgefühl. Sie selber sah wie immer frisch und makellos aus.

Natürlich war der Wagen schon weg, abgeschleppt, und ich durfte ihn auf einem verdreckten Gelände irgendwo zwischen der A40 und der Bahntrasse nach Cornwall abholen, was mehr kostete als Chloes Wochenlohn. Bin emotional ganz unten. Jetzt lerne ich endlich einmal einen kennen, den ich mag, und dann versaue ich alles. Na ja, nie wieder, ich kriege eh keinen mehr. Bin nicht nur schwierige Schreckschraube, sondern leider auch komplett unfähig. Aber vielleicht schreibt er mir ja trotzdem eine SMS. Oder ruft an.

Freitag, 5. Oktober 2012
61 kg; Anrufe von Lederjacke: 0; SMS von Lederjacke: 0.

9.15 Uhr. Bis jetzt kein Anruf. Schöne Pleite.

Montag, 8. Oktober 2012
59 kg (sehe ganz schön alt aus, Schwindsucht aus gebrochenem Herzen); Anrufe von Lederjacke: 0; SMS von Lederjacke: 0.

7.00 Uhr. Immer noch nichts. Muss mich trotzdem zu meinem Drehbuch aufraffen.

Dienstag, 9. Oktober 2012
SMS an Lederjacke: 1; SMS von Lederjacke: 0; Anzahl neuer Wörter in Drehbuch: 0; Dating-Regeln gebrochen: 2.

Immer noch nichts.

Wenn er auf Distanz geht, klammern Sie nicht. Jetzt heißt es Gas wegnehmen und gegensteuern.

23.00 Uhr. Vielleicht sollte *ich* ihm schreiben. Irgendeiner muss es ja tun.

Seien Sie authentisch.

2.30 Uhr. Von mir: <Hey, danke nochmals für die tolle Party am Samstag. War echt Fun...>

Mittwoch, 10. Oktober 2012
SMS von Lederjacke: 0.

Keine Antwort.

Freitag, 19. Oktober 2012

SMS von Lederjacke: 1; SMS von Lederjacke, die auch nur annähernd als ermutigend bezeichnet werden können: 0; neue Wörter in Drehbuch: 0

10.00 Uhr. Lederjacke: <Hey, mach dir keinen Kopf. So was kenn ich.«

Samstag, 27. Oktober 2012

Totale Funkstille in Sachen Lederjacke.

Sonntag, 28. Oktober 2012

Wählen Sie für Ihre SMS eine christliche Zeit. Alles andere sieht aus wie Stalking.

5.30 Uhr. Also ich mach das jetzt mit der SMS.
  <Wie geht's dir gerade?>

Die Seele sehnt nach der Seele sich… dachte ich und besah mir die rauchenden Trümmer dieses kindischen Lunaparks, den wir ständig um uns errichten. Während es diese andere, tiefe, unverbrüchliche Verbindung doch gibt. Sie existiert immer und unabhängig von allem Blödsinn – siehe Adam im Deckengemälde von Leonardo und wie er die Hand nach Gottes Fingerspitzen ausstreckt.

Freitag, 2. November 2012

Chance, dass sich jemals wieder etwas mit einem männlichen Wesen ergibt: 0.

11.30 Uhr. SMS von Lederjacke:

<Es geht mir gut, aber zu viel Arbeit. Muss morgen nach Zürich. Weiß nicht, wann ich wieder zurück bin. Schöne Weihnachten.>

Das war's wohl.

»Warum lachst du nicht über diese blöde Sache?«, sagte Talitha. »Du kannst doch nicht dein ganzes Selbstbewusstsein an diesem Kerl aufhängen. Überhaupt, dieser eine Abend sagt noch nichts über deinen Marktwert oder was weiß ich. Wenn du meinen Rat hören willst: Abhaken!«

Dennoch, irgendetwas muss jetzt geschehen.

DATING-INTENSIVKURS

Abend für Abend, Nacht für Nacht, wenn die Kinder im Bett waren, studierte ich – wie für einen Kurs an der Volkshochschule – die Lehre von der Fähigkeit, bei andern gut anzukommen. Die Kinder schienen zu spüren, dass sich hier große Dinge anbahnten, und behandelten mich mit dem gebührenden Respekt. Wenn Mabel mitten in der Nacht in meinem Schlafzimmer stand, weil sie schlecht geträumt hatte, war plötzlich eine Entschuldigung fällig – früher hatte sie das nie getan. »*Unschuldigung*, Mummy, aber da ist eine Riesenameise, die hat mich ins Ohr gebissen.« Wobei sie zwischen ihren zerzausten Haaren hindurch auf all die gelehrten Werke blickte, die überall auf meinem Bett verstreut lagen. Natürlich hinterließ ich auf Twitter jede hinzugewonnene Erkenntnis, die Früchte meines Studiums, wodurch die Zahl meiner Follower auf schwindelerregende 437 anstieg.

Literaturverzeichnis:
Ich begann mit meinem historischen Archiv, den unvermeidlichen Klassikern aus meiner Ü30-Zeit.

- *Männer sind vom Mars, Frauen von der Venus*
- *In dreißig Tagen zum Traumpartner*
- *Lass die Liebe nur machen: Wege zu einer entspannteren Männerjagd*
- *Die Wünsche der Männer*

- *Die geheimen Wünsche der Männer*
- *Die wahren Wünsche der Männer*
- *Die Wünsche der Männer – unverblümt*
- *Wie Männer denken*
- *Woran Männer denken – wenn sie gerade nicht an Sex denken*

Doch das reichte mir diesmal nicht. Ich sah bei Amazon nach und stieß auf fünfundsiebzig Seiten voller Dating-Ratgeber.

- *Die Single-Falle und wie man gar nicht erst hineintappt*
- *Braut-Show: Die drei erfolgreichsten Dating-Profile aller Zeiten*
- *Eisen im Feuer: Mit mehr Dates schneller ans Ziel*
- *Jägerin mit allen Sinnen: Wie man als alleinerziehende Mutter den einzig wahren Mann zur Strecke bringt*
- *Lass ihn betteln: Warum unerreichbare Frauen immer interessanter sind*
- *Die Gleichung der Gefühle: Mit wissenschaftlichen Methoden zum Traumpartner*
- *Denn die Liebe kennt keine Angst: Der Kompass für den Beziehungs-Dschungel*
- *Die Gesetze der Liebe: 9 einfache Regeln für eine erfüllte Partnerschaft*
- *Das geballte Dating-Wissen aus* Sex and the City
- *Anmach-Sprüche waren gestern: 12 Flirtthemen, die garantiert funktionieren*
- *20 Tipps für die Partnersuche im Internet*
- *Gefällt mir NICHT! Die 50 ultimativen Ausschlusskriterien bei neuen Bekanntschaften*
- *99 Maximen für erotische Abenteuer im Internet*
- *Die neuen Liebesregeln für Digital Natives* (von den Autoren von *Liebesregeln für Stadtbewohner*)
- *Die alten Liebesregeln* (Verfasser nicht identisch mit den Autoren der *Liebesregeln für Stadtbewohner*)

- *Wie du mir, so ich dir: Die ungeschriebenen Gesetze der Menschen*
- *Wenn das jeder täte: Die unausgesprochenen Gesetze der Menschen*
- *Ausgehen, feiern, Leute kennenlernen mit der Kraft des Geistes*
- *Das Ass im Ärmel: Wie Sie mit kleinen Tricks Ihr Leben verändern*
- *Im Krieg und in der Liebe ...*
- *Ausgehen, fremdgehen und die große Liebe: Wo sich Ehrlichkeit nicht lohnt*
- *Der Anti-Liebesberater: Wenn der andere nicht gehen will*
- *Das muss ich erst mal wegstecken: Das 30-Tage-Dating-Detox-Programm*
- *Zen oder die Kunst, sich zu verlieben*
- *Die Geheimnisse der Geishas*
- *Bitch! Warum Männer auf Zicken und Schlampen abfahren*
- Irresistible: *Wie Sie sich unwiderstehlich machen*
- *Die Heißen, die Kalten und die Lauen: Wenn Männer sich nicht entscheiden können*
- *Die Circe-Strategie*
- *Wiedersehen garantiert: So meistern Sie Klippen und Stolpersteine des ersten Dates*
- *Beim dritten Date wird alles anders*
- *Und was kommt jetzt? Der Stufenplan für die Zeit nach dem dritten Date*
- *Beim ersten Mal Sex ist alles aus? Das verflixte vierte Date*
- *Der Fluch des fünften Dates: Wenn flirten nicht mehr reicht*
- *Mars und Venus, der ewige Krieg*
- *Kriegskunst für Verliebte*
- *Rendezvous mit einem Verstorbenen*
- *Romantic Suicide: Aus Liebe in den Tod*
- *Die kinderleichte Flirt-Schule*

Tatsächlich fasste es das Wort »kinderleicht« am Ende ganz gut zusammen, denn über die wesentlichen Punkte waren sich die

Experten weitgehend einig. Ich studierte jedes Buch mit großer Sorgfalt. Ich strich die wichtigen Stellen an und machte mir Notizen, um daraus eine Art Quintessenz zu gewinnen – so ähnlich wie in der vergleichenden Religionswissenschaft. Heraus kam ein Katalog der ewigen Dating-Gesetze:

DIE EWIGEN DATING-GESETZE:

- Keine SMS im alkoholisierten Zustand.
- Bewahren Sie Haltung und drehen Sie nicht durch.
- Seien Sie pünktlich.
- Seien Sie in Gesprächen einfach Sie selbst.
- Vergewissern Sie sich vor jeder Verabredung, dass Sie auch dasselbe Lokal meinen.
- Verwirren Sie ihn nicht. Agieren Sie stets nachvollziehbar, und zeigen Sie klare Kante.
- Im Auto: Konzentrieren Sie sich auf den Straßenverkehr, und stellen Sie private Gedanken und Fantasien möglichst hintan.
- Reagieren Sie auf das, was ist, nicht auf etwas, das Sie sich lediglich erträumen.
- Seien Sie beim ersten Treffen offen für seine Vorschläge. Gehen Sie erst einmal auf alles ein (es sei denn, es handelt sich um Trachtengruppen, Hundekämpfe oder nächtliche Anrufe für eine schnelle Nummer).
- Wird gern vergessen: Dieser Mann soll Sie glücklich machen.
- Bewahren Sie wenigstens ein Minimum an Objektivität.
- Wenn er kommt, heißen wir ihn willkommen. Wenn er geht, lassen wir ihn ziehen.
- Kiffen oder trinken Sie nicht bis zur Bewusstlosigkeit.
- Denken Sie daran: Sie sind die Göttin des Lichts und die Ruhe selbst.
- Lassen Sie zu, dass die Dinge sich frei entwickeln, denn Liebe erblüht von ganz allein. Erzwingen Sie nichts. Fordern Sie nicht beim ersten Sex (also frühestens beim zweiten Date!) bereits ein Wiedersehen.

- Sie dürfen durchaus Sachen tragen, die Ihre Reize zur Geltung bringen, nur bequem sollten sie sein.

- Bleiben Sie ruhig, selbstbewusst und zielorientiert. Meditation, Schlaftherapie, Psychotherapie oder starke Psychopharmaka können dabei helfen.

- Gehen Sie nicht gleich in die Vollen, sondern bleiben Sie diskret. Begnügen Sie sich z. B. damit, vielsagend den Stiel des Weinglases zu streicheln.

- Versuchen Sie nicht, das »erste Mal« zu planen.

- Landen Sie nicht zu früh im Bett.

- Engen Sie ihn nicht ein.

- Folgende Themen sind grundsätzlich tabu: Ihr Ex (Einzahl oder Mehrzahl), Ihre Gewichtsprobleme, Ihre Unsicherheit, Ihre Handicaps sowie persönliche Schwierigkeiten aller Art. Ferner Geld, Cellulite, Botox, Fettabsaugung, Gesichtsbehandlungen (alles von Peeling über Laser bis zu Mikrodermabrasion), Schlankstütz-Unterwäsche, gemeinsame Anwohner-Parkerlaubnis (falls noch verheiratet) oder Sitzordnung bei Hochzeitsempfang. Auch die Erwähnung von Babysittern und religiösen Ehebestimmungen kommen nicht so gut an, es sei denn, bei dem Betreffenden handelt es sich um einen Mormonen, da ist Vielehe erlaubt. In diesem Fall dürfen Sie sich ruhig volllaufen lassen und ihm von Ihren Verflossenen vorheulen, ehe Sie sich mit Verweis auf den Babysitter und Ihren fetten Hintern vom Acker machen.

- Schaffen Sie sich schöne Erinnerungen.

- Nochmals: Sehen Sie im besoffenen Zustand grundsätzlich von Kurznachrichten (SMS) ab.

Natürlich alles graue Theorie und wie von einem Philosophen, der nie aus seinem Elfenbeinturm herausgekommen ist und dennoch haarscharf weiß, wie es im Leben zugehen *sollte*.

Das Einzige, was ich im Lichte der Wissenschaft noch aufarbeiten musste, war die Sache mit der Lederjacke. Zumindest war es mir durch präzise Fehleranalyse möglich, das

Gefühl totaler Unfähigkeit, Peinlichkeit und Liebensunwürdigkeit abzustreifen und nicht auf künftige Entwicklungen zu projizieren. Was immer mit der Lederjacke gewesen war (falls überhaupt etwas gewesen war), es bedeutete keineswegs, dass ich in der Männerwelt verspielt hatte.

Was mir allerdings auffiel: Mein Abschnitt *Wie man ein Date ergattert* weist keinen einzigen Eintrag auf. Ist wahrscheinlich zu leicht.

VERSUMPFT IM ELEND

Montag, 26. November 2012
60 kg; Twitter-Follower: 468 (allesamt beeindruckt von meiner profunden Kenntnis der einschlägigen Dating-Literatur); eigene Chancen auf diesem Gebiet: 0.

12.30 Uhr. Gerade von der Oxford Street zurück. Ganze Straße ein einziges Lichtermeer mit blinkenden Weihnachtskugeln, Winter-Szenen in den Schaufenstern und Weihnachtsliedern in Endlosschleife. Ich sofort in Panik, weil Weihnachten schon vor der Tür steht und ich nicht mal einen Truthahn besorgt habe. Was mache ich denn jetzt? Ich bin noch nicht bereit für die Weihnachtskitsch-Orgie, die alle von einem erwarten. Was besonders nervt: Ausgerechnet in dieser *besinnlichen* vorweihnachtlichen Zeit hat man plötzlich doppelt so viel zu tun wie sonst, und das soll schön sein? Es soll schön sein, meine arme Restfamilie um den heimischen Herd zu versammeln, um für Mum das perfekte Bild abzugeben, obwohl mir wirklich nicht danach zumute ist? Ich kann Weihnachten nicht ohne Mark feiern und ausblenden, was uns alles genommen wurde, es geht nicht.

13.00 Uhr. Im Haus ist es so still, dass man die Einsamkeit ticken hört. Wie soll ich in diesem Zustand ein heiteres Drehbuch schreiben?

13.05 Uhr. Nanu, schon wieder Sonnenbrille aufgehabt, wieso mache ich das? Aber auch ohne dunkle Gläser stimmt mich die Vorstellung, demnächst einen Weihnachtsbaum kaufen zu müssen, nicht heiter. Denn es bedeutet, dass ich auch den Karton mit dem Christbaumschmuck wieder hervorholen muss – den ich damals mit Mark gekauft habe. Kein Mensch ahnt, wie weh Christbaumschmuck tun kann. Na ja, wenigstens können wir uns auf die St.-Oswald's-Kreuzfahrt freuen …

13.20 Uhr. Obwohl, will ich das wirklich? Muss Mum Bescheid sagen. Wahrscheinlich fallen die Kinder über Bord und ertrinken, aber wenn wir nicht mitfahren, bin ich die ganze Weihnachtszeit mit den Kindern allein und einsam.

Sonntag, 2. Dezember 2012
21.15 Uhr. Gerade mit Jude telefoniert und ihr meine Lage beschrieben. Judes Antwort: »Geh ins Internet.« Ist heutzutage ihre Antwort auf alles.

21.30 Uhr. Habe soeben alles für eine kostenlose Probeanmeldung bei SingleParentMix.com ausgefüllt. Bin Judes Rat gefolgt und habe mein Alter leicht nach unten korrigiert, denn wer interessiert sich schon für Ü50-Mütter? Talitha werde ich das aber nicht sagen, die hält mir gleich wieder einen Vortrag. Auch Foto und persönliche Angaben habe ich mir gespart.

21.45 Uhr. Hoppla, hier kommt schon erste PN! Eine Nachricht, für mich! Ich wusste doch, dass es da draußen Leute gibt, denen es genauso geht wie mir.

Oh. Nachricht ist von 49-jährigem Mann mit dem Nickname »5malpronacht«.

Äääähm ... Wie darf ich das verstehen?

Nachricht angeklickt, und das war drin: <hallo sexy! lol! :)>

Bild angeklickt, und es zeigt einen dicken Mann mit Massen von Tattoos. Er trug einen schwarzen Minirock aus Gummi und eine blonde Perücke.

Mark, hilf mir! Ein Wort von dir, und diese Gespenster verschwinden.

21.50 Uhr. Ach, es hilft nichts, ich muss durchhalten. Ich kann auch nicht ewig Mark nachweinen. Oder mir vorstellen, wie er im Schlaf seinen Arm um mich legt, als müsse er mich beschützen. So viele Dinge, die man nur aus der Nähe mitkriegt, sein Geruch, seine Muskeln, die Bartstoppeln am Kinn. Die Art, wie er am Telefon sprach, wenn es um etwas Berufliches ging. Er konnte von einer Sekunde auf die andere in den Juristenmodus wechseln, doch wenn er mich zwischendurch ansah, dann glomm in seinen Augen eine Entschlossenheit, die eigentlich aus einer tiefen Verletzlichkeit herrührte. Oder wenn Billy sagte: »*Pusseln?*«, und die beiden saßen stundenlang an diesen Riesenpuzzles mit 20.000 Teilen und mehr, denn alles andere hätte sie unterfordert. Aber ich darf nicht jeden schönen Moment mit den Kindern gleich mit Wehmut impfen. Etwa wie in Mabels erstem Krippenspiel, wo ihre Puppe das Jesuskind abgab. (Mabel selbst war ein Huhn.) Oder Billys im Weihnachtschor. Oder wie Billy und Mabel mir die Nespresso-Maschine zu Weihnachten schenkten, die ich mir gewünscht hatte. Es sollte eine Überraschung sein und ging nur mit Chloes tatkräftiger Unterstützung, aber Mabel war so aufgeregt, dass sie mir, unter dem Siegel der Verschwiegenheit, jeden Abend davon erzählte. Doch ein Weihnachten wie früher wird es nie wieder geben, und noch so ein Jahr wie dieses will ich auch nicht mehr, also was tun? Weitermachen wie bisher geht auf gar keinen Fall.

22.00 Uhr. Soeben Tom angerufen, der meinte, ich sollte endlich anfangen zu trauern. »Das hast du nämlich nie getan. Du hast alles Mögliche getan, aber nicht getrauert. Also: Schreib Mark einen Brief. Und keine Angst vor großen Gefühlen. Du darfst in Selbstmitleid zerfließen. Aber steh dazu.«

22.15 Uhr. Ging dann nach oben. Billy und Mabel lagen friedlich zusammen im oberen Bett. Umständlich kletterte ich die Leiter hoch und legte mich zu ihnen. Davon wachte Billy auf, und er sagte: »Mummy?«

»Was ist?«, flüsterte ich zurück.

»Wo ist Daddy?« In mir zog sich alles zusammen, und ich nahm ihn erschrocken in den Arm. Wie kam es, dass alle plötzlich die gleichen Gedanken hatten?

»Ich weiß nicht«, sagte ich. »Aber er ist… bestimmt… ganz bestimmt…« Doch Billy war schon wieder eingeschlafen, und ich blieb erst einmal, wo ich war, und hielt meine Kinder fest.

23.00 Uhr. Jetzt sitze ich heulend auf dem Boden, umgeben von Fotos und Zeitungsausschnitten. Mir ist egal, was Mum sagen würde, aber ich mache jetzt in Selbstmitleid und schäme mich nicht einmal.

23.15 Uhr. Habe den Karton mit Zeitungsausschnitten aufgemacht und einen davon hervorgeholt.

Nach einer Meldung der Nachrichtenagentur Reuters kam der britische Menschenrechtsanwalt Mark Darcy gestern im sudanesischen Darfur ums Leben, als sein gepanzertes

Fahrzeug auf eine Landmine fuhr. Darcy war als allseits geschätzter Vermittler in zahlreichen Krisengebieten tätig. Zusammen mit ihm starb der Schweizer Vertreter des UN-Menschenrechtsrats Anton Daviniere.

Unbestritten sind Darcys Verdienste als Opferanwalt und Berater in verschiedenen internationalen Gremien, darüber hinaus galt er als prominenter Unterstützer von Amnesty International. Zuletzt hatte Darcy die Freilassung der beiden englischen Entwicklungshelfer Ian Thompson und Steven Young erreicht, die in der Hand der Sudanesischen Volksbefreiungsbewegung auf ihre Hinrichtung warteten.

Darcys Tod hat weltweit Bestürzung ausgelöst. Er hinterlässt eine Frau und zwei kleine Kinder.

23.45 Uhr. Die Kartons mit den Fotos und Zeitungsausschnitten sind auf den Boden gefallen, und ich bin nur noch am Heulen, denn die Erinnerungen ziehen mich total runter.

Lieber Mark,
du fehlst mir so, und ich liebe dich so.
Ich weißt, das klingt kitschig und nicht viel anders als in irgendeinem Kondolenzbrief, wenn es heißt: »...möchte ich Ihnen mein tiefstes Mitgefühl über diesen furchtbaren Verlust ausdrücken...« Ich muss allerdings zugeben, dass mir selbst solche Briefe nach deinem Tod geholfen haben, auch wenn die meisten Leute sehr verlegen waren und nicht wussten, wie sie es ausdrücken sollten.

Ein Problem aber bleibt, Mark, und ich muss es jetzt einmal aussprechen: Ich komme so allein nicht klar. Es geht einfach nicht. Ich weiß, da sind die Kinder, und Freunde habe ich auch, und ich schreibe an meinem Drehbuch, aber am Ende fühle ich mich ohne dich so furchtbar einsam. Ich bräuchte dich dringend hier, bräuchte deinen Rat, deinen Trost – so, wie wir es uns bei unserer Hochzeit geschworen haben. Ach ja, und in den Arm nehmen müsstest du mich auch hin und wieder und mich zur Vernunft bringen, wenn ich wieder verrücktspiele. Und mir sagen, dass ich okay bin, wenn ich das Gefühl habe, wertlos zu sein. Und den Reißverschluss hochziehen – und natürlich auch wieder runter und... Gott, und dein erster Kuss, als ich sagte:»Anständige Jungs tun so etwas aber nicht.« Und du:»Ach was, die kriegen davon gar nicht genug.« Und deshalb vermisse ich dich so und vermisse es, mit dir zu schlafen.

Warum konnte unser Leben nicht so weitergehen? Ich kann es kaum ertragen, dass du nicht erlebst, wie die Kinder aufwachsen.

Wie auch immer, ich muss jetzt das Beste daraus machen. Im Leben läuft es nicht immer so, wie wir es uns wünschen. Immerhin habe ich Billy und Mabel und dank dir auch weiter keine Sorgen. Wir haben ein Haus, und es fehlt uns an nichts. Und ich weiß ja, dass du in den Sudan gehen musstest und wie lange es gedauert hat, bis du die Geiseln frei hattest. Ich weiß, dass du alles getan hast, das Risiko so gering wie möglich zu halten, und dass du dich nicht unnötig in Gefahr gebracht hättest. Es war alles nicht deine Schuld.

Ich fände es nur schön, wenn wir all das gemeinsam erleben könnten. Wie soll Billy je zum Mann werden, wenn er keinen Vater hat? Und Mabel? Beide wachsen ohne Vater auf, sie haben dich nicht einmal gekannt. Warum können wir nicht alle zusammen Weihnachten feiern...? Okay, Schluss damit. Diese Gedanken bringen mich nicht weiter.

Tut mir auch leid, wenn ich so eine beschissene Mutter bin. Bitte verzeih mir. Verzeih mir auch, dass ich geschlagene vier Wochen lang die Dating-Ratgeber gewälzt habe. Und dass

ich diese Fake-Version von mir ins Netz gestellt habe, auf die
fette Crossdresser im Gummi-Mini anspringen. Und dafür,
dass mich dieser Quatsch überhaupt derart beschäftigt, aber
es liegt letztlich nur daran, dass du nicht mehr da bist. Ich
liebe dich…

… über alles,
Bridget XXXX

23.46 Uhr. Von oben höre ich ein Geräusch. Eines der Kinder ist aufgestanden.

Mitternacht. Mabel ist aus dem Bett geklettert und steht in ihrem kleinen Schlafanzug als dunkle Silhouette vor dem Fenster. Ich ging hin und kniete mich neben sie.

»Da ist der Mond!«, sagte sie. Dann drehte sie sich um und sagte ganz ernst: »Er folgt mir, weißt du?«

Der Mond stand voll und weiß über unserem kleinen Garten. Ich wollte sagen: »Na ja, ganz so ist es nicht…«

»Und die Eule auch«, unterbrach sie mich.

Ich schaute, wohin ihr Finger zeigte. Auf der Gartenmauer saß, bleich im Mondenschein, eine Schleiereule und sah uns reglos an. Ich hatte noch nie zuvor eine Eule gesehen, ich dachte immer, sie wären ausgestorben und höchstens noch auf dem Land oder in Zoos zu finden.

»Ich mache jetzt den Vorhang zu«, sagte Mabel und tat es, geschäftsmäßig und keinen Widerspruch duldend. »Alles wird gut. Sie passen auf uns auf.«

Sie kletterte in das obere Bett zurück: »Und jetzt die *Kleine Prinzessin…*«

Noch ganz unter dem Einfluss der unheimlichen Eule ergriff ich ihre Hand und sprach das Wiegenlied, das sich Mark kurz nach ihrer Geburt ausgedacht hatte.

»Denn die kleine Prinzessin ist so sanftmütig wie schön, anmutig vom Wesen wie anmutig von Gestalt und ebenso freundlich wie entzückend. Wo immer sie geht und steht, was immer sie tut, Mummy und Daddy haben sie lieb. Weil sie so hübsch ist und weil sie...«

»...Mabel ist«, beendete sie den Satz.

»Und alle Gedanken...«, leierte Billy schläfrig, und ich hörte darin Marks Stimme durch.

»Und alle Gedanken entschwinden. Wie die kleinen Vöglein in ihr Nest, wie die Häschen in ihren Bau. Denn die Gedanken brauchen Billy und Mabel heute nicht mehr. Die Welt dreht sich auch ohne sie weiter. Auch der Mond scheint ohne sie. Denn was Billy und Mabel jetzt tun müssen, ist schlafen... sie müssen schlafen... schlafen...«

Und so geschah es. Ich zog den Vorhang zurück, um zu sehen, ob da draußen tatsächlich eine Eule saß. Sie war übrigens immer noch da und sah mich unverwandt an. Ich schaute eine ganze Weile zurück, ehe ich den Vorhang wieder schloss.

WEIHNACHTEN

Freitag, 7. Dezember 2012

Twitter-Follower: 606 (habe die magische Marke von 600 geknackt); Fortschritt bei Drehbuch: 15 Wörter (zwar nur Blödsinn, aber immerhin); Einladungen zu Christmas-Partys (am Morgen): 1; Einladungen zu Christmas-Partys (bis zum Abend): 10; Ideen, was ich mit den zahlreichen nicht kindgerechten Einladungen machen soll: 0.

9.15 Uhr. Na gut, hier sind meine guten Vorsätze für die Weihnachtszeit.

WAS ICH WILL:

- Meine Traurigkeit ablegen und nicht länger versuchen, über den Umweg Mann zu leben.
- Richtig stimmungsvolles Weihnachtsfest feiern und dann Neuanfang wagen.
- Aber keine Angst haben, wenn dann doch keine Weihnachtsstimmung aufkommt.
- Weihnachten aus buddhistischer Sicht angehen, auch wenn es letztlich ein christliches Fest ist.

WAS ICH NICHT WILL:

- Haufenweise Plastikspielzeug bei Amazon bestellen und dann sagen, es war der Weihnachtsmann. Vor allem keinen Plastikkram in vollfrustiger Verpackung, wo jedes Teil noch tausendmal extra an den Karton gedübelt befestigt ist. Stattdessen Billy und Mabel Wunschzettel schreiben lassen, mit ein, zwei Wünschen, die wirklich sinnvoll sind. Gut wäre Holzspielzeug aus nachwachsenden Wäldern.

- Ich will auch definitiv nicht auf Rentner-Kreuzfahrt mit der Belegschaft von St. Oswald's gehen, sondern lieber echte englische Weihnacht feiern.

15.15 Uhr. Okay, jetzt aber! Habe E-Mail an alle geschickt, die ich kenne, d.h. Magda, Talitha, Tom, Jude, außerdem an Marks Eltern und ein paar von den Schulmuttis und gefragt: »Was habt ihr denn Weihnachten so vor?«

16.30 Uhr. Gerade von Schule zurück. Kaum war ein bisschen Ruhe eingekehrt, stand meine Nachbarin Rebecca vor der Tür. Sie trug Knickerbocker mit Schottenmuster, eine tief ausgeschnittene Spitzenbluse, dazu einen silberbeschlagenen Gürtel mit allerlei Ketten dran, und ihr Haupt krönte ein lustiges Rotkehlchennest, das ich genau so in der Weihnachtsdeko eines bekannten Möbelhauses gesehen hatte.

»Hallo, habt ihr Lust herüberzukommen?«

Hatten wir, natürlich! Endlich! Und so polterten wir alle in Rebeccas Küche, die aussah wie aus *Downton Abbey*. Dunkle Holzdielen, rohe Deckenbalken, ein altes Schulpult diente als Esstisch. Überall an den Wänden hingen Fotos, Gemälde, Hüte, und in der Ecke stand eine Bärenfigur. Die betagten Terrassentüren gingen hinaus in einen verwunschenen Garten mit einem gepflasterten Weg, der aber von dem langen Gras schon halb überwuchert war. Auf dem Rasen eine lebensgroße Kuh mit Krone, daneben ein altes Motel-Schild mit der Aufschrift »Vacancy«. Gut gefielen mir auch die Kronleuchter in den Bäumen.

Es wurde ein gemütlicher Nachmittag. Wir saßen am Küchentisch, tranken Wein und fütterten die Kinder mit Pizza ab. Die Mädchen statteten anschließend Rebeccas Katze mit Tüchern und Puppenkleidern aus, was ein herziger Anblick war, während die Jungs, wie zu erwarten, nicht von der Xbox wegzukriegen waren und sofort ein Riesentheater anfingen, als wir fanden, sie hätten nun genug gespielt.

»Sag mal, findest du es eigentlich normal, wenn man sich nicht mehr traut, ihm dieses Scheißding zu verbieten?«, fragte Rebecca und blickte nachdenklich auf die Jungs. »So, jetzt ist aber Schluss. Heute keine Xbox mehr!«

Gibt es etwas Netteres auf der Welt als eine Freundin, die offen zugibt, dass ihre Kinder noch unartiger sind als die eigenen?

Ich legte ihr meine Theorie von einer Erziehung nach Art der Bertolli-Großfamilie dar. Es braucht ein ganzes Dorf, um ein Kind zu erziehen, und gegessen wird countrymäßig unter einem großen Baum. Rebecca schenkte Wein nach und präsentierte mir ihre Theorie, wonach *Mütter* sich danebenbenehmen müssen, damit die Kids irgendwann gegen sie rebellieren und schließlich so werden wie Saffron, die Moraltante in *Absolutely Fabulous*. Wir verabredeten lockere Küchenrunden mit Abendessen und gemeinsame Urlaubsreisen, die wir nie antreten würden. Etwa Inselhopping auf den Kykladen mit so einer Art Interrail für Fähren, natürlich mit den Kindern, und alles ist total locker, und jeder hat nur einen kleinen Rucksack mit Zahnbürste, Badeanzug und langem fließenden Sarong dabei, denn was braucht man schon mehr?

Als wir uns gegen neun verabschiedeten, fragte Rebecca: »Und was macht ihr so zu Weihnachten?«

»Nichts.«

»Gut, dann kommt rüber.«

»Gern«, sagte ich und konnte kaum glauben, dass es so etwas gab.

22.00 Uhr. Oh nein! Gerade Mail gecheckt und festgestellt, dass meine Rundmail offenbar zum Nachdenken angeregt hat. Heißt, die anderen plagt nun das schlechte Gewissen, weil sie sich keinerlei Gedanken um uns und Weihnachten gemacht haben. Und so sahen auch die Antworten aus. Sie reichten von »bislang noch nichts Konkretes geplant« bis zum absoluten Xmas-Overkill. Aber im Einzelnen:

Tom: Wir könnten mit ihm auf den schwulen Weihnachtsmarkt nach Berlin gehen.

Jude: Erst besuchen wir ihre Mutter in der winzigen Sozialwohnung in Nottingham – keine Ahnung, warum sie da nicht auszieht. Danach geht es mit ihrem Vater auf Moorhuhnjagd nach Schottland.

Talitha: Wir schleppen die Kinder mit auf einen Segeltörn im Schwarzen Meer. Unser Gastgeber ist ein dubioses Konsortium russischer Geldwäscher, denen eine Wodka-Jacht gehört, die schon auf Reede so voll ist wie ein Dreimaster auf dem Meeresgrund.

Admiral und Elaine Darcy: Sie wollen allen Ernstes ihren Urlaub auf Barbados absagen, damit sie Weihnachten mit uns verbringen können. Die Kinder können dann ihr schönes Queen-Anne-Anwesen in Grafton Underwood auf den Kopf stellen und die Porzellansammlung zerdeppern. Verzweifelte Suche nach Internetanschluss wird für zusätzliche Heiterkeit sorgen.

Daniel: Wir kommen mit auf ein romantisches Wochenende in einem Hotelzimmer einer noch nicht näher bestimmten europäischen Großstadt. Außerdem mit dabei: eine Person namens Helgada.

Die Mutter von Billys Freund Jeremiah: Wir feiern Chanukka zusammen mit Jeremiahs Vater, Oma, vier Tanten, siebzehn Cousins und Cousinen und dem Rabbi von Golders Green. Das ist aber halb so wild, denn sie sind die meiste Zeit in der Synagoge.

Cosmatas Mum: Wir fliegen mit ihr nach Berlin, denn dort tritt ihre Älteste als Komparse in Wagners *Ring* auf.

Mum und Una: Wir bleiben bei unserem Plan. Dieses Jahr gehen wir auf Kreuzfahrt.

Wäre der schwule Weihnachtsmarkt in Berlin etwas für Mabel und Billy?

Aber das ist wieder mal typisch: Kaum habe ich mich mit Rebecca angefreundet, mach ich so einen Mist. Ich treulose Tomate.

22.15 Uhr. Gerade Magda angerufen.

»Komm doch einfach zu uns?«, sagte sie. »Mit den Kindern zu verreisen ist doch viel zu umständlich. Und auf deine Nachbarin würde ich mich auch nicht verlassen. Die kennst du doch gar nicht richtig! Komm zu uns nach Gloucestershire. Unsere Nachbarn von der Farm nebenan haben Kinder im selben Alter, und was brauchen Mabel und Billy sonst? Hier können sie nach Herzenslust toben, und eine Xbox ist auch da. Also kümmere dich nicht um die anderen. Schreib, du hättest bereits eine kinderfreundliche Möglichkeit gefunden. Deine Mutter kannst du später besuchen. So ein After-Christmas-Special ist auch schön. Somit wäre eigentlich alles klar.«

Montag, 31. Dezember 2012

Und genau so machten wir es. Mum war zufrieden. Die nachgeholte Weihnachtsfeier kam sehr gut an, und auch die Kreuzfahrt übertraf die Erwartungen. Was, wie sie mir verriet, nicht unwesentlich mit einem Chefpatissier namens »Poo-hl« zu tun hatte (was französisch ausgesprochen wird) sowie einem Herrn, der sich systematisch durch sämtliche Kojen schlief. Rebecca fand die Angst vor zu viel Weihnachtsrummel ohnehin übertrieben und plädierte für den schwulen Weihnachtsmarkt, ersatzweise auch das Wodka-Schiff – und wenn alle Stricke reißen, wäre sie ja auch noch da, Wein und angebranntes Essen waren immer im Haus.

Aber so blieb es bei Magda und Jeremy, und es war richtig schön. Ich machte alles mit Magda gemeinsam. Wir füllten die Weihnachtsstrümpfe, packten den ganzen Plastikscheiß (vom Weihnachtsmann persönlich bei Amazon bestellt) hübsch ein und legten alles unter den Christbaum. Und wenn mich nicht alles täuscht, gefiel es auch Billy und Mabel. Billy hat eigentlich keine Erinnerung an Weihnachten mit Mark, und Mabel sowieso nicht. Daneben waren wir viel bei Rebecca, gekocht wurde abwechselnd, sodass ich immer mal wieder mit dampfenden Töpfen über die Straße rannte. Ich war froh, jemanden zu haben, mit dem man über Computerspiele schimpfen konnte, und die Kinder hatten endlich richtige Spielkameraden, und das nächste Jahr, da waren wir sicher, würde ja sowieso so viel besser als das vergangene.

TEIL 2

....

Verrückt nach ihm

TAGEBUCH 2013

Dienstag, 1. Januar 2013

Twitter-Follower: 636; Vorsätze, mir keine guten Vorsätze mehr machen zu wollen: 1; davon eingehalten: 0;Vorsätze insgesamt: 3.

21.15 Uhr. Bin zu einer Entscheidung gekommen. Werde alles total anders machen. Daher auch keine Neujahrsvorsätze mehr, sondern Dankbarkeit darüber, dass ich so bin, wie ich bin. Gute Vorsätze signalisieren lediglich Unzufriedenheit mit dem Status quo und sind überhaupt nicht buddhistisch gedacht.

21.20 Uhr. Na gut, vielleicht ein paar einfache Vorsätze, die immer passend sind. So wie mit den Klamotten demnächst in meinem Kleiderschrank.

ICH WERDE:

• Mich mehr auf meine Mutterrolle konzentrieren, statt dauernd an Männer zu denken.

• Konsequent die Dating-Regeln anwenden, falls ich doch mal jemanden treffe, was aber unwahrscheinlich ist. Auf diese Weise werde ich zum routinierten Dater.

• Anders formuliert: scheiß drauf. Ich will super Liebhaber, mit dem man auch lachen kann und der mir das Gefühl gibt, ich sehe toll aus und bin keine furchterregende Schreckschraube. Ach ja, regelmäßiger Sex wäre ein Muss.

DIE PERFEKTE MUTTER

Samstag, 5. Januar 2013

9.15 Uhr. Genau, das ist es. Kinder sind ab heute kein Problem mehr, denn ich habe *Eins zwei drei ... Kinder sind keine Hexerei* gelesen. Wichtigster Punkt: Konsequenz. Heißt: zweimal verwarnt, dann Strafe. Ebenfalls gelesen: *Warum französische Kinder keine Nervensägen sind*. Auch hier: Entscheidend ist der *cadre*, der Rahmen, den man Kindern vorgibt. Klingt ein bisschen nach Schule und ist es auch. Aber nur innerhalb einer festen Struktur kennen sie die Spielregeln, sodass man in der Öffentlichkeit gar nichts mehr sagen muss, sondern schicke französische Klamotten tragen kann und dadurch auf lange Sicht auch wieder Sex hat.

11.30 Uhr. Der Morgen ging schon einmal gut los. Hatte Kinder erst bei mir im Bett zum Kuscheln, dann Frühstück. Anschließend Verstecken gespielt. Dann Pflanzen und Zombies gemalt, bekannt aus dem Computerspiel *Pflanzen gegen Zombies*. Dachte ich es mir doch, ist ganz einfach. Man braucht Kindern bloß jeden Wunsch erfüllen und einen *cadre* vorgeben, dann geht alles wie von selbst.

11.31 Uhr. Billy: »Mummy, spielst du mit Fußball?«

11.32 Uhr. Mabel: »Mummy, hebst du mich hoch und spielst mit mir Fliegen?«

11.40 Uhr. Habe mich auf die Toilette zurückgezogen, als beide gleichzeitig nach Mummy schrien. »Herrgott, ich bin auf dem Klo«, rief ich. »Ihr müsst schon warten.«

Das Gequengel ging aber weiter.

»Okay«, sagte ich beim Verlassen des Klos und wollte mir nichts anmerken lassen. »Dann gehen wir jetzt nach draußen.«

»Ich will aber nicht nach draußen!«

»Ich will Computer spielen!«

Das Gequengel steigerte sich zum Geplärr.

11.45 Uhr. Floh erneut in die Toilette, biss mir in die Hand und zischte: »Ich halte das nicht mehr aus! Ich hasse mich, ich bin eine beschissene Mutter.« Ich zupfte ein Blatt Klopapier von der Rolle und warf es in Ermangelung einer grandioseren Geste in die Toilette. Dann bügelte ich mir den Zorn aus dem Gesicht und trat lächelnd wieder hinaus in meine plärrende Welt. Was ich dann sah, sah ich ganz genau und kann es trotzdem noch nicht glauben. Da lief nämlich Mabel plötzlich auf Billy zu und knallte ihm ihre Puppe Sabbelina direkt auf den Kopf. Billy fing sofort an zu heulen, aber Mabel setzte sich seelenruhig wieder zu ihren Familie-Hase-Püppchen und tat wie die reine Unschuld.

11.50 Uhr. Echt, ich will hier weg. Ich will: mindestens einen ordentlichen Kurzurlaub mit einem Mann meiner Wahl – und richtigen Sex.

11.51 Uhr. Abermals Rückzug auf die Toilette. Dort auf das Handtuch gebissen und – unhörbar für meine plärrende Welt – geschrien: »Könnt ihr nicht endlich mal Ruhe geben und eure verdammte Fresse halten!«

Die Tür ging auf, und Mabel sah mich todernst an. »Billy nervt«, erklärte sie und rannte in die Küche zurück, wo sie verkündete: »Mummy isst das Handtuch.«

Fast wäre Billy darauf angesprungen, doch dann kam es ihm wieder in den Sinn. »Mabel hat mich mit Sabbelina gehauen.«

»Hab ich nicht.«

»Hast du wohl.«

»Mabel, ich habe genau gesehen, wie du Billy gehauen hast«, sagte ich.

Mabel starrte mich mit düster gerunzelten Brauen an und rief dann: »Aber er hat mich zuerst gehauen. Mit… mit einem… einem *Hammer*!«

»Das stimmt nicht«, jaulte Billy. »Wir haben gar keinen Hammer.«

»Doch, haben wir«, entgegnete ich.

Spontan fingen beide wieder an zu heulen.

»Hier wird nicht geschlagen«, sagte ich mit wachsender Verzweiflung. »Niemand schlägt hier. Ich zähle bis drei, und wenn ihr dann nicht… Schlagen ist nicht okay.«

Aber kann man es noch rückgratloser ausdrücken? »Nicht okay« bedeutet, ich bin entweder zu bequem oder zu gleichgültig, Stellung zu beziehen. Wenn man mich so hört, zählt aggressives Verhalten demnach zu den Dingen, die lediglich unschön sind, aber nicht von Grund auf böse, ärgerlich und eigentlich strafwürdig.

Und Mabel, gänzlich unbeeindruckt, legte noch eins drauf, schnappte sich eine Gabel vom Tisch und stach Billy damit. Dann rannte sie weg und versteckte sich hinter dem Vorhang.

»Mabel, ich zähle bis drei: Eins… Gib mir die Gabel!«, sagte ich.

»Ja, mein Gebieter«, sagte sie und feuerte die Gabel auf den Boden. Aber sie lief gleich zur Schublade und holte sich eine neue.

»Mabel, ich sag's nicht noch einmal: Zwei!«

Doch ich hatte bereits keine Kraft mehr. Was sollte ich tun, wenn ich bei drei war?

»Also dann machen wir etwas anderes«, rief ich, um gute Stimmung besorgt. »Gehen wir in den Park!« Irgendwie war ich der Meinung, es sei jetzt nicht die Zeit, Mabel auf die Finger zu klopfen.

»Ach nöööö! Ich will lieber *Wizard 101* spielen.«

»Da muss man ja extra hinfahren. Ich gucke lieber *Sponge-Bob.*«

Aber jetzt ärgerte es mich doch, wie sich durch amerikanische Trickfilme, Computerspiele und den allgemeinen Konsumscheiß die Werte der Kinder derart verschoben hatten. Dachte an meine eigene Kindheit und hätte ihnen als Inspiration am liebsten unser Pfadfinderlied beigebracht.

»*Mit flatternden Wimpeln, so ziehen wir aus, unser Sang die Straße hin braust...*«, legte ich los.

»Mummy«, sagte Billy mit Marks alter Strenge.

»*Ja, stolz und frei unsre Fahnen wehn, der leuchtenden Sonne zu...*«, sang ich. »*Mit blinkenden Augen marschieren wir, kennen nicht Rast noch Ruh...*«

»Hör auf«, sagte Mabel.

»*Tiralla, Tiralla, Tirallalla, gut Pfad!*«

»Mummy, echt...«, sagte Billy.

»*Ja, wir Pfadfinder sind froh und frei, unsre Losung ist: Allzeit bereit!*«

Nervös starrten sie mich an, als sei ich ein Untoter aus *Pflanzen gegen Zombies.*

»Kann ich jetzt an den Computer?«, fragte Billy.

Ganz ruhig öffnete ich den Kühlschrank und langte im obersten Fach nach dem Schoko-Schatz von Oma.

»Schokoladen-Taler, hey!«, rief ich wie ein Alleinunterhalter auf einer Kindergeburtstagsparty, der eine kleine »Hänsel und Gretel«-Show bringt, und tanzte lustig voran. »Folgt der Spur der Taler und seht, wohin sie euch führt! Oder besser: den *beiden* Spuren, denn es sind zwei!«, fügte ich hinzu, um Streit zu vermeiden. Im Übrigen dachte ich strategisch und legte die Spur die Treppe hoch zur Haustür, wobei es mir egal war, ob Handwerker schon Hundekacke in den Teppich getreten hatten.

Immerhin, die beiden folgten gehorsam und stopften sich mit Hundekacke-Talern voll.

Auf dem Weg zum Auto gab mir Mabels Verhalten erneut zu denken. Glaubt man der Autorin von *Warum französische Kinder keine Nervensägen sind*, liegen bösartige Übergriffe wie der mit der Gabel ganz klar außerhalb des *cadre*, doch das trifft wohl auch auf mein Lockangebot mit den Schokotalern zu. *Eins zwei drei – Kinder sind keine Hexerei* empfiehlt sogar null Toleranz bis hin zu verbrannter Erde in Rumsfeld-Manier.

»Mabel?«, sagte ich zaghaft.

Keine Reaktion.

»Billy?«

Ebenso keine.

»Erde an Mabel und Billy?«

Doch sie wirkten wie weggetreten. Warum können sie nicht im Haus so sein, damit ich in Ruhe den Modeteil der *Sunday Times* von letzter Woche lesen kann?

Beließ es erst einmal dabei. Geh mit dem *Flow*, und mach das Beste aus jedem Moment deines Lebens, beruhigender ist es allemal. Auf einmal machte sogar das Autofahren Spaß. Die Sonne schien, die Leute waren draußen, Liebespärchen, die sich untergehakt hatten…

»Mummy?«

Hah! Darauf hatte ich gewartet. Ich warf mich sogleich in staatsmännische Obama-Positur und hob an. »Gut, dass du fragst. Denn ich habe euch – dir, Billy, ganz besonders aber dir, Mabel – etwas zu sagen. Bei uns wird niemand geschlagen. Und Gewalt kann in unserem Haus niemals die Antwort sein. Deshalb mache ich euch einen Vorschlag: Für jeden Tag, an dem ihr niemanden haut oder stecht, bekommt ihr einen Goldstern. Und wenn doch, bekommt ihr einen Minuspunkt. Und ich sage euch sogar noch mehr, und ich sage es als gewaltfreier Mensch wie als Mutter. Wer am Ende der Woche fünf Goldsterne hat, bekommt eine kleine Belohnung seiner Wahl.«

»Ein Familie-Hase-Püppchen?«, rief Mabel aufgeregt. »Oder die Arschbären-Familie.«

»Von mir aus auch eine Waschbärenfamilie«, sagte ich.

»Sie hat aber nicht Waschbären gesagt, sondern Arschbären. Sie hat Arsch gesagt. Kann ich auch Drachenmünzen für *Wizard 101* haben?«

»Natürlich.«

»Moment, wie viel kostet eine Waschbärenfamilie? Kriege ich dann Drachenmünzen im Wert einer Waschbärenfamilie?« Mark, der gewiefte Verhandler in klein. »Wie viel verliert Mabel für das Wort Arsch?«

»Ich hab nicht Arsch gesagt.«

»Hast du wohl.«

»Habe ich nicht. Ich habe Arschbären gesagt.«

»Wie viele Drachenmünzen werden ihr für das A-Wort abgezogen?«

»Kinder, wir sind da. Hampstead Heath!«, rief ich und steuerte auf den Parkplatz.

Schon eigenartig, wie sich alles beruhigt, sobald man draußen ist. Der blaue Himmel, die kühle Luft! Wir marschierten sofort zu den Kletterbäumen, und ich blieb vorsichtshalber in ihrer Nähe, als sie sich mit den Knien an einen niedrigen Ast hängten und schaukelten wie die Lemuren.

Wünschte einen Moment lang, sie *wären* Lemuren.

13.00 Uhr. Musste dann aber unbedingt meine Twitter-Follower checken und zückte das Handy.

13.01 Uhr. »Maaamii! Mabel hängt fest!«

Blickte erschrocken hoch. Wie waren die Kinder binnen dreißig Sekunden so hoch geklettert? Gerade waren sie doch noch ganz unten. Doch Mabel befand sich inzwischen ziemlich weit oben und klammerte sich an den Stamm – weniger wie ein Lemur als ein Koala. Und sie rutschte langsam ab.

»Halt dich fest, ich komme!«

Zog den Parka aus und stieg unbeholfen auf den ersten Ast, wodurch ich unter Mabel war und mit ausgestrecktem Arm zumindest ihren Hintern festhalten konnte. Ich verfluchte meine tiefsitzenden Jeans und den hinten herausblitzenden Stringtanga.

»Mummy, ich komm nicht mehr runter!«, rief Billy, der unsicher auf einem Ast zu meiner Rechten hockte.

»Äääahm, halt dich fest«, sagte ich.

Ich drückte mich eng an den Stamm und setzte einen Fuß vorsichtig auf den nächsthöheren Ast, der mich Billy näher brachte – zumindest bis zu seinem Hintern. Unmittelbar darauf fand ich mich in einer Position wieder, in der ich zwei

Hintern festhalten musste, während sich meine Jeans allmählich von *meinem* Hintern verabschiedeten. Okay, Ruhe bewahren und schön festhalten, aber was dann?

Keiner von uns vermochte sich mehr zu rühren, jetzt war guter Rat teuer. Wenn kein Wunder geschah, würden wir an diesem Baum festfrieren wie die Eidechsen.

»Alles in Ordnung da oben?«

»Da ist Mr Wollka«, sagte Mabel.

Ich blickte ungelenk nach unten.

Tatsächlich, Mr Wallaker. Mr Wallaker auf seinem Trimm-dich-Pfad, in Trainingshose und grauem T-Shirt.

»Alles klar da oben?«, fragte er erneut und blieb unter unserem Baum stehen. Für einen Lehrer hatte er einen bemerkenswerten Waschbrettbauch, aber seine überhebliche, besserwisserische Art verdarb vieles.

»Ja, nein. Nee, alles in Ordnung«, trällerte ich. »Wir ... klettern gerade.«

»Das sehe ich.«

Na toll, dachte ich. Bin gespannt, wie lange es dauert, bis diese Geschichte an der Schule die Runde macht. Die verantwortungslose Mutter, die ihre Kinder auf Bäume klettern lässt und grob fahrlässig in Lebensgefahr bringt. Der Bund meiner Jeans war jetzt hart an der Grenze zum Maurerdekolleté, und der schwarze Tanga rollte sein Arschfax aus.

»Na gut«, sagte er. »Dann wünsche ich noch einen schönen Tag.«

»Tschüs«, rief ich fröhlich nach hinten, aber die Not war groß. »Ähmmm ... Mr Wallaker?«

»Ja bitte?«

»Könnten Sie uns bitte ...«

»Billy«, sagte Mr Wallaker. »Lass deine Mutter los und halt dich an dem Ast fest. Dann setz dich hin.«

Mein abgestorbener Arm ließ von Billy ab und stützte Mabels Rücken.

»Na also, geht doch. Jetzt schau mich an. Ich zähle bis drei, dann tust du genau, was ich sage, klar?«

»Okay«, sagte Billy begeistert.

»Eins … zwei … drei … und jetzt spring!«

Ich zuckte zurück und hätte beinahe geschrien, als Billy sprang. Was tat Mr Wallaker da?

»Und … *abrollen!*«

Billy landete auf den Füßen und ließ sich wie beim Judo über die Schulter rollen. Strahlend stand er wieder auf.

»Wenn Sie gestatten, greife ich mir zuerst …« Was denn? Meinen Tanga? Will er mich angrabschen? »… es ist besser, wenn ich mir zuerst Mabel schnappe.« Seine großen Hände griffen nach Mabels kleinem rundlichen Körper. »Und Sie springen ebenfalls einfach runter«, sagte er.

Ich versuchte, das Knistern zu ignorieren, das durch seine Nähe auf einmal in der Luft lag, sondern tat nur wie befohlen und sprang – wobei ich gleichzeitig meine Jeans hochzuziehen versuchte. Im nächsten Moment hing Mabel an seiner Schulter und wurde wohlbehalten im Gras abgesetzt.

»Ich hab gesagt: Arschbärenfamilie«, erklärte Mabel und sah ihm ernst ins Gesicht.

»Wie wahr«, sagte Mr Wallaker. »Aber jetzt ist alles wieder gut, oder?«

»Wollen Sie mit Fußball spielen?«, fragte Billy.

»Nein, ich muss nach Hause«, sagte er. »Die … die Familie wartet. Das nächste Mal nicht so hoch.«

Er trabte weiter, locker, routiniert, mit offenen Händen, nicht so, wie man es sonst immer sah. Wofür hielt er sich?

Aus irgendeinem bescheuerten Grund rief ich ihm nach. »Mr Wallaker!«

Er wandte sich um. Und dann wusste ich nicht mehr, was ich sagen wollte. Meine Gedanken ratterten. »Danke!« Dann sagte ich noch: »Folgen Sie mir auf Twitter?«

»Mit Sicherheit nicht«, sagte er und setzte sich erneut in Bewegung.

Humpf! Alter Miesepeter! Da kann er uns gerettet haben, wie er will, ich bleibe dabei.

TWITTERNACHTSBLAU

Samstag, 5. Januar 2013 (Fortsetzung)
Twitter-Follower: 652; Twitter-Follower, den ich gerne hätte: 1.

16.00 Uhr. Die Begegnung mit Mr Wallaker und die Bemerkung hinsichtlich Frau und Kind hinterließ in mir ein Gefühl,
als sei ich nicht normal. Offenbar haben alle hier noch eine in-
takte Kleinfamilie, wo Mum am Samstagnachmittag mit dem
modischen Töchterchen zum Shoppen und zur Maniküre
geht und Dad mit Sohnemann Tischtennis spielt. Oh, es hat
geklingelt!

21.00 Uhr. War Rebecca! Wieder schönen Abend in ihrer
Küche verbracht, während die Kids durchs Haus tobten.
Habe das abnorme Gefühl auch bei Rebecca, da sie zumindest einen Lebensabschnittspartner hat. Er ist groß, sieht eigentlich gut aus, nur in letzter Zeit ein bisschen ramponiert,
und trägt grundsätzlich Schwarz. Musiker. Erzählte Rebecca
von meinem blöden Gefühl wegen nicht vorhandenem Fami-
lienleben.

»Ach, hör mir auf mit Familie. Ich sehe Jake oft wochen-
lang nicht, ständig ist er auf Konzerttour. Und wenn er mal
da ist, könnte man denken, es sitzt ein jugendlicher Kiffer auf
dem Sofa.«

Dann gingen wir zu mir und guckten *Supertalent*, und ich
machte Popcorn für alle (Mikrowelle). Die Kinder schlafen

jetzt. Billy und Finn bei Rebecca, Mabel und Oleander hier bei mir.

Sonntag, 6. Januar 2013
Twitter-Follower: 649 (Komisch, je mehr ich schreibe, desto mehr Leute springen ab.)

20.00 Uhr. Wieder ein schöner Tag mit Rebecca und den Kindern. Und ein schöner Abend nur mit mir ganz allein. Mabel und Billy gucken in meinem Bett die Ergebnisse von *Supertalent*, während ich auf dem iPhone meine Twitter-Seite checke und für meine Follower das laufende Fernsehprogramm auf meine gewohnt unbestechliche Art kommentiere, etwa so: <@**JoneseyBJ** Autsch! #Chevaune-Lied war ja echt der Kracher.>

20.15 Uhr. Oh. Habe Antwort auf meinen letzten Beitrag erhalten. Irgendwer mit Namen @**_Roxster**!
    <@**_Roxster** @JoneseyBJ #Chevaune-Lied war der Kracher? Ich kann gar nicht so viel weinen, wie ich kotzen möchte.>
    »Mummy?«, sagte Billy.
    »Mmmm?«, sagte ich vage.
    »Warum grinst du so?«

KEINE TWEETS IM
ALKOHOLISIERTEN ZUSTAND!

Donnerstag, 10. Januar 2013

*Twitter-Follower: 652; zurückgewonnene Twitter-Follower: 1;
neue Follower: 2; Alkoholeinheiten (Mag gar nicht daran denken,
aber... aber (lall!): Habbich nicht das Recht auf ein... auf ein...
kleines bisschen Gluck? Äh, Glück!)*

21.30 Uhr. Nach der Kneipentour mit Graham schläft Chloe
heute hier. Ist schön, mich am Ende eines langen Tages mit
meinem geliebten Twitter beschäftigen zu können und mit
einem wohlverdienten Glas Wein (oder zwei) auch selber den
einen oder anderen Beitrag aus meiner Welt zu schreiben.

22.00 Uhr. Hoppla, was haben wir denn da? »Rinds-Lasagne
aus 100 % Pferdefleisch.«

22.25 Uhr. Geht aber noch besser, hehe.

<@**JoneseyBJ** Achtung: Nach neuesten Untersuchungen
bestehen Fischstäbchen zu 90 % aus Seepferdchen.>

Gibt sicher jede Menge Retweets und bringt neue Follower, so ähnlich wie bei Spambot.

Spricht eigentlich etwas gegen ein weiteres Glas? Würde
sagen: Nein. Chloe ist ja da.

Finde auch den Ton auf meiner Seite insgesamt recht an-
genehm. Nicht so wie bei einigen anderen, wo die Leute sich
gegenseitig runtermachen. Die Welt von Twitter ist leicht mal

wie England zu Zeiten von Robin Hood. Lauter kleine Fürstentümer, die sich alle nicht grün sind. Ist bei mir ganz anders. Oh…

22.30 Uhr. O Gott, alle fallen über mich her. Mein Beitrag kommt wohl doch nicht so gut an.

<@_Sunnysmile @JoneseyBJ Für den Witz brauchst du eine Bartaufwickelmaschine. Liest du eigentlich nichts anderes als deine eigenen Tweets? Wohl Egozicke, wie?>

Puh, auf diesen Schreck brauche ich erst mal einen Schluck.

22.45 Uhr. Aber das zahle ich dieser @sunnydingsbums heim. Darf man nicht einmal mehr einen kleinen Witz machen?

23.00 Uhr. <@JoneseyBJ @_Sunnysmile Wenn du weiter so stänkerst, entfollowe ich dich.>

23.01 Uhr. <@JoneseyBJ @_Sunnysmile Da verbreitet aber eine nur eitel Sonnenschein und positive Energie. So wie die Vögel unter dem Himmel.>

23.07 Uhr. <@JoneseyBJ @_Sunnysmile Genau. Sie säen nicht, sie zwitschern nicht. Das heißt, zwitschern tun sie schon. Das ist ja der Punkt bei Vögeln.>

23.08 Uhr. <@JoneseyBJ. Andererseits, mir scheißegal, was sie tun. Flattern überall rum und zwitschern: Ja, ist das denn die Möglichkeit. Bin ich nicht ein *feiiiner* Vogel?>

23.15 Uhr. <@JoneseyBJ Ich hasse Vögel. Man braucht sich nur mal den gleichnamigen Film anzusehen. Vögel können selbst über Menschen herfallen.>

23.16 Uhr. <@JoneseyBJ Hacken Leuten mit Sechziger-jahre-Frisuren die Augen aus, muss ich noch mehr sagen?>

23.30 Uhr. <@JoneseyBJ 85 Follower weg. Wieso denn das? Was habe ich euch getan? He, kommt zurück!>

<@JoneseyBJ Neiiin! Follower rinnen dahin wie durch ein Sieb.>

<@JoneseyBJ Neiiin! Hasse Vögel. Hasse Tweets. Hasse entrinnende Follower. Gehe jetzt schlafen.>

ANGEZWITSCHERTES NACHSPIEL

Freitag, 11. Januar 2013
Twitter-Follower eingebüßt: 551; verbleibende Follower: 101; Fortschritt bei Drehbuch (in Wörtern): 0.

6.35 Uhr. Nur kurz auf Twitter nachsehen… Gaaah! Jetzt fällt mir mein besoffenes Geschreibsel von gestern Abend wieder ein. Hasstirade gegen Vögel, noch dazu ohne jeden Grund und vor wildfremden Leuten. Gott, hab ich einen Schädel und muss auch noch die Kinder zur Schule bringen. Nein, noch mal Glück gehabt, das erledigt Chloe. Lieber noch etwas schlafen.

10.00 Uhr. Trotzdem, aus jedem PR-Desaster kommt man auch wieder heraus wie Phoenix aus der Asche. Es sei denn, man heißt, wie in diesen Tagen, Lance Armstrong. Der hat sein Rad endgültig an die Wand gefahren.

10.15 Uhr. Wo war ich? Ach ja, *Laub in seinem Haar*. Muss dringend weiterschreiben.

11.15 Uhr. Könnte so gesehen auch eine Karriere als PR-Berater anstreben. Mist, schon Viertel nach elf, das Drehbuch schreibt sich nicht von selbst. Zunächst aber sollte ich mich bei meinen wenigen verbliebenen Followern entschuldigen, offen und ohne jedes Herumgeeiere.

<@**JoneseyBJ** Tut mir echt leid, wenn ich #angezwitschert über Vögel gelästert habe.>

11.16 Uhr. <@**JoneseyBJ** Vögel erfreuen unsere Augen und Ohren mit Gesang und Gefieder. Ohne Vögel nähmen die Würmer überhand. Also Hände weg von unseren gefiederten Freunden!>

11.45 Uhr. Vielleicht lege ich noch einen Spruch vom Dalai Lama drauf, kann nicht schaden.

<@**JoneseyBJ** So, wie die Schlange sich häutet, so können auch wir unsere Vergangenheit abstreifen und von vorn beginnen. (@DalaiLama)>

21.15 Uhr. Endlich. Kinder schlafen, und ich gehe auf Twitter.

21.16 Uhr. OMG, da ist ein Tweet von @_Roxster! Ich glaub's ja nicht. Wenigstens er hat sich nicht angewidert von mir abgewandt.

<@_**Roxster** @JoneseyBJ @DalaiLama Für den Fall, dass du wieder nüchtern bist: Ist dir klar, dass du einen #angezwitschert-Thread ausgelöst hast?>

21.17 Uhr. O Gott, alle machen sich über mich lustig und retweeten meinen betüterten Vogel-Tweet. Jetzt ist Schadenbegrenzung gefragt.

<@**JoneseyBJ** #Zwitschervögel: Nochmals, es tut mir leid. Ich wünschte, ich hätte das nicht ... Wie lautet die Vergangenheit von tweeten? Getweetet? Getwittert?>

<@_**Roxster** @JoneseyBJ Ich glaube, korrekt muss es heißen: getittet.>

<@**JoneseyBJ** @_Roxster Meinst du das ernst oder bist du einfach nur unverschämt?>

<@**_Roxster** @JoneseyBJ Mein voller Ernst *hochnäsig kuck*. Geht zurück auf das Lateinische: Twittare, twitto, tittitum.>

Humor hat er ja. Und auf dem Foto sieht er ganz nett aus. Aber so jung. Frage mich, wer er ist.

<@**JoneseyBJ** @_Roxster Wenn du so weitermachst, verlangen deine letzten 103 Follower bald nach Kotztüten.>

<@**_Roxster** @JoneseyBJ Wieso? Anders als du haben sie kein postalkoholisches Intoxikationssyndrom von zu viel Vögel-Dissen.>

Mmmmmmmmmmmmmmmmmmmmmm. Wohl kleiner Witzbold!

<@**JoneseyBJ** @_Roxster Bitte lass das oder ich muss dich enttweeten.>

<@**_Roxster** @JoneseyBJ Würde ich an deiner Stelle nicht tun. Du hast grade eben nämlich wieder 48 Follower verloren.>

<@**JoneseyBJ** @_Roxster Bitte nicht! Die halten mich alle für eine neurotische Kuh und … gnadenlos *fat*!

<@**_Roxster** @JoneseyBJ Sagtest du *fart*?>

<@**JoneseyBJ** @_Roxster Nein, Roxster, ich sagte *fat*. Das Thema Kotzen und Furzen scheint dich ja mächtig zu interessieren.>

Roxster schickte mir daraufhin einen Retweet von einem seiner Follower: <@**Raef_P** @Rory Treffen uns in 5 Min. draußen vor der Fartage?> Und fügte hinzu:

<@**_Roxster** @JoneseyBJ Die feinen Pinkel sind in Frankreich Ski fahren.>

<@**JoneseyBJ** @_Roxster Was meinen die mit Fartage?>

<@**_Roxster** @JoneseyBJ Das ist da, wo die Ski gewachst werden.>

22.00 Uhr. Ski? Frankreich? Habe plötzlich das dumme Gefühl, dieser Roxster ist gar kein Jungspund, der mich ganz lustig findet, sondern eine Schwuppe, die in alternden Damen wie Talitha (und mir) Schicksalsgenossen erkennt.

22.05 Uhr. Gerade Talitha angerufen, um ihre Meinung zu hören.

»Roxster? An den Namen erinnere ich mich. Ist das nicht ein Follower von mir?«

»Nein, er ist Follower von *mir*«, entgegnete ich barsch, musste dann aber einräumen: »Na ja, vielleicht ist er über dich zu mir gekommen, keine Ahnung.«

»Richtig. Ausgesprochen hübscher Kerl, dieser Roxster. Er heißt eigentlich Roxby, Roxby Sowieso. Ich hatte mal jemanden in der Sendung, der Schleichwerbung für Designer-Biotonnen machte. Roxby war sein Assistent, glaube ich. Er arbeitet für irgendeine Umweltorganisation. Netter Junge, gutaussehend, kann man nichts falsch machen. Also schnapp ihn dir!«

22.15 Uhr. <@**JoneseyBJ** @_Roxster Lässt du dir in Frankreich auch das Brett wachsen, Roxster?>

<@_**Roxster** @JoneseyBJ *tiefe maskuline Stimme annehm* Jonesey, ich kann dir versichern, ich bin nicht schwul. Gemeint war tatsächlich das Wachsen von Snowboards.>

<@**JoneseyBJ** @_Roxster Nein, ist das denn die Möglichkeit? Bin ich nicht ein *endgeiler* Snowboarder? Und habe ich nicht die ultrastylischsten Baggys an, wo die Boxer-Shorts hinten rausgucken?>

<@**JoneseyBJ** @_Roxster Wir halten nämlich nichts davon, mit aparter Pelzkapuze elegant den Hügel herunterzuwedeln.>

<@_Roxster @JoneseyBJ Stehst du auf jüngere Männer, Jonesey?>

<@JoneseyBJ @_Roxster *unterkühlt bis gletscherkalt* Wie bitte? Was willst du damit andeuten?>

<@_Roxster @JoneseyBJ *hinterm Sofa versteckt* Wie alt bist du, Jonesey?>

<@JoneseyBJ @_Roxster Oscar Wilde hat einmal gesagt: Trau nie einer Frau, die dir ihr Alter verrät. Sie erzählt dir ohnehin, was sie will.>

<@JoneseyBJ @_Roxster Wie alt bist du denn, Roxster?>

<@_Roxster @JoneseyBJ 29.>

ALS DREHBUCHAUTORIN

Montag, 14. Januar 2013
Twitter-Follower: 793 (bin jetzt #ZwitscherQueen); Tweets: 17; gruselige gesellschaftliche Verpflichtungen angenommen: 1; Fortschritt bei Drehbuch (in Wörtern): 0.

10.00 Uhr. Jetzt aber frisch ans Werk!

10.05 Uhr. Vielleicht erst News checken.

10.15 Uhr. Wow, Michelle Obama hat aber netten Haarschnitt! Trägt jetzt Pony. Vielleicht sollte ich das auch mal versuchen. Zweite Amtszeit von Präsident Obama erfüllt mich ebenfalls mit Freude.

10.20 Uhr. Endlich sind mal die Netten am Drücker. Beispiele: Obama, klar. Oder der neue Erzbischof von Canterbury. Hatte im richtigen Leben sogar einen richtigen Job und spricht sich trotzdem gegen die Gier der Banken aus. Wer noch? William und Kate natürlich. Sollte mich aber langsam an die Arbeit machen. Oh, Telefon!

11.00 Uhr. War Talitha. »Schätzchen, was macht dein Drehbuch?«

»Richtig, das Drehbuch. Es macht sich. Aber ehrlich gesagt ist es durch die Sache mit dem Lederjackenmann und meine

Dating-Studien, nicht zu vergessen die Twitter-Geschichte, etwas nach hinten gerutscht. Wobei man jetzt die Frage stellen kann, ob Laub, das nach hinten rutscht, überhaupt noch da ist, wo es hingehört, also im Haar eines Mannes.«

»Bridget? Geht es dir gut?«

»Aber klar«, log ich.

»Dann schick es mir mal. Sergei macht *bisnis* in der Filmindustrie, vielleicht kann ich dir mit seiner Hilfe einen Agenten besorgen.«

»Danke«, sagte ich und war gerührt.

»Aber schick es mir heute noch.«

»Okaaay… mach ich. Du kriegst es in ein paar Tagen.«

»Na gut«, sagte sie. »Aber halt dich ran, okay? Twittern mit Toyboys ist ja ganz schön, aber nicht die Welt. Vergiss nicht, was wir gesagt haben: Twittern nur in Maßen.«

11.15 Uhr. Sie hat recht. Drehbuch hat Vorrang. Muss noch den Schluss schreiben. Und einen Teil vom Mittelteil. Und der Anfang muss auch neu werden. Will nur vorher kurz nachsehen, ob @_Roxster etwas getwittert hat. Gaah! Telefon.

»Hallo, Liebes.« Meine Mum. »Ich rufe noch mal an wegen der Diashow und der Helm-ab-Feier am übernächsten Samstag. Ich dachte, weil unser kleines After-Christmas-Special im *Café Plauder-Tasche* ja so schön war …«

Musste mich schon sehr beherrschen, Live-Unterhaltung mit Mum nicht gleich über Twitter zu verbreiten. Chance, dass Mutter je auf Twitter ist, geht gegen null.

»Bridget?«

»Ja«, sagte ich und versuchte, mich von Twitter loszureißen.

»Du kommst doch, oder?«

»Ääähm, was war das noch einmal genau?«

Sie seufzte. »Es geht um die Helm-ab-Feier anlässlich der

Fertigstellung der neuen Gatehouse-Lodges! Es ist Tradition hier, dass das gefeiert wird. Alle tragen Schutzhelme, die dann in die Luft geworfen werden.«

»Und wann soll das sein?«

»Samstag in einer Woche. Du musst unbedingt kommen, Liebes. Mavis hat Julie und Michael da und alle ihre Enkel.«

»Können die Kinder mitkommen?«

Zaudern am anderen Ende. »Aber sicher, Liebes, das ist doch der Sinn der Sache, obwohl...«

»Obwohl?«

»Nichts, nichts, Liebes. Mabel soll aber das Kleid anziehen, das ich ihr geschickt habe.«

Ich seufzte, denn Mabel hat ihren eigenen Kopf, was Kleidung angeht. Ich habe an ihr schon alles versucht, von coolem H&M-Kids-Outfit (Shorts mit bunter Strumpfhose und dazu Biker-Boots) bis hin zu Mums goldigen Glockenkleidern, doch sie bleibt bei ihrem Disneyland-meets-Kelly-Family-Stil, das heißt Glitzershirt, kombiniert mit Leggings und einem knöchellangen Stufenrock. An solchen Sachen merkt man, wie weit ich mich von der nachwachsenden Generation entfernt habe. Wir kapieren es einfach nicht mehr.

»Bridget!«, sagte Mum, verständlicherweise etwas genervt. »Du musst auf jeden Fall kommen, Liebes, egal, wie sehr sich die Kinder danebenbenehmen.«

»Sie benehmen sich nicht *daneben*.«

»Na ja, die anderen Kinder sind halt älter, weil du unbedingt so lange warten musstest. Und als alleinerziehende Mutter ist es auch nicht immer leicht...«

»Ich weiß nicht, ob ich an diesem Samstag kann.«

»Aber *alle* haben ihre Enkel dabei, da wäre es schon eine große Enttäuschung für mich, wenn ich allein... allein bleibe.«

»Gut, Mum, verstanden. Aber ich muss jetzt Schluss machen.«

»Habe ich schon von dem Skandal erzählt, den wir gerade mit diesem …«, sagte sie. Das macht sie immer. Jedes Mal, wenn sich unser Gespräch dem Ende zuneigt, eröffnet sie ein neues Thema. »Also da ist dieser Mann, du weißt schon, derjenige, der immer versucht, in jedes Schlafzimmer reinzukommen. Kenneth Garside heißt er, ein ganz schlimmer Finger. Hatte schon fast mit allen Frauen was.«

»Und du, Mum, gefällt er dir?«, fragte ich unschuldig.

»Bitte werd nicht albern, Liebes. In meinem Alter will man keinen Mann mehr. Die suchen nur jemanden, der sie umsorgt.«

Eines der interessanten Menschheitsphänomene überhaupt, das unterschiedliche Verlangen von Frauen und Männern in bestimmten Lebensabschnitten.

Von zwanzig bis dreißig …

… sind Frauen klar in der besseren Position, denn alle wollen sie vögeln, und daraus erwächst eine Menge Macht. Ü20-Männer sind in der Regel dauergeil, haben aber noch nichts vorzuweisen wie Karriere etc.

Von dreißig bis vierzig …

… wendet sich das Blatt. Frauen über dreißig haben es am schwersten auf dem Liebesmarkt, denn die biologische Uhr tickt unüberhörbar. Das ist natürlich unfair und könnte sich nur ändern, wenn der ganze Bereich rund um die künstliche Empfängnis à la Jude endlich so funktioniert, dass man sich darauf verlassen kann – und aus der lästig tickenden Großmutteruhr endlich ein schicker Digitalwecker wird, ohne Alarmfunktion.

Von vierzig bis fünfzig...

...weiß ich nicht, denn da war ich die meiste Zeit mit Mark zusammen. Gut möglich, dass in dieser Dekade die Chancen gleich verteilt sind – wenn man Babys unberücksichtigt lässt. Kann auch sein, dass Männer sich vorne sehen, weil sie *denken*, dass Frauen etwas Gleichaltriges suchen, während sie nach etwas Jüngerem Ausschau halten. Aber das stimmt so nicht, denn auch Frauen könnten sich einen jüngeren Mann vorstellen. Und den jüngeren Männern kommt das gelegen, weil a) das Thema Baby abgehakt ist und b) nicht gleich ein Ernährer gesucht wird.

Von fünfzig bis sechzig...

...kippt abermals alles, denn für Männer ist das Karriereende in Sicht. Sie wissen, wie weit sie es noch bringen können und wo endgültig Schluss ist. Doch im Gegensatz zu Frauen waren Freunde, die sie auffangen könnten, bei ihnen nie ein Thema. Sie haben ständig nur über Golf etc. geredet, und das rächt sich jetzt. Außerdem achten Frauen besser auf sich, siehe Helen Mirren und Joanna Lumley aus *Absolutely Fabulous*.

Von siebzig bis achtzig...

...sind Frauen definitiv stärker *und* ziehen sich noch schön an und sorgen für ein gemütliches Heim und kochen und...

»Bridget, bist du noch da?«

Kurz und gut, werde mit den Kindern zu dieser Helm-ab-Feier fahren, mit anschließender Diashow und Tee im *Café Plauder-Tasche*. Und da liegt mein unfertiges Drehbuch, und ich habe nicht mal angefangen.

Dienstag, 15. Januar 2013

23.55 Uhr. Habe seit gestern durchgearbeitet und Skript von *Laub in seinem Haar* soeben an Talitha gemailt.

Mittwoch, 16. Januar 2013

61 kg (schlecht, liegt daran, dass ich immer nur auf meinem Hintern sitze; Agenten (immerhin): 1!

11.00 Uhr. Anruf von meinem Agenten! Hatte leider bloß Mund voller Reibekäse, was aber nichts machte, weil von mir offenbar nicht erwartet wurde, überhaupt etwas zu sagen.

»Ich habe Brian Katzenberg für Sie«, sagte die Sekretärin.

Und Brian Katzenberg legte sofort los. »Sie sind also die Freundin von Sergei? Sehr schön, sehr schön, dann haben wir einen gemeinsamen Freund, und ich darf Ihnen mitteilen, dass Sergei dieses Projekt machen will.«

»Haben Sie es gelesen?«, fragte ich aufgeregt. »Gefällt es Ihnen?«

»Ich halte es für faszinierend und bringe Sie sofort mit den entsprechenden Leuten zusammen. Das können Sie auch Sergei sagen. Hat mich gefreut, Sie kennenzulernen.«

»Danke«, sagte ich.

»Sie sagen es Sergei doch, oder? Dass ich sofort tätig geworden bin?«

»Natürlich«, sagte ich. »Das mache ich sofort.«

11.05 Uhr. Gerade Talitha angerufen, um mich zu bedanken.

»Sagst du bitte Sergei Bescheid?«, fragte ich. »Es schien ihm sehr wichtig zu sein, dass ich das tue.«

»O Gott. Okay, ich sag Sergei Bescheid. Keine Ahnung, was da wieder los ist. Aber, Schätzchen, ich bin sehr stolz, dass du es tatsächlich zu Ende gebracht hast.«

LET IT SNOW!

Donnerstag, 17. Januar 2013

SMS über Schnee: 12; Tweets über Schnee: 13; Schneeflocken: 0.

20.00 Uhr. SMS von Schule.
<Liebe Eltern. Für den morgigen Tag ist starker Schneefall vorausgesagt. Bitte warten Sie unsere Textnachricht mit weiteren Informationen ab, und brechen Sie nicht vor acht Uhr früh auf. Wenn die Schule wegen starken Schneefalls ausfällt, benachrichtigen wir Sie unverzüglich.>

20.15 Uhr. Hier lauter Jubel. Wir haben frei und können rodeln gehen! Vor Aufregung kann niemand schlafen. Immer wieder machen wir die Vorhänge auf und suchen im Lichtkegel der Straßenlaternen nach dem versprochenen Blizzard.

20.30 Uhr. Kein Schnee weit und breit.

20.45 Uhr. Immer noch nicht. Dabei sollten die Kinder allmählich schlafen.

21.00 Uhr. Irgendwann ging ich ins Kinderzimmer und sagte: »Wenn ihr jetzt nicht einschlaft, gibt es morgen keinen Schnee.« War natürlich gelogen. Und mit wem sollte ich auch den Schnee genießen, wenn nicht mit meinen Kindern?

21.45 Uhr. Langsam könnte es aber wirklich ein bisschen schneien. Mal auf Twitter nachgucken.

21.46 Uhr. @_Roxster tweetet über Schnee!

<**@_Roxster** Freut sich sonst noch jemand über den Schnee?>

21.50 Uhr. <**@JoneseyBJ** @_Roxster Ja, ich. Ich freue mich. Aber wo bleibt er denn? Der ach so tolle Schnee?>

22.00 Uhr. Noch ein Tweet von @_Roxster!

<**@_Roxster** @JoneseyBJ Jonesey, vernehme ich da wieder die ZwitscherQueen? Oder findest du Schnee auch den Hammer?>

22.15 Uhr. Flirt mit @_Roxster kam langsam in Schwung.

<**@JoneseyBJ** @_Roxster Da musst du dir aber ganz schnell das Brett wachsen!>

<**@_Roxster** @JoneseyBJ Auf jeden Fall.>

Talitha schaltete sich ein, <**@Talithaluckybitch** @JoneseyBJ @_Roxster Ihr seid mir ja welche. Aber jetzt ab in die Heia!>

23.00 Uhr. Immer noch nichts mit Schnee.

Freitag, 18. Januar 2013

Nach Schnee geguckt: 12 Mal; Schneeflocken: 0; Tweets von @_Roxster: 7; Tweets, die sich scheinbar an alle Follower richten, aber in Wahrheit nur an @_Roxster: 6 (nur unwesentlich weniger als bei ihm, sehr gut).

7.00 Uhr. Kaum aufgewacht und schon ans Fenster gelaufen. Kein Schnee.

7.15 Uhr. Wollte erst wegen Schnee im Bett liegen bleiben, auch wenn es gar nicht geschneit hatte. Entschied aber, dass sich alle anzogen wie sonst auch, falls keine Textnachricht von der Schule kam.

7.45 Uhr. Nichts von der Schule. Aber vielleicht Tweet von @_Roxster?

7.59 Uhr. Keine Schul-SMS, kein Tweet von @_Roxster. Versuchte, mit der allgemeinen Enttäuschung umzugehen, und schlang schnell drei Grillwürstchen im Speckmantel runter. Erst dann fragte ich die Kinder: »Wollt ihr auch?«

8.00 Uhr. Immer noch keine SMS von der Schule, ich glaube, wir fahren besser.

9.00 Uhr. Mabel zur Vorschule gebracht. Auch dort war die Erregung in Sachen Schnee spürbar. Mr Wallaker stellte schon einmal zwei Riegen zusammen, die sich hinter nicht vorhandenen Schneewällen verschanzten und eine imaginäre Schneeballschlacht schlugen. Widerstand allerdings der Versuchung, die absurde Szene an @_Roxster zu twittern, da Kinder möglicherweise abschreckend wirken.

»Heute soll's schneien, Mrs Darcy.« Mr Wallaker stand auf einmal neben mir. »Eigentlich eine gute Gelegenheit, wieder auf einen Baum zu steigen, meinen Sie nicht?«

»Ja, wir warten auch schon die ganze Zeit darauf«, antwortete ich geschmeidig und ignorierte die zweite Bemerkung. »Könnte mal langsam losgehen.«

»Die Schneefront kommt von Westen, in Somerset schneit es schon. Mögen Sie Schnee?«

»Nicht überall«, sagte ich kryptisch.

»Vielleicht kommt er auf der M4 nicht weiter«, sagte er. »Ab der Anschlussstelle 13 haben sie schon alles gesperrt.«

»Ach wirklich?«, sagte ich.

»Moment«, sagte Billy. »Wie kann Schnee durch Schnee aufgehalten werden?«

In Mr Wallackers Augen blitzte ein diebisches Vergnügen auf, das sich sofort auf Billy übertrug. Das ging nun wirklich zu weit. Man hätte denken können, die beiden machten sich über mich lustig.

»Schönen Tag noch«, sagte ich fröhlich und fuhr über die vereisten Straßen heim zu Twitter, soll heißen zu meinem Drehbuch. Warum habe ich eigentlich diese hochhackigen Stiefel angezogen?

9.30 Uhr. Wieder zu Hause. Wo waren wir? Genau: bei meinem Drehbuch.

9.35 Uhr. Noch kurz den Witz von Mr Wallaker an @_Roxster getweetet. Oder besser: an meine Follower.

9.45 Uhr. <@**JoneseyBJ** Offenbar steht der Schnee auf der M4 im Stau. Er wird aber in Kürze erwartet.>

10.00 Uhr. Fünf Leute haben den Tweet weitergetweetet! Zwölf neue Follower sind hinzugekommen.

10.15 Uhr. Im Fernsehen blenden sie dauernd eine sogenannte »Unwetterwarnung wegen heftigen Schneefalls« ein!

10.30 Uhr. Endlich. Es beginnt zu schneien.

11.00 Uhr. Und der Schnee wird immer dichter. Kann mich gar nicht sattsehen daran, deshalb nicht an meinem Schreibtisch.

11.45 Uhr. Starre immer noch auf das Wunder, das sich vor meinen Augen vollzieht. Als hätte jemand die Bäume weiß abgetönt. Auf dem Gartentisch draußen liegen schon gut und gern drei Zentimeter Schnee – wie Zuckerguss auf einem Kuchen. Oder Sahnehäubchen. Na ja, vielleicht noch nicht ganz drei Zentimeter, das müsste man erst nachmessen. Okay, bescheuerte Idee. Habe ich eigentlich nichts anderes zu tun?

12.00 Uhr. OMG, ein Tweet von @_Roxster.

<**@_Roxster** @JoneseyBJ Sollen wir blaumachen, das Brett wachsen und rodeln gehen?>

Ungläubig blicke ich auf meinen Bildschirm. War das eine Einladung? Womöglich sogar ernst gemeint? Sehe aber total scheiße aus, Haare wie explodierte Klobürste. Müsste ich erst waschen und mich dann in den Skianzug werfen. Aber man lebt nur einmal, und außerdem schneit es. Hab daher zurückgetweetet: <**@JoneseyBJ** @_Roxster Ja! Hast du denn Zeit?>

Doch schon in der Sekunde darauf bekam ich eine andere SMS:

<Info Vorschule und Grundschule: Wegen des starken Schneefalls holen Sie bitte Ihre Kinder baldmöglichst ab. Die Schule schließt um 13.30 Uhr.>

12.15 Uhr. Was mache ich bloß? Kann doch nicht erwarten, dass 29-jähriger Toyboy mit zwei Kindern und einer älteren, schlecht gestylten Frau rodeln geht. Als ältere Frau hat man nämlich grundsätzlich eine gepflegte Erscheinung abzugeben, schwarze Seidenstrümpfe sind das Mindeste, siehe Catherine Deneuve oder Charlotte Rampling. Muss jetzt die Kinder abholen, kann aber @_Roxster nicht versetzen. Die Dating-Regeln sind da unmissverständlich: Daten ist wie Tanzen, und du lässt dich führen – erst einmal.

Dann noch eine SMS:

<Alle Kinder (Vorschule und Grundschule) versammeln sich in der Aula. Bitte holen Sie Ihre Kinder dort baldmöglichst ab.>

Ernst der Lage ist offenbar ernster als gedacht. Mir bleibt keine andere Wahl.

12.30 Uhr. Nach unten gerannt und Schlitten aus der Abstellkammer geholt, dabei von Spinnen etc. befreit.

12.50 Uhr. Draußen vor der Tür überall Schnee, auch auf der Straße. Blizzard stürzt ganzes Land ins Chaos, und die Lage wird immer dramatischer, wie aufregend! Aber was tun mit @_Roxster? Kinder kommen aber auf jeden Fall zuerst.

13.00 Uhr. Okay, den Skianzug hätte ich an, weiß aber nicht, ob Helm nötig ist. Mit Sicherheit aber Skibrille. Habe auch alles andere (Skisachen für die Kinder, Survival-Kit, Schneeschaufel, Taschenlampe, Wasser, Schokolade und Schlitten) einfach in den Kofferraum geworfen.

17.00 Uhr. Nach rutschiger Fahrt an der Schule angekommen. Musste trotzdem Skibrille ab- und Lesebrille aufsetzen, um neueste Tweets von Roxster zu checken.

<**@_Roxster** @JoneseyBJ Tut mir echt leid, Jonesey. Weiß auch nicht, welcher Teufel mich geritten hat, habe aber Job

und kann jetzt nicht im Schnee tollen – wie du anscheinend.>

Innerlich schwer getroffen, weil von Traummann versetzt und somit Schnee-Date geplatzt.

Ich watschelte in den unförmigen Klamotten den Schulhügel hoch wie Lance Armstrong auf der Mondoberfläche – ich meine Neil Armstrong. Sah aus wie das Michelin-Männchen, weil ich den Skianzug *über* meine vorhandene Kleidung gezogen habe, und dachte nur: »Wenigstens muss ich auf so eine Absage nicht antworten, da es im Kern nicht besser ist, als versetzt zu werden. Was sagen die Dating-Regeln? Reagieren Sie nicht nur emotional, sondern geben Sie ein klares Feedback. Ist hiermit geschehen. Keine Antwort ist nämlich auch eine Antwort.

In der Aula, wo sich alle Kinder versammelt hatten, stieß ich auf Nicorette. Sie sah natürlich aus wie die leibhaftige Schneekönigin mit ihren weißen Schneestiefeln, der perfekten Föhnfrisur, der XXL-Handtasche mit jeder Menge Bling drauf und dem weißen Mantel mit der Pelerine aus weißem Pelz. Sie stand bei Mr Wallaker und flirtete offen mit ihm. Also doch Weiberheld. Hätte ich jetzt von ihm nicht gedacht. Verheiratet und dann mit Nicorette rummachen, das haben wir gern. Mr Wallaker drehte sich nach mir um, als ich hereinkam, und schüttete sich aus vor Lachen.

Jede Wette, das Lachen würde ihm vergehen, wenn er wüsste, dass ich bis vor wenigen Sekunden noch ein Date mit einem Toyboy hatte. Bin Catherine Deneuve und Charlotte Rampling.

»Maaamii!« Mit leuchtenden Augen kamen die Kinder angestürmt. »Gehen wir jetzt rodeln?«

»Ja. Ich hab die Schlitten schon im Auto!«, sagte ich und warf Mr Wallaker einen überlegenen Blick zu. Ich setzte die

Schneebrille auf und stapfte so geheimnisvoll, wie es mir in dem wattierten Anzug möglich war, aus dem Saal.

22.00 Uhr. Ein prachtvoller Tag liegt hinter mir. Rodeln war wunderbar. Rebecca und alle aus der Straße waren ebenfalls zum Primrose Hill gekommen, und es war das perfekte Winterwunderland, fast wie auf den Weihnachtskarten. Der Schnee war tief und locker, und anfangs war auch kaum jemand da, und wir konnten mit Karacho die Wege runterbrettern. Zwischendurch kam sogar ein Tweet von @_Roxster.

<@_**Roxster** @JoneseyBJ Sollen wir vielleicht später zum Rodeln gehen? Ich hätte Zeit – und du?>

<@_**Roxster** @JoneseyBJ Möchte aber nicht, dass du bei den Straßenverhältnissen unterwegs bist. Vielleicht besser ein andermal?

Konnte jedoch nicht antworten, da meine Finger steif gefroren waren und ich außerdem aufpassen musste, dass die Kinder niemanden über den Haufen fuhren etc., also beließ ich es erst mal dabei. Außerdem genoss ich das Gefühl, dass sich @_Roxster mit mir treffen will und ich bin gar nicht da, weil ich Besseres zu tun habe!

Mit der Zeit wurde es aber nicht nur richtig voll auf dem Hügel, sondern auch immer kälter, sodass wir irgendwann nach Hause fuhren, wo es dann heißen Kakao und Abendessen gab. Während Rebecca auf die Kinder aufpasste, fand ich kurz Zeit, auf Twitter nachzusehen. Dabei fiel mein Blick in den Spiegel, und ich musste mir eingestehen, dass jetzt wahrscheinlich kein guter Abend für ein Date mit einem Toyboy gewesen wäre.

In dem Wust von Antworten auf meinen Witz von der verschneiten M4 fand ich auch weiteren Tweet von @_Roxster.

<@_**Roxster** @JoneseyBJ Jonesey, bitte melde dich. Oder bist du im Schnee erfroren?>

<@**JoneseyBJ** @_Roxster Fast. War aber traumhaft. Abseits der Piste nur bester Pulverschnee. Ein anderer Abend passt mir auch.>

<@_**Roxster** @JoneseyBJ Ein bestimmter?>

Na bitte, so wird's gemacht. Ein klares ehrliches Feedback führt immer zum Erfolg. Ich textete zurück.

<@**JoneseyBJ** @_Roxster Da muss ich erst einmal meinen prall gefüllten Terminkalender fragen…>

<@_**Roxster** @JoneseyBJ Du meinst wohl, du musst erst in deinen Aufreiß-Ratgebern nachsehen?>

OMG. Hatte er etwa meine Tweets über die Lederjacken-Affäre gelesen?

<@**JoneseyBJ** @_Roxster *unverschämte Bemerkung von Witzbold souverän übergehend* Wann dachtest du denn?>

<@_**Roxster** @JoneseyBJ Dienstag?>

Dann grinsend wie ein Honigkuchenpferd in die Küche gegangen. Konnte das wahr sein? Habe Date mit attraktivem, witzigem, total maskulinem Neunundzwanzigjährigen und ein Haus voller rotbackiger Kinder. Das Essen dampft lecker auf dem Tisch, und im Flur stapeln sich Stiefel und Schlitten und Jacken und warten auf den nächsten Tag, wenn es wieder heißt: »Ski und Schniedel gut!« – O Gott, wo kam *das* denn wieder her?

KEINE LIVE-TWEETS BEI EINEM DATE!

Sonntag, 20. Januar 2013
Twitter-Follower: 873; Tweets von @_Roxster: 7.

11.00 Uhr. Twitter entwickelt sich geradezu phänomenal. Seit der #Zwitschervogel-Sache ständig neue Follower, nur @_Roxster hält sich seit unserer Verabredung auffällig zurück. Na ja, er ist halt ein Mann und denkt, das Ganze läuft so wie bei Xbox. Sobald der nächste Level erreicht ist, kann man es erst mal langsamer angehen lassen.

11.02 Uhr. Halte es für meine Pflicht, Follower über neueste Entwicklung zu informieren.

<@JoneseyBJ *selbstzufrieden kicher weil Frühlingsgefühle wegen Date mit geheimnisvollem Follower* Zunächst mal guten Morgen an alle!

11.05 Uhr. OMG, zwei Follower sind abgesprungen. Warum nur? Warum? Hat mein Ton nicht gepasst? Lieber noch einen Tweet hinterherschieben.

<@JoneseyBJ Sorry, so viel gute Laune am frühen Morgen hat wohl einige verschreckt. Aber ich kann euch trösten: Das geplante Date geht wahrscheinlich furchtbar schief, oder ich werde gleich versetzt.>

11.15 Uhr. Na toll, schon wieder drei Follower futsch. Übermäßig viele Tweets so früh am Tage schaden mehr, als sie nutzen. Gilt komischerweise sogar für andere Tageszeiten: Zuwachs an Followern ist immer dann am größten, wenn ich nichts schreibe.

Immerhin hat sich Roxster gemeldet. Selbstdisziplin (wie von mir unter Beweis gestellt) zahlt sich also aus.

<**@_Roxster** @JoneseyBJ *entsetzt bis beleidigt* Ich dich versetzen??>

<**@JoneseyBJ** @_Roxster Roxster, da bist du ja wieder!>

<**@JoneseyBJ** @_Roxster Wollte nur stimmungsmäßig gegensteuern, da Angeberei offenbar nicht gut ankommt. Also gibt es dich noch?>

<**@_Roxster** @JoneseyBJ Jonesey, bitte nimm zur Kenntnis, ich bin vielleicht jung, aber ich bin weder herzlos noch ein Scharlatan.>

Dann noch ein Tweet hinterher: <**@_Roxster** @JoneseyBJ Wie wär's mit Treffpunkt U-Bahn Leicester Square @19.30. Wir könnten zu *Nando's*, aber Fish and Chips ist auch okay

21.45 Uhr. Eine zugige U-Bahn-Station als Ort unseres ersten Zusammentreffens versetzte mir aber doch einen Stich, zumal bei den Temperaturen. Aber dann entsann ich mich der goldenen Dating-Regel:

Gehen Sie erst einmal auf alles ein.

<**@JoneseyBJ** @_Roxster *schnurr* Das wäre wunderbar!>

<**@_Roxster** @JoneseyBJ *fauch* Bis dann, Baby.>

Wie man sieht, funktioniert es einfach besser, als immer den eigenen Kopf durchsetzen zu wollen.

21.50 Uhr. Plötzlich Panik angesichts der Tatsache, dass ich mich als alleinerziehende Mutter mit Twitter-Bekanntschaft in U-Bahn-Station treffen will.

21.51 Uhr. Tom angerufen. Hat versprochen vorbeizukommen.

22.50 Uhr. Musste leider auf Toms fachliche Meinung warten, da Tom gerade eigene Probleme hat. Sein größtes heißt Arkis, ist Architekt und stammt aus Ungarn. Tom bestand darauf, mir alles zu zeigen, was dieser Arkis auf der Scruff-App seines iPhone hinterlassen hatte, einschließlich Fotos. Scruff bedient, wie es heißt, »schwule Kerle weltweit«. »Scruff ist ja so viel besser als Grindr. Früher war ich oft auf Beardy, ist aber jetzt eher was für Modetunten. Mehr Brüno als George Michael, wenn du verstehst, was ich meine.«

»Und worin genau besteht das Problem?«, fragte ich so nüchtern-professionell, als sei *ich* der Therapeut und nicht er.

»Ich vermute, dass es sich bei Arkis um einen Ewigmailer handelt, der nicht zur Sache kommen will. Ich meine, er schickt mir laufend Sexbotschaften, oft noch spät in der Nacht, aber sonst passiert rein gar nichts.«

»Verstehe. Hast du denn mal ein Treffen vorgeschlagen?«, fragte ich.

»Ich habe ihm geschrieben, dass ich ihn gern besser kennenlernen würde. Das war um ein Uhr nachts, weil ich es unbedingt wissen wollte. Doch es geschah genau das Gegenteil. Erst meldete er sich zwei Tage lang gar nicht und erwähnte später meine Nachricht mit keinem Wort, sondern redete wieder nur über meine Bildergalerie bei Scruff. Und allmählich bekomme ich Bauchschmerzen von dem Gedanken, dass er denken könnte, ich sei bloß so ein…«

»Kenn ich, kenn ich«, sagte ich. »Mit der Lederjacke war es dasselbe. Wenn das Interesse bloß von deiner Seite kommt, gewinnt der andere eine geradezu übermenschliche Macht. Das heißt, er kann alles mit dir machen, denn er ist... *ist* die Macht, die dich annehmen oder als verzweifelten Stalker verstoßen kann.«

»Stimmt«, sagte Tom traurig. »Immerhin *Zero Dark Thirty* wollte er mit mir im Kino ansehen.«

»Sag ihm einfach, dass es so nicht geht, und aus die Maus. Tschüs und auf Nimmerwiedersehen. Stell ihn vor die Alternative«, erklärte ich leichthin. »Sonst stehst du in einem Jahr noch da und wartest auf irgendein Zeichen, das nicht kommt.«

Da Tom offenbar mit dieser Strategie zufrieden war, kam ich allmählich auch auf mein Problem zu sprechen. Sein Rat war ziemlich einfach.

»Aber natürlich musst du dich mit @_Roxster treffen, vorausgesetzt es geschieht an einem öffentlichen Ort. Talitha meint auch, er wäre in Ordnung. Außerdem kannst du uns jederzeit anrufen. Internet-Bekanntschaften sind heutzutage doch nichts Unheimliches mehr, sondern eine ganz normale Sache.«

Das liebe ich an Tom. Dass wir uns gegenseitig – wie auf einer Wippe – immer den dringend benötigten Rat erteilen können, auch wenn keiner von uns eine Spur von Ahnung hat. Ich denke aber, so läuft es weltweit ab, denn der Mensch ist so. Immer ist jemand oben und kann anderen sagen, wo es langgeht – und in der nächsten Minute ganz unten und blickt überhaupt nicht mehr durch.

23.00 Uhr. Und noch einmal beschenkt mich der Himmel mit einem Tweet von Roxster.

<@_**Roxster** @JoneseyBJ Hier friert allmählich alles ein.

Sollen wir uns nicht lieber in der Bar vom *Dean Street Townhouse* treffen? Ist nicht so kalt.>

Nicht zu fassen, es beschäftigt ihn wirklich. Er ist wirklich unglaublich nett. Meine Antwort:

<**@JoneseyBJ** @_Roxster Dann sehen wir uns dort.>

<**@_Roxster** @JoneseyBJ Kann es kaum erwarten, Baby.>

Dienstag, 22. Januar 2013

60 kg (immer noch!); Outfits ausprobiert und verworfen (d.h. auf den Boden gepfeffert): 12; neue Tweets (geschrieben, während ich mich umzog): 7 (dämlich); Twitter-Follower: 698 (das sind 175 weniger als noch am Sonntag; es galt also abzuwägen: Vorteile von Live-Tweets gegen Nachteil von Zuspätkommen).

18.30 Uhr. So, das hätten wir. Talitha, Jude und Tom sind über die Aktion informiert und stehen im Hintergrund bereit, mir zu Hilfe zu kommen, falls irgendetwas schiefläuft. War entschlossen, diesmal pünktlich zu sein. Wenn ich nur nicht permanent twittern müsste. Bin es aber meinen Followern schuldig, sie über jede Sekunde meines Lebens zu unterrichten.

<**@JoneseyBJ** Was ist eigentlich wichtiger, schön auszusehen oder pünktlich zu sein? Schwere Frage, denn beides zusammen geht nicht.>

Wow! Kriege jede Menge Reaktionen.

<**@JamesAP27** Pünktlichkeit ist wichtiger. Eitelkeit finde ich persönlich abstoßend.>

Humpf! Na gut, wir sprechen uns noch, Freundchen.

<**@JoneseyBJ** @JamesAP27 Mit Eitelkeit hat das doch nichts zu tun, eher mit Fürsorge! Wie leicht hat man den anderen verschreckt.>

18.45 Uhr. Mist, jetzt habe ich wasserfeste Mascara an den Lippen, weil das Röhrchen von Laura Mercier genauso aussieht wie Lippenstift. Die Werbung lügt nicht, das Zeug geht tatsächlich nicht mehr ab. O Gott, nun komme ich nicht nur zu spät, sondern habe auch noch schwarze Lippen.

19.15 Uhr. Okay, wenigstens sitze ich schon mal im Taxi – und rubble weiter an meinen Lippen. Trotzdem Zeit für ein paar Tweets.

<@**JoneseyBJ** Bin im Taxi und sehe dem Kommenden gelassen entgegen, denn ich bin ernstzunehmende, selbständige Powerfrau mit Tiefgang …>

<@**JoneseyBJ** … anders ausgedrückt: Göttin der Freude und des Lichts! *den Fahrer anpflaumen* Doch nicht durch die scheiß Regent-Street!!>

<@**JoneseyBJ** *Nase zuhalten und mit Polizeifunkstimme* Sind jetzt am *Dean Street Townhouse*. Wir gehen *rein!*>

<@**JoneseyBJ** Wünscht mir Glück. *Over and out. Roger.*>

<@**JoneseyBJ** *flüster* Er ist *unglaublich.*>

<@**JoneseyBJ** Also man kann sagen, was man will, aber junge Männer haben etwas für sich, solange sie nicht jünger als die eigenen Enkel sind.>

<@**JoneseyBJ** Er lächelt mich an – und steht für mich auf wie ein Gentleman.>

Roxster sah sogar noch besser aus als auf dem Foto bei Twitter und vor allem nicht so ernst. Er schien sich ständig über irgendetwas zu amüsieren. Er sagte: »Halloo« – was ich am liebsten sofort getwittert hätte, meine Hand zuckte schon nach dem Smartphone. <Er hat so eine angenehme Stimme …> Doch er kam mir zuvor und legte besänftigend seine Hand darauf …

»Bitte jetzt keine Tweets.«

»Aber ich hab doch gar nicht...«, sagte ich dümmlich.

»Jonesey, du hast sogar auf dem Weg hierher permanent ge-twittert, ich habe es selber gelesen.«

DATE MIT DEM TOYBOY

Dienstag, 22. Januar 2013 (Fortsetzung)

Ertappt. Ich wäre am liebsten in meinem eigenen Mantel versunken, aber Roxster lachte nur.

»Macht doch nichts. Was möchtest du trinken?«

»Weißwein, bitte«, sagte ich verlegen und griff unwillkürlich schon wieder nach meinem Smartphone.

»Gut. Aber das Ding da muss ich konfiszieren, bis du dich beruhigt hast.«

Er nahm mir das Handy ab, steckte es in die Tasche und winkte den Kellner herbei, alles in einer Bewegung.

»Du meinst, damit du mich später leichter ermorden kannst?«, fragte ich und blickte auf die Tasche, in der das Handy verschwunden war. Kampflos würde ich es nicht zurückbekommen, falls ich später Tom oder Talitha alarmieren wollte.

»Ich kann dich auch *mit* Handy ermorden. Was ich aber gar nicht gebrauchen kann, sind hunderte Zeugen, denen in Echtzeit von der Tat berichtet wird – und zwar vom Mordopfer selbst.«

Als er den Kopf wandte, hatte ich Gelegenheit, seine feinen Züge anzubeten. Diese gerade Nase, die hohen Wangenknochen, Brauen, so gerade wie ein Strich. Braune Augen mit funkelnden Splittern. Er war in allem… so wahnsinnig jung. Die Haut noch pfirsichglatt, die Zähne weiß, die Haare glänzend, dicht und eine Spur zu lang für eine aktuelle Frisur.

Seine Lippen hatten diese zarte, weiße Konturlinie, wie sie nur junge Leute haben.

»Schöne Brille«, sagte er, als er mir das Weinglas reichte.

»Danke«, sagte ich geschmeichelt. (Es sind Gleitsichtgläser, also für die Ferne wie zum Lesen gleichermaßen geeignet.) Ich dachte, ich gebe mich als normale Brillenträgerin aus und nicht als jemand, der so alt ist, dass er eine Lesebrille braucht.

»Dürfte ich sie dir mal abnehmen?«, fragte er, und einen Moment lang war ich der Meinung, er spricht von meinen Klamotten.

»Bitte«, sagte ich. Er setzte meine Brille ab und legte sie auf die Theke, wobei seine Hand mich berührte.

»Du bist viel hübscher als auf dem Foto.«

»Roxster, da drauf sehe ich aus wie ein graues Ei«, sagte ich und nahm einen ordentlichen Schluck Wein. Dass ich jetzt eigentlich nur vielsagend den Stiel des Glases streicheln sollte, war mir entfallen.

»Ich weiß.«

»Hattest du keine Angst, ich könnte mich als übergewichtiger Crossdresser entpuppen?«

»Doch, hatte ich. Deshalb habe ich auch acht Kumpel in der Bar postiert, die mich notfalls beschützen.«

»Das ist ja gruselig. Guck mal aus dem Fenster. Im Haus gegenüber haben mehrere Scharfschützen Stellung bezogen, die dich ausschalten sollen, ehe du mich meuchelst und auffrisst.«

»Haben sie auch alle schön ihr Brett gewachst?«

Das war ja noch lustig, und ich musste lachen, aber da ich gleichzeitig die Nase im Weinglas hatte, verschluckte ich mich und würgte und stieß auf, einmal, zweimal, und hatte plötzlich einen Cocktail aus Wein und Magensäure im Mund.

»Geht's wieder?«

Ich wedelte mit der Hand. In meinem Mund schwappte Gift und Galle. Roxster gab mir eine Handvoll Papierservietten, und ich verschwand, die Servietten vor dem Mund, aufs Damenklo.

Ich schaffte es noch knapp zum Waschbecken, da sprühte die eklige Suppe nur so aus mir heraus. Vielleicht sollte man dies den goldenen Dating-Regeln hinzufügen: »Kotzen ist immer ein schlechter Start.«

Ich spülte mir den Mund aus und erinnerte mich sogar daran, dass in meiner Handtasche noch eine Kinderzahnbürste und ein paar Streifen Kaugummi lagen.

Als ich aus der Versenkung auftauchte, saß Roxster bereits an einem Tisch und blickte auf sein Smartphone.

»Jetzt hatte ich schon gedacht, ich wäre der Einzige mit Hang zu Kotzthemen, aber weit gefehlt«, sagte er, ohne aufzublicken. »Ich tweete den Zwischenfall nur kurz an deine Follower, okay?«

»Das tust du nicht!«

»Keine Angst, ich bin nicht so wie du«, sagte er und gab mir das Handy zurück. »Na, alles wieder gut?«, fragte er, auch wenn er immer noch lachen musste. »Da kriegt sie bei unserer ersten Begegnung gleich das große Kotzen! Das muss man sich mal auf der Zunge zergehen lassen.«

War lustig, zugegeben. Und doch entging mir seine Wortwahl nicht: *unsere erste Begegnung.* Hieß das, dass noch weitere folgen würden, dem schlechten Start zum Trotz?

»Was kommt als Nächstes, vielleicht ein niedlicher kleiner Furz?«, sagte er, ausgerechnet als der Kellner kam.

»Sei still, Roxster«, kicherte ich. Mag sein, er hatte etwa die Reife eines Siebenjährigen, doch gleichzeitig fühlte ich mich gänzlich unbeschwert, weil man sich in seiner Gegenwart keinen Zwang auferlegen musste. Gut möglich, dass er auch die

Realitäten eines Haushalts mit Kindern ähnlich entspannt sah. Ein Blick in den Wäschepuff dürfte genügen.

Beim Studium der Speisekarte fiel mir auf, dass meine Brille weg war.

Ich starrte auf die verschwommenen Lettern und bekam gleich wieder Panik. Roxster merkte nichts, ihn nahm die Aussicht auf die guten Sachen vollkommen gefangen. »Mmm. Mmm. Was möchtest du haben, Jonesey?«

Ich blickte in seine Richtung wie das Kaninchen in die Scheinwerfer eines heranrasenden Autos.

»Alles in Ordnung?«

»Ich habe meine Brille verloren«, murmelte ich nur.

»Wir müssen sie an der Bar vergessen haben«, sagte er und stand bereits auf. Ich sah ihm nach und erfreute mich an jeder Bewegung seiner sportlichen Figur. Da er die Brille nicht fand, fragte er schließlich den Barmann.

»Die Brille ist nicht mehr da«, sagte er, als er zurückkam. »War es eine teure Brille?«

»Nein, gar nicht«, log ich. (Aber die Brille war nicht nur teuer, sie war mir auch besonders lieb gewesen.)

»Soll ich dir die Speisekarte vorlesen? Und später vielleicht das Fleisch kleinschneiden?« Wieder fing er an zu lachen. »Nur für den Fall, dass es deine Dritten nicht mehr bringen.«

»Roxster, das ist nicht mehr lustig.«

»Ich weiß, tut mir leid.«

Nachdem er mir die halbe Menükarte vorgelesen hatte, entsann ich mich auch wieder meiner Dating-Regeln und massierte gefühlvoll den Stiel vom Weinglas. Streng genommen war das gar nicht mehr nötig, denn Roxster hatte bereits mein Knie zwischen seinen starken Schenkeln. Aber bei aller Erregung ging mir die blöde Brille nicht aus dem Kopf, schon aus Prinzip, denn es ist so furchtbar leicht, sich mitreißen zu lassen. Aber dann muss man ewig damit leben, dass man keine Brille mehr hat, und es war wirklich eine schöne Brille. Keine Ahnung, ob ich eine so schöne Brille je wiederkriege.

»Ich sehe noch mal unter den Barhockern nach«, sagte ich, nachdem wir bestellt hatten.

»Nein, lass mich das machen«, sagte er.

Am Ende krauchten wir beide zwischen den Barhockern herum, was ein paar doofe Jungziegen in der Nähe veranlasste, über uns abzulästern. Ich wäre vor Scham fast eingegangen. Jetzt habe ich schon mal ein Date mit einem Toyboy, und dann zwinge ich ihn, zwischen den Beinen der doofen Ziegen nach meiner Lesebrille zu stöbern.

»Also *da* ist sie nicht«, sagte eines der Mädchen und blitzte mich böse an. Roxster verdrehte nur genervt die Augen und ließ sich nicht einschüchtern. »Wenn ich schon mal da bin, gucke ich auch nach, kapiert?«, sagte er und tastete weiter. Die Mädchen waren nicht amüsiert. Dann erhob er sich triumphierend – mit der Brille in der Hand.

»Na bitte, wer sagt's denn?«, sagte er und setzte mir die Brille auf. »Du kannst doch nicht ohne Sehhilfe sein, Darling.«

Dann drückte er mir – demonstrativ und mit Blick auf die doofen Ziegen – einen Kuss auf die Lippen und führte mich an unseren Tisch zurück, wo ich mich erst einmal sortieren musste. Verbunden mit der Hoffnung, dass er die Kotze nicht gerochen hatte.

Von da an lief die Unterhaltung wie von selbst. Sein richtiger Name war Roxby McDuff, und er arbeitete tatsächlich bei einer Umweltorganisation. Talitha kannte er von der Sendung her und war über ihre Twitter-Seite auch auf meine gelangt. »Das heißt, du stehst auf … *reifere Frauen*?«

»Den Ausdruck mag ich gar nicht«, sagte er. »Sagen wir so: Ich mag Frauen mit Erfahrung. Sie wissen in der Regel etwas besser, was sie tun, haben auch eher eine eigene Meinung als das junge Gemüse. Und was ist mit dir? Warum triffst du dich mit jungen Typen von Twitter?«

»Ich möchte meinen Freundeskreis erweitern«, sagte ich vage.

Roxster sah mir direkt in die Augen und sagte unbewegt: »Da bist du bei mir richtig.«

ATEMFRISCH

Dienstag, 22. Januar 2013 (Fortsetzung)

Als es Zeit war, sich zu trennen, standen wir verlegen auf der Straße herum.

»Wie kommst du nach Hause?«, fragte er, worüber ich etwas enttäuscht war, da er offenbar nicht vorhatte, die Nacht bei mir zu verbringen. Aber ebenso hätte ich ihn nie dazu aufgefordert, geht einfach nicht.

»Taxi?«, sagte ich. Er blickte mich überrascht an. Erst da wurde mir klar, dass ich normalerweise immer mit Talitha, Tom und Jude nach Soho fahre – und wir teilen uns den Fahrpreis. Dass ein einzelner Mensch so viel Geld ausgab, nur um nach Hause zu kommen, musste ihm irrwitzig vorkommen. Allerdings war weit und breit kein Taxi zu sehen.

»Also wir haben jetzt zwei Möglichkeiten«, sagte er. »Entweder ich bestelle dir einen Helikopter, oder wir nehmen die U-Bahn. Du weißt doch, was das ist, eine U-Bahn?«

»Natürlich«, beeilte ich mich zu sagen. Doch ehrlicherweise fühlte ich mich, spätabends allein im Gewühl von Soho, etwas unwohl. Andererseits war es auch wieder aufregend, besonders als Roxster meinen Arm nahm und mich zur Station Tottenham Court Road brachte.

»Ich begleite dich noch auf den Bahnsteig«, sagte er. Unten an der Sperre merkte ich, dass ich meine Oyster-Card vergessen hatte. Ich versuchte es am Automaten, aber der Automat mochte mich nicht.

»Hier, nimm«, sagte er und gab mir seine zweite Karte. Dann bugsierte er mich durch die Sperre und brachte mich auf den Bahnsteig. Wir mussten nicht lange warten, denn schon im nächsten Moment fuhr der Zug ein.

»Schnell, gib mir noch deine Handynummer«, sagte er. »Sei unbesorgt, bis jetzt habe ich dich nicht ermordet.«

Ich sagte ihm die Nummer vor, und er tippte sie in sein Handy. Die Türen der Bahn gingen auf, Leute strömten heraus.

Völlig unerwartet küsste er mich noch auf den Mund. »Mmmm, ich liebe Kotze«, sagte er.

»Das kann nicht sein, ich habe mir die Zähne geputzt.«

»Du hast eine Zahnbürste dabei? Kotzt du bei jedem Date?«

Doch er bemerkte den Schreck auf meinem Gesicht und fügte hinzu: »Keine Angst, ich habe nichts gemerkt.« Leute drängten in den Zug. Er küsste mich noch einmal, sah mich aus seinen unbekümmerten braunen Augen an und küsste mich ein weiteres Mal, diesmal mit leicht geöffneten Lippen. Ich weiß nicht, wie es kam, aber plötzlich spürte ich, ganz sacht, seine Zungenspitze an meiner. Auf jeden Fall ganz anders als bei dieser sexbesessenen Lederjacke, wo man den Eindruck hatte, da wollte einer mal feucht durchwischen.

»Jetzt aber schnell, die Türen gehen schon zu!« Er schob mich in den Wagen, und ich war plötzlich allein und er draußen. Die Türen schlossen sich, und ich sah ihn kleiner werden, als der Zug anfuhr, selbstvergessen lächelnd. Was für ein hinreißend hübscher, unfassbar schöner Toyboy!

Als ich in Chalk Farm wieder an die Oberfläche gelangte, war ich wie berauscht und glühte förmlich vor Verlangen. Das Handy meldete eine SMS, sie war von Roxster.

<Na, endlich zu Hause oder fährst du vor lauter Verwirrung im Kreis?>

Ich schrieb zurück: <Hilfe, bin in Stanmore und weiß nicht weiter. Ich hoffe, die Kotze zwischen deinen Zähne ist mittlerweile weg.>

Keine Antwort, war wohl auch nicht lustig.

Dann aber!

<Nein, sie ist noch da, denn ich habe meine Lesebrille verlegt. Hast du vor, die Zahnbürste demnächst wieder zu verwenden?>

<Das tue ich gerade. Mmmmmmmmmmmmmmmmmmm mmmmmmmmmmmmm.>

23.40 Uhr. Chloe etwas schroff aus dem Haus komplimentiert, denn für SMS-Flirt will ich ungestört sein.

Da kommt auch schon die erste! Ach, ich liebe es, wieder auf dieser Welle zu schwimmen. Es ist so romantisch. Oh.

<Ich liebe dich bis zum Erbrechen.>

Ich antwortete: <Ach, Roxster, du hast deine Dating-Fibel nicht studiert!>

Danach erst einmal Funkstille. Bitte nicht. Anscheinend habe ich mich im Ton vergriffen. Klingt mehr nach Grundschullehrerin als sexy. Schon wieder alles vermasselt.

23.45 Uhr. Nach oben gegangen und nach den Kindern geschaut. Billy sieht so süß aus, wenn er schläft. Mabel hat sich wie immer an Sabbelina gekuschelt. Na ja, was soll's? Beim Flirten bin ich vielleicht scheiße, aber zumindest bringe ich die Kinder durch.

23.50 Uhr. Dann wieder nach unten, um iPhone zu checken. Nichts.

Mein Gott, bin ich blöd oder was? Als alleinerziehende Mutter kann ich mich nicht derart von den SMS-Launen eines wildfremden Menschen durchrütteln lassen, der im Übrigen mein Sohn sein könnte.

23.55 Uhr. Dann kam doch eine SMS.

<Du warst so schön heute Abend, und ich habe unser Treffen (und den Kuss) sehr genossen.>

Glücksgefühle, bis mir auffiel, dass er kein zweites Treffen vorschlug. Soll ich jetzt antworten oder es erst einmal dabei belassen? Lieber lassen. Jude meint auch, man muss in jedem SMS-Thread dafür sorgen, dass man selber nicht als Letzter geschrieben hat.

23.57 Uhr. Wünschte trotzdem, er wäre jetzt hier. Ist natürlich unrealistisch. Kann doch nicht so einen jungen Hüpfer anschleppen. Versteht sich von selbst, oder?

Mittwoch, 23. Januar 2013
5.15 Uhr. Und dass kein Toyboy in meinem Bett lag, sollte sich auszahlen. Denn Mabel kam herein, aber nicht im Schlafanzug, sondern voll angezogen in ihrer Schuluniform. Das arme Ding nimmt es sich offenbar zu Herzen, dass ich morgens immer Panikstimmung verbreite, indem ich so tue, als seien wir »schon jetzt zu spät«. Sie sah es wohl als einzige Lösung, sich schon angezogen ins Bett zu legen. Komisch, Chloe macht das ganz anders. Wenn sie morgens um sieben erscheint, geht alles nur seinen gelassenen Gang. Sie hilft den Kindern beim Anziehen, macht Frühstück, regt sich auch nicht auf, wenn sie schon so früh *SpongeBob* gucken. Der überdrehte Lärm aus dem Fernseher perlt glatt an ihr ab. Mit dem Ergebnis, dass alle Punkt acht das Haus verlassen und ruhig auf dem Mäuerchen warten, bis die Schule ihre Tore öffnet.

Ich meine, ich kann das auch. Wie gestern zum Beispiel, als

wir – Wahnsinn! – schon um 8.05 Uhr da waren! Zehn Minuten auf der Mauer, schätze ich, kann die Kommunikation der Eltern untereinander ungeheuer verbessern.

Aber nicht jetzt. Ich legte Mabel, so, wie sie war, wieder ins Bett und schlummerte dann selber noch mal ein. Den Wecker heute Morgen glatt verpennt.

DER WEG ZUM ZWEITEN DATE

Donnerstag, 24. Januar 2013
21.15 Uhr. Die Kinder schlafen, und Roxsters letzte SMS liegt fast achtundvierzig Stunden zurück.

Will aber jetzt niemanden fragen, was ich tun soll (siehe Dating-Regeln), denn wenn man dauernd Hilfe braucht, ist bei der ganzen Sache mit Sicherheit der Wurm drin.

21.20 Uhr. Nur kurz Talitha angerufen und ihr Roxsters letzte SMS vorgelesen.

<Du warst so schön heute Abend, und ich habe unser Treffen (und den Kuss) sehr genossen.>

»Und das hast du so stehen lassen?«

»Ja. Er hat ja weiter nichts vorgeschlagen. Ehrlich gesagt kam es mir so vor, als wollte er unter die Angelegenheit einen Strich ziehen: Vielen Dank und auf Wiedersehen.«

»Ach, Schätzchen.«

»Was ist?«

»Was soll ich bloß mit dir machen? Wie lange ist die SMS denn her?«

»Zwei Tage.«

»Zwei Tage? Und sie kam noch in der Nacht, direkt nach eurem Date? Okay, bleib mal kurz dran… Hier, schick ihm das.«

Von Talitha kam folgende SMS:

<Musste mich erst einmal von dem oberpeinlichen Kotz-

Zwischenfall erholen. Auch ich habe es sehr genossen. Und den Kuss fand ich schön. Was hast du weiter vor?>

»Das ist gut. Aber der letzte Satz, klingt das nicht ein bisschen zu ...«

»Nicht lange nachdenken, abschicken! Mich würde nicht wundern, wenn er die beleidigte Leberwurst spielt und sich mit der Antwort drei Tage Zeit lässt.«

Also schickte ich die SMS ab. Und bereute es sofort und musste erst einmal zum Kühlschrank. Kaum hatte ich den Reibekäse und den Wein herausgeholt, kam eine SMS.

<Jonesey! Ich hatte Angst, du erstickst an deinem eigenen Erbrochenen. Bin im Holiday Inn in Wigan. Habe morgen Termin mit der örtlichen Abfallverwertungsgesellschaft. Deine Frage gebe ich zurück: Was hast DU vor? Nur weiter deine Brille suchen?>

<Roxster, das ist kindisch. Ohne meine Brille könnte ich doch deine SMS nicht lesen.>

<Oder lass jemanden vom Seniorenhilfswerk kommen. Was sagt der Terminkalender fürs Wochenende?>

Roxster ist fantastisch, und wir verstehen uns auch ohne große Worte. Muss weder in den Dating-Regeln nachschauen noch Talitha fragen, um zu begreifen, dass dies eine Einladung ist. Es ist nämlich eine, definitiv. Ach du Scheiße, am Wochenende ist ja auch die Helm-ab-Feier im St. Oswald's. Ich kann aber Roxster nicht sagen, dass meine Mutter im Altenheim ist, wenn ich schon so alt bin wie *seine* Mutter.

<Kalender ist randvoll mit exklusiven Party-Terminen. Nee, Quatsch, ich besuche nur meine Mum in Kettering.>

Dann fiel mir ein, dass ich ihm eine Alternative anbieten musste, sonst war das zweite Date gestorben.

<Bin aber nächste Woche wieder da und finde, dass dem Kleinen für seine Frechheit der Popo versohlt gehört.>

Es folgte eine beunruhigend lange Pause.

<Wie ist es mit Freitagabend? Aber ich schiebe mir vorsichtshalber ein Buch in die Hose.>

<Vielleicht einen Dating-Ratgeber?>

<50 Shades of Wie ich meinen Freundeskreis erweitere. Freitag okay?>

<Freitag ist perfekt.>

<Gut. Dann gute Nacht. Ich brauche meinen Schönheitsschlaf für die Leute von der Abfallverwertungsgesellschaft.>

<Du auch, Roxster. Schlaf gut und träum süß.>

HELM AB ZUR FEIER!

Samstag, 26. Januar 2013

61 kg (klarer Rückfall in Fettsucht, alles nur Mums Schuld); SMS von Roxster: 42; Zeitaufwand für Fantasien über nächstes Date mit Roxster: 242 Min.; verfügbare Babysitter für kommenden Freitag: 0.

10.30 Uhr. Endlich, der große Tag der Helm-ab-Feier im St. Oswald's war gekommen, und unten klingelte das Telefon. Ich war gerade oben und wollte Mabel bewegen, das Glitzershirt und die lila Leggings wieder auszuziehen, an die sie irgendwie gekommen war. (Mabel mag nicht akzeptieren, dass Leggings eher in die Strumpfhosenabteilung gehören als in die Hosenabteilung.) Denn heute ist Schaulaufen für die Oma-Klamotte (Weihnachtsgeschenk), das heißt Petticoat (mit Schleife) direkt aus den Fünfzigern plus weißer Strickjacke mit roten Herzchen.

»Bridget, ihr seid doch pünktlich, oder? Die Rede von Philip Hollobine und Nick Bowering ist genau um eins, sodass noch Zeit fürs Mittagessen bleibt.«

»Wer sind Philip Hollobine und Nick Bowering?«, fragte ich und staunte einmal mehr über ihre Fähigkeit, wildfremde Namen in die Debatte zu werfen und so zu tun, als müsste man die Betreffenden kennen, weil wahnsinnig wichtig und prominent.

»Du kennst doch Philip, Liebes. Er ist der Parlamentsabgeordnete von Kettering. Er verpasst keines unserer Feste, auch wenn Una meint, er täte das nur, um sein Gesicht in der Zeitung zu sehen, denn zufällig hat Nick einen guten Draht zum *Kettering Examiner.*«

»Wer ist Nick?«, fragte ich und fauchte gleichzeitig Mabel an: »Du kannst es wenigstens einmal *anprobieren.*« Ein Satz, der gespenstisch durch die Generationen hallt und mit dem bereits *meine* Mutter mich in ein Twinset von Country Casuals zwingen wollte.

»Du kennst doch Nick, Liebes. Nick ist der Direktor von TGL…«, wobei sie zum besseren Verständnis hinzufügte: »*Thornton Gracious Living,* die Betreibergesellschaft. Außerdem möchte ich…« Ihre Stimme sackte um eine Oktave. »… dass du *Poo-hl* kennenlernst, den Chefpâtissier.« Allein dass sie den Namen französisch aussprach, machte mich misstrauisch. »Du ziehst aber nichts Schwarzes an, oder? Trag lieber was Nettes, trag Farbe, am besten Rot. Bald ist Valentinstag.«

11.00 Uhr. Schaffte es nach einer Weile, Mum aus der Leitung zu kriegen und Mabel in ihr entzückendes Kleidchen.

»Ich hatte früher auch mal so eines«, sagte ich melancholisch.

»Oh. Wann war das? Bei Queen Victoria?«, sagte Mabel.

»Nein, natürlich nicht.«

»Als es noch Ritter und Burgfräulein gab?«

War mit meinen Gedanken aber bald wieder bei Roxster. Habe ihm von meinen Kindern erzählt, was er locker weggesteckt hat. Überhaupt, SMS als Kommunikationsform bringt eine angenehme Spannung in den alltäglichen Gedankenaustausch. Blöd nur, dass ich dafür meine Twitter-Follower vernachlässige. Offenbar wurde Twitter-Sucht von SMS-Sucht verdrängt.

Vielleicht auch besser so. Denn Twitter ist im Grunde nur reine Selbstdarstellung und macht extrem abhängig von der Zahl der Follower etc. Bei jedem neuen Tweet bin ich nervös (denn jedes Mal verliere ich Follower), aber wenn ich eine Weile nicht jeden Furz, der mir ins Hirn funkt, ins Netz stelle, habe ich erst recht ein schlechtes Gewissen.

»Mummy?«, sagte Billy. »Warum guckst du so komisch?«

»Entschuldige«, sagte ich und sah angstvoll zur Uhr. »Mist! Wir kommen zu spät.« Dann meine übliche Panikmache. »Schnell, Beeilung, zieht eure Schuhe an, los-los!« Zwischendurch kam eine SMS von Talitha, die mir mitteilte, dass sie nach reiflicher Überlegung und beim besten Willen nicht… am Freitag bei mir babysitten kann.

War die totale Katastrophe, denn jetzt steht das ganze Roxster-Date auf der Kippe. Rebecca ist (obwohl nicht verheiratet) übers Wochenende bei ihren »Schwiegereltern«. Tom weilt bei einer Geburtstagsfeier in Sitges und hat die Suite schon gebucht – inkl. großzügiger Terrasse (40 qm) und Badewanne mit Chromotherapie. Talitha kann man, wie gesagt, mit Kindern jagen, und Jude hat ihr zweites Date mit irgendjemandem. Dafür meinen Glückwunsch, doch ich stehe blöd da.

Auf der hektischen Fahrt nach Kettering aber kam mir die rettende Idee: Warum nicht Mum fragen? Billy und Mabel könnten im St. Oswald's House übernachten, so habe ich freie Bahn.

SEEPOCKENPENIS

Samstag, 26. Januar 2013 (Fortsetzung)

Ankunft im St. Oswald's um genau 12.59 Uhr. Alles sah aus wie in einer Musterhaussiedlung, und die Atmosphäre war so feierlich gespannt, als hätte sich ein Mitglied des Königshauses zu einer Baumpflanzaktion angesagt. Überall flatterten die rot-weißen Fahnen von *Thornton Gracious Living*, auf dem Büfett stand ein Bataillon Weingläser bereit, und an jeder Ecke lauerten Hostessen, die aussahen wie die Mitarbeiterin des Monats, auf neue Kundschaft. Gesucht waren Menschen, die Lust aufs Leben hatten, aber eben auch ein klitzekleines Inkontinenzproblem.

Ich ging an der Seite entlang in den Italienischen Garten, wo die Zeremonie schon in vollem Gange war. Nick (oder Phil) sprach über Lautsprecher zu einer schnatternden Schar älterer Herrschaften mit Spielzeug-Bauarbeiterhelmen auf dem Kopf. Ich gab Mabel unser Präsentkörbchen mit Nougatherzen in die Hand, das sie umgehend in den lehmigen Kies fallen ließ. Eine Sekunde lang war sie ganz still, dann aber trat Billy mit dem Fuß darauf, und das Geschrei ging los, erst bei Mabel, dann, als Nick (oder Phil) seine Ansprache unterbrach, auch bei Billy. Mum und Una mit ihren wahnwitzig aufgedonnerten Haaren kamen sogleich angestürmt. Sie trugen (identische!) Mantelkleider wie die Mutter von Kate Middleton, aber ihre Stimmung ließ jede aristokratische Gelassenheit vermissen. Mabel in ihrer Not versuchte zu retten, was zu retten war, und die Herzen wieder aufzusammeln, und dieser Anblick tat mir so weh, dass ich sie in den Arm nahm wie die Gottesmutter persönlich, wobei ich leider übersah, dass die weichen Nougatherzen nun zwischen Mabels Shirley-Temple-Kleid und meinem pastellfarbenen J.Crew-Mantel im Grace-Kelly-Look zermatscht wurden.

»Ist doch egal«, suchte ich Mabel zu trösten, deren kleiner rundlicher Körper von Schluchzern geschüttelt wurde. »Die Herzen waren doch nur Show, was zählt, bist du.« Aber Mum war bereits zur Stelle und schimpfte: »Als hätte ich es geahnt. *Ich* nehme jetzt das Kind!«

»Aber…«, sagte ich, doch es war bereits geschehen. Auf Mums eisblauem Königinnenmutter-in-spe-Kleid prangte bereits die Schokolade.

»Um Gottes willen, das hat uns noch gefehlt!«, sagte Mum und setzte Mabel ziemlich unsanft wieder ab, worauf Mabel noch lauter weinte und sich mit ihrem kleinen rundlichen Schoko-Körper an meine cremefarbene Hose klammerte. Zu allem Überfluss fing dann auch noch Billy an zu heulen: »Ich will nach Hauuuuuuse!«

Mein Handy kam mit einer SMS: Roxster!

<Jonesey. Bin gerade im Naturkundemuseum. Wusstest du, dass Seepocken, gemessen an ihrer Größe, den größten Penis im gesamten Tierreich besitzen!>

Mir fiel vor Schreck das Smartphone aus der Hand, das Mabels Kopf nur knapp verfehlte. Mum bückte sich, um es aufzuheben.

»Was ist *das* denn?«, fragte sie. »Das ist aber eine eigenartige Nachricht.«

»Das ist nichts«, sagte ich schnell und schnappte mir mein Handy. »Nur eine… Info von Fischhändler meines Vertrauens.«

Im Hintergrund steuerte die Rede von Nick (oder Phil) auf ihren Höhepunkt zu und gipfelte in einem lauten »Helm-ab-Hurra!«, was sich die betagten Residenten nicht zweimal sagen ließen. Die Helme flogen in die Luft, und Billy heulte noch lauter: »Ich will auch einen Helm!« Worauf Mabel sagte: »Fresse!« Am Ende richtete Billy seinen verständlichen Zorn allein gegen mich und sagte: »Das ist alles nur deine Schuld. Ich bring dich um.«

Aber auch bei mir war der Siedepunkt erreicht, und der Kessel explodierte. Ich sagte: »Ist ja interessant. Aber vorher *erschlage* ich dich!«

Kurz und gut, die ganze Sache war der totale Reinfall, dennoch waren wir damit nicht entlassen. Wir zogen uns also alle ins Damenklo vor dem Veranstaltungssaal zurück und brachten unsere Sachen, so gut es ging, in Ordnung. Bei der Gelegenheit verschwand ich auch kurz in einer Kabine, um Roxsters Seepockenpenis nicht unbeantwortet zu lassen.

<Heiliger Pimporello! In welchem Zustand?>

<Moment, ich kuck mal, ob ich der Seepocke den Lurch langziehen kann.>

Als ich aus der Damentoilette kam, waren sämtliche Schokoflecken großflächig verschmiert und daher schlimmer als zuvor. Zum Glück wollte sich Mum umziehen, daher war an dieser Front erst einmal Ruhe. Und die Kinder waren so gut, sich ein paar Minuten lang von einem Clown unterhalten zu lassen, der Luftballons zu Tieren knautschte. Allerdings war dem Clown selber langweilig, da Mabel und Billy die einzigen Enkel unter fünfunddreißig waren – wenn man die paar Urenkel außen vor ließ, die aber noch Babys waren. Ich schrieb Roxster das mit dem Clown und den Ballon-Tieren, und er antwortete:

<Frag ihn mal, ob er auch eine Seepocke mit Erektion kann.>

Ich: <Maßstabgetreu?>

Hihi. Das Schöne an SMS ist, dass man einen direkten, intimen Kontakt aufbauen und über alles Mögliche aus dem eigenen Leben berichten kann, ohne dass der andere direkt vorhanden sein muss – und somit auch nicht im Weg stehen kann. Die Menschen der alten langweiligen Non-Cyber-Welt waren immer irgendwie schwierig. Abgesehen von Sex wäre eine reine SMS-Beziehung womöglich enger und psychisch weniger belastend als manche traditionelle Ehe. Man hat den anderen, muss ihn aber nicht ertragen!

Vielleicht ist das die Lösung. Samen gibt es künftig nur noch in gespendeter Form, tiefgefroren gelagert von der Dating-Seite, auf der man den Betreffenden kennengelernt hat. Aber dann, was dann? Vor allem die Frauen dürften exakt in meiner Situation enden. Zerrissen von fremden Ansprüchen und Bedürfnissen. Das eine Kind schreit oben im Bad, weil es wieder eine Sauerei angerichtet hat, das andere unten in der Küche, nachdem es sich am Kühlschrank den Finger eingeklemmt hat. Vielleicht wären erst virtuelle Kinder der Durchbruch, so ähnlich wie die Tamagotchi aus den Neunzigerjahren, aber eingebaut in süße Plüschtiere o.Ä. Zwei Tage lang die Illusion von Elternschaft, bis einem die Sache zu blöd wird. Doch dann würde die Menschheit aussterben, und das wäre auch nicht... Oh, noch eine SMS von Roxster.

<Wirklich maßstabgerecht wäre kaum machbar. Aber die Farbe muss stimmen. Ich empfehle einen rosa- oder fleischfarbenen Ton.>

Ich: <Aber Seepocken sind nicht rosa.>

Roxster: <Diese hier schon: *Megabalanus coccopoma*. Vorkommen: Westküste der USA. Die Farbe sieht mir sehr nach Rosa aus. Aber das weiß der Clown natürlich.>

»Bridget, redest du immer noch mit deinem Fischhändler?«

Meine Mutter trug mittlerweile das nächste Mutti-Middleton-Outfit, nur diesmal in Seepocken-Rosa. »Warum gehst du nicht einfach zu Sainsbury's, die haben eine erstklassige Fischtheke! Und wusstest du schon, dass Penny Husbands-Bosworth geheiratet hat?«, schwatzte sie unverdrossen und schob mich aus der Kinder-Clown-Ecke.

»Und Ashley Green, du erinnerst dich doch an Ashley Green? Sie hatte Bauchspeicheldrüsenkrebs! Die Gute war noch nicht einmal eingeäschert, da stand Penny mit einem Mettwursteintopf vor der Tür von Wyn, dem Witwer.«

»Ich weiß nicht, ob wir die Kinder allein lassen können.«

»Ach, das geht schon. Hauptsache, sie sind beschäftigt. Jedenfalls, Penny meint, wir sollten dich mal mit Kenneth Garside zusammenbringen. Er ist allein, du bist allein…«

»Mutter!«, zischte ich, als sie mich in den Veranstaltungssaal zog. »War das nicht der Kerl, der auf der Kreuzfahrt jedes fremde Bett heimgesucht hat?«

»Um die Wahrheit zu sagen, ja, Liebes. Aber man muss das verstehen. Er hat noch einen sehr starken Trieb und braucht deshalb unbedingt eine jüngere Frau…«

»Mutter!«, doch im selben Moment landete die nächste SMS von Roxster auf meinem Handy. Mum nahm es mir ab.

»Schon wieder der Fischhändler!«, sagte sie finster und hielt mir das Display vor die Nase.

<6 m im schlaffen, 12 m im erigierten Zustand.>

»Eigenartiger Fischhändler! Oh, seht mal, da ist Kenneth!«

Kenneth Garside, angetan mit grauer Hose und pinkfarbenem Pullover, tänzelte auf uns zu, und einen Moment lang hätte man ihn mit Onkel Geoffrey selig verwechseln können, Unas verstorbenem Mann, Dads bestem Freund, der einen mit Fragen peinigte wie »Na, was macht das Liebesleben? Wann kriegen wir dich endlich unter die Haube?«

Traurig überlegte ich, was Dad in einer solchen Situation getan hätte, aber Kenneth Garside riss mich aus meinen Gedanken, indem er mich mit einem sehr weißen, sehr falschen Gebiss aus der Mitte seines karotinroten Gesichts anbleckte und schleimte: »Hallo, schöne junge Lady, ich bin Ken69. Der Profilname enthält mein offizielles Alter sowie meine Lieblingsstellung. Aber nachdem ich Ihnen begegnet bin, könnte es sein, dass dieser Name bald ausgedient hat.«

Igitt, dachte ich, doch es brauchte keine großen Rechenkünste, um sich – Schock! – klarzumachen, dass der Altersunterschied zwischen mir und Roxster sogar noch um etliche Jahre größer war als der zwischen mir und diesem peinlichen alten Sack.

»Hahaha«, sagte Mum. »Oh, da ist Poo-hl, ich muss unbedingt mit ihm über seine Mini-Windbeutel reden.« Sprach's und ließ mich im Schein von Kenneth Garsides grinsenden Dritten stehen. Glücklicherweise klingelte Una in diesem Moment mit einem Glas und verkündete: »Meine Damen und Herren, die Diashow über unsere Kreuzfahrt beginnt in Kürze.«

»Darf ich dir meinen Arm anbieten?«, fragte Kenneth Garside und riss mich fort in den Festsaal, wo sich cremefarbenes Gestühl mit Goldrand allmählich mit Publikum füllte. Vorn zeigte ein Großbildschirm bereits das Foto des Kreuzfahrtschiffs.

Als wir uns setzten, bemerkte Kenneth Garside: »Was haben wir denn da an unserer Hose?«, und begann, mit einem Taschentuch an meinem Knie zu rubbeln. Una betrat das Podium und ergriff das Wort.

»Liebe Freunde, liebe Angehörige! Die diesjährige St.-Oswald's-Kreuzfahrt markierte den glänzenden Höhepunkt eines mehr als ereignisreichen Jahres.«

»Lass das«, zischte ich Kenneth Garside an.

»Allerdings geht diesmal alles automatisch mit Computer«, fuhr Una fort. »Das heißt, die Bilder kommen von der Mac-Slideshow und ich kommentiere. Also, lehnt euch zurück, und genießt unsere Reise ein zweites Mal. Wer von euch nicht dabei war, darf gerne davon träumen.«

Das Kreuzfahrtschiff zerfiel zu einem Mosaik kleiner Bilder, von denen eines plötzlich den ganzen Bildschirm füllte: Mum und Una beim Betreten des Schiffs. Sie winkten in die Kamera.

»Wie ihr seht: *Blondinen bevorzugt!*«, sprach Una ins Mikro, und der Soundtrack dazu war Marilyn Monroe und Jane Russell mit »Two Little Girls from Little Rock«. Doch es sollte noch schlimmer kommen. Auf dem nächsten Bild waren (wie in einer gruseligen Hommage an den berühmten Film) Mum und Una nebeneinander auf dem Doppelbett zu sehen, jeweils ein Bein in die Luft gereckt. Auch hier wieder dieser kokette Blick in die Kamera.

»Ach du liebes Lottchen!«, sagte Kenneth.

Plötzlich aber wurde der Soundtrack von einer allzu bekannten nervtötenden Musik übertönt, und die Kreuzfahrt-Bilder wichen der knallbunten Trickfigur eines feuerspeienden Drachen und eines einäugigen Zauberers in Lila. Ich erstarrte. War das nicht aus *Wizard 101*? War es denkbar, dass … Hatte Billy etwa am Computer gespielt? Dann verschwand die *Wizard 101*-Seite und machte meinem Posteingang Platz, mit einer Mail von Tom ganz oben und der Betreffzeile. »St. Oswald's Zombietour 2013: Die Kreuzfahrt der lebenden Leichen.«

O Gott, was hatte Billy getan?

»Entschuldigung, Entschuldigung«, sagte ich, als ich mich mit schlimmen Vorahnungen an den anderen Zuschauern der

Sitzreihe vorbeiquetschte. Im Publikum machte sich Unruhe breit. Mum wollte ich gar nicht erst ansehen.

Ich lief in die Eingangshalle und von dort in die Sitzecke, wo ich immer noch den Clown vermutete. Ich fand aber nur Billy, der wie wild auf einem MacBook herumtippte. Das MacBook wiederum hing an allerlei Strippen, und eine davon führte zu einem LAN-Hub auf einem Tischchen an der Wand.

»Billy!«

»Warte, bloß noch diesen Level. Ich bin auch nicht an deine E-Mail gegangen, ich wollte mir bloß mein Passwort holen.«

»Weg von diesem Computer«, blaffte ich und schaffte es, Kind und Computer zu trennen. Schnell wollte ich noch die verräterisch geöffneten Fenster von *Wizard 101* und Yahoo schließen und Billy wieder zum Zauberkünstler abschieben, aber es war zu spät. Ein Mann mit Nickelbrille, anscheinend schwer traumatisiert, lief bereits auf den Computer zu.

»Hat irgendwer diesen Computer angefasst?«, fragte er und blickte verstört umher. Ich sah Billy an in der Hoffnung, er würde für diesmal schweigen. Schweigen oder lügen, eines von beidem. Aber er runzelte nur die Stirn, und ich sah mit Schrecken, wie sehr meine blöden Predigten über Ehrlichkeit und Verantwortung für das eigene Tun gefruchtet hatten. »Jetzt nicht!«, hätte ich ihm gern zugerufen. »Lügen ist okay, wenn Mummy es so will.«

»Ja, ich«, sagte Billy reuevoll. »Und ich wollte auch nicht auf Mummys E-Mail, ich habe nur mein Passwort vergessen!«

21.15 Uhr. Endlich zu Hause. Endlich im Bett. Neben der Oswald-Katastrophe beschäftigte mich vor allem eine Frage: Wo bekomme ich für den kommenden Freitag einen Baby-sitter her? Es ist ja nicht so, dass ich Mum nicht gefragt hätte, nachdem wieder Ruhe eingekehrt war. Doch sie sah mich nur eisig an und meinte, sie müsste da zum Aqua-Zumba.

21.30 Uhr. Habe es gerade bei Magda probiert, doch die macht an dem Wochenende mit Cosmo und Woney einen Kurztrip nach Istanbul.

»Ich würde ja gern, Bridge«, sagte sie. »Ich selbst konnte auch immer auf meine Mutter zurückgreifen. Aber wer wie du so spät erst Kinder bekommt, hat es schwer. Die Kinder sind zu jung, um einem zu helfen, und die eigene Mutter ist zu alt.«

»Meine Mutter ist nicht zu alt«, sagte ich. »Aber Aqua-Zumba ist wichtiger.«

Jetzt bleibt mir nur noch Daniel.

22.45 Uhr. Anruf bei Daniel.

»Sag mir die Wahrheit, Jones, wen willst du vögeln?«

»Niemanden.«

»Ich verlange Auskunft.«

»Darum geht es doch gar nicht…«

»Gut, dann werde ich dich bestrafen, du hast es nicht anders gewollt.«

»Ich dachte nur, du hättest sie gerne bei dir.«

»Jones, du warst schon immer eine schlechte Lügnerin. Ich bin eifersüchtig, weißt du. Ich kann es nicht ertragen, dass andere dich kriegen, denn dann fühle ich mich nutzlos und alt.«

»Nicht übertreiben, Daniel. Du bist der attraktivste, männlichste, bestaussehendste und sexyste Mann, den ich…

»Weiß ich doch, Jones. Danke, danke, vielen Dank…«

Ergebnis: Daniel kommt am Freitag um halb sieben vorbei, um die Kinder zu sich zu nehmen.

NYMPHOMANIA

Mittwoch, 30. Januar 2013

Argumente dafür, mit Roxster zu schlafen: 12; Gegenargumente: 3; zeitlicher Aufwand für Entscheidungsfindung plus Vorbereitung auf möglichen Sex plus diesbezügliche Fantasien in Relation zur mutmaßlichen Dauer von Realsex mit Roxster: 585 % höher.

21.30 Uhr. Habe gerade Tom angerufen. Seine Ansicht dazu: »Natürlich schläfst du mit ihm. Du musst dein sexloses Leben endlich aufgeben. Talitha meint, Roxster sei okay, was willst du mehr? Außerdem kriegst du eine solche Gelegenheit so schnell nicht wieder. Wann hast du schon einmal sturmfreie Bude? Ich würde zugreifen.«

Dann Talitha angerufen, um zweite Meinung einzuholen.

»Hast du mir nicht zugehört? Habe ich dir nicht gesagt, du sollst dir Zeit lassen?«

»Du sagtest, erst dann, wenn ich dafür bereit bin, von einer bestimmten Frist war nicht die Rede«, entgegnete ich schlau und wiederholte, was Tom gesagt hatte, plus eigenes Argument. »Seit Wochen schreiben wir uns SMS. Habe langsam das Gefühl, wir sind bei Jane Austen. Damals haben sie sich auch monatelang nur Briefe geschrieben und dann – schwuppdiwupp – sofort geheiratet.«

»Bridget, mit einem Neunundzwanzigjährigen von Twitter ins Bett zu springen ist beim besten Willen nicht wie bei Jane Austen.«

»Wer hat gesagt, jemand müsste mich mal flachlegen?«

»Gut, das war ich, und Roxster ist wirklich ein Schatz. Aber hör auf dein Bauchgefühl. Und nur mit Kondom, wenn ich bitten darf. Und melde dich nachher mal.«

»Kondom? Dann will ich doch nicht mit ihm schlafen. Ich weiß ja nicht mal, wie ich mich vor ihm ausziehen soll.«

»Kauf dir ein Negligé, Schätzchen.«

»Ein Negli…?«

»Geh zu La Perla – nein, lieber nicht zu La Perla, bei den Preisen kommen dir die Tränen. Geh zu Intimissimi oder La Senza und kauf dir ein paar kurze sexy Satin-Nachthemden. Ich glaube, als du das zuletzt gemacht hast, hießen sie noch Petticoats. Am besten ein schwarzes und ein weißes. Damit bringst du Arme, Beine und dein Dekolleté perfekt zur Geltung. Doch bei der Körpermitte müssen wir tricksen. Über dem Bauch sollte sozusagen *immer* ein Schleier des Geheimnisses liegen. Also sei nicht dumm.«

Donnerstag, 31. Januar 2013
10.00 Uhr. Gerade meine Mails gecheckt.

> **Absender:** Brian Katzenberg
> **Betreff:** Ihr Drehbuch

10.01 Uhr. Jippie! Mein Drehbuch wurde angenommen!

10.02 Uhr. Oh.

> **Absender:** Brian Katzenberg
> **Betreff:** Ihr Drehbuch
> Wir haben mehrere Reaktionen auf Ihr Drehbuch erhalten, allerdings nichts Konkretes. Das Thema ist ja faszinierend, aller-

dings scheint mir der Blickwinkel der romantischen Komödie noch ausbaufähig. Ich versuche es weiter.

10.05 Uhr. Falschfröhliche Antwortmail geschickt.

Danke, Brian. Ich drücke die Daumen.

Trotzdem hat mich die Mail ganz schön getroffen. Das mit dem Drehbuch war wohl ein Schuss in den Ofen. Deshalb erst mal Unterwäsche einkaufen.

12.00 Uhr. Habe mir erotisches Nachthemd gekauft, auch wenn ich nicht mit Roxster schlafen werde, was sich aber von selbst versteht.

14.00 Uhr. Gerade von Waxing zurück (Beine und Bikinizone), auch wenn ich bestimmt nicht mit Roxster schlafen werde, aber das ist eh klar.

Chardonnay vom Beauty-Center empfahl ein Brasilian Waxing, weil junge Männer das heute erwarten. Oder gleich ein Laser-Abo.

»Aber was, wenn Brasilians aus der Mode kommen und wieder der dichte Busch gefragt ist, so wie bei den Franzosen?«, fragte ich.

Daraufhin gestand mir Chardonnay, dass sie diese dauerhafte Haarentfernung habe machen lassen, aber jetzt auch nicht ganz glücklich sei damit. Was, wenn sie mal jemanden trifft, der findet, dass eine Frau ruhig ein bisschen wie ein Frau aussehen darf und nicht wie ein kleines Mädchen? Aber als Kosmetikerin weiß sie natürlich auch hier Rat. Sie wird einfach diese Haarwuchsmittel auftragen, die auch bei Männern so gut wirken.

15.15 Uhr. In meiner Not entschied ich mich für die kleine Lösung, den *Landing Strip*. Da ich später sowieso nie mehr mit jemandem schlafe und – klar – auch nicht mit Roxster schlafen werde, spielt es keine Rolle.

Freitag, 1. Februar 2013

9.30 Uhr. Nachdem ich die Kinder an der Schule abgeliefert hatte, rannte ich noch schnell in den Drogeriemarkt, Kondome kaufen, denn mit den Kindern im Schlepptau geht das schlecht. Allerdings: *Mit* Kindern im Schlepptau hätte jeder gesehen, dass ich nur achtsam mit dem Planeten umgehe (Überbevölkerung!) und keineswegs lockeren Lebenswandel pflege.

An der Kasse dann das dumme Gefühl, dass mir jemand in den Einkaufskorb guckt. Ich schaute mich um und sah Mr Wallaker an der Kasse nebenan. Er blickte auffällig beiläufig nach vorn, aber es war klar, dass er die Kondome gesehen hatte, sein Mundwinkel zuckte so eigenartig.

Ich tat so, als wäre nichts, indem ich ebenfalls starr nach vorn guckte und dann sagte: »Nicht gerade das ideale Wetter für ein Rugby-Match.«

»Oh, so würde ich das nicht sehen, ein bisschen Schlamm ist doch ganz spaßig«, erwiderte er. Dann griff er nach seiner Tüte und sagte mit einem kleinen amüsierten Schnauber: »Ich wünsche ein schönes Wochenende.«

Humpf. Blödmann. Überhaupt, was macht er um halb zehn morgens in England im Drogeriemarkt? Hat er nichts zu tun? Keine Wehrsportgruppe für Siebenjährige zu leiten? Hat sich wahrscheinlich ebenfalls mit Kondomen eingedeckt, natürlich farbigen, wegen der unterschiedlichen Mannschaften.

Auf dem Heimweg werde ich nervös wegen Daniel. Eigentlich unverantwortlich, die Kinder so einem Hallodri anzuvertrauen. Ich rief ihn an.

»Jones, Jones, Jones, Jones, Jones, das habe ich nicht gehört. Die Kleinen sind bei mir in besten Händen. Wer mehr tut als ich, verzieht sie nur. Aber zu deiner Information…«, sagte er großspurig. »Ich werde mit ihnen ins Kino gehen.«

»Und in welchen Film?«

»*Zero Dark Thirty*.«

»Wie bitte?«

»Menschliche Wesen nennen so etwas einen Witz, Jones. Ich habe Karten für *Ralph reicht's*. Oder werde in Kürze Karten haben, da du mich freundlicherweise daran erinnerst. Danach machen wir einen Abstecher in eines der besten Lokale der Systemgastronomie, beispielsweise McDonald's. Und wenn wir wieder zu Hause sind, lese ich ihnen vor, bis ihnen erschöpft, aber glücklich die Augen zufallen. Du kannst mir aber auch eine Haarbürste dalassen, dann versohle ich ihnen bei dem kleinsten Vergehen die vier Buchstaben, okay? Ach so, was ich fragen wollte: Wen vögelst du denn nun?«

Dazwischen eine SMS von Roxster.

<Heute Abend Lust auf Kino? Vielleicht *Les Misérables*?>

Kino?? Ich wäre fast im Dreieck gesprungen. Hat er überhaupt eine Ahnung, was ich alles anstellen muss, damit wir ungestört miteinander schlafen können? Ich sage nur Nachthemd und Brasilian Waxing und Kondome und Sachen für die Kinder packen und und und…

Doch ich entsann mich der Dating-Regeln, holte tief Luft und schrieb zurück: <Klingt wunderbar. Ist das eine ausbaufähige romantische Komödie?>

<Nein, das verwechselst du mit *Miststück sucht Nordmanntanne*, französisch-englische Koproduktion über eine ökologisch-nachhaltige Liebe mit Hindernissen.>

In diesem Stil alberten wir weiter und gelangten am Ende zu Sachen wie *Missy knutscht die Kokospalme* etc. Okay, vielleicht nicht klug. Aber geil.

17.00 Uhr. Mittlerweile liefen die Reisevorbereitungen für die Übernachtung bei Daniel auf Hochtouren. Praktisch das gesamte Inventar musste eingepackt werden, darunter Sabbelina, diverse Hasen, Horsio, Mario, Puffles Eins, Zwei und Drei, die Familie-Hase-Püppchen sowie Pyjamas, Zahnbürsten einschließlich Zahnpasta, Buntstifte, Malbücher, eine Kiste mit DVDs, falls Daniel die Ideen ausgingen, dazu eine kleine Bibliothek mit geeigneten Kinderbüchern, damit ihre Gutenachtgeschichte nicht von der *Penthouse* kam. Nicht zu vergessen eine Liste mit Notfallnummern, ein Erste-Hilfe-Kasten mit Anleitung und, ganz wichtig, eine Haarbürste.

Daniel fuhr in einem offenen Mercedes vor. Musste mich schwer beherrschen, nicht gleich etwas zu sagen, denn Kinder mit offenem Verdeck durch die Gegend zu kutschieren ist mit Sicherheit lebensgefährlich. Was, wenn von einem LKW etwas auf sie herunterfällt? Oder jemand schmeißt einen Stein von der Autobahnbrücke? Alles schon da gewesen.

»Komm, machen wir das Verdeck wieder zu«, sagte Daniel zu Billy. Er sah mir offenbar meine Befürchtungen an. Billy fand das nicht so toll. »Nööö, lieber offen«, sagte er.

»Moment, ich schaffe mal ein bisschen Platz«, sagte er und räumte einen Stoß grell aufgemachter Zeitschriften vom Beifahrersitz. Ganz oben etwas mit der Schlagzeile *Nackte Latina-Lesben waschen deine Corvette.*

»Irgendwann erfahren sie es ja doch«, sagte er ohne das geringste Schuldbewusstsein und ließ Billy auf dem Beifahrersitz Platz nehmen. »Okay, ich halte die Bremse gedrückt, und du drückst die Knöpfe.«

Die Kinder kreischten vor Vergnügen, als sich schnurrend das Dach schloss – ihre durchgedrehte Mutter war zu diesem Zeitpunkt längst vergessen. Doch dann wurde es Mabel doch mulmig, und sie sagte: »Onkel Daniel, du hast vergessen, uns anzuschnallen.«

Als geklärt war, dass beide Kinder angeschnallt auf die Rückbank gehörten, konnte ich endlich erleichtert Abschied nehmen. Die drei jagten davon ohne einen Blick zurück.

Das Haus war leer, die Luft war rein. Ich räumte sämtliche Plüschtiere, Plastik-Dinos und peinliche Ratgeberbücher aus meinem Schlafzimmer und machte mich daran, die Kinderspuren aus dem Wohnzimmer zu entfernen, doch das erwies sich wegen der Masse von Zeug als undurchführbar. Na wenn schon, dachte ich, ich werde ja doch nicht mit ihm schlafen. Dann nahm ich ein heißes Bad mit duftenden Essenzen, machte Musik an und bereitete mich mental auf den bevorstehenden Abend vor. Ganz wichtig war jetzt a) eine ruhige und zugleich erotische Gesamtstimmung (Letzteres war kein Problem) und b) zum richtigen Zeitpunkt am richtigen Ort zu sein.

DAS ZWEITE DATE MIT DEM TOYBOY

Freitag, 1. Februar 2013 (Fortsetzung)
Ich habe bis jetzt nicht die geringste Ahnung, was in *Les Misérables* geschieht, und muss mir den Film unbedingt noch einmal ansehen. Angeblich soll er wahnsinnig gut sein. Aber mit Roxsters Knie so nah an meinem Knie war ich einfach zu abgelenkt, um noch Augen für den Film zu haben. Seine Hand lag auf seinem linken Schenkel und meine Hand auf meinem rechten, sodass sich unsere Hände jederzeit hätten berühren können. Wie gesagt, schon das war unheimlich erregend, und ich fragte mich, ob es ihm ebenso ging, war aber nicht sicher. Plötzlich langte er herüber und legte seine Hand scheinbar wie zufällig auf meinen rechten Schenkel. Und nicht nur das, sein Daumen schob sogar mein blaues Seidenkleid etwas nach oben, bis wir (fast) Hautkontakt hatten. Es war ein höchst effektives Manöver und vor allem eines, das keine Fehldeutung zuließ.

Auf der Leinwand sangen sie jetzt zum Steinerweichen. Ein Mann ging ins Wasser, zuvor war schon eine Frau an einer misslungenen Kurzhaarfrisur gestorben. Vorsichtig blickte ich Roxster an. Er war völlig entspannt und genoss den Film, nur ein leichtes Zucken im Augenwinkel verriet, dass ihn nicht nur das tränenreiche Musikdrama beschäftigte. Dann lehnte er sich zu mir herüber und flüsterte: »Sollen wir gehen?«

Draußen vor dem Kino fielen wir förmlich übereinander her und küssten uns wie verrückt. Rissen uns dann aber zu-

sammen und beschlossen, erst einmal in ein Restaurant zu gehen. Das war nicht so einfach, überall in Soho war es laut und
überfüllt. Aber selbst mehrere vergebliche Versuche, irgendwo
einen Tisch zu ergattern, konnten Roxsters gute Laune nicht
erschüttern. Ich fand es beinahe magisch, wie er damit um-
ging. Normalerweise fühlen sich Männer herausgefordert,
wenn sie mehrmals hintereinander abgewiesen werden, und
hätten mit ihrem Gemaule spätestens jetzt den ganzen Abend
verdorben. Irgendwann, nach vielen Drinks und angeregter
Unterhaltung, landeten wir genau in dem Restaurant, in dem
er ursprünglich einen Tisch bestellt hatte.

Während des Essens ergriff er immer wieder meine Hand
und hakte sich bei mir ein. Ich schloss meine Hand um seinen
Daumen und streichelte ihn auf eine Weise, die gerade noch
als unverfänglich und nicht als Werbung für einen Handjob
durchgehen konnte. Überhaupt gaben wir uns große Mühe,
das Gespräch in gemäßigten Zonen zu halten, nach außen hin
waren wir nur gute Freunde. Aber genau das machte es erst
so richtig erotisch. Kurz vor dem Aufbruch ging ich auf die
Toilette und rief Talitha an.

»Trau deinem Instinkt, Schätzchen. Wenn du meinst, es ist
okay, dann los. Sollte es irgendein Problem geben, ruf an, ich
bin da.«

Dann standen wir draußen im Gedränge von Soho, doch
diesmal war Freitag und die Aussicht auf ein Taxi völlig illu-
sorisch. Er sagte: »Und wie kommst du jetzt nach Hause? Die
U-Bahn fährt nicht mehr.«

Ich wusste nicht, was ich darauf sagen sollte. Nach all den
Vorbereitungen (Daumen-Massage inklusive), nach tausend
Telefonaten, dem ganzen Hin und Her sollten wir tatsächlich
nicht mehr sein als gute Freunde? Schöne Pleite.

»Jonesey«, sagte er, »bist du schon einmal mit einem Nachtbus gefahren? Ich wüsste nämlich nicht, wie ich dich anders nach Hause kriegen soll.«

Im Nachtbus fühlte ich mich auf eigenartige Weise mit den anderen Fahrgästen verschmolzen. Die Menschen dort bildeten eine Gemeinschaft, wie sie im normalen Leben praktisch nie vorkommt. Roxster hingegen wirkte besorgt, so, als sei dieses Transportmittel seine Schuld.

»Alles in Ordnung?«, flüsterte er.

Ich nickte froh und wünschte nur, ich wäre Roxster so nah wie dieser komischen Frau neben mir. Die Tuchfühlung war nämlich latina-lesbenmäßig eng.

Der Bus hielt, Leute stiegen aus, und Roxster erkämpfte sich einen freien Platz, aber auf eine rüde Art, die ich von ihm gar nicht kannte. Dann, als alle ringsum Platz genommen hatten, stand er auf und setzte mich dorthin. Ich lächelte zu ihm hoch, stolz über meinen ebenso schönen wie energischen jungen Freund. Er jedoch sah mich erschrocken an. Kein Wunder, denn eine Frau erbrach sich soeben lautlos auf meinen Stiefel. Roxster schaffte es nur mit Mühe, nicht laut loszulachen.

Dann kam unsere Haltestelle, und er legte beim Aussteigen den Arm um mich.

»Ein Abend ohne Kotzen ist kein Abend mit Jonesey«, sagte er. »Warte mal kurz.« Er ging in einen Nacht-Supermarkt und kam mit einer Flasche Evian und einer Handvoll Papierservietten zurück.

»Es empfiehlt sich, glaube ich, so etwas stets bei sich zu haben. Steh still.«

Er goss Wasser über meinen Stiefel, kniete vor mir nieder und wischte die Kotze weg. Es war unglaublich romantisch.

»Jetzt rieche ich nach Kotze«, bemerkte er.

»Wir waschen es zu Hause ab«, sagte ich, und mein Herz

raste, denn Kotze hin oder her, jetzt hatte er einen Grund, mit hereinzukommen.

Je länger wir gingen, desto aufmerksamer musterte Roxster die Gegend. Als wir vor meiner Tür standen, war ich so nervös, dass mir die Hände zitterten und ich den Schlüssel nicht mehr ins Schloss bekam.

»Lass mich das machen«, sagte er.

»Tritt doch ein«, sagte ich vollkommen idiotisch, als wären wir noch in den Siebzigern und ich die vorbildliche Gastgeberin einer Cocktail-Party.

»Soll ich mich irgendwo verdrücken, bis der Babysitter weg ist?«, flüsterte er.

»Sie sind nicht da«, flüsterte ich zurück.

»Wie, hast du etwa *zwei* Babysitter? Oder lässt du die Kinder ganz allein?«

»Aber nicht doch«, kicherte ich. »Sie übernachten bei ihren Pateneltern«, antwortete ich strategisch, um Roxster nicht unter die Nase zu reiben, dass da ein Nebenbuhler namens Daniel existierte – zumindest bis er Näheres über ihn wusste.

»Das heißt, wir haben das Haus für uns!« Roxster war begeistert. »Dann möchte ich mir als Erstes die Kotze abwaschen.«

Ich führte ihn zum Gästeklo und rannte schnell nach unten ins Souterrain, wo ich mir die Haare durchkämmte, Rouge nachlegte und das Licht dimmte. Bei dieser Gelegenheit fiel mir auf, dass Roxster mich noch nie bei Tageslicht gesehen hatte.

Plötzlich sah ich mich selbst wie in einem dieser alten Schwarzweißfilme: Ich war eine dieser tragisch verlebten Frauen, Gespenster eher, die ihr Dasein nur noch im Haus und bei geschlossenen Gardinen zubringen. An ihre Haut lassen sie nur Kerzenlicht oder den Schein des Kaminfeuers, und wenn Besuch kommt, werden sie so hektisch, dass sie sich nicht einmal die Lippen nachziehen können, ohne alles zu verschmieren – und aussehen wie verwundet.

Und auch Mark gegenüber fühlte ich mich schuldig. Ich war ihm nämlich nicht nur untreu, ich war weit, weit entfernt von allem, das ich kannte. Ich war dabei, von einer Klippe zu springen, und das ist bekanntermaßen eine riskante Sache. In mir zog sich alles zusammen, und ich beugte mich über die Spüle. Hätte nur gefehlt, dass ich mich übergab – es wäre wahrlich der passende Schlusspunkt gewesen. Aber dann hörte ich Roxster hinter mir lachen und drehte mich um.

»Was ist denn *das*?« Er blickte auf Chloes Tagesplan.

Chloe war nämlich zu der Ansicht gelangt, das Wichtigste, das die Kinder in dieser Entwicklungsphase bräuchten, sei Struktur, also ein fester, beinahe minutengenauer Tagesablauf, und dem sollte ihr Tagesplan dienen. Ich hatte nichts dagegen, fand nur, dass man dazu kein A3-Blatt aus einem Malblock brauchte. Ungläubig las Roxster, was da stand.

7.55 – 8.00 Uhr: Mummy noch einmal drücken!

»Du weißt aber schon noch, wie deine Kinder heißen?«, fragte er. Als er meine Miene sah, lachte er erneut und streckte mir seine Hände entgegen, damit ich daran riechen konnte.

»Perfekt«, sagte ich. »Absolut kotzfrei. Möchtest du ein Glas Wein...?« Doch da küsste er mich schon, nicht überfallartig, sondern vorsichtig, fast zärtlich, aber bestimmt.

»Sollen wir nicht nach oben gehen?«, flüsterte er. »Ich will Mummy endlich auch einmal drücken.«

Sofort war die alte Nervosität wieder da. Ich fragte mich, ob mein Po von hinten nicht zu dick aussah, ehe ich merkte, dass Roxster bereits von sich aus das Licht ausmachte. »Wir alle müssen Energie sparen«, sagte er. Die jüngere Generation denkt eben immer auch an die Umwelt.

Ausschließlich beleuchtet vom Licht, das vom Flur hereinkam, sah mein Schlafzimmer sogar ganz schön aus. Zum Glück machte Roxster nicht ganz dunkel, sondern zog nur die Tür zur Hälfte zu. Er streifte sein Shirt ab, und es verschlug mir den Atem. Er sah aus wie ein Model aus einer Davidoff-Cool-Water-Reklame, dem ein Bildbearbeiter einen besonders attraktiven Sixpack verpasst hatte. Es war still im Haus, wir waren ganz allein und das Licht gedämpft. Er war wirklich in Ordnung, er stellte keine Gefahr dar und sah dabei so hinreißend aus. »Komm her, Baby«, hörte ich ihn sagen.

ENTBLÄTTERT

Samstag, 2. Februar 2013

11.40 Uhr. Roxster hat soeben das Haus verlassen, da Daniel in zwanzig Minuten die Kinder zurückbringt. Konnte nicht widerstehen, habe »Mad About the Boy« von Dinah Washington aufgelegt und bin wie in Trance durch die Küche getanzt. Ich fühle mich so glücklich, als gäbe es von jetzt an keine Probleme mehr. Ich kann nicht stillsitzen, wandere durchs Haus, nehme selbstvergessen Gegenstände in die Hand und lege sie wieder weg. Mir ist, als hätte ich in Sonnenschein gebadet oder in... Milch, nein, nicht in Milch. Und immer wieder kommen mir einzelne Momente der vergangenen Nacht in den Sinn. Roxster, der auf dem Bett liegt und mich anblickt, als ich in meinem Negligé aus dem Bad komme. Wie er mir das Negligé auszieht und sagt, dass ich nackt besser aussähe als im Nachthemd. Sein schönes Gesicht über mir, hingegeben an den Augenblick, seine kleine Zahnlücke. Dann, plötzlich, der sehr erwachsene Moment des Eindringens, der Schock darüber, plötzlich ausgefüllt zu sein nach so langer, langer... und dass ich diesem Gefühl erst etwas Zeit geben musste, ehe ich in der Lage war, auf ihn zu reagieren. Aber dann wusste ich *alles* wieder, wusste, welche Lust sich zwei Körper miteinander, ineinander verschaffen können, es erstaunt mich selbst immer wieder. Natürlich kam ich viel zu früh, was Roxster fast nicht glauben konnte, aber mit Sicherheit erregte. Trotzdem fing er an zu lachen.

»Was ist denn?«, fragte ich.

»Ich habe mich nur gefragt, wie lange du *noch* brauchst.«

Dann packte er meine Füße und zog mich lachend ans Fußende des Betts und begann von vorn.

Diesmal versuchte ich, meinen Orgasmus zu verbergen, um nicht gleich wieder seinen Spott auf mich zu ziehen.

Erst Stunden später musste er kurz verschnaufen, und ich streichelte sein dichtes dunkles Haar und nahm jedes Detail seines Gesichts in mir auf, seine Stirn, die Nase, seine Kinnlinie, die Lippen. O Gott, wie schön, jemandem wieder so nahe zu sein, berührt zu werden von jemandem, der so schön war, so jung, so erfahren in allem. Ich legte meinen Kopf auf seine Brust und sprach in die Dunkelheit, bis Roxster mir den Mund zuhielt und sagte: »Schhhh.« »Aber ich will dir etwas sagen«, brachte ich unter seiner Hand hervor. Worauf Roxster, beinahe wie zu einem Kind, sagte: »Das darfst du auch. Aber morgen. So haben wir uns auch dann noch was zu sagen.«

Später, viel später … klingelte es an der Tür.

Strahlend machte ich auf. Die Kinder sahen total verwahrlost aus, ungewaschen, ungekämmt – aber glücklich. Daniel sah mich nur kurz an und meinte: »Jones, das muss ja die Nacht der Nächte gewesen sein, du wirkst gleich fünfundzwanzig Jahre jünger. Setz dich doch zu Onkel Daniel aufs Knie, und erzähl ihm alles, aber mit aussagekräftigen Details, wenn ich bitten darf. Die Kinder können unterdessen den Schwammkopf gucken.«

Sonntag, 3. Februar 2013
21.15 Uhr. Der Rest des Wochenendes war nicht weniger schön. Meine gute Laune übertrug sich auf die Kinder, und wir gingen erst in den Park und guckten danach *Supertalent*. Um zwei Uhr nachmittags kam eine SMS von Roxster, in der

er schrieb, abgesehen von der Kotze, die er später noch auf seinem Ärmel entdeckt hatte, sei es ein schöner Abend gewesen. Ich schrieb zurück, auch ich hätte es sehr schön gefunden – trotz der Sauerei, die er auf dem Laken angerichtet hatte. Über unseren bedauernswert niedrigen geistigen Entwicklungsstand waren wir uns einig und wurden von da an nicht müde, dies in immer neuen SMS unter Beweis zu stellen.

Bin echt ein Glückspilz, in meinem Alter noch einmal so einen jungen, attraktiven Mann kennengelernt zu haben. Und wenn es unsere einzige Nacht gewesen sein soll, ich bin dem Schicksal dankbar dafür.

21.30 Uhr. Apropos, da fällt mir gerade dieser Film ein, *Der letzte König von Schottland,* wo jemand sagt: »Eine verheiratete Frau – ja! Sie sind immer am leidenschaftlichsten. Und so *dankbar.*« Ich glaube, es war Idi Amin.

ZURÜCK IN DER GEGENWART

ZURÜCK IN DER GEGENWART

DIE DUNKLE NACHT DER SEELE

Samstag, 20. April 2013

SMS von Roxster: 0; auf Smartphone nach SMS von Roxster gesucht: 4.567 Mal; Nissen auf Billys Kopf: 6; Nissen auf Mabels Kopf: 0; Nissen auf meinem Kopf: 0; Gedanken an Mark sowie weitere deprimierende Gedanken über Verlust, Tod, Dating-Katastrophen und Kindererziehung (in Minuten): 395; kreative Ideen für Drehbuch-Meeting mit Greenlight Productions: 0; Schlaf (in Minuten): 0.

5.00 Uhr. Es blieb nicht bei der einen Nacht. Roxster und ich verstanden uns richtig gut, und bald war unsere Beziehung zwei Wochen alt, dann sechs. Im Augenblick sind es elf Wochen und ein Tag.

Theoretisch hätte unsere Verbindung vor Problemen nur so strotzen müssen, tatsächlich ging alles erstaunlich leicht. Okay, das Schwierige zuerst: Roxster lebte in einer Wohngemeinschaft zusammen mit drei anderen Jungs seines Alters. Also fiel sein Zimmer schon einmal aus. Solche Beavis-und-Butthead-Situationen wollte ich mir ersparen. Auch das knittrige Bettzeug war für mich tabu; Gleiches galt für die Spüle voll dreckigem Geschirr. Und wie hätte ich meine Anwesenheit auch erklären können? Ich sei eine Freundin der Familie, die zufällig bei/mit Roxster schläft in seinem knittrigen Bettzeug?

Ähnliches galt für meine Kinder. Ich wollte nicht, dass sie

Roxster jetzt schon kennenlernten, und schon gar nicht, dass sie uns beide in meinem Bett überraschten. Aber der neu angebrachte Riegel an meiner Schlafzimmertür leistete gute Dienste, und so nutzten wir die Zeit, die wir hatten, und die war schön. Endlich hatte ich wieder so etwas wie ein Privatleben. Wir trafen uns in Pubs und kleinen Restaurants, gingen ins Kino oder in Hampstead Heath spazieren und, ja, hatten fantastischen Sex. Ich hatte plötzlich einen Mann, dem ich nicht egal war. Und obwohl er den Kindern noch nicht begegnet war, redeten wir auch über sie. Oder schrieben SMS, die sich auf unseren ganz normalen Alltag bezogen, also was wir gerade machen, was es zum Essen gibt, wann ich die Kinder zur Schule bringe oder was sich sein Chef wieder geleistet hat.

Rückblickend muss ich sagen, dass ich permanent unter Sex-Strom stand und ansonsten vor Glück kaum wusste, wie mir geschah. Und jetzt ist es auf einmal fünf Uhr früh an einem Samstagmorgen. Die Kinder stehen in einer Stunde auf, ich habe am Montag einen wichtigen Termin und keinen Plan, wie ich den überstehen soll. Dafür habe ich sehr wahrscheinlich Läuse und noch immer keine SMS von Roxster.

22.00 Uhr. Auch tagsüber keine SMS, was mich sehr herunterzieht. Habe auch SMS bzw. Voicemails bei Jude, Tom und Talitha hinterlassen, doch offenbar ist niemand da. Jude hat ein Date mit jemandem von PlentyOfDance (oder war es PlentyOfDoctor?) und verarscht gleichzeitig Richard mit einer Fake-Frau. Oh, Telefon!

War Talitha, auf sie ist ja immer Verlass. Sie wollte aber mein Gejammer (»Das macht er nur, weil ich so furchtbar alt bin.«) gar nicht hören, sondern verwies auf *Männer sind vom Mars, Frauen von der Venus*, wo ja ganz klar stand, dass sich Männer von Zeit zu Zeit in ihre Höhle zurückziehen müssen.

»Außerdem hast du ihn erst am Donnerstag gesehen. Du kannst den Ärmsten nicht jeden Tag für dich beanspruchen.«

Als ich ins Bett wollte, meldete sich noch einmal das Handy mit einer SMS. Voller Hoffnung sprang ich auf.

War abermals Talitha.

<Nur die Ruhe. Es gibt überall Höhen und Tiefen. Vergiss nicht, was du gelernt hast, wozu bist du Dating-Experte? Du wirst es überstehen, auch wenn der Beziehungs-Motor mal stottert.>

Sonntag, 21. April 2013

62 kg (das muss unbedingt aufhören); Kalorien: 2.850 (auch zu viel, aber daran ist nur Roxster schuld); mit den Kindern gespielt (in Minuten): 452; mir dabei über Roxster den Kopf zerbrochen (in Minuten): 452. Hoffentlich liest das Jugendamt nicht mit.

15.00 Uhr. Dieser Scheißkerl von Roxster! Nach all der Nähe, nach so viel Intimität versetzt er mir jetzt den SMS-Todesstoß, das ist inhuman. Mir aber egal, denn ich wollte ihn ja eh nur fürs Bett, ich meine, was ist er denn? Nichts weiter als ein blöder Toyboy. Nur gut, dass ich die Kinder aus dem Spiel gelassen habe, so juckt es sie nicht, wenn ich ihm jetzt den Laufpass gebe. Frage ist nur, woher ich jetzt jemanden kriege, mit dem ich mich ähnlich gut verstehe und der immer so was von lieb und witzig ist und gutaussehend und...

»Mummy?«, unterbrach mich Billy. »Wie viele Elemente gibt es?«

»Vier«, sagte ich und war wieder in meiner Wohnküchen-realität an einem vergammelten Sonntagnachmittag. »Luft, Feuer, Holz und...«

»Nicht Holz. Holz ist kein Element.«

Richtig, ich erinnerte mich. Holz stammte aus einem Buch

über Natürliches Wohnen, das ich mal gelesen hatte, weil ich unser Reihenhaus in einen buddhistischen Zendo verwandeln wollte, in dem alle vier Elemente vertreten waren, nämlich Wasser, Holz, Erde und Feuer. Zumindest mit Letzterem habe ich kein Problem.

»Es gibt fünf Elemente.«

»Nein, das stimmt nicht«, entgegnete ich. »Nur vier.«

»Fünf«, sagte Billy. »Luft, Erde, Wasser, Feuer und Technologie.«

»Technologie ist kein Element.«

»Ist es wohl.«

»Ist es nicht.«

»Ist es wohl. Bei Wii *Skylanders* gibt es Luft, Erde, Wasser, Feuer und Technologie.«

Entsetzt starrte ich ihn an. Seit wann war Technologie ein Element? Wahrscheinlich schon eine ganze Weile, und bloß meine Generation hatte es noch nicht kapiert. Ich meine, die Inkas hatte ja auch noch kein Rad. Oder waren es die Azteken?

»Billy?«, fragte ich ihn. »Wer hat das Rad erfunden, die Inkas oder die Azteken?«

»Ach Mummy! Das Rad kam etwa 8000 v. Chr. in Asien auf«, sagte er ungerührt.

Hatte das wahrscheinlich schnell auf seinem iPod nachgesehen, und ich habe nichts gemerkt.

»Was machst du eigentlich da?«, entfuhr es mir. »Deine Computerzeit ist um. Du darfst erst wieder ab vier.«

»Aber die Dreiviertelstunde auf Wii ist noch nicht vorbei. Ich habe erst siebenunddreißig Minuten *Skylanders* gespielt, weil das Spiel so lange geladen hat. Außerdem hast du mir versprochen, dass die Zeit angehalten wird, wenn ich auf Toilette muss.«

Ich raufte mir die Haare und versuchte, die Läuse auszublenden. Aber Technologie überfordert mich. Und Computer ist unter der Woche verboten. Am Wochenende sind insgesamt zweieinhalb Stunden gestattet, mit maximal einer Dreiviertelstunde am Stück und mindestens einer Stunde Pause dazwischen. Klingt einfach, ist es aber nicht, denn dann beginnt die höhere Mathematik, in der Faktoren wie Lade- oder Toilettenzeiten oder Freiminuten zum Erreichen eines Levels ins Spiel kommen und alles gnadenlos kompliziert wird. Mich macht das wahnsinnig, denn es verwandelt meine Kinder in virtuelle Wesen, die auch mich behandeln, als wäre ich nicht wirklich anwesend, sondern in Wahrheit noch im Bett, soweit es sie betrifft.

»Billy«, sagte ich in meiner verbindlichsten Warteschleifen-Stimme. »Deine Computerzeit ist bedauerlicherweise beendet. Würdest du mir das iPad geben, ich meine den iPod?«

»Das ist kein iPod.«

»Her damit, verdammt noch mal«, sagte ich und richtete meinen Medusenblick auf das böse schwarze Ding.

»Das ist ein Kindle.«

»Mir scheißegal. Schluss mit Computer heute!«

»Mummy, das ist dein Kindle. Es ist ein *Buch*.«

Vor mir drehte sich alles. Es war ein elektronisches Gerät, das reichte. Es war elektronisch, schwarz und flach und daher böse …

»Ich lese da drauf doch nur *James und der Riesenpfirsich* von Roald Dahl.«

»Na gut«, sagte ich, um ein letztes bisschen Würde bemüht. »Wer möchte etwas zu essen?«

»Mummy«, sagte Billy. »Manchmal bist du ganz schön blöde.«

»Okay, tut mir leid«, sagte ich wie ein patziger Teenager und drückte ihn, vielleicht etwas zu innig.

Da meldete sich mein Handy mit einer SMS. Ich grapschte danach, als ginge es um mein Leben. Und tatsächlich, die SMS war von Roxster!

<Jonesey, tut mir leid, dass ich mich nicht mehr gemeldet habe. Habe mein Handy auf dem Küchentisch liegen lassen, als ich am Freitag nach Cardiff musste, und habe sonst nirgendwo deine Nummer gespeichert. Dafür massenweise getwittert und Mails geschrieben. Ist dein Rechner verreckt?>

O Gott, wie konnte ich? Roxster sagte doch, dass er sich am Wochenende das Rugbyspiel in Cardiff ansehen wollte. Deswegen war er ja schon am Donnerstag da, dem Tag der Läuseinvasion!

Es folgte ein wunderbarer SMS-Chat, der in dem Satz kulminierte: <Soll ich heute Abend für Versöhnungssex vorbeikommen. Obwohl wir ja noch nicht mal richtigen Trennungssex hatten. Aber was nicht ist, kann ja noch werden.>

Doch das muss ich wohl ablehnen. Habe morgen wichtiges Meeting und muss vorbereitet sein, frisch und ausgeruht. An solchen Prioritäten erkennt man eine Power-Mutter. Sobald die Kinder schlafen, überlege ich mir etwas für das Power-Meeting.

23.55 Uhr. Mmmmm. Gibt eigentlich nichts Besseres als Versöhnungssex, um Toyboy zu verzeihen, dass er ohne Handy zum Rugby gegangen ist.

POWER-MUTTER

Montag, 22. April 2013

60 kg (2 Kilo weniger, wahrscheinlich bei Sex verpufft); Sex ge-habt: 5 Mal; kreative Ideen für Meeting: 0; Ideen, was ich bei Mee-ting überhaupt sagen soll: 0 (das kann ja heiter werden).

11.30 Uhr. Empfangsbereich der Filmfirma.

O Gott, was habe ich mir nur dabei gedacht? Ich kann doch nicht die ganze Nacht Sex haben. Aber nach der Aufregung fielen wir wie verrückt übereinander her und haben so gut wie nicht geschlafen. Mitten in wahnsinniger Kamasutra-Num-mer, in der ich praktisch mit dem Kopf nach unten hing, rap-pelte es plötzlich an der Tür.

»Maaamii!« Es war Billy.

Aber wie sollte ich von einer Sekunde auf die andere um-schalten?

»Maaamii!«

Erschrocken zog sich Roxster aus mir zurück und ließ dummerweise auch meine Beine los, sodass ich kopfüber auf den Boden knallte.

»Mummy, was ist das für ein Krach?«

»Nichts, mein Schatz«, rief ich vom Boden aus. »Ich komme gleich!« Worauf Roxster flüsterte: »Ich übrigens auch.«

Ich versuchte, mich in eine Position zu bringen, die mir ge-stattete aufzustehen. Leise kichernd hievte mich Roxster aufs Bett und wisperte: »Bitte jetzt nicht pupsen.«

»Maaamii, wo bist du? Warum ist die Tür abgeschlossen?«

Ich streckte mich, um wenigstens mein Nachthemd glatt-zuziehen, während Roxster hinter dem Bett in Deckung ging.

Hektisch schob ich den Riegel zurück, öffnete die Tür ge-rade so weit, dass ich hindurchpasste, und schloss sie sofort hinter mir.

»Schon gut, Billy. Mummy ist ja da, und alles ist gut. Was hast du denn?«

»Mummy«, sagte Billy und sah mich befremdet an. »Warum guckt dein Busen raus?«

Nachdem ich die Kinder in der Schule abgeliefert hatte, ging der Alptraum aber erst richtig los. Ich verlor komplett den Überblick, wie ich das Abholen der Kinder mit ihren Play-dates unter einen Hut bringen sollte. Dazwischen musste ich mir auch noch die Haare föhnen (wodurch sich Nissen im ganzen Badezimmer verteilten) *und* das blaue Seidenkleid fin-den *und* bügeln *und* Schokoreste von der Hut-ab-Feier entfer-nen… Und jetzt bin ich hier und warte auf das Meeting und habe mich nicht die Bohne vorbereitet.

Solche Firmensitze sind ja einschüchternd. Der Empfang sieht aus wie eine Kunstgalerie und der Empfangstresen wie eine riesige freistehende Badewanne, doch auf dem Boden liegt bereits der erste Tote mit dem Gesicht nach unten. Viel-leicht ein Drehbuchautor, der das *exploratorische Face-to-Face-Meeting* nicht überlebt hat.

12.05 Uhr. Ach so, ist bloß eine Skulptur. Oder besser: eine *Installation*.

12.07 Uhr. Ruhe und Haltung bewahren. Ruhe und Haltung. Alles ist gut. Muss nur kurz überlegen, was ich überhaupt geschrieben habe.

12.10 Uhr. Vielleicht gewinne ich ja den Englischen Filmpreis für das beste adaptierte Drehbuch. »Mein besonderer Dank geht an Talitha, Sergei, Billy, Mabel und Roxster... Aber genug davon. Das Licht der Welt erblickte ich vor genau fünfunddreißig Jahren...«

12.12 Uhr. Was rede ich da? Sollte lieber meine Gedanken ordnen. Also: Im Kern handelt es sich um eine klassische feministische Tragödie, die in die Gegenwart verlegt ist. Die junge, attraktive Hedda, statt ein unabhängiges Leben zu führen wie Jude, heiratet einen drögen, unattraktiven Akademiker, der sich mit seinem dürftigen Salär nicht einmal das Häuschen in Queen's Park leisten kann. Es geht schon mit den Flitterwochen los, eine Bildungsreise nach Florenz, wo sie doch lieber auf Ibiza Party machen würde, und auch der Sex ist ziemlicher Mist, denn eigentlich liebt sie noch ihren heißen Lover von früher, einen Alkoholiker. Am Ende sitzt sie vereinsamt in ihrem schäbigen Haus, und regnen tut es auch dauernd, weswegen sie sich zu guter Letzt erschießt... Gaah!

12.30 Uhr. Eine Hochgewachsene mit schwarzen Haaren, schwarzen Klamotten riss mich aus meinen Gedanken. Hinter ihr ein junger Mann, kleiner, mit asymmetrischer Emo-Frisur. Sie strahlten mich an, als hätte ich bereits den ersten Fehler begangen, was sie aber überspielten, um mir in Ruhe eine Kugel durch den Kopf zu schießen und mich im Empfangsbereich abzulegen wie diese Installation. *Das passiert hier mit beschissenen Autoren.*

»Hi, ich bin Imogen, und das hier ist Damian.«

Lastendes Schweigen, als wir uns in die enge Aufzugkabine aus gebürstetem Edelstahl quetschten, wo wir uns ansehen mussten, aber uns nichts zu sagen hatten und deshalb grinsten wie die Idioten.

»Echt schöner Lift«, sagte ich aufs Geratewohl, worauf Imogen sagte: »Ja, nicht?« Zum Glück ging dann die Tür auf, und wir befanden uns in einem spektakulären Konferenzraum mit Blick über die Dächer von London.

»Kann ich Ihnen etwas zu trinken bringen?«, fragte Imogen und deutete auf ein niedriges Sideboard mit einer Sammlung von Designerwassern, Coke light, Kaffee, Schokokeksen, Energie-Riegeln, Vollkornplätzchen, einer Obstschale, einer Packung Mars Celebrations sowie, ungewöhnlich für diese Tageszeit, Croissants.

Kaum hatte ich mir Kaffee und ein Croissant genommen (mein Power-Breakfast!), flog die Tür auf, und ein imposanter Mann mit Sonnenbrille und fehlerfrei gebügeltem Hemd betrat den Raum und sah ungemein beschäftigt und wichtig aus.

»Sorry«, sagte er in tiefstem Bariton, ohne jemanden anzusehen. »Telefonkonferenz. Okay. Wo waren wir?«

»Bridget, das ist George, der Boss von Greenlight Productions«, erklärte Imogen, gerade als meine Handtasche laut quakende Geräusche von sich gab. O Gott, offenbar hatte Billy irgendwas an den Klingeltönen verändert.

»Entschuldigung«, lachte ich, als wäre nichts. »Ich schalte das ab.« Aber es war gar nicht so leicht, zwischen alten Käseresten und dem ganzen Müll mein Handy auszugraben. Außerdem hatte ich den Verdacht, dass das Quaken gar kein Klingelton war, sondern irgendein anderer Alarm, denn es hörte gar nicht mehr auf. Alle starrten mich an.

»Also …«, sagte George und wies auf den Sessel neben

sich, als es mir endlich gelang, mein mit Bananenpampe verschmiertes Handy zum Schweigen zu bringen. »Halten wir zunächst fest: Das Skript gefällt uns.«

»Oh, wie schön«, sagte ich und schaltete das Handy unterm Tisch unauffällig auf Vibration, falls Roxster, das heißt falls Chloe oder die Schule noch eine SMS schickten.

»Das hat schon viel Schönes«, sagte Imogen.

»Danke«, sagte ich. »Ich habe mir auch schon ein paar Punkte notierte, über die wir …«

Das Handy erzitterte auf meinem Knie. War SMS von Chloe.

<Cosmatas Mum einverstanden mit Mabel-Playdate, da Thelonius ebenfalls Läuse hat. Atticus' Mum will aber keine Läuse bei sich, deshalb wird nichts aus Playdate mit Billy. Außerdem war Billy in der Schule so übel, dass er sich übergeben musste und laut Schule sofort abgeholt werden muss. Ich kann aber nicht. Und Cosmatas Mum will keine Magen-Darm-Keime im Haus, weswegen ich nicht weiß, was ich jetzt tun soll. Zusammen mit Billy Mabel von Cosmata abholen geht nicht …«

Kindernamen, die sich anhören wie lateinische Stammformen, können einen wahnsinnig machen: Cosmo, Cosmas, Cosmata, Theo, Thea, Thelonius, Atticus, Titticus … und keiner will ein krankes Kind. Fragte mich, was echte Power-Mütter in solch einer Situation tun?

»Atmosphärisch und auch vom Grundsatz her ist die Neufassung der alten Hedda-Geschichte eine Superidee«, sagte Imogen.

»Mehr noch die Hedda-*Figur*«, fügte George streng hinzu, worauf Imogen leicht errötete. Offenbar war das in diesem Haus bereits ein Rüffel. Trotzdem fuhr sie tapfer fort: »Wir halten die Idee von einer Frau, die mit ihrem Schicksal hadert und zerrissen wird zwischen Vernunftehe und einem wilden, kreativen, selbstbestimmten...«

»Genau, genau«, sagte ich, gerade als der Vibrationsalarm erneut ansprang. »Ich meine, jetzt könnte man sagen, alles Schnee von gestern, aber noch heute stehen Frauen vor genau derselben Entscheidung. Ich dachte, Queen's Park ist die richtige Umgebung für diese Art Drama... Eine Gegend, die – mit Abstrichen – ganz hübsch sein kann, aber eben bei Weitem keine Idylle ist.«

Kurz die SMS überflogen. Roxster!

<Was trägst du gerade und wie läuft das Meeting?>

»Mag sein. Wir meinen jedoch, die Story gehört nach Hawaii.«

»Hawaii??«, fragte ich.

»Hawaii.«

Da ich nicht schon zu Beginn alles herschenken wollte, nahm ich meinen ganzen Mut zusammen und sagte: »Aber die Geschichte braucht die norwegische Atmosphäre, die frühe Dunkelheit im November, das düstere Haus, das der Hauptfigur auf die Seele geht. Das funktioniert so nur in Queen's Park.«

»Ja, aber warum dann nicht Kauai?«, fragte Imogen. »Da regnet es auch die ganze Zeit.«

»Sie meinen, statt in einem düsteren Haus spielt die Geschichte jetzt...«

»...auf einer Jacht, richtig«, sagte Imogen. »Wir möchten die Geschichte mit ein bisschen Sechziger-Glamour impfen, so vom Feeling her.«

»Wie in *Der rosarote Panther*«, sekundierte Damian.

»Sie meinen, Sie wollen einen Zeichentrickfilm daraus machen?«, fragte ich und und tippte unterm Tisch heimlich meine Antwort: <Blaues Seidenkleid. Alptraum.>

»Aber nicht doch. Wir meinen natürlich das Original mit David Niven und Peter Sellers«, sagte Imogen.

»Spielt das nicht in Paris und Gstaad?«

»Sicher, aber uns geht es hauptsächlich um die exklusive Atmosphäre, das Feeling«, sagte Imogen.

»Aha. Und auf einer Jacht auf Hawaii fühlt man sich nach Paris oder Gstaad versetzt?«, sagte ich.

»Klar. Wenn es permanent regnet«, sagte Imogen.

»Aus einem tief verhangenen Himmel«, ergänzte Damian.

Ich sackte auf meinem Sessel zusammen. Ging es nicht eher um die schäbige Seite des Lebens, um all die Enttäuschungen? Aber wie Brian Katzenberg, der Agent schon sagte: Jetzt bloß nicht schwierig sein.

Wieder der Vibrationsalarm. Wieder Roxster.

<GDB. Meinst du das blaue Seidenkleid, an dem ich letzte Woche noch geschnüffelt habe?>

»Aus diesem Grund dachten wir…«, sagte George. »…an Kate Hudson als Hedda.«

»Kate Hudson, warum nicht?« Ich nickte und notierte in meine iPhone-Notizen: »Kate Hudson«. Dann schnell Antwort geschrieben: <GDB???> Musste mich aber sehr beherrschen bei dem Gedanken, wie Roxster seinen Kopf unter mein Kleid gesteckt hatte.

»Der Langweiler von Ehemann ist Leonardo DiCaprio, und ihr alkoholkranker Ex ist…«

»Heath Ledger«, sagte Damian schnell.

»Aber der ist tot«, sagte Imogen, als Roxster schrieb: <GDB = Großer delikater Burger. Ich meine ganz dickes Bussi.>

»Weiß ich doch«, sagte Damian. »Ich meinte auch eher jemanden *wie* Heath Ledger, nur nicht so…«

»Nicht so tot?«, unterbrach Imogen und starrte Damian nieder. »Was ist mit Colin Farrell?«

»Yep«, sagte George. »Das sehe ich. Ich sehe Colin Farrell. Wenn er hält, was er verspricht. Und was ist mit dem anderen Mädchen?«

»Die Freundin von ihr, die, mit der Hedda Gabbler auf der Schule war?«, fragte Imogen. Mein Handy vibrierte.

<Billy geht's wieder besser, ich hole ihn also zuerst ab. Cosmata will ihn aber trotzdem nicht ins Haus lassen. Kann er allein im Auto warten?>

»Alicia Silverstone«, sagte Damian. »So wie in *Clueless*.«

»Sehe ich gar nicht«, sagte George.

»Stimmt«, sagte Damian mit nacheilendem Gehorsam.

»Wisst ihr was?«, sagte George und schaute drein, als hätte er gerade einen Geistesblitz. »Ist Hedda nicht eigentlich mehr wie Cameron Diaz? Und Bradley Cooper nehmen wir als langweiligen Ehemann.«

»Hmmm, ja. Warum nicht?«, sagte ich. »Aber ist Bradley Cooper nicht ein bisschen zu sexy für …«

»Dann lieber Jude Law. Wie in *Anna Karenina*«, stimmte mir Imogen mit einem kundigen Lächeln zu. »Oder wir casten das ganze Stück älter und besetzen George Clooney gegen den Typ.«

Fühlte mich in eine Welt des Wahnsinns versetzt, wo die großen Namen nur so hin und her flogen, obwohl jedem klar sein musste, dass die Stars wohl nicht das geringste Interesse an meiner kleinen Hedda hatten. Wahnsinn machte auch vor Cosmatas Mutter nicht Halt. Sie glaubte allen Ernstes, dass Läuse oder Kolibakterien nur darauf warten, vom Bürgersteig direkt in ihr klinisch reines Heim zu hüpfen. Und warum sollte George Clooney eine Rolle spielen, die ihm nicht lag? Und dann noch auf einer Jacht auf Hawaii? Und dann noch in einem Stück von mir?

»Wie wär's, wenn sie gar nicht stirbt?«, fragte George in die

Runde. Er erhob sich und begann, durch den Raum zu wandern. »Oder stirbt sie etwa in dem Buch?«

»Es handelt sich um ein Theaterstück«, sagte Imogen.

»Und dass sie am Ende stirbt, ist doch der springende Punkt«, sagte ich.

»Ja, aber das ist eine RomCom, oder?«

»Es ist keine romantische Komödie, es ist eine *Tragödie*«, warf ich ein und bereute es sofort.

Das Handy vibrierte. Chloe.

<In Cosmatas Straße kann man nicht parken. Und ihre Mutter will wegen des Babys das Haus nicht eine Minute verlassen.>

»Sie erschießt sich«, sagte Imogen.

»Erschießt sich? Schießt sich eine Kugel in den Kopf?«, sagte George. »Wer macht denn so was?«

»Das ist eine unzulässige Frage«, sagte Imogen. »Wenn sich jemand erschießt, erschießt er sich.«

»Aber genau das fragen sie auch in dem Stück: Wer macht denn so was?«, sagte ich und war stinksauer auf die Mutter von Cosmata. »Ich meine, auf so eine Idee muss man erst mal kommen, oder?«

Dann Stille, und ich wusste, dass ich einen kapitalen Fehler begangen hatte.

Imogen meuchelte mich mit ihrem Blick. Herrgott, ich durfte mich nicht länger nur mit meinem Handy beschäftigen, sondern musste mich endlich konzentrieren. Ich ahnte, dass zwischen den Beteiligten am Tisch gerade ein hochkomplexer Nervenkrieg tobte, den ich nicht einmal ansatzweise begriff. Na gut, mussten die Kinder und Roxster erst mal warten und notfalls auf der Straße verhungern. Imogen wollte mir beistehen, als sie sagte, dass die bloße *Unwahrscheinlichkeit* einer Handlung noch nicht bedeutete, dass dergleichen noch nie vorgekommen sei. Aber ich, was mache ich? Ich gebe George recht, indem ich Figuren aus dem Stück zitiere, die genau denselben bornierten Quatsch von sich geben wie er.

»Du hast natürlich recht, Imogen«, sagte ich. »Leute erschießen sich permanent. Na, vielleicht nicht immer, aber es ist schon vorgekommen. Zum Beispiel bei … bei …« Ich blickte ratlos umher und wünschte, ich hätte es jetzt googeln können: »Moderne Promis, die sich die Kugel gegeben haben.« Stattdessen schrieb ich an Chloe: <Dann besorg Mundschutz für Billy.>

»Dachte ich mir«, sagte George und nahm breit und geschäftsmäßig wieder Platz. »Sie können ja noch ein paar Tage recherchieren. Auf jeden Fall kommt Selbstmord für Kate Hudson nicht infrage. Es ist eine Komödie. Und zwar eine Komödie, die wir vom Grundsatz her gut finden.«

Entgeistert blickte ich auf George. *Laub in seinem Haar* war definitiv keine Komödie, aber was war geschehen? Hatte sich die Tragödie unter meiner Hand unversehens zu einer Lachnummer gewandelt? Die Tatsache, dass sich Hedda Gabbler am Ende erschießt, ist doch fundamental. Doch wie Brian schon sagte, im Filmgeschäft kommt künstlerische Integrität immer *nach* Machbarkeit und … Nanu, noch eine SMS von Roxster.

<Schlag doch einen computeranimierten Trickfilm vor: »Läuse – Was kribbelt da?«>

Die Idee war nicht einmal schlecht. Das bereits erwähnte *Rosarote-Panther*-Konzept, kombiniert mit Roxsters Läusen, eröffnete völlig neue Möglichkeiten.

»Und wie ist das bei *Tom und Jerry?*«, fragte ich George unvermittelt, der bereits auf dem Weg nach draußen war. Er blieb stehen und sah mich an.

»Ich meine, Tom und Jerry ist eindeutig lustig, und trotzdem passieren den beiden laufend die schrecklichsten Sachen. Das heißt, Tom passieren sie. Er wird geplättet, er wird unter Strom gesetzt, und doch, wundersam ...«

»... überlebt er immer!«, sagte Imogen und lächelte mich an.

»Das heißt, sie wird wiederbelebt?«, fragte George.

»So wie *Ein Schatz zum Verlieben* meets *Emergency Room* meets *Die Passion Christi*«, rief Damian dazwischen. »Ohne die Judenfrage natürlich.«

»Gut, Sie wissen Bescheid. Machen Sie sich an die Arbeit. Wir sehen uns am Donnerstag wieder und klären dann, ob der Text funktioniert«, dröhnte George mit seiner tiefen Stimme. »Ich muss jetzt weg. Telefonkonferenz.«

Das Handy vibrierte. Roxster: <Gibt es bei dem Meeting wenigstens was zu essen?>

Dann wurde sich überschwänglich verabschiedet und umarmt, und es fielen Sätze wie »Wirklich, das war nicht schlecht!« oder »Wo kriegt man eigentlich so ein Kleid her?«. Ich hingegen verbog mich nach Kräften, um nissenverseuchte Haare von ihnen fernzuhalten, denn auf schräge Emo-Frisuren wie die von Damian hatten die Biester nur gewartet. Als alles vorbei war, setzte ich mich unten in den Empfangsbereich und überflog meine neuesten SMS.

Chloe: <Billy ist wieder okay, und wir machen es jetzt doch wie geplant: Cosmatas Mum holt Mabel ab, ich hole Billy ab, dann holen Billy und ich Mabel bei Cosmata ab.>

Roxster: <Bin nach Hause gefahren, um beruhigende kühle Dusche zu nehmen. Könnte dich glatt auffressen. Schick mir ersatzweise die vollständige Menüliste von heute Mittag.>

Statt die Ergebnisse der Besprechung innerlich noch einmal durchzugehen, rief ich Brian an, damit er mir bei Greenlight Productions mehr Zeit verschaffte, denn bis Donnerstag konnte ich unmöglich ein ganzes Drehbuch umschreiben.

Dann schnell nach Hause. Überlegte, ob ich Chloe sagen sollte, dass sie einzelne Entscheidungen ruhig mal selber treffen darf, wenn ich in wichtigem Meeting bin. Roxster bekam aber seine vollständige Liste, versehen mit dem Hinweis: <Alles nicht annähernd so lecker wie … ich.>

LAUSIGES GEWERBE

Dienstag, 23. April 2013

Arbeit an Drehbuch (in Minuten): 0; stattdessen Schädlingsbe-
kämpfung (in Minuten): 507; Menschen, an die ich die Seuche
vermutlich weitergegeben habe: Tom, Jude (zuzüglich all ihrer
neuen Internet-Bekanntschaften), Talitha, Roxster, Arkis, Sergei,
Grazina (die Putzfrau), Chloe, Brian, meinen Agenten (allerdings
nur dann, wenn sich Nissen durch die Telefonleitung hangeln) so-
wie das gesamte, dreiundzwanzigköpfige Team von Greenlight
Productions (endgültige Opferzahl könnte durch Weiterverbreitung
aber noch höher sein).

9.30 Uhr. Nun denn! Tag 1 der offiziellen Überarbeitung von
Laub in seinem Haar. Fühle mich blendend und voll Stolz,
denn was bisher nur eine Art Hobby war, ist jetzt Realität.

10.05 Uhr. Aber nicht so einfach, wie ich dachte. Bin beileibe
keine Primadonna, doch *Hedda Gabbler* auf eine Jacht vor
Hawaii zu verpflanzen verändert die Grundstimmung doch
gehörig. Nicht gerechnet die vielen Kleinigkeiten, die so nur
in einem Reihenhaus in Queen's Park passieren können. Oha,
hier kommt eine SMS.

10.45 Uhr. War von Tom. <Juckt dein Kopf auch so wie meiner? Vielleicht nur psychosomatisch, aber haben wir uns beim
Abschied neulich nicht die Köpfe gerieben?>

Schock. Daher schnell geantwortet: <Mit Sicherheit psychosomatisch. Ich habe sie nicht.>

Doch schon beim Schreiben fing es auf einmal an, überall zu jucken.

Dann Tom wieder: <Habe am Samstag erstmals mit Arkis geschlafen. Ob ich es ihm sagen soll?>

Hatte plötzlich Gewissensbisse. Denn Sex mit Arkis war das Ergebnis monatelanger Bemühungen, und ich hatte womöglich alles zunichtegemacht.

11.00 Uhr. Habe Tom eine Liste mit empfehlenswerten Nissenmitteln geschickt und praktische Hilfe angeboten, falls er sich herbemüht.

11.15 Uhr. Anruf von Jude. Sie klang verunsichert.

»Richard, der Fiesling, hat Isabella geblockt.«

»Wer ist Isabella?«

»Unsere Fake-Frau bei PlentyOfFish, weißt du noch? Sie hat ihn am Samstag versetzt, und jetzt...«

Jude war ernsthaft getroffen.

»Was ist jetzt?«

»Und jetzt steht auf seinem Profil nur der lapidare Hinweis, dass er nicht mehr verfügbar ist, weil er schon jemand anderen gefunden hat. Ich sage dir, das tut weh, Bridget. Wie hat er das nur so schnell geschafft?«

Ich versuchte, sie zu trösten. Zum einen war Isabella ohnehin nicht echt, zum anderen hatte Richard garantiert noch keine Neue. Der Hinweis auf seinem Profil war vermutlich eine ohnmächtige Vergeltungsaktion gegen jemanden, den es eigentlich nicht gab. Was Jude einigermaßen beruhigte. Sie sagte: »Aber der Typ, den ich am Samstag getroffen habe, der von der DanceLover-Seite, der war nett, obwohl er Tanzen hasst. Er meinte, sie hätten sein Profil von der Snowboarding-Seite einfach auf diese Seite verlegt.

Zumindest waren die Läuse kein Thema.

12.00 Uhr. Jude ist zufriedengestellt, und ich kann endlich mit *Laub in seinem Haar* weitermachen.

Mein Hauptproblem: Leute wohnen nicht dauerhaft auf einer Jacht. Oder doch? Leute wohnen ja auch auf Hausbooten. Aber das sind nicht dieselben wie die, die Jachten besitzen. Jachtbesitzer wohnen in großen Häusern und verbringen nur den Urlaub auf ihrer Jacht. Oder die Flitterwochen.

12.15 Uhr. SMS an Talitha geschrieben:

<Wohnen Leute auf Jachten?>

Antwort: <Nein, nur die Besatzung. Oder Geldwäscher.>

12.30 Uhr. Dann noch eine SMS von Talitha.

<Was ich fragen wollte: Juckt dir auch die Kopfhaut? Mir fällt gerade ein, dass ich beim letzten Mal deine Haarbürste benutzt habe. Ist eigentlich nicht schlimm, weiß aber nicht, wie sich das auf meine Extensions auswirkt.>

O Gott, die Extensions! Kann man Extensions überhaupt durch einen Nissenkamm ziehen?

Dann Jude noch mal: <Juckt es dich auch so am Kopf?>

16.15 Uhr. Mist, die Kinder sind schon da. Hört man gleich. Mit der Ruhe ist es vorbei.

17.00 Uhr. Mabel kam rein und und gab mir einen Brief. Sie setzte sich aufs Sofa, und dicke Tränen liefen ihr über die Backen.

An alle Eltern der Vorschulkinder:

*Leider wurde bei einem Kind der »Heckenröschen«-
Klasse …*

Warum klingen diese Namen eigentlich alle wie Ferienhäuser
in den Cotswolds, die ich mir dauernd im Internet anschaue,
statt zu arbeiten?

*… Kopfläuse festgestellt. Bitte beschaffen Sie sich einen Nis-
senkamm (und evtl. ein entsprechendes Shampoo), und untersuchen Sie Ihre Kinder auf Befall, <u>bevor</u> Sie sie morgen in
die Schule bringen.*

»Das war ich«, schluchzte Mabel. »Ich habe alle mit den Läusen angesteckt.«

»Ach, Unsinn«, sagte ich und drückte sie fest an mich, was
die Läuse sicher gefreut hat, denn dadurch konnten sie erneut
den Wirt wechseln. »Cosmata hatte Läuse, aber an dir waren
keine. Sie haben zwar gesagt, es wäre *ein* Kind gewesen, aber
so genau wissen sie das wahrscheinlich selber nicht. Es können auch mehrere gewesen sein. Oder ganz viele.«

Mittwoch, 24. April 2013
*79 kg (fühle mich wie eine Tonne); Anzahl von konsumierten
Nicorette: 29 (gemeint ist Nikotinersatzprodukt, nicht unsere Elternvertreterin); Coke light: 4; Red Bull: 5 (ich war so wach, als
hätte ich am lustigen Stein geleckt); Pckg. Reibekäse: 2; Scheiben Roggenbrot: 8; Kalorien: 4.897; Schlaf: 0; fertige Seiten: 12.
Humpf.*

12.30 Uhr. Also erst mal: Es gibt keinen Grund zur Panik.
Wenn die Handlung funktioniert und das Thema die Leute

interessiert, ist die Frage des Schauplatzes eher nebensächlich.

13.00 Uhr. Andererseits: Dass Hedda und diese Schnarchnase von Ehemann ohne Jacht auf Hochzeitsreise gehen, aber später, nach ihrer Rückkehr, auf einer Jacht leben, kommt mir vollkommen bescheuert vor.

13.15 Uhr. Wenn wenigstens das Kopfjucken aufhören würde.

13.20 Uhr. Vielleicht reisen sie mit dem Wohnmobil durch den amerikanischen Westen. Wäre eine schöne Abwechslung zum Leben auf der Jacht.

16.30 Uhr. Oder ich rufe Brian an und bespreche die Sache mit ihm. Ich meine, wofür sind Agenten da?

17.00 Uhr. Unter permanentem Kratzen Brian das Problem erklärt. Meine Kopfhaut machte mich wahnsinnig.

»Na ja, die Sache hat einen Grund«, sagte Brian. »Offenbar hat Greenlight auf Hawaii eine Jacht gechartert, für einen Kiffer-Film mit dem schönen Titel *Puff the Magic Dragon*. Jetzt ist ihnen das Projekt auf die Füße gefallen. Das heißt, den Film wird es nicht geben, aber die Jacht ist noch da. Und jetzt suchen sie dafür nach einem passenden Drehbuch.«

»Oh«, sagte ich und musste die schäbige Wahrheit erst einmal sacken lassen. Ich Idiot hatte tatsächlich geglaubt, *Laub in seinem Haar* hätte ihnen gefallen, weil es so ...

»Macht aber nichts«, sagte Brian unbeeindruckt. »Denn wir Profis wissen, was wir jetzt zu tun haben, nicht wahr? Wir sorgen dafür, dass Hedda Gabbler auch auf einer Jacht eine gute Figur macht.«

»In Ordnung«, sagte ich mit begeistertem Nicken, das Brian zwar nicht sehen konnte, das aber meine nähere Umgebung vollflächig mit Läusen bestäubte. Gut, dass die Telefonleitung eine unüberwindliche Barriere darstellte, sonst wäre er jetzt ebenfalls Träger der anhänglichen Tierchen.

Donnerstag, 25. April 2013
5.00 Uhr. Liege auf dem Bett und schreibe um mein Leben. Um mich herum ein abstoßender Müllhaufen aus Nicorette-Schachteln, Kaffeetassen, vollgekrakelten Manuskriptseiten, Cola- und Red-Bull-Dosen etc. Fühle mich ekelhaft und bin ekelhaft. Mein Fressmonster-Magen ist eine gärende Sicker-grube voller Reibekäse und Energy-Drinks, mein Kopf eine biblische Plage. Und nach wie vor habe ich nichts, das irgend-einen Sinn ergibt, und dauernd vertippe ich mich, und der ganze Plot versinkt in geistiger Umnachtung. Kann nicht mal Roxster eine SMS schreiben, denn Roxster schläft jetzt – in friedlicher Gleichzeitigkeit.

10.00 Uhr. Aber da so eine Deadline den Organismus mit Adrenalin überflutet, wurde ich dann doch noch fertig und hängte in zwanzig Minuten sogar noch eine Extra-Szene dran: Hedda springt am Ende über Bord, gefolgt von ihrem versoffenen Ex namens Lovegood, doch am Meeresgrund liegen Taucherbrillen und Pressluftflaschen für sie bereit, so ähnlich wie bei *James Bond – In tödlicher Mission*. Zugegeben, das Ganze ist total beknackt und schrottig ohne Ende, aber das Manuskript hat an Dicke gewonnen und sieht jetzt ein-fach nach mehr aus.

So, und jetzt will ich nur noch schlafen.

VON SACKRATTEN UND
SCHENKELGAZELLEN

Freitag, 26. April 2013

12.30 Uhr. Der Konferenzraum von Greenlight Productions. Schon beim Eintritt ist eine allgemeine Anspannung spürbar. Gerade noch unterhielten sich die Greenlight-Leute locker miteinander, doch als ich hereinkam, wurde es totenstill.

»Bridget, hallo! Kommen Sie, setzen Sie sich«, sagte Imogen. »Und danke für die überarbeiteten Seiten. Das hat schon viel Schönes…« Ich merkte erst später, was dieser Satz wirklich bedeutete, nämlich: »Kannst du in die Tonne kloppen!«

Eine schale Erschöpfung lag in der Luft, ganz anders als in der vergangenen Woche, und das Einzige, was jetzt noch aufgekratzt war, war meine Kopfhaut. Alles juckte, und ich konnte mir nur mit Mühe verkneifen, dauernd an meinem Kopf zu rubbeln.

George kam ohne falsche Höflichkeit zur Sache. »Ich begreife nicht, was an der Idee mit der Autoreise gut sein soll, wenn wir wissen, dass die Betreffenden Jachteigner sind.«

»Das war genau mein Gedanke«, sagte ich und kratzte mich schnell, als wollte ich das Dilemma illustrieren, in Wirklichkeit machten mich die Läuse fertig. »Trotzdem: Wenn Hedda nach ihrer Rückkehr *auf* die Jacht *von* der Jacht enttäuscht ist, wie kann sie dann schon in den Flitterwochen *auf* der Jacht gewesen sein?«

»Ja, aber muss es unbedingt eine Autoreise sein, könnten sie nicht auch…«

Mein Handy vibrierte. Talitha.

<Der Friseur weigert sich, die Extensions zu entfernen, weil sie nicht den ganzen Salon mit Nissen verpesten wollen.>

»Genau. Sie könnten nach Las Vegas fliegen!«, schlug Damian übereifrig vor.

»Quatsch, doch nicht Vegas«, sagte George vernichtend. »Die Leute heiraten in Vegas, aber sie verbringen nicht ihre Flitterwochen dort.«

»Und was ist mit Costa Rica?«, fragte Damian an.

Mein Handy vibrierte erneut.

War Tom.

<Sind Kopfläuse eigentlich dasselbe wie Filzläuse?>

»Oder nach Mexiko an die Riviera Maya«, schlug Imogen vor.

»Doch nicht Mexiko. Zu viele Entführungen«, befand George.

»Aber ist das überhaupt so wichtig?«, sagte ich und verdrängte Toms beunruhigende Frage mit aller Macht. »Wir sehen sie ja ohnehin nicht auf ihrer Hochzeitsreise, sondern erst, wenn sie wieder da sind.«

Alle am Tisch blickten mich an, als wäre dies der genialste Gedanke aller Zeiten.

»Sie hat recht«, sagte George. »Wir müssen sie nicht auf der Hochzeitsreise sehen.«

Mich beschlich der deprimierende Gedanke, dass George gar nicht an einem guten Drehbuch, sondern ausschließlich an den Locations interessiert war. Wollte Tom schnell eine Antwort schreiben, was den Unterschied von Kopf- und Filzläusen betraf, obwohl ich den selber nicht genau kannte, entschied mich aber dagegen. Musste die Gunst des Augenblicks nutzen und die Besprechung in meinem Sinne drehen.

»Also ich sehe das so«, begann ich, und es klang wie der

Auftakt zu einer elenden Belehrung. Gleichzeitig kratzte ich mich heftig am Kopf und ahnte, warum Roxster sich nicht mehr meldete. Weil er nämlich ebenfalls gerade von Läusen (gleich welcher Art) gepeinigt wurde.

»Die Jacht ist zwar eine erstklassige Idee«, tönte ich. »Aber die Schwierigkeiten, die sich daraus für die Adaption ergeben, sind gleichfalls nicht zu übersehen. Ganz wichtig wäre jetzt, sich in Erinnerung zu rufen, dass *Läuse in seinem Haar...*«

»*Läuse in seinem Haar?*«, sagte Imogen und fasste sich an den Kopf.

»Ich meine natürlich *Laub in seinem Haar*«, sagte ich schnell, aber Damian kratzte sich bereits, und George mit seiner Glatze sah uns an, als wären wir alle verrückt geworden. Das Handy vibrierte. Roxster, endlich! War jedoch nur Tom.

<Können sich Nissen zu Filzläusen entwickeln? Ich meine, wenn sie mal angefangen haben zu krabbeln?>

»Wie gesagt, wichtig ist jetzt...«, orgelte ich weiter. »Wichtig ist jetzt, dass wir das Wichtigste nicht aus den Augen verlieren...« Großkotzig klappte ich meinen Laptop auf. »Ich habe mir mal die Mühe gemacht, die zentralen Themen aufzulisten.«

Alles scharte sich um mich und guckte auf meinen Bildschirm, nur meinem Kopf wollte offenbar niemand zu nahe kommen. Um die peinliche Leere während des Bootvorgangs zu überbrücken, musste ich aber weiterreden. »Verstehen Sie, ich glaube nämlich, dass es sich bei diesem Stück schlussendlich um ein feministisches Stück handelt...« Endlich poppte der Bildschirm auf, mit der Startseite von *Brautkleider-Anzieh-Spiele Online.*

Mist! War etwa Mabel wieder an meinem Laptop gewesen?

Fahrig rutschten meine Finger über das Touchpad, doch ich fand den Ordner nicht mehr. George wurde ungeduldig und sagte: »Okay, bis Sie Ihr Zeug gefunden haben, können wir ja das Manuskript lesen und lassen uns danach etwas zu Mittag kommen.«

»Aber ...« Meine Gedanken fuhren Karussell. »Heißt das, Sie haben es noch gar nicht gelesen?«

Ich meine, worüber reden wir hier eigentlich die ganze Zeit? Und wozu habe ich die ganze Nacht durchgeackert, hektoliterweise Red Bull in mich hineingeschüttet und Nicorette totgekaut, wenn sie es nicht einmal ...

»Wir sehen uns nach der Mittagspause«, sagte George, und plötzlich waren alle fort.

13.05 Uhr. Humpf. Na gut. Wenigstens kann ich mich jetzt ungestört kratzen, nach Kopf- und anderen Läusen googeln und mich mit der Tatsache abfinden, dass Krabbeltierchen gleich welcher Art Roxster endgültig verschreckt haben.

13.15 Uhr. Gerade bei Ask.com eingegeben: »Sind Kopfläuse gleich Filzläuse?« Die Antwort kam prompt.

> Kopfläuse sind von Filzläusen (oder Schamläusen,
> wie sie auch genannt werden) zu unterscheiden.
> Kopfläuse besiedeln für gewöhnlich den dichten Haarbewuchs
> am Hinterkopf. Sie besitzen einen längeren, schmaleren Körper
> als die rundlich-gedrungene Filzlaus.
> Kopfläuse fühlen sich im Kopfhaar am wohlsten und kommen
> im Schamhaar praktisch nicht vor.
> Filzläuse (umgangssprachlich auch als »Sackratten« oder
> »Schenkelgazellen« bezeichnet) bevorzugen dagegen warme,
> feuchte Regionen, typischerweise den Schambereich.
> Daneben gibt es noch Kleiderläuse ...

Plötzlich stand Georges Assistentin hinter mir und reichte mir stumm die Speisekarte eines Wok & Sushi-Lieferdienstes. Ich klappte schnell den Laptop zu und bestellte Geflügelsalat Thai-Art, aber es war wohl schon zu spät. Sobald sich die Tür hinter ihr geschlossen hatte, würde die ganze Firma von meinen Sackratten und Schenkelgazellen wissen. Habe dann Tom noch den Link geschickt.

13.30 Uhr. Bis jetzt ist noch keiner von ihnen wiedergekommen. Langsam werde ich nervös, weil ich heute die Kinder von der Schule abholen muss. Ich meine, wer rechnet denn damit, dass eine Besprechung über zehn geänderte Seiten so lange dauert? Oh, SMS. Roxster?

Nein, Tom.

<Danke für die Links. Trotzdem bin ich jetzt kein bisschen schlauer.>

Mist! George und Damian und Imogen sind wieder da.

14.45 Uhr. Endlich ist das Meeting vorbei. Wenn ich mich beeile, bin ich bis Viertel nach drei sogar noch rechtzeitig bei Mabels Vorschule. Meeting lief erfreulicherweise gleich viel besser, nachdem sie den Text gelesen und etwas gegessen hatten. (Bei Billy und Mabel ist es ebenso.) Nur dass ich den überarbeiteten Teil ein weiteres Mal überarbeiten soll, »weil der Humor nicht richtig rüberkommt«. Die einzige Stelle, die George unangetastet lassen will, ist ausgerechnet die Schrottszene, die ich aus James Bond geklaut habe.

Leider bekam ich auch nach ihrer Rückkehr meine feministischen Thesen nicht auf den Schirm und wurde stattdessen von folgender Seite begrüßt:

Kopfläuse sind von Filzläusen (oder Schamläusen, wie sie auch genannt werden) zu unterscheiden.

Ich glaube jedoch, dass ich das gerade noch rechtzeitig wegklicken konnte, auch wenn sie die Bilder der beiden Ekel-Kandidaten sicher gesehen haben.

Die anschließende Diskussion wurde nur unterbrochen von diversen Talitha-SMS, die natürlich gleich diskrete Hilfe in einer Celebrity-Läuse-Lounge gesucht hatte.

<Bis jetzt aber noch nichts gefunden.>

<OMG, jetzt habe ich sie auch. Zweifel sind aber angebracht. Entfernung kostet £ 130, und sehen kann man sie angeblich nur mit der Lupe.>

Nur aus Höflichkeit habe ich sie nicht gebeten, mit diesen SMS aufzuhören. Außerdem fühlte ich mich mitschuldig und wollte sie nicht hängen lassen.

Ihre Nachrichten klangen beängstigend.

<Celebrity-Läusejägerin will mir keine Garantie auf vollständige Entfernung geben, weil Nissen auch in den Bondings sitzen könnten.>

<Was mache ich denn jetzt? Ich muss vor der Kamera stehen. Ich brauche eine bombenfeste Föhnfrisur. Hasse es, wenn die Maske zwischendurch meine Haare nachfrisiert. Und was, wenn Sergei jetzt auch Nissen hat?>

<Friseur weigert sich, wegen Läusebefall Extensions zu entfernen, daher muss ich es jetzt ganz allein mit Öl machen!>

Okay, es ist wohl dem absoluten Ausnahmezustand geschuldet. Normalerweise kennt man emotionale Erpressung durch verklausulierte Schuldzuweisung bei Talitha nicht. Aber fest steht nun mal, ich habe ihr Leben zerstört, ihre Karriere und ihren sonst so offenen, unverwüstlichen Charakter.

So gesehen ist es das Mindeste, wenn ich ihr anbiete, die

Haarverlängerung bei mir zu Hause zu entfernen. Sie braucht nur vorbeizukommen.

Sie revanchierte sich übrigens mit einer ganz *brillanten* Idee, nämlich einer gemeinsamen Nissen-Party morgen in der Celebrity-Läuse-Lounge. »So hast du eine Sorge weniger, und es ist fast so wie ein kleiner Ausflug für uns beide. Und auf jeden Fall Fun.«

23.00 Uhr. Fantastischer Abend und große Herausforderung, Talitha von ihren Extensions zu befreien. Dazu muss man erst die Klebeplättchen mit dem Öl einreiben, Strähne für Strähne herausziehen und das, was übrig ist, nach Läusen absuchen. War ein bisschen so wie bei Anne Hathaway in *Les Misérables*: Tod nach misslungener Kurzhaarfrisur. Nur dass Talitha ihr Schicksal nicht ohne Gejammer trug. Wir fanden übrigens keine einzige voll entwickelte Laus, die Läusejägerin in der Celebrity-Lounge hatte ganze Arbeit geleistet, doch wir entdeckten jede Menge schwarze Pünktchen in dem Kleber.

Die ganze Pracht wiederherzustellen wird hunderte Pfund kosten.

»Das ist alles meine Schuld. Ich zahle das natürlich«, sagte ich.

»Sei nicht albern, Schätzchen«, sagte Talitha. »Das ist doch nicht der Punkt. Der Punkt ist, dass ich jetzt eine Woche lang keine richtigen Haare habe, denn so lange dauert der Entwicklungszyklus von so einer Laus. Ehe nicht sicher ist, dass alle weg sind, kannst du jede Haarverlängerung vergessen. Ich weiß echt nicht, wie es weitergehen soll.«

Sie besah sich und ihre ruinierten, ölverschmierten Haare im Spiegel und verlor jeden Mut. »O Gott, jetzt schau dir das an. Ich sehe aus, als wäre ich hundert Jahre alt. Was wird Sergei bloß sagen? Und ich muss vor die Kamera. Ich habe immer geahnt, dass so etwas einmal passiert. Dass ich auf irgendeiner einsamen Insel festhänge, und weit und breit niemand, der sich mit Haarverlängerungen auskennt, und auch kein Botox-Arzt, der sich um die Fältchen kümmert. Dann bricht die schöne Fassade sofort zusammen.«

Ich ließ meine Theorie von der zwanghaften Föhn-Aufdonnerung älterer Damen beiseite und wies darauf hin, dass die Fassade im Wesentlichen noch stand. Niemand sieht in diesem gerupften, ölverschmierten Zustand gut aus, deshalb tat ich erst einmal das Naheliegende: waschen und föhnen. Heraus kam eine leicht modifizierte Talitha ohne Mähne, stattdessen mit einem flaumig-leichten Bubikopf. Ich fand, es sah gar nicht so schlecht aus, freundlicher allemal, nicht so aggressiv.

Ich versuchte, ihr gut zuzureden. »Ich meine, worum geht es bei Promis, wenn man mal darüber nachdenkt? Es geht um permanenten *Imagewechsel*, sonst gäbe es doch gar nichts zu berichten«, sagte ich. »Siehe Lady Gaga. Oder Jessie J. Warum ziehst du keine rosa Perücke an?«

»Ich bin aber nicht Jessie!«, sagte Talitha, worauf Mabel, die zugesehen hatte, rief: »Cha-Ching, Cha-Ching! Ba-Bling, Ba-Bling!« Dann blickte sie uns an, als müssten wir ihr jetzt bestätigen, dass sie, Mabel, und nur sie die wahre Jessie sei. Aber sie merkte, was los war, und sagte leise: »Warum ist Tante Talitha so traurig?«

Talitha sah uns an.

»Ach Quatsch, Kinder«, rief sie, als seien wir genau das. »Ein paar Haarteile von Harrods tun es vorläufig auch. So etwas kann man überhaupt immer brauchen. Hauptsache, sie sind läusefrei.«

23.30 Uhr. Soeben SMS von Talitha: <Sergei liebt meine echten Haare. Es törnt ihn richtig an. Puh, noch mal Schwein gehabt. Ich dachte immer, im Ernstfall (einsame Insel!) mag er mich nicht mehr. Aber mein wahres Ich gefällt ihm, wer hätte das gedacht?>

Ich weiß nicht, warum sie das mit dem »wahren Ich« sagte, aber mir schien, als wollte sie ihr wahres Ich auch mir gegenüber zeigen, indem sie tat, als hätten ihr meine Läuse letztlich einen Gefallen getan.

Man darf Talitha nicht unterschätzen. Zum Beispiel hat sie da diese Theorie über »unterentwickelte Menschen« – das sind solche, die sich nicht zu benehmen wissen.

Auf jeden Fall hätte sie es mir gesagt, wenn sie der Meinung gewesen wäre, ich hätte die Läuse absichtlich an sie weitergegeben.

Dann noch SMS von Tom: <Kopfläuse sind definitiv nicht gleich Filzläuse. Ich habe übrigens weder das eine noch das andere. Arkis sah das Ganze sowieso von der humorvollen Seite. Sie haben so etwas Verbindendes, meinte er.>

Samstag, 27. April 2013
Zahl der entfernten Läuse und Nissen: 32; macht pro Läusenase:
£ 8.59

Der Ausflug in die Läuse-Lounge war Billy zufolge »total lustig«, und wir ließen uns rundum verwöhnen. Weißgekleidete Läusejägerinnen rückten uns mit einer Art Staubsauger auf den Pelz, dem angeblich keine Laus entging. Sie fanden keine einzige und versengten die Haare sicherheitshalber noch mit einem magmaheißen Föhn. Das alles war »total lustik«, bis die Rechnung kam: 275 englische Pfund! Für das Geld hätten wir auch ins Eurodisney fahren können, vorausgesetzt ich wäre wie Tom und würde manisch Hotelpreise vergleichen.

»Wenn es so einfach ist«, sagte ich, »warum kann ich das nicht zu Hause machen? Ich meine, Staubsauger und Föhn haben wir ja.«

»Oh, das geht leider nicht«, erklärte die Läusejägerin vornehmtuerisch. »Dazu brauchen Sie professionelles Equipment. Der Sauger zum Beispiel kommt aus Atlanta, und diesen *Heat Destroyer* hier bekommen Sie so nur in Rio.«

FEUERJO!

Mittwoch, 1. Mai 2013

Auch das noch. Statt wie sonst im Schlafzimmer zu bleiben und sich still zu verhalten, wollte Roxster heute Morgen zum ersten Mal die Kinder sehen.

»Okay«, sagte ich nervös, denn was, wenn sich die Kinder wieder nur fetzten und mit spitzen Gegenständen aufeinander losgingen? Oder die Kinder waren Roxster völlig egal und er hatte nur Hunger, denn das hatte er eigentlich immer. Ich sagte: »Ich muss aber erst nach dem Rechten sehen, du kannst später nachkommen.«

Doch alles lief perfekt. Billy und Mabel waren schulfein angezogen und saßen brav am Tisch, und zur Feier des Tages wollte ich Bratwürstchen machen. Ich wusste ja, wie sehr Roxster ein zünftiges englisches Frühstück liebte.

Als Roxster schließlich erschien, gab es von den Kindern erst einmal überhaupt keine Reaktion. Selbst Mabel starrte ihn nur ernst an, aß aber ungestört weiter. Roxster lachte und sagte: »Hallo, Billy. Hallo, Mabel. Na, habt ihr mir noch was übrig gelassen?«

»Mummy macht Würstchen«, sagte Billy mit Blick auf den Herd. »Oh«, sagte er mit leuchtenden Augen. »Sie brennen ja.«

»Sie brennen, sie brennen!«, rief Mabel begeistert. Ich rannte sofort zum Herd, die Kinder gleich hinterher.

»Unsinn, da brennt gar nichts«, sagte ich. »Das Fett raucht ein bisschen, das ist alles, den Würstchen geht es gut.«

Aber dann ging der Rauchmelder los, was er bisher noch nie getan hatte – und dann gleich mit solcher Lautstärke. Mir klingelten die Ohren.

»Ich guck mal, wie man es abstellt«, sagte ich.

»Warum drehst du nicht erst mal das Gas ab?«, schnauzte Roxster und machte es selbst. Dann kippte er die qualmenden Würstchen kurzerhand in die Spüle. »Wo habt ihr denn euren Bio-Eimer?«

»Dahinten«, sagte ich und suchte im Regal mit den Kochbüchern nach der Gebrauchsanweisung für den Rauchmelder. Fand aber nur die für den Magimix, der längst nicht mehr existierte. Und wo war eigentlich die Steuerung von dem Ding? Urplötzlich war ich allein in der Küche, alle anderen waren verschwunden. Wohin? Hatten sich die Kinder für ein Leben mit Roxster entschieden, weil ich als Mutter ohnehin nichts taugte und es bei ihm und seinen Mitbewohnern einfach lustiger war? Jede Wette, bei ihm hätten sie tagelang Videospiele spielen können, und es gäbe immer perfekt gegrillte Würstchen und Musik, die aus der Jetztzeit stammte, statt nur Cat Stevens mit *Morning Has Broken*.

Endlich gab der Rauchmelder Ruhe. Grinsend kam Roxster die Treppe herunter.

»Warum hat es aufgehört?«

»Weil ich es ausgemacht habe. Den Code hast du ja freundlicherweise auf den Kasten geschrieben. Was schlecht ist, wenn Brandstifter im Haus sind, aber gut, wenn es nur der Toyboy ist, dem man verbrannte Würstchen servieren will.«

»Wo sind denn die Kinder?«

»Oben, glaube ich. Komm her.«

Er zog mich an seine starke Schulter. »Ist doch nicht so schlimm, eher lustig.«

»Aber ich vermassle immer alles.«

»Nein, tust du nicht«, flüsterte er. »Feuersbrünste und Insektenplagen kommen jeden Tag vor, bei allen von uns.« Wir küssten uns, aber er sagte: »Wir lassen das lieber, sonst lodert gleich das nächste Würstchen.«

Wir gingen ins Kinderzimmer, wo sie ganz friedlich mit ihren Dinos spielten.

»Auf in die Schule!«, sagte ich.

»Okay«, sagte Billy, als wäre nichts Ungewöhnliches passiert.

Und so brach die ganze Rasselbande auf, nur um vor der Tür von einer pikierten Nachbarin angesprochen zu werden. Ob es gebrannt hätte, wollte sie wissen.

»Gebrannt?«, fragte Roxster. »Klar hat es hier gebrannt. Hier brennt nämlich die Leidenschaft, Baby!« Und dann, an die Kinder gewandt: »Tschüs, ihr beiden!«

»Tschüs, Roxster«, antworteten sie, worauf er mir den Hintern tätschelte und sich Richtung U-Bahn in Bewegung setzte.

Jetzt sitze ich hier und komme ins Grübeln. Sollte der heutige Morgen bedeuten, dass es allmählich ernst wird mit uns? Vielleicht war es gar nicht gut, Roxster mit den Kindern zusammenzubringen. Kinder gewöhnen sich schnell an neue Menschen, und wenn wir uns dann wieder trennen, was dann? Oder soll ich ihn jetzt erst recht zu Talithas Geburtstagsparty mitnehmen?

10.35 Uhr. Kurzentschlossen schickte ich ihm eine SMS: <Talitha lädt dich am 24. Mai zu ihrem Sechzigsten ein. Wird glamouröse Sause. Plus es gibt jede Menge zu essen! Hast du Lust?> Aber ich bereute es sofort.

10.36 Uhr. Keine Antwort. Hatte seinen Geburtstag, ebenfalls am 24. Mai, mit keinem Wort erwähnt, was aber Absicht war, denn manche Dinge »weiß« man erst nach einiger Zeit, sonst sieht es schnell stalkingmäßig aus – so, als hätte man Informationen gesammelt. Aber warum musste ich erwähnen, dass sie sechzig wird? Was könnte abschreckender sein als diese Zahl? Warum kann man verschickte Mails nicht nachträglich löschen?

10.40 Uhr. Roxster antwortet nicht. Gaah! Telefon! Vielleicht ist es Roxster, der wegen vergreistem Freundeskreis Schluss machen will.

11.00 Uhr. War George von Greenlight. Hatte ziemlich gereizte Unterredung, in der ich George auf Dienstreise erleben durfte. Von George in einer Limousine zu George in einem Geschenkeladen zu George beim Einsteigen in ein Flugzeug. Immer wieder wurden seine Anweisungen zum Drehbuch von Äußerungen unterbrochen, die nicht zur Sache gehörten. Etwa: »Nein, packen Sie es nicht ein, ich muss meinen Flieger kriegen.« Oder: »Nein, packen Sie es doch ein.«

Am Ende – ich hatte gerade eine SMS von Roxster aufgemacht – sagte ich ihm, dass es mir schwerfiele, seinen Vorschlägen irgendeinen Sinn abzugewinnen, wenn er selber ständig abgelenkt sei.

Bin aber nicht sicher, ob er das noch mitgekriegt hat, denn plötzlich war die Verbindung unterbrochen.

Hurra! In der SMS stand: <Ich kann mir nichts Schöneres vorstellen, als meinen Dreißigsten zusammen mit Talithas Sechzigstem zu begehen. Vorausgesetzt wir feiern nachher in deinem Boudoir weiter.>

Dann noch eine, in der stand: <Sollen wir später bei dir zu Abend essen? Shepherd's Pie?«

<Abgemacht.>

Und dann noch eine: <Ich ♥ Shepherd's Pie.>

<Ist mir klar, Roxster>, antwortete ich geduldig.

Und noch eine hinterher: <Okay, nur damit es später keine Missverständnisse gibt: Es gibt zur Feier von zwei Geburtstagen auch zweimal was zu essen?>

DIE HÄSSLICHE SEITE DES SOMMERS

Dienstag, 7. Mai 2013
62 kg (nicht schon wieder!); geeignete Sommer-Outfits: 0; geeignete Outfits für moderne Arbeitswelt: 1 (marineblaues Seidenkleid).

9.31 Uhr. Der Sommer ist da. Endlich Sonne! Bäume stehen in voller Blüte, und alles ist wunderbar. Problem ist nur, meine Oberarme sind noch nicht bereit.

9.32 Uhr. Daneben die vertraute Angst, dass ich den Tag nutzen muss, weil möglicherweise der Letzte seiner Art in diesem Jahr. Auch nicht schön: Bald gehen wieder alle auf tolle Sommerfeste und tragen luftig-eleganten Sommerchic oder sind in Ascot, sehen aus wie Kate Middleton und präsentieren ihren einzigartigen Fascinator. In meinem Kalender steht aber nichts von Sommerfesten, und somit kann ich mir auch den eleganten Kopfschmuck schenken.

9.33 Uhr. Ich hab's gewusst: Es regnet schon wieder.

Mittwoch, 8. Mai 2013
9.30 Uhr. Schon die Fahrt zur Schule stellt mich vor Klamottenprobleme. Wir befinden uns nämlich in der sogenannten »Übergangszeit«, in der der Sommer noch keinen Mumm hat. Man verlässt das Haus in Wintersachen, plötzlich brennt die Sonne vom Himmel, und es sind 26 Grad. Oder man ist

mutig und entscheidet sich für ein duftiges Sommerkleid und steht auf einmal frierend im Hagel, und die lackierten Zehennägel sehen furchtbar aus. Muss mich mehr um meine Garderobe kümmern. Und Schönheitspflege. Ach ja, und Schreiben auch.

Donnerstag, 9. Mai 2013
19.00 Uhr. Gaah! Gerade mit Mabel *Meine Schwester Charlie* auf Disney-Channel gesehen, und mir ist aufgefallen, dass die Mutter von Charlie (bis auf das blaue Seidenkleid) exakt die gleichen Sachen trägt wie auch ich den ganzen Winter lang. Als da wären: Schwarze Bootcut-Jeans mit Stiefeln; enganliegende schwarze Yogahose mit ausgestelltem Bein für zu Hause; weit ausgeschnittenes, ärmelloses Shirt (in Weiß) und darüber Pulli mit V-Ausschnitt (in Schwarz, Grau oder einer anderen gedeckten Farbe). In mir rumort ein Verdacht. Findet Mabel diese einfarbige Einfalt vielleicht genauso langweilig wie ich einst Mums berüchtigte Twinsets von Country Casuals? Ich sollte vielleicht aus diesem Korsett ausbrechen und ein bisschen spleeniger werden, so wie Teddy, die ältere Tochter in *Meine Schwester Charlie*.

Montag, 13. Mai 2013
Im Internet nach Klamotten gesucht: 242 Min.; Yahoo Star-News gelesen: 27 Min.; mich mit Mr Wallaker gestritten: 12 Min.; Jude zugehört: 32 Min.; über Plan für die Hausaufgaben gesessen: 52 Min.; irgendwas gearbeitet: 0 Min.

9.30 Uhr. Okay. Aber heute wird geschrieben. Nur noch schnell auf River Island, Zara, Mango etc. nachsehen, was frau in diesem Sommer trägt.

12.30 Uhr. Jetzt aber! An die Arbeit! Nur noch kurz Mails checken.

12.45 Uhr. Holla. Ist ja interessant. Auf Yahoo Star-News steht: »Enttäuschender Auftritt von Jessica Biel: Wie unsexy darf ein Hosenanzug sein?« Wusste gar nicht, dass Hosenanzüge sexy sein müssen und dass Frauen das aufs Butterbrot geschmiert bekommen, falls selbiger nicht sexy genug. Kann die Idee womöglich noch in *Hedda* einbauen. Solche Anregungen brauche ich.

13.00 Uhr. Je länger ich darüber nachdenke, desto mehr wächst in mir die Empörung. Ich meine, welche Rollenvorbilder haben Frauen denn heutzutage? Doch nur diese *Red Carpet Girls*, die auf allen möglichen Veranstaltungen aufkreuzen und geliehene Klamotten spazieren führen, in denen sie möglichst oft fotografiert werden sollen. Die Bilder finden sich eine Woche darauf in der *Grazia*. Dann gehen sie wieder nach Hause, schlafen bis in die Puppen und kriegen den nächsten Satz Klamotten zum Sich-darin-fotografieren-Lassen. Nicht dass Jessica Biel direkt zu den *Red Carpet Girls* gehört, Jessica Biel ist eine ernstzunehmende Schauspielerin. Aber trotzdem.

13.15 Uhr. Eigentlich wäre ich auch gern so ein *Red Carpet Girl*.

14.15 Uhr. Könnte mir eigentlich mal die *Grazia* kaufen, sonst ende ich noch wie die unsexy Mutter in *Meine Schwester Charlie*. Nicht dass die Mutter in *Meine Schwester Charlie* direkt unsexy wäre. Aber trotzdem, es geht ums Prinzip.

15.00 Uhr. Soeben mit der neuen *Grazia* vom Zeitungsladen zurück. Mir wird schlagartig klar, dass mein ganzer Style so was von gestern und verkehrt ist, dass etwas geschehen muss. Brauche unbedingt Skinny Jeans, Ballerinas, dazu hochgeknöpftes Hemd und Blazer für die Fahrt zur Schule. Und als Accessoires Megahandtasche und Riesenbrille wie bei den Stars am Flughafen. Gaah! Muss Billy und Mabel abholen.

17.00 Uhr. Wieder zurück. Billy kam heute schwer traumatisiert aus der Schule.

»Ich war der Zweitschlechteste im Rechtschreibtest.«

»Was für ein Rechtschreibtest?«, fragte ich entgeistert, während die anderen Kinder an uns vorbeiströmten.

»Es ist total in die Hose gegangen«, sagte er traurig. »Sogar Ethekiel Koutznestov war besser als ich.«

Gefühl von Komplettversagen. Aber die Hausaufgaben sind auch völlig unübersichtlich. Überall einzelne Arbeitsblätter, Bilder von vielarmigen indischen Gottheiten und Toast-Rezepte zum Ausmalen, wer blickt da noch durch?

Mr Pitlochry-Howard, Billys ängstlich bebrillter Klassenlehrer, eilte auf uns zu.

»Machen Sie sich keine Gedanken über den Rechtschreibtest«, sagte er furchtsam, während auch Mr Wallaker langsam näher kam, offenbar um mitzuhören. »Billy ist ein sehr intelligentes Kind, er braucht nur ein klein wenig...«

»Er braucht vor allem zu Hause eine feste Ordnung«, sagte Mr Wallaker.

»Aber nein, Mr Wallaker«, sagte Mr Pitlochry-Howard. »Billy hatte es nicht leicht...«

»Ich weiß, was seinem Vater widerfahren ist«, sagte Mr Wallaker leise.

»Ich denke, das sollten wir ihm zugutehalten. Das wird

schon, Mrs Darcy, seien Sie unbesorgt«, sagte Mr Pitlochry-Howard und huschte davon. Umgehend war ich dem strengen Blick von Mr Wallaker ausgesetzt.

»Billy braucht Disziplin und Ordnung«, sagte er. »Es ist das Einzige, das hilft.«

»Er hat genug Disziplin. Und er kriegt im Sportunterricht und beim Schach mehr als genug von *Ihrer Sorte* Disziplin zu spüren, meinen Sie nicht?«

»Das nennen Sie Disziplin? Warten Sie, bis er aufs Internat kommt.«

»Aufs Internat?«, sagte ich und dachte an Mark, dem ich versprechen musste, unsere Kinder nie in ein Internat zu geben. »Er geht auf kein Internat.«

»Was ist so falsch daran? Meine Kinder sind alle im Internat. Bringt sie mal an ihre Grenzen. Lehrt sie Mut, Tapferkeit…«

»Und was, wenn es mal nicht so läuft? Wer hört ihnen zu, wenn sie einmal nicht Sieger sind? Was ist mit Spaß, Liebe, Kuscheln?«

»Kuscheln?«, sagte er ungläubig. »Kuscheln?«

»Ja«, sagte ich. »Es sind Kinder, wissen Sie, keine ergebnisorientierten Maschinen. Sie müssen lernen, auch dann klarzukommen, wenn Dinge schieflaufen.«

»Gut, dann kümmern Sie sich als Erstes um seine Hausarbeiten. Das ist nämlich wichtiger, als nur beim Friseur herumzusitzen.«

»Bitte nehmen Sie Folgendes zur Kenntnis«, sagte ich und baute mich vor ihm auf. »Ich bin eine selbständige Frau und arbeite zurzeit an einer Filmadaption des Stücks *Hedda Gabbler* von Anton Tschechow, das in Kürze von einer Filmgesellschaft produziert wird. Komm, Billy, gehen wir«, sagte ich und schob ihn zum Schultor. »Ehrlich, ich kenne niemanden, der so ungehobelt ist wie Mr Wallaker.«

»Ich mag Mr Wallaker«, sagte Billy, dem das alles nicht recht war.

»Mrs Darcy?«

Erbost dreht ich mich noch einmal um.

»Sagten Sie *Hedda Gabbler*?«

»Ganz recht«, erwiderte ich stolz.

»Von Anton Tschechow?«

»Ja.«

»Dann interessiert es Sie sicher, dass das Stück von Henrik Ibsen ist. Außerdem heißt die Hauptfigur nicht Gabbler, sondern Gabler – mit langem A und einem *B*.«

18.00 Uhr. Ach du Scheiße. Hab es gerade gegoogelt, es ist tatsächlich von Ibsen und wird auch nur mit einem *b* geschrieben. Das Dumme ist, dass dieser Mist jetzt schon auf jedem Exemplar meines Drehbuchs steht. Andererseits, wenn niemand bei Greenlight den Fehler bemerkt hat, gibt es keinen Grund, ihnen das jetzt auf die Nase zu binden. Ich kann immer noch so tun, als sei es Absicht gewesen – eben meine feine Ironie.

21.15 Uhr. Auf dem Küchentisch stapelt sich das Papier. Habe detaillierten Plan für die Hausaufgaben der Kinder ausgearbeitet. Er zerfällt in mehrere Abschnitte.

ABSCHNITT 1 – BEZIEHT SICH AUF DEN TAG, *AN DEM* DIE HAUSAUFGABE AUFGEGEBEN WURDE.
z. B. Montag: Mathe, Rechtschreibung (hier: Wortendungen), aufgegeben für Dienstag. Dienstag: Werkunterricht, indische Gottheit ausmalen und persönliche Beurteilung der hergestellten Sachen schreiben (Brot, Maus usw.).

ABSCHNITT 2 – BEZIEHT SICH AUF DEN TAG, *FÜR* DEN DIE HAUSAUFGABE AUFGEGEBEN WURDE.

ABSCHNITT 3
Ist möglicherweise überflüssig, denn er enthält sowohl Elemente von Abschnitt 1 als auch Abschnitt 2, nur in verschiedenen Farben.

ABSCHNITT 4 – LEGT FEST, WELCHE HAUSAUFGABE IDEALERWEISE AN WELCHEM TAG ERLEDIGT WIRD.
z. B. Montag: Male ein »Familienwappen« des Adjektivierungssuffixes »isch«. Male die Arme der indischen Gottheit farblich aus.

Oh, es hat geklingelt.

23.00 Uhr. War Jude, am Boden zerstört. Mit letzter Kraft warf sie sich mir in die Arme und wankte dann zitternd in meine Küche.

»Er verlangt von mir, dass ich ihm Befehle gebe. Etwa dass er bestimmte Sachen ablecken soll«, sagte sie matt und ließ sich, das iPhone noch in der Hand, aufs Sofa fallen. Dort starrte sie mit erloschenen Augen ins Leere.

Das sah mir nach einem Notfall aus, der meine volle Aufmerksamkeit verlangte und alles andere ins Abseits schob. Offenbar steht der Snowboarder, mit dem sie sich seit drei Wochen (erfolgreich) trifft, auf merkwürdige sexuelle Rollenspiele.

»Na ja, das ist doch nicht so schlecht!«, tröstete ich sie und rührte einen hauchzarten Wirbel in den Schaum auf ihrem entkoffeinierten Nespresso-Ristretto-Cappucino. Mit meiner neuen Kaffeekapselmaschine von Weihnachten fühle ich mich gleich wie eine Barista in Barcelona.

»Du könntest ihm zum Beispiel befehlen, er soll... *dich* lecken!«, sagte ich und reichte ihr ein kleines Kunstwerk von Cappuccino.

»Wenn das alles wäre. Aber ich soll Sachen sagen wie ›Leck meine Schuhsohle!‹ oder ›Leck die Kloschüssel aus!‹ Hygienisch ist das bestimmt nicht.«

»Oder sag ihm, er soll sich im Haushalt nützlich machen. Ich meine, er braucht ja nicht direkt das Klo zu putzen, aber den Abwasch könnte er machen«, sagte ich und ignorierte großzügig, dass meine Latte-Art nicht mit einem Wort gewürdigt wurde.

»Soll er die schmutzigen Teller ablecken?«

»Das wäre ein Anfang. Erst die gröbsten Reste wegschlabbern, dann ab in die Spülmaschine.«

»Bridget, er will keine Teller spülen. Er will eine Domina, die ihn demütigt.«

Da es für mich derzeit so gut lief, wollte ich auch ihr unbedingt helfen.

»Gibt es denn gar nicht Demütigendes, das auch *dir* Spaß macht?«, fragte ich. Eltern kennen solche verzweifelten Fragen. Zum Beispiel immer dann, wenn Kinder keine Lust haben. »Wie wäre es mit... Augenverbinden?«

»Nein, diesen *Shades-of-Grey*-Kram mag er gar nicht. Aber wie gesagt: Er braucht die härtere Nummer. Ich soll ihm sagen, dass er absolut wertlos ist, nicht mehr als ein Stück Dreck. Oder dass er einen winzig kleinen Schwanz hat, so etwas in der Art. Das ist doch nicht normal.«

»Stimmt«, musste ich einräumen. »Das ist wirklich nicht normal.«

»Warum muss er auch alles versauen? Ich meine, alle Welt

trifft sich heute online. Und dass sich scheinbar normale Menschen dann als Irre entpuppen, ist schon lange nicht mehr originell, sondern echt abgestanden.«

Sie feuerte ihr iPhone auf den Tisch. Es titschte kurz auf, landete in ihrem Cappuccino und zerstörte dabei meinen filigranen Milchschaum.

»Ich sage dir, das ist kein Dschungel da draußen, sondern ein Zoo. Der Zoo der Bekloppten.« Mit erloschenem Blick starrte sie in eine unendliche Leere.

BESTE REGIE

Dienstag, 14. Mai 2013
13.00 Uhr. Kurzer Abstecher in die Oxford Street. War hocherfreut, dass sie bei Mango, Topshop, Oasis, Cos, Zara, Aldo etc. auch alle die letzte Ausgabe der *Grazia* gelesen hatten. Wenn man nach so langer Zeit zum ersten Mal wieder reale Klamotten sieht statt immer nur am Bildschirm, ist das so, als würde man einem Filmstar in natura begegnen. Jetzt habe ich ein komplettes Promi-am-Flughafen-Outfit mit Skinny Jeans, Ballerinas, Hemd, Blazer und Sonnenbrille. Nur auf die womöglich notwendige Handtasche habe ich wegen des fantasievollen Preises verzichtet.

Mittwoch, 15. Mai 2013
Zeitaufwand für (erfolglose) Inszenierung als Red-Carpet-Girl (in Minuten): 297; Zeitaufwand für blaues Seidenkleid anziehen (in Minuten): 2; Seidenkleid im vergangenen Jahr getragen: 137 Mal; wenn man für jede Stunde, die ich das Seidenkleid getragen habe, £ 3 veranschlagt und mit den Kaufpreis verrechnet ... bin ich reich. Was erst einmal gut ist. Auch das ein buddhistisches Prinzip.

10.00 Uhr. Bin in meinem neuen Outfit auf dem Sprung zu Greenlight-Meeting! *Laub in seinem Haar* nimmt in rasendem Tempo Gestalt an. Mittlerweile hat man sogar einen Regisseur verpflichtet. Dougie! Wie immer ist das Meeting noch exploratorischer Natur, also erst mal gucken, dann mal sehen.

Hört sich an wie beim Zahnarzt, wenn man *weiß*, dass gebohrt wird.

10.15 Uhr. Hab mich gerade in einem Schaufenster gesehen. Ich sehe vollkommen lachhaft aus. Wer ist diese Person mit der hochgeschlossenen Bluse und der Skinny Jeans, die so eine fette Hüfte macht? Kehre besser um und ziehe blaues Seidenkleid an.

10.30 Uhr. Wieder zu Hause. Und schon jetzt zu spät dran.

11.10 Uhr. Als ich bei Greenlight über den Flur hetzte, bin ich George in die Arme gelaufen. Dachte schon, ich hätte mich so verspätet, dass George zur Strafe das Meeting bereits wieder verlassen hätte, aber er meinte nur: »Richtig, wir hatten ja einen Termin. Sorry, Telefonkonferenz. Ich bin in zehn, fünfzehn Minuten bei Ihnen.«

11.30 Uhr. Mein Verhältnis zu Imogen und Damian hat sich merklich entspannt, und so warteten wir gut gelaunt auf George und Dougie und aßen Croissants, Äpfel und Mars Mini. Wollte das Gespräch auf Skinny Jeans lenken, aber Imogen beschäftigte etwas anderes: War es besser, seine Sachen bei Net-a-Porter zu kaufen, wo alles immer so luxuriös eingepackt wurde und wo schon das schwarze Seidenpapier ein sinnliches Erlebnis war, oder sollte man lieber auf ressourcenschonende Verpackung achten, die nicht nur leichter zurückzuschicken war, sondern auch noch den Planeten rettete. Ich wollte gerade sagen, dass ich mir die Sachen nur bei Net-a-Porter ansehe, sie dann jedoch bei Zara kaufe, als George ohne Dougie, aber mit seinem üblichen Schnellschnell-Gehabe in den Konferenzraum stürmte und ohne

Umschweife zur Sache kam – wobei er höchstens noch – schnell, schnell – seine Mails checkte.

Das Problem bei George besteht darin, dass er *eigentlich* immer woanders ist, dachte ich und spürte das Vibrieren meines Handys. Entweder er redet mit jemand anderem oder mailt jemand anderem oder hetzt über irgendeinen Flughafen, weil er gerade irgendwo anders war oder hinwill. Unauffällig öffnete ich die SMS und dachte: Warum kann dieser Mensch niemals dort sein, wo er gerade ist. Nein, ist das denn die Möglichkeit, bin ich nicht ein Tausendsassa, ich bin schon in der Luft. Ich bin ein Vogel, warum frühstücken wir nicht in China?

SMS war von Roxster.

<Soll ich vorbeikommen, wenn die Kids heute Abend im Bett sind? Wir könnten die gestrige Rugby-Partie noch einmal auf dem Live-Ticker verfolgen.>

Und da George so oft abwesend ist, muss man die eigene Botschaft in einen Aufmerksamkeits-Slot einpassen, der nicht breiter ist als ein Tweet. Obwohl, es hat auch seine Vorteile. Mir ist nämlich aufgefallen, dass Männer mit den Jahren immer einsilbiger und grantiger werden, während Frauen sich zu nervigen Quasselstrippen entwickeln und am Ende immer nur ein und dasselbe sagen. Der Dalai Lama sagt, alles ist ein Geschenk, und so betrachte ich auch George. Als lebenden Fingerzeig, nicht dauernd zu quatschen, sondern mich in meinen Aussagen auf das Wesentliche zu …

»Hallo?« George türmte sich vor mir auf und riss mich in die Gegenwart zurück.

»Hallo …«, sagte ich verwirrt und drückte schnell auf Senden. Die SMS war unterwegs: <Geht auch Live-Ficker?> Warum hatte George gerade Hallo gesagt, wenn wir uns vor zehn Minuten schon begrüßt hatten?

»Sie sitzen da... ich weiß nicht, wie«, meinte George und machte dasselbe Gesicht wie Billy, wenn er demonstrieren wollte, wie belämmert ich wieder aus der Wäsche guckte.

»Ich denke nach«, sagte ich und schaltete mein iPhone aus, das prompt wieder dieses Quaken von sich gab. Also schaltete ich es schnell wieder an. Oder aus.

»Denken Sie besser nicht zu viel«, sagte er. »Okay, wir haben wenig Zeit, ich muss gleich nach Ladakh.«

Was habe ich gesagt? Ladakh!

»Ach, Sie machen einen Film in Ladakh?«, fragte ich unschuldig, obwohl ich fest davon überzeugt war, dass er nur nach Ladakh flog, um nicht hier zu sein. Nebenbei ein kurzer Blick auf mein iPhone, um zu sehen, wer mich da anquakte.

»Nein«, sagte George und suchte sämtliche Taschen ab. »Es war nicht Ladakh, es war ...« Unsicherheit flackerte in seinen Augen. »Lahore, richtig. Bin in fünf Tagen wieder da ...«

Womit er aus dem Konferenzraum lief, vermutlich, um seine Sekretärin zu fragen, wohin er denn nun flog. Die SMS war von Jude.

<Gerade sagt er mir, ich soll ihn anpinkeln.>

Schrieb schnell zurück: <Haben wir nicht alle unsere kleinen Schwächen? Du kannst ihm ja eine entschärfte Version anbieten, aber nur, wenn er lieb war.>

Jude: <Anpinkeln meinst du?>

Ich: <Nein. Sag ihm einfach, du weißt etwas Besseres ...>

Plötzlich kamen zwei SMS auf einmal. Die erste war Judes Antwort: <So was wie ihm auf die Eier treten? Das will er doch gerade. Irgendwann passiert noch ein Unglück.>

Ich machte die nächste SMS auf. Sie war von George.

<Möchten Sie gerne Ihren Regisseur kennenlernen oder lieber weitersimsen?>

Ich blickte hoch und bekam einen Schreck, dass mir die

Luft wegblieb. Irgendwie hatte sich George wieder in diesen Raum gebeamt und saß mir direkt gegenüber, zusammen mit einem etwas klein geratenen Hipster, der wohl der Regisseur war. Er trug ein schwarzes Hemd, einen grau melierten Dreitagebart und eine runde Spielberg-Brille, doch seine gerötete Haut legte Zeugnis davon ab, dass er dem Alkohol wohl nicht abgeneigt war. Er war somit definitiv kein hipper Steven Spielberg mit dem ewig glatten Gesicht, das – i wo! – noch nie ein Peeling gesehen hatte, weil es von einer höheren Macht durchglüht wurde.

Ich blinzelte die beiden an, sprang auf, streckte ihm über den Konferenztisch hinweg die Hand entgegen und schenkte ihm das kreischtuntigste Lächeln, das ich hatte.

»Dougieeeee! Schön, Sie endlich persönlich kennenzulernen. Ich habe *so* viel über Sie gehört. Wie geht es Ihnen? Wie war die Anreise?«

Warum nur mache ich mich immer zum Affen, sobald ich unsicher werde?

Zum Glück kam gleichzeitig Georges Assistentin herein und teilte ihm nervös mit: »Es ist nicht Lahore, es ist Le Touquet.« Worauf George fluchtartig den Raum verließ und Dougie und mir Gelegenheit gab, uns ausgiebig zu »beschnuppern«. Da diesmal ich das Wort an mich riss, musste er sich alle meine feministischen Thesen zu *Hedda Gabbler* anhören. Mit gefrorenem Lächeln verfolgte Imogen das Spiel.

Doch Dougie war komischerweise ernsthaft interessiert. Immer wieder schüttelte er bewundernd den Kopf und sagte: »Sie haben ja so recht.« Womöglich habe ich in ihm einen Verbündeten gefunden, der dafür sorgt, dass *Laub in seinem Haar* die Tragödie bleibt, die das Stück von Anfang an war.

Als er aber mit dem pantomimisch begleiteten Versprechen

»Wir telefonieren noch …« gegangen war, hörte sich alles ganz anders an.

»Mann, der hat es aber nötig«, lautete Damians Urteil.

»Da sagst du was«, sagte Imogen. »Bridget, hör mal, das muss unter uns bleiben, aber es sieht so aus, als hätten wir eine Schauspielerin.«

»Eine Schauspielerin?«, rief ich aufgeregt.

»Ambergris Bilk«, flüsterte sie.

»Ambergris Bilk?« Ich konnte es kaum glauben. Ambergris wollte die Hedda spielen? OMG!

»Hat sie das Drehbuch gelesen?«

Imogens Lippen schmälerten sich zu einem verkniffen-nachsichtigen Lächeln. Komisch, dasselbe Gesicht machte ich auch immer, wenn ich Billy versicherte, er habe sich fürs Ausräumen der Spülmaschine seine Drachenmünzen für *Wizard 101* redlich verdient.

»Sie ist völlig begeistert«, sagte Imogen. »Das Einzige, das ihr nicht gefällt, ist Dougie.«

MÜTTER DER KLAMOTTE

Donnerstag, 16. Mai 2013
10.30 Uhr. Mmmm. Eine weitere traumhafte Nacht mit Roxster liegt hinter mir. Versuchte, ihn in ein Gespräch über Skinny Jeans zu verwickeln, aber er war nicht interessiert und meinte nur, nackt gefiele ich ihm am besten.

11.30 Uhr. Soeben Telefonkonferenz mit George, Imogen und Damian. Wir sprachen über das anstehende Treffen mit Ambergris Bilk, die gerade in London weilt. Liebe Telefonkonferenzen, denn man kann dem anderen mit einer Geste die Kehle durchschneiden oder alles, das einem nicht gefällt, symbolisch das Klo runterspülen.

»Okay, ich fasse noch einmal zusammen«, sagte George, und im Hintergrund heulte ein Triebwerk.

»Ich glaube, wir haben ihn verloren«, sagte Imogen. »Kleinen Moment mal.«

Das gab mir Gelegenheit, einen erneuten Blick in die *Grazia* zu werfen. Was ich an dem Skinny-Jeans-Look vermisse, ist eindeutig das Halstuch. Zweimal locker um den Hals geschlagen, rundet es das legere Bild erst ab. Hmm. Weiß aber immer noch nicht, was ich zu Talithas Party anziehen soll. Vielleicht Frühlingsfarbe Weiß, wie hier steht? Gaah! Sie sind wieder da. Die von Greenlight, meine ich, nicht die weißen Jeans.

»Okay«, sagte George. »Wir möchten, dass Sie sich mit Ambergris treffen und sie an...«

»Wie bitte?«, rief ich in den anschwellenden Motorenlärm.

»Ich sitze in einem Hubschrauber. Sie sollen sich mit Ambergris treffen und sie an…«

Abermals war er weg. Ich soll mich also mit ihr treffen und sie an…? Was wollte er mir sagen? Sie anpinkeln?

12.30 Uhr. Imogen rief noch einmal an und gab mir Georges Anweisungen durch. Ich soll mich mit Ambergris treffen und mit ihr das Drehbuch besprechen. Negative Bemerkungen über Hawaii haben dabei zu unterbleiben, denn Ambergris steht auf Hawaii. »Ach ja«, bemerkte Imogen kühl, »Sie sollen sie an den Gedanken gewöhnen, dass es für diesen Film keinen besseren Regisseur gibt als Dougie.«

Hurra! Treffe mich mit leibhaftigem Filmstar. Ohne luftig-leichtes Halstuch geht das aber nicht.

17.00 Uhr. Gerade die Kinder von der Schule abgeholt. Es stimmt also. Alle haben luftig-leichtes Halstuch für legeres Gesamtbild. Komisch, all die Jahre haben mir Mum und Una Halstücher näherbringen wollen, aber für mich waren sie, ähnlich wie Broschen, nur tantenhafte Accessoires. Erst die *Grazia* schaffte es, uns alle zu ferngelenkten Zombies zu machen, die mit steifen Schritten und gruselig ausgestreckten Armen auf den nächsten Klamottenladen zusteuern und nur noch sagen können: »Haben wollen, haben wollen, die *Red-Carpet-Girls* haben es auch.«

Freitag, 17. Mai 2013
Zeitaufwand für Anziehen und Stylen vor der Fahrt zur Schule: 75 Min.

5.45 Uhr. Bin eine Stunde früher aufgestanden, um mich für Schule zu stylen wie Stella McCartney, Claudia Schiffer o. Ä. Finde Look mit Skinny Jeans und Ballerinas einfach umwerfend, besonders mit luftig-leichtem Halstuch.

7.00 Uhr. Billy geweckt und Mabel aus dem unteren Bett geholt. Als ich ihnen ihre Sachen hinlegte, hörte ich sie hinter mir kichern.

»Was habt ihr?«, fragte ich und drehte mich zu ihnen um.

»Mummy«, sagte Billy, »warum trägst du ein Geschirrtuch um den Hals?«

9.30 Uhr. Zurück von Schule und auf dem Weg die neueste *Grazia* gekauft. Im Heft ein Artikel mit der Überschrift: »Sind Skinny Jeans bald out?«

Na gut, dann ziehe ich mich eben wieder an wie die Mutter in *Meine Schwester Charlie*.

UNTER STARS

Montag, 20 Mai 2013

Filmstars getroffen: 1; Kurzurlaube geplant: 1; Partys, auf die ich mit Roxster gehe: 1; Fahrten in Luxuskarosse: 1; Komplimente von Filmstar: 5; Kalorienaufnahme bei Treffen mit Filmstar insgesamt: 5.476; davon Filmstar: 3.

14.30 Uhr. Es könnte nicht besser laufen. Gleich holt mich ein Wagen ab, der mich zum Treffen mit Ambergris ins *Savoy* kutschiert. Habe verschiedene Versionen des Promi-auf–dem–Weg-zum-Flughafen-Looks (Skinny Jeans mit Schal plus hochgeschlossener Bluse) ausprobiert, mich aber schließlich für blaues Seidenkleid entschieden, auch wenn es nicht mehr ganz neu ist. Mit Talithas Hilfe auch mehrere Party-Kleider bei Net-a-Porter bestellt. Es war sogar richtig schönes dabei und nicht mal teuer.

Außerdem fahre ich in drei Wochen mit Roxster in einen Kurzurlaub. Ein Kurzurlaub, man stelle sich vor. Nur wir beide. Das ist ein ganzer Samstagnachmittag, ein ganzer Samstagabend und ein halber Sonntag. Bin schon ganz hibbelig. War seit fünf Jahren nicht mehr auf einem Kurzurlaub! Wie auch immer, muss mir für mein Treffen noch ein paar Sachen notieren.

17.30 Uhr. Im Auto auf der Rückfahrt von Treffen. War anfangs enttäuscht, als Ambergris kam, denn ich hatte sie in

Skinny Jeans, hochgeschlossener Bluse, Blazer und mit luftig-leichtem Schal plus überteuerter Riesenhandtasche erwartet, damit ich endlich mal sehe, wie so etwas getragen wird und wir jede Menge bewundernde Blicke ernten. Fast hätte ich sie gar nicht erkannt, als sie mit ihrer grauen Schlabberjogging-hose und Baseballkappe in meine Sitzecke glitt.

Wir tauschten zunächst ein paar Nettigkeiten aus, was unter Filmleuten üblich ist und worin ich immer besser werde. Ambergris fand mein blaues Seidenkleid toll. Dass es nur mein olles Seidenkleid war, schien völlig nebensächlich. Im Gegenzug sah ich mich genötigt, ihre Sweatpants zu loben.

»Sie sind so ... sportlich-sportiv!«, sagte ich begeistert, gerade als eine dreistöckige Etagère mit den Sandwiches angerollt kam. Ambergris nahm sich ein winziges Lachsschnittchen und behielt es die ganze weitere Unterhaltung lang in der Hand, während ich mich langsam durch die gesamte untere Etage der Sandwiches fraß und dazu drei Scones mit Marmelade und Clotted Cream sowie diverse Törtchen und andere Schweinereien verdrückte. Auch die beiden Begrüßungssektchen trank ich im Alleingang.

Ambergris äußerte ihre tiefe Bewunderung für mein Drehbuch, ergriff meine Hand und sagte: »Dagegen fühle ich mich so klein und unbedeutend.«

Mir hob es das Herz, und meine Seele lernte fliegen! Endlich! Endlich vernahm die Welt meine Stimme. Jetzt wollte ich auch etwas für Dougie tun. Die von Imogen und Damian angeführten Bedenken, dass er nur dringend einen Job brauchte und ansonsten noch nie etwas geleistet hatte, das nur ansatzweise von Bedeutung war, wischte ich einfach beiseite.

»Dougie hat nämlich begriffen, worauf ich hinauswill«, sagte ich und legte besondere Wärme in das Wort »Dougie«.

»Setzen Sie sich doch mal mit ihm zusammen.« (Allmählich beherrsche ich diesen Jargon.)

Und so verblieben wir. Ambergris versprach, sich mit ihm zusammenzusetzen, und ganz plötzlich, viel zu schnell, war das Treffen zu Ende. Dennoch hatte ich den Eindruck, wir wären bereits beste Freundinnen. Nur dass mir von der Sandwich-Etagère plus zwei Gläsern Sekt im Magen ganz schön flau war, beeinträchtigte die gute Stimmung ein klein wenig.

17.45 Uhr. Schon im Wagen bei Greenlight angerufen und mit meinem Erfolg geprahlt. War gar nicht nötig, denn auch Ambergris hatte, aus ihrem Wagen heraus, angerufen und gesagt, wie intelligent und sensibel sie mich fand.

TALITHAS PARTY

Es war der bisher heißeste Tag des Jahres, und die Sonne stand noch hoch am Himmel, als wir zu Talithas Party aufbrachen. Roxster sah besser aus denn je mit seiner leicht gebräunten Haut unter dem weißen T-Shirt und dem dezenten Dreitagebart, der seine Kinnpartie so schön zur Geltung brachte. Fühlte mich nicht ganz wohl in der Frühlingsfarbe Weiß, auch wenn Talitha das Kleid für mich ausgesucht hatte, doch als Roxster mich sah, sagte er: »Jonesey, du siehst perfekt aus.«

»Du aber auch«, sagte ich und wäre am liebsten gleich über ihn hergefallen. »Etwas Besseres als das kann man gar nicht tragen.« Offenbar hatte er seiner eigenen Garderobe nicht die geringste Beachtung geschenkt, denn er sah an sich hinunter und sagte: »Aber es ist nichts Besonderes, nur Jeans und T-Shirt.«

»Ich weiß«, sagte ich und musste innerlich lachen bei dem Gedanken, wie sich seine knallhart definierte Brustmuskulatur gleich unter lauter käsigen Sommeranzügen und Panama-Hüten machen würde.

»Glaubst du, es gibt ein warmes Buffet oder nur Fingerfood?«

»Ach, Roxster«, sagte ich, als er sich an mich heranmachte und mir den Hals küsste. Und er: »Ich bin nur für dich da, Baby, für dich allein. Aber meinst du, es gibt etwas Warmes oder bloß kaltes Buffet? War ein Witz, Jonesey.«

Hand in Hand gingen wir über den kleinen Seitenweg in den großen Garten auf der Rückseite des Hauses. Sonnenstrahlen schimmerten auf dem blauen Swimmingpool. Weiße Gartenstühle, Loungemöbel, ein Zeltpavillon – kein englisches Gartenfest kommt ohne diese mediterranen Elemente aus.

»Soll ich uns etwas zu essen holen… zu trinken, meine ich?«

Während sich Roxster auf den Weg machte, immer dem Duft des Essens nach, stand ich einen Moment lang verloren da und starrte angstvoll auf die Szenerie. Immer, wenn ich frisch zu einer größeren Menschenansammlung stoße, bin ich vollkommen überfordert und erkenne erst einmal niemanden. Außerdem kam mir mein Kleid unpassend vor, ich hätte das blaue anziehen sollen.

»Ah, Bridget!« Es waren Cosmo und Woney. »Schon wieder allein unterwegs? Na, wo sind denn alle die Boyfriends, von denen man so viel hört? Aber keine Sorge, vielleicht finden wir ja heute Abend etwas Passendes für dich.«

»Ja«, sagte Woney doppelzüngig. »Binko Carruthers.«

Sie deuteten auf Binko, der wie üblich verpeilt und mit wüsten Haaren in der Gegend herumstand. Doch – Schock! – anders als sonst hatte er seine schwabbelige Körpermasse nicht in einen knittrigen Anzug gequetscht, sondern trug eine knatschblaue Schlaghose und ein psychedelisches Hemd mit Fransen in Brusthöhe.

»Er dachte wohl, hier würde eine Sechzigerjahre-Party gefeiert, nicht ein sechzigster Geburtstag«, kicherte Woney.

»Er hat mir aber versprochen, dich näher anzusehen«, sagte Cosmo. »Jetzt heißt es schnell sein, sonst schnappen ihn dir verzweifelte Scheidungsopfer vor der Nase weg.«

»Hier, lass es dir munden, Baby.« Auf einmal stand Roxster an meiner Seite und hielt zwei Sektflöten in der Hand.

»Das ist Roxby McDuff«, sagte ich. »Roxby, das sind Cosmo und Woney.«

Allein die Namen erregten in seinen braunen Augen eine heimliche Heiterkeit, und er sah mich vielsagend an, als er mir das Glas reichte.

»Wie schön, Sie kennenzulernen«, sagte er unbekümmert und erhob vor ihnen das Glas.

»Ist das dein Neffe?«, fragte Cosmo.

»Nein«, sagte Roxster und legte demonstrativ den Arm um meine Hüfte. »Denn das wäre dann doch eine etwas eigenartige Beziehung.«

Cosmo sah aus, als bräche in diesem Moment sein komplettes Weltbild zusammen. Auf seinem Gesicht ratterten wie bei einem Spielautomaten die unterschiedlichsten Gedanken und Gefühle durch, ohne je zum Stillstand und damit zu einem Ergebnis zu kommen.

»Nun denn«, sagte Cosmo irgendwann. »Sie sieht ja auch tatsächlich aus wie das blühende Leben.«

»Ich begreife es trotzdem nicht«, sagte Woney nach einem Blick auf den muskulösen Unterarm, der meine Hüfte hielt.

Mit leuchtendem Gesicht kam Tom auf uns zu. »Und das ist also Roxster? Hallo, ich bin Tom. Herzlichen Glückwunsch zum Geburtstag.« Und für Cosmo und Woney sagte er: »Heute ist sein Dreißigster. Oh, da ist Arkis, ich muss.«

»Wir sehen uns«, sagte Roxster. »Aber jetzt habe ich Hunger. Sollen wir uns etwas zu essen holen, Honey?«

Im Weggehen platzierte er seine Hand auf meinem Hintern und ließ sie da, bis wir am Buffet waren.

Tom kam wieder an, diesmal mit Arkis, dessen Scruff-Fotos übrigens nicht gelogen hatten. Er sah tatsächlich ungemein gut aus. Überhaupt war alles auf einmal nur schön.

»Da strahlt aber eine«, sagte Tom. »Jetzt beklage dich noch einmal über die Selbstzufriedenheit verheirateter Paare.«

»Ach, lass mich doch«, sagte ich mit bebender Stimme. »Ich darf auch mal ein bisschen glücklich sein.«

»Aber übertreib es nicht«, sagte er. »Hochmut kommt vor dem Fall.«

»Das gilt auch für dich«, sagte ich mit Blick auf Arkis. »*Chapeau!*«

»Freuen wir uns doch einfach, dass es uns so gut geht«, sagte Tom, und wir stießen an.

Der Abend war heiß, fast schwül, die Sonnenstrahlen funkelten auf dem Pool. Die Leute lachten, tranken, sie lagen auf den Liegen und aßen Erdbeeren im Schokomantel. Ich war mit Roxster zusammen, Tom mit seinem Arkis, und Jude war gerade bei Date drei mit einem Tierfotografen von der Kontaktanzeigen-Seite des *Guardian*, der nicht nur gut aussah, sondern vor allem nicht so wirkte, als stünde er auf Natursekt. Und Talitha war eindeutig die Diva des Abends in ihrem einseitig schulterfreien Abendkleid in Pfirsich und dem Hündchen auf dem Arm (ein Detail, das selbst Tom *a bisserl too much* fand). Immer einen Schritt hinter ihr der distinguierte russische Millionärsfreund. Sie trat am Pool auf uns zu, und Tom versuchte, den winzigen Chihuahua zu streicheln.

»Sag mal, Schätzchen, kriegt man so etwas bei Net-a-Porter?«

»Sie ist ein Geschenk von Sergei«, hauchte sie. »Sie heißt Petula! Ist sie nicht reizend? Bist du nicht herzallerliebst, mein Schatz? Und du, bist du nicht? Du musst Roxster sein! *Happy birthday*!«

»*Happy birthday* alle beide«, sagte ich mit Tränen der Rührung in den Augen. Hier standen wir, der verlorene Single-Haufen, die tausendfach versehrten Veteranen im ewigen Dating-Krieg, und waren erstmals alle glücklich verbandelt.

»Fantastische Party«, sagte Roxster und versuchte des Über-
angebots am Buffet Herr zu werden, indem er alles gleichzeitig
in sich hineinstopfte. »Wirklich, so etwas habe ich in meinem
ganzen Leben noch nicht gesehen. Das ist die beste Party aller
Zeiten, vor allem das Essen ist ...«

Talitha hielt ihm mit einem Finger die Lippen zu. »Nein,
das Schönste bist du«, sagte sie. »Deshalb fordere ich den ersten Tanz auf unserem gemeinsamen Geburtstag.«

Der Oberkellner der Catering-Firma trat unauffällig an
Talitha heran und flüsterte ihr etwas zu.

»Nimmst du sie einen Moment?«, sagte Talitha zu mir und
drückte mir das Hündchen in den Arm. »Ich muss der Band
kurz etwas sagen.«

Seit der Sache mit dem Mini-Labradoodle von Una und
Geoffrey machen mir Hunde Angst. Das ist nicht einmal irra-
tional, wenn man bedenkt, was etwa Pitbulls dauernd an-
richten. Eine Angst, die selbst diese Fußhupe gespürt haben
musste, denn sie fing plötzlich an zu bellen und nach meiner Hand zu schnappen. Dann hüpfte sie mir vom Arm, und
ich musste sprachlos mit ansehen, wie dieses Leichtgewicht
strampelnd und in hohem Bogen durch die Luft flog, ehe sie
auf der Wasseroberfläche des Pools aufschlug. Leider war sie
trotzdem so schwer, dass sie dort sofort unterging.

Eine Sekunde lang war es vollkommen still, dann schrie
Talitha: »Bridget, was hast du getan? Sie kann doch nicht
schwimmen.«

Alle starrten auf den japsenden Hund, der im Pool gegen
seinen Ertrinkungstod ankämpfte, aber immer wieder ver-
sank. Auf einmal zog sich Roxster das T-Shirt aus, wodurch
alle seinen Waschbrettbauch sehen konnten, machte einen
mustergültigen Kopfsprung ins Wasser und tauchte am anderen Ende wieder auf – ohne Hund, aber das Wasser perlte

höchst attraktiv von seinen breiten Schultern. Die Lage des Hündchens hatte sich in der Zwischenzeit nicht gerade verbessert, ein letztes Mal gelang es ihr, nach Luft zu schnappen, dann versoff sie endgültig. Eine Sekunde lang sah Roxster konsterniert auf die Stelle, dann tauchte er erneut und hatte im nächsten Moment das nasse zitternde Bündel fest in seinem Arm. Er zeigte sein strahlendes Heldenlächeln, als er den Hund vorsichtig zu Talithas Füßen ablegte und sich mühelos aus dem Becken schwang.

»Jonesey«, sagte Roxster, »wie oft habe ich dir schon gesagt: Wir schmeißen das Stöckchen, nicht den Hund.«

»O mein Gott!«, sagte Tom. »O mein Gott!«

Talitha kriegte sich über ihre Petula kaum noch ein. »Ach, du Ärmste, mein armer Schatz, was haben sie dir angetan?«

»Tut mir leid«, sagte ich. »Aber sie ist mir einfach aus der Hand gesprungen.«

»Dafür brauchst du dich nicht zu entschuldigen«, sagte Tom und starrte immer noch auf meinen Freund.

Auch Talitha richtete jetzt ihre Aufmerksamkeit auf Roxster. »Du bist ein Schatz«, sagte sie. »Mein Held, mein tapferer ... Warte, ich helfe dir aus den nassen Sachen.«

»Wehe, du ziehst ihm etwas an«, grollte Tom.

»Als Erstes brauche ich mal ein Wodka Red Bull«, grinste Roxster.

Talitha unternahm einen zweiten Versuch, Roxster abzuschleppen, doch er ergriff schnell meine Hand und zog mich mit. Aus dem Meer der offenen Münder ist mir eines besonders in Erinnerung geblieben: Woney war hin und weg.

Im Haus angekommen erklärte Talitha: »So, was jetzt passiert, nennt man wohl Rebranding. Wir bringen dich ganz neu auf den Markt, mein Süßer.«

Frisch eingekleidet in piekfeine Oligarchen-Klamotten

wusste Roxster nicht recht, wie ihm geschah – oder dass überhaupt etwas mit ihm geschah. Ihn interessierten vor allem die Promis unter den Gästen – von den meisten hatte ich nicht einmal gehört. Die Dunkelheit brach herein, und Laternen funkelten in der warmen Luft, und die Gäste wurden allmählich betrunken. Die Band spielte, die Leute wollten tanzen. Mir war – allem Stolz zum Trotz – nicht ganz wohl dabei, welchem Experiment Roxster gerade ausgesetzt wurde. Ich hatte ihn doch gar nicht für meine Selbstdarstellung benutzen wollen, es war einfach geschehen. Um die Wahrheit zu sagen, ich stand nur noch dumm herum und war vollkommen abgeschrieben und konnte nichts dagegen tun.

»Komm her, tanzen wir, Baby«, sagte Roxster. »Schmeißen wir uns ins Gewühl.«

Er goss sich nacheinander Wodka, Bier und Red Bull ein und verlangte nach mehr. Roxster war hemmungslos, überschäumend und offen gesagt nicht mehr Herr seiner selbst.

Er stürmte auf die Tanzfläche, wo altersbedingt nur noch mit den Hüften gewackelt wurde, einige Frauen standen auch nur breitbeinig da und schüttelten provokant die Schulter. Ich hatte Roxster nie zuvor tanzen sehen, doch als die Band etwas von Supertramp spielte, entstand um ihn ein leerer Raum, den er mit seinen wilden Pointing-Bewegungen auch brauchte. Er sang laut mit, er kannte jedes Wort, marschierte wie John Travolta und zeigte dramatisch in jede Richtung, schließlich auch auf die Band, und zwar taktgenau zum Einsatz des instrumentalen Breaks. Dann sah er mich und meine unentschlossene Kniegelenk-Übung, packte mich und drückte mir seinen Drink in die Hand, den ich trinken sollte, wie seine Gesten sagten. Ich tat es, in einem Zug, machte tatsächlich mit und ließ zu, wie mich ein zunehmend exzessiver Roxster im Kreis herumwirbelte, nach hinten bog, meinen Hintern betatschte und auch noch mit dem Finger darauf zeigte, damit es auch jeder mitkriegte. Gab es etwas Schöneres auf der Welt?

Mit kaputten Füßen stolperte ich anschließend auf die Toilette. Als ich zurückkam, war die Tanzfläche leer – dachte ich. Allein Jude war noch da, starrte, besinnungslos dicht, auf den Boden und lächelte verträumt. Nur Roxster zappelte unverdrossen weiter, ein Kronenbourg in der einen Hand, die andere stieß er Travolta-mäßig in die Luft.

»Das war der schönste Abend, den ich je erlebt habe«, sagte er zu Talitha, als wir uns verabschiedeten, und küsste ihre Hand. »Und mit Abstand das beste Essen auch… mit Abstand, das beste. Und die beste Party *ever*. Alles nur vom Feinsten, echt, nur das Beste, und du bist die Beste überhaupt…«

»Ich bin froh, dass du kommen konntest. Nochmals vielen Dank, dass du meinen Hund aus den Fluten gerettet hast«, hauchte sie huldvoll, ganz die Grande Dame. »Wollen wir bloß hoffen, dass er es nach all den Einlagen später noch bringt«, murmelte sie mir anschließend ins Ohr.

Draußen auf der Straße und endlich allein, hielt mich Roxster im Schein einer Straßenlaterne fest, grinste und küsste mich.

»Jonesey«, flüsterte er und sah mir in die Augen. »Ich…« Er drehte sich von mir weg und legte erneut eine kleine Tanznummer hin. Er war sturzbetrunken. Dann wandte er sich wieder zu mir, traurig erst, dann demonstrativ unbeschwert und rief: »Weißt du, weißt du… Ich LIEBE dich. Das habe ich noch zu keiner Frau gesagt. Ich wünschte nur, ich hätte eine Zeitmaschine. Ich LIEBE dich.«

Wenn es einen Gott gibt, hat er sicher Wichtigeres zu tun, als hoffnungslosen alten Witwen wie mir eine unvergessliche

Sexnacht zu schenken. Ich sage nur Naher Osten und Co. Da ist reichlich zu tun. Aber an diesem Abend sah es ganz so aus, als hätte er sein Tagesgeschäft eine Weile vergessen.

Am nächsten Morgen – die Kinder waren bei ihrer Zauber- bzw. Fußballparty und Roxster beim Rugby – legte ich mich noch einmal hin und ließ den vergangenen Abend nachwirken. Roxster, wie er aus dem Pool stieg. Roxster im Schein der Straßenlaterne und wie er mir sagte: »Ich LIEBE dich.«

Aber wenn einem so viel gleichzeitig widerfährt, braucht der Verstand eine Weile, bis er die Einzelheiten sortiert hat.

»Ich wünschte nur, ich hätte eine Zeitmaschine.«

Komischer Spruch, aber plötzlich war er da und setzte sich unter lauter anderen Wörtern und Bildern als bedeutsam durch. Und der kurze Moment der Traurigkeit, ehe er sagte: »Ich LIEBE dich... Ich wünschte nur, ich hätte eine Zeitmaschine.«

Es war das erste Mal, dass er unseren Altersunterschied erwähnte, seine blöden Witze über knackende Gelenke und dritte Zähne zählten nicht. Wir beiden hatten uns mitreißen lassen, denn wir beide waren so froh, unter all dem menschlichen Treibgut des Internet-Datings jemanden gefunden zu haben, den wir wirklich mochten. Und das auch nicht nur für einen One-Night-Stand oder meinetwegen einen Three-Night-Stand, sondern in einer echten Beziehung voll Liebe, Spaß und Freude. Doch in seinem alkoholisierten Überschwang hatte er sich verraten. Es kam eben doch auf das Alter an – und damit hatten wir plötzlich ein Problem.

TEIL 3

....

Freier Fall
ins Chaos

EIN RICHTIG BESCHISSENER TAG

Dienstag, 4. Juni 2013
61 kg; Kalorien: 5822; Jobs: 0; Toyboys: 0; Respekt seitens der Filmfirma: 0; Respekt seitens der Schule: 0; Respekt von Kindermädchen: 0; Respekt von den Kindern: 0; Verzehr von Reibekäse: 2 Tüten; Verzehr von Keksen: 1 Pckg.; Verzehr Gemüse: 1 Stck. (Weißkohl).

9.00 Uhr. Eine weitere hocherotische Nacht mit Roxster liegt hinter mir. Dennoch beschleicht mich eine gewisse Unruhe. Billy und Mabel waren noch wach, als er kam, und stürmten heulend nach unten. Billy sagte, Mabel hätte mit Sabbelina nach ihm geworfen und ihn auf einem Auge »geblendet«. Es dauerte eine Ewigkeit, bis ich sie wieder im Bett hatte.

Als ich danach wieder nach unten ging, wirkte Roxster, der mich nicht hatte kommen hören, irgendwie sauer.

Ich entschuldigte mich, er blickte hoch und lachte, eigentlich wie immer, und sagte: »So hatte ich mir den Abend eigentlich nicht vorgestellt.«

Sobald das Essen auf dem Tisch stand, war aber alles wieder gut, traumhaft sogar. Einmal mehr machten sich der Badhocker und der große Spiegel bezahlt. Und unser Kurzurlaub sollte schon am nächsten Wochenende stattfinden. Wir suchen uns einen kleinen Landgasthof, gehen wandern und vögeln, essen und trinken, all das. Chloe bringt die Kinder zur Schule, sodass ich mich früh an mein Drehbuch setzen kann, das immer weniger von einem unmöglichen Traum und immer mehr von einer fantastischen Realität hat. Ein richtiger Film, von mir geschrieben, in der Hauptrolle Ambergris Bilk!

9.15 Uhr. Mmmmm. Ich bekomme die Badezimmerszene nicht aus dem Kopf.

9.25 Uhr. Soeben SMS an Roxster geschickt: <War so schön gestern Abend mit dir!>

9.45 Uhr. Dumm nur, dass ich keine Antwort kriege. Komme auch über den Satz mit der Zeitmaschine nicht hinweg. Aber warum steigere ich mich immer in die hässlichsten Selbstbilder hinein? So als wäre ich wirklich die irre Stalkerin oder die liebestolle Oma, die in Leggings, ärmellosem Oberteil und mit Strass-Haarreif in der ausgewachsenen Dauerwelle in die Disco geht – und gar nicht merkt, dass ihre wabbeligen Arme und das »Bäuchlein« nur höhnische Blicke auf sich ziehen.

9.47 Uhr. Nein, ich muss mich jetzt zusammenreißen, muss aufstehen und weitermachen. Will auch nicht den ganzen Tag in Unterwäsche durchs Haus schluffen und mich in ein selbstquälerisches Ratespiel verwickeln, warum ich von meinem Toyboy keine Antwort erhalte, denn ich habe ein Drehbuch zu schreiben und Kinder zu versorgen und alles am Laufen zu halten.

Doch davon allein geht die Frage nicht weg: Warum antwortet er nicht?

9.50 Uhr. Deshalb kurz Mail checken.

9.55 Uhr. Auch da nichts. Nur eine weitergeleitete Mail von George von Greenlight. Vielleicht wartet da ja etwas Schönes auf mich.

10.00 Uhr. OMG! Mail aufgemacht und eine Bombe zur Explosion gebracht.

> **FWD: Absender:** Ambergris Bilk
> **An:** George Katernis
> Habe gerade mit Dougie gesprochen. Der Mann ist super.
> Ist auch einer Meinung mit mir, was das Drehbuch angeht.
> Höchste Zeit, dass sich ein richtiger Autor daransetzt.

Mehrere Sekunden lang starrte ich blicklos auf den Bildschirm.

Was sollte das heißen, ein richtiger Autor?

Ich *bin* ein richtiger Autor.

Dann nahm ich mir das Stück Kohl, das Chloe aus irgendeinem Grund auf dem Küchentisch liegen gelassen hatte (Kohl zum Frühstück für die Kinder? Wie hatte sie das gemacht? Rezeptbuch von Gwyneth Paltrow?), stopfte mir wie ein Tier rohe Kohlblätter in den Mund, lief ruhelos durch die Küche und verteilte das Zeug auf diese Weise überall. Dann SMS-Signal auf meinem Handy. Roxster.

<Da hast du recht. Aber im Augenblick bin ich völlig ratlos, wie es mit unserer Beziehung weitergehen soll. Ich weiß einfach nicht weiter, Baby.>

Noch eine SMS. Die Vorschule.

<Mabel hat einen eitrigen Fingernagel. Er löst sich bereits ab. Anscheinend besteht diese Entzündung schon seit Tagen.>

10.15 Uhr. Jetzt nur die Ruhe. Werde an den Kühlschrank gehen und mir zu den Kohlblättern geriebenen Mozzarella in den Mund schaufeln.

10.16 Uhr. Okay, Mund ist voll, mehr geht nicht rein. Jetzt mit Red Bull runterspülen. Oh! Telefon! Vielleicht Roxster, der alles zurücknimmt?

11.00 Uhr. War Imogen von Greenlight. »Bridget, hier ist ein schlimmes Versehen passiert. George hat dir irrtümlich eine Mail weitergeleitet, die gar nicht für dich bestimmt war. Bitte sei so gut und lösche sie sofort. Du brauchst sie nicht zu lesen… Bridget? Bridget?«

Doch mit vollem Mund konnte ich nichts sagen. Lief zur Spüle und spuckte die ganze Pampe aus. Im selben Moment erschien Chloe oben an der Treppe. Ich grinste sie an, während mir der Kohl-Mozzarella-Auflauf noch zwischen den Zähnen hing. Ich muss ausgesehen haben wie ein Vampir, den man bei blutiger Mahlzeit ertappt.

»Bridget? Bridget?«, hörte ich Imogen aus dem Hörer.

»Ja?«, sagte ich, winkte Chloe fröhlich zu und versuchte gleichzeitig, Spüle mit der Handbrause zu reinigen.

»Weißt du schon das mit Mabels Finger?«, flüsterte Chloe. Ich nickte ruhig und zeigte auf das Handy vor meinem Mund. Imogen wiederholte die Story von der fehlgeleiteten Mail, und mein Blick fiel auf die Zeitung, die Roxster am Morgen gelesen hatte.

Toyboys – ein echtes Trauerspiel

von Ellen Boschup

Auf einmal waren sie da: Toyboys. Und jetzt findet man sie überall. Der medizinische Fortschritt erlaubt heute jugendverlängernde Maßnahmen, wie sie noch nie da gewesen waren, und zahlreiche Frauen nutzen die neuen Möglichkeiten und investieren viel Zeit und Geld, um länger jung zu bleiben. Naturgemäß rückt für sie dabei auch »der jüngere Mann« ins Blickfeld. Ellen Barkin, Madonna und Sam Taylor-Wood sind nur einige Beispiele für diesen Trend. Ältere Frauen, die sich auf die Jagd nach jungen Männern begeben. Für sie liegen die Vorteile auf der Hand, vor allem auf sexueller Ebene. Jüngere Partner versprechen häufigeren, lebendigeren, befriedigenderen Sex; außerdem haben sie nicht eine Exfrau oder Kinder im Gepäck, sie haben keinen Bauch, keine Glatze und nicht diese träge Gleichgültigkeit angesichts eines äußeren Zustands, gegen den man durchaus etwas unternehmen kann. Männer scheint es überhaupt nicht zu stören, dass sie alte Säcke werden. Frauen stört genau *das* an ihnen.

»Bridget«, sagte Imogen erneut. »Alles in Ordnung? Was ist los mit dir? Erde an Bridget: Bridget? Net-a-Porter? Mars Minis?«

»Danke der Nachfrage, aber mir geht's gut. Ich rufe dich später an, tschüs.«

Ich drückte sie weg und las weiter.

Für die jungen schutzlosen Kerle, die ihnen zum Opfer fallen, mag das zunächst ein interessanter Deal sein. Bei ausgeschaltetem Licht wirken diese Frauen ausgesprochen gut erhalten. Frisch wie eingelegte Zitronen. Die Frage nach einer Schwangerschaft stellt sich nicht, auch beruflicher Erfolg wird ihnen von diesen Frauen nicht abverlangt. Im Gegenteil, für die jungen Männer eröffnet sich ein bequemer Weg in eine Welt, von der sie normalerweise nur träumen können. Sie kommen in den Genuss einer erfahrenen Liebhaberin, die genau weiß, was sie will, und ihrem jüngeren Geliebten den Zutritt zu einem Leben voller Luxus und bester gesellschaftlicher Kontakte ermöglicht. Und wo liegen die Nachteile? Einmal natürlich in der auffälligen Instabilität solcher Verbindungen. Der junge Liebhaber kann seine reifere Partnerin jederzeit verlassen, wenn er genug hat, und diese geht dann auf die Pirsch nach neuer Beute. Doch ganz so einfach ist es nicht …

»Alles okay, Bridget?«, fragte Chloe

»Ja, alles super. Könntest du bitte Mabels Kommode aufräumen, ja? Danke«, sagte ich mit ungewohnter Autorität.

Kaum war Chloe weg, riss ich das nächste Kohlblatt ab und stopfte es mir zusammen mit einer Nicorette in den Mund, während ich weiterlas.

… viele dieser ausgenutzten und missbrauchten jungen Männer sind überhaupt nicht in der Lage, den Zeitpunkt selber zu bestimmen, geschweige denn von der Bekanntschaft mit einer älteren Partnerin dauerhaft zu profitieren. Sie haben die entscheidenden Jahre ihres Lebens vertan und bleiben irgendwann sexuell erschöpft und mit zerstörtem Selbstbewusstsein zurück, ohne eigene Familie, ohne richtigen Beruf. Natürlich gibt es Gegenbeispiele wie Ashton Kutcher, die solche Beziehungen als Steigbügelhalter für die eigene Karriere nutzen konnten. Aber die meisten werden abgelegt wie ein altes Kleidungsstück und finden sich auf einmal in kleinen verdreckten Apartments wieder, werden zum Gespött von Kollegen, Freunden und der Familie. Man hat ihnen nie verziehen, dass sie mit einer Frau liiert waren, die ihre Großmutter hätte sein können, und das bekommen sie nun zu spüren. Ausgestoßen und verachtet könnten sie kaum tiefer sinken, und alles, was sie sich vielleicht erhofft hatten, ist für immer dahin …

Ich sackte am Küchentisch zusammen und bettete den Kopf auf die Arme. Diese dumme Ziege von Ellen Boschup. Der Frau ist offensichtlich nicht klar, welchen Schaden sie mit ihren vorschnellen Verallgemeinerungen anrichtet. Na ja, sie braucht halt jede Woche ihr Thema, da ist alles recht, notfalls wird ein Problem erfunden. Ich sehe sie richtig vor mir in ihren Redaktionskonferenzen. »Gegessen wird zu Hause? Das Verschwinden des bürgerlichen Esszimmers.« Prima, kommt wie gerufen. Es darf aber auch gerne das Gegenteil sein. »Die neue Mitte: Warum Esszimmer wieder Konjunktur haben.« Und dann tut man so, als hätte man sich jahrelang intensiv mit dem Thema befasst. In Wirklichkeit geht es nur um einen kleinen Beitrag von 1.200 Wörtern, abzuliefern spätestens zwei Tage vor Redaktionsschluss. Dass sie damit anderer Leute Liebesleben beschädigen, kommt ihnen gar nicht in den Sinn. Sie haben nur irgendwo eine Idee aufgeschnappt, garnieren sie mit ein paar unscharfen Fotos aus Klatschzeitschriften wie der *Heat*, und fertig ist die Laube.

»Soll ich mit Mabel zum Arzt gehen?«, fragte Chloe.

»Nein, das … das mache ich schon«, sagte ich. »Bitte schreib der Schule eine SMS, dass ich jeden Moment da bin.«

Ich ging auf die Toilette und setzte mich erschöpft hin. In meinem Kopf rasten die Gedanken. Wie sollte ich jetzt mit alledem umgehen? Wo anfangen? Da war einmal Roxsters Ratlosigkeit, dann dieser elende Artikel, dann diese niederträchtige Mail, die so tat, als sei ich gar kein richtiger Autor, nicht zu vergessen Mabels entzündeter Nagel. Okay, eins nach dem anderen. Mabels Infektion hatte auf jeden Fall Vorrang, aber in meinem Zustand kann ich mich nicht in der Schule sehen lassen. Wenn ich sie so vermöhrt und durchgedreht von der Schule abhole oder zum Arzt bringe, verständigen sie umgehend das Jugendamt, und Mabels »Inobhutnahme« ist nur eine Frage von Stunden.

Also erst einmal Ruhe ins Spiel bringen, ich brauche einen klaren Kopf. Steht schon genau so in *Wie man dem Wahnsinn entgeht*: Der menschliche Verstand ist *plastisch*, also veränderbar.

Ich holte mehrmals tief Luft und ließ den Luftstrom tönen: »Maaaaa…« Mein Gebet an die Allmutter des Universums.

Dann betrachtete ich mich im Spiegel, und was ich sah, sah nicht gut aus. Ich wusch mir das Gesicht, strich mir mit den Fingern durch die Haare, verließ die Toilette und ging ganz gnädige Frau an Chloe vorbei nach unten. Dass ich um elf Uhr morgens immer noch mein Nachthemd trug oder dass Chloe die Anrufung der Allmutter mitgekriegt hatte, überspielte ich, na ja… gekonnt.

13.00 Uhr. Mabel fand das mit dem Nagel in erster Linie aufregend. Es war auch längst nicht so schlimm, wie sie in der Schule getan hatten. Und doch, einer guten Mutter wäre etwas aufgefallen, wenn »diese Entzündung schon seit Tagen bestand«, angeblich.

Beim Arzt stand ich geschlagene vier Minuten am Empfangstresen, ohne dass es die beiden Rezeptionistinnen für nötig hielten, sich meiner anzunehmen. Im Gegenteil, sie tippten seelenruhig in ihre Computer, entweder weil ich a) gar nicht da war oder b) weil sie sich gerade mit einem Stück Besinnungspoesie beschäftigten, das wichtiger war als jedes andere menschliche Leid. Derweil trampelte Mabel fröhlich im Wartezimmer umher und sammelte die Broschüren vom Wandhalter ein.

»Ich lese jetzt!«, erklärte sie und tat es: »Go... no... nor... höhö...«

»Fein machst du das, mein Schatz«, sagte ich, setzte mich und suchte auf meinem iPhone nach frischen SMS von Greenlight oder Roxster oder überhaupt jemandem, der jetzt Trost spenden konnte.

»Go... oo... noo... rrr... höö.«

»Du bist ja so schlau«, murmelte ich.

»Gonorrhö!«, rief sie triumphierend und klappte die Broschüre auf.

»Oh! Hahaha!«, sagte ich, nahm ihr das Faltblatt ab und stopfte es in meine Handtasche. »Schauen wir mal, ob wir was Schöneres zum Vorlesen finden«, sagte ich und starrte verloren auf eine ganze Wandbibliothek mit farbenfrohen Informationsblättern. Es gab alles, von Syphilis über unspezifische Urethritis bis hin zu *Kondome für Männer und Frauen*. Und natürlich, wenn auch reichlich spät, *Wissenswertes über Filzläuse*.

»Nimm lieber die Spielsachen«, sagte ich.

»Es ist mir unbegreiflich, wie ich so etwas übersehen konnte«, sagte ich, als wir schließlich zum Arzt vorgelassen wurden.

»Ach was«, beruhigte er mich. »So eine Schwellung kann sich auch innerhalb einer Stunde entwickeln. Ein paar Antibiotika, und alles ist wieder gut.«

Nach dem Arzt kauften wir in der Apotheke Disney-Princess-Pflaster, worauf Mabel wieder in die Schule gebracht werden wollte.

14.00 Uhr. Wieder zu Hause und froh, endlich allein zu sein. Wollte mich auch gleich an mein Drehbuch setzen, aber das erschien mir sinnlos, denn ich war so gut wie gefeuert. Und die Zukunft sah düster aus.

»Ach so, habe meine Sonnenbrille auf, kein Wunder.«

15.15 Uhr. Starrte zwanzig Minuten lang nur Löcher in die Luft und versuchte, Gedanken an Selbstmord zu verdrängen. Könnte mich erschießen wie Hedda Gabler. Habe dann aber lieber auf Net-a-Porter nach Halskettchen mit Dolch oder Totenkopf gesucht. Auch wurde es langsam Zeit, Mabel und Billy von der Schule abzuholen.

18.00 Uhr. War völlig durch den Wind, als ich mit Mabel schließlich in Billys Schule ankam. Musste wegen Billys Fagottunterricht auch erst noch ins Sekretariat. »Haben Sie das Anmeldeformular mitgebracht?«, fragte Valerie, die Sekretärin. Ich durchwühlte den Müllhaufen, der meine Handtasche war, und legte alles, was nicht nach Anmeldeformular aussah, auf den Tresen.

»Ah, Mr Wallaker«, sagte Valerie.

Ich blickte hoch, und da war er, und wie immer hatte er dieses arrogante Grinsen im Gesicht.

»Wie geht's?«, fragte er und besah sich den Haufen Altpapier, der sich mittlerweile auf dem Tresen angesammelt hatte, mit Titeln wie *Syphilis: Vorbeugung und Therapie, Gonorrhö erkennen und heilen, Leitfaden Sexuelle Gesundheit.*

»Das ist nicht von mir ...«, sagte ich.

»Aber natürlich nicht.«

»…sondern von Mabel.«

»Na, dann ist ja alles gut.« Irgendetwas schien ihn ungeheuer zu amüsieren. Ich raffte die Faltblätter zusammen und stopfte sie wieder in die Handtasche.

»He«, sagte Mabel, »die gehören mir. Gib sie wieder her.« Mabel griff in meine Handtasche und zog *Gonorrhö erkennen und heilen* hervor. Vollkommen ehrvergessen versuchte ich, ihr die Broschüre wieder zu entreißen, aber Mabel ließ so schnell nicht locker.

»Manno, das sind meine Hefte«, beschwerte sie sich und bekräftigte es mit »Verdammt!«

»Genau, und sie enthalten viele nützliche Informationen«, sagte Mr Wallaker und bückte sich. »Hier, nimm und gib es deiner Mutter.«

»Vielen herzlichen Dank, Mr Wallaker«, sagte ich freundlich, aber bestimmt und rauschte erhobenen Hauptes davon, wobei ich auf der Treppe fast über Mabel gestolpert wäre. Insgesamt war es aber ein eleganter Abgang.

»Bridget!«, rief mir Mr Wallaker hinterher, als gehörte ich zu seinen Schülern. Erschrocken fuhr ich herum. Noch nie hatte er mich Bridget genannt.

»Hast du nicht etwas vergessen?«

Ich sah ihn konsterniert an.

»Oder willst du deinen Sohn hierlassen?« Hinten kam Billy und grinste Mr Wallaker verschwörerisch zu. Beide machten sich offenbar über mich lustig.

»Manchmal vergisst sie sogar ihren Hintern im Bett«, sagte Billy.

»Würde mich nicht wundern.«

»Jetzt kommt schon, Kinder«, sagte ich und versuchte, wenigstens ein bisschen Würde wiederzuerlangen.

»Ja, Mutter«, sagte Mabel mit jener überlegenen Ironie, die bei kleinen Kindern besonders ärgerlich ist.

»O meine Tochter, ich danke dir«, entgegnete ich geschmeidig. »Und jetzt macht hinne, wir haben nicht ewig Zeit. Wiedersehen, Mr Wallaker.«

Zu Hause angekommen warf sich Billy aufs Sofa, und Mabel spielte zufrieden mit ihren Aufklärungsbroschüren.

»Warum kriege ich für meine Hausaufgaben immer nur Drecksnoten?«, sagte Billy.

»Warum kriege ich für mein Drehbuch nur Drecksnoten?«

Ich zeigte ihm die Mail vom Morgen, und Billy reichte mir sein Malbuch mit Ganesha dem Elefantengott samt Lehrerkommentar.

»Die Kombination von Gelb, Grün und Rot am Kopf gefällt mir sehr gut, doch die mehrfarbigen Ohren harmonieren meiner Meinung nach gar nicht.«

Niedergeschlagen sahen wir uns an – und fingen auf einmal an zu lachen.

»Sollen wir uns einen Keks gönnen?«, fragte ich.

Am Ende vernichteten wir die ganze Packung, aber da es Haferkekse waren, denke ich mal, ist das so ähnlich wie Müsli.

MEIN ÜBERPRALLVOLLES LEBEN

Mittwoch, 5. Juni 2013
61 kg; verfügbare Stunden am Tag: 24; benötigte Stunden: 36;
Zeitaufwand für Überlegung, wie ich das alles schaffen soll: 4 Std.;
erledigte Aufgaben in dieser Zeit: 1 (ich war auf dem Klo).

14.00 Uhr.

WAS ICH ALLES ERLEDIGEN MUSS:

- Ladung Wäsche waschen
- Auf Zombie-Apokalypse-Einladung reagieren
- Brian Katzenberg anrufen wg. Mail von Ambergris Bilk
- Fahrrad aufpumpen
- Reibekäse
- Wochenende planen. Am Samstag geht Billy auf die *African-Drum*-Party bei Atticus, doch Bikrams Mum fährt die Kinder nur hin *oder* zurück, nicht beides, d.h. die anderen (ich) müssen ebenfalls ran. Am Sonntag ist Mabel auf Cosmatas *Build-A-Bear*-Party, zur selben Zeit geht Billy zum Fußballtraining. Muss mit den Müttern von Jeremiah und Cosmata noch abklären, wer wen wohin fährt. Und Jeremiahs Mum fragen, ob Jeremiah künftig mit zum Fußball will.
- Mum anrufen (*meine* Mum)
- Grazina anrufen und fragen, ob sie am kommenden Wochenende einspringen kann, dann Zugverbindungen nach Eastbourne checken
- Überlegen, was jetzt aus Kurzurlaub mit Roxster werden soll

- Kreditkarte wiederfinden
- Fernbedienung wiederfinden
- Telefon wiederfinden
- 3 Pfund abnehmen
- Auf Rundmail betr. Veggie-Zeug für Sportfest antworten
- Rausfinden, ob der Termin bei Greenlight morgen noch gilt
- Foto von Mottoparty »Die alten Römer«
- Beine- und Bikini-Waxing, falls Kurzurlaub noch gilt
- Familienwappen von Adjektivierungssuffix »isch«
- Stärkung von Rücken und Unterbauch
- Anmeldeformular für Billys Fagottstunden ausfüllen und im Sekretariat abgeben
- Anmeldeformular für Fagottstunden finden
- Glühbirne im WC
- Auf Spinning-Bike trainieren (mehr als unwahrscheinlich)
- Kleid an Net-a-Porter zurückschicken, weil auf Talithas Party nicht getragen
- Herausfinden, warum Kühlschrank wieder diese Geräusche macht
- Mabels Gonorrhö-Faltblätter finden und vernichten
- Tauchszene aus Drehbuch (Fassung 12) finden
- Zähne

O Gott, das schaffe ich doch niemals in einer Stunde – oder was davon noch übrig ist (20 Minuten).

Okay, werde mich einfach an die »Quadranten« halten, wie es in *Teile und herrsche: Geheimnisse eines effektiven Lebens* empfohlen wird, denn damit kriegt man alles geregelt.

WICHTIG, DRINGEND

- ~~Auf Einladung zu Zombie/ Apokalypse-Party reagieren~~
- Aufs Klo gehen
- ~~Brian Katzenberg anrufen wg. Mail von Ambergris Bilk~~
- Beine- und Bikini-Waxing, falls Kurzurlaub noch gilt
- Fahrrad aufpumpen
- Reibekäse
- Zähne
- ~~Augenbrauen~~
- ~~Reibekäse~~
- Überlegen, was jetzt aus Kurzurlaub mit Roxster werden soll

- Auf Rundmail der 3c-Mütter betr. Sportfest-Picknick antworten
- Grazina anrufen und fragen, ab wann sie am Samstag kann, dann nach romantischem Landgasthof googeln
- ~~Retoure an Net-a-Porter vorbereiten, da Kleid auf Talithas Party nicht getragen~~
- Herausfinden, wo Cosmata wohnt

WICHTIG, NICHT DRINGEND

- Auf Spinning-Bike trainieren (mehr als unwahrscheinlich)
- Anmeldeformular für Billys Fagottstunden finden, ausfüllen, abgeben
- ~~Jeremiahs Mum anrufen~~
- Mum anrufen (*meine* Mum)
- E-Mails von Freunden, Bekannten etc. beantworten
- ~~Retoure an Net-a-Porter vorbereiten, da Kleid auf Talithas Party nicht getragen~~

- Herausfinden, wer wen wann wo abholt. Ansprechpartner: Jeremiahs Mum und Cosmatas Mum. Außerdem Jeremiahs Mum fragen, ob Jeremiah künftig mit zum Fußball will
- Reibekäse
- ~~Zähne~~
- Augenbrauen
- Foto von Mottoparty »Die alten Römer«

UNWICHTIG, DRINGEND

- Antwort an Zombie-Apokalypse
- Fernbedienung finden
- Visa-Card finden
- ~~Zähne finden~~
- Telefon finden
- 3 Pfund abnehmen
- Mabels Gonorrhö-Faltblätter finden und vernichten
- ~~Herausfinden, wer wen wann wo abholt. Ansprechpartner: Spartacus' Mum und Cosmatas Mum. Außerdem Jeremiahs Mum fragen, ob Jeremiah künftig mit zum Fußball will~~
- Wochenende planen
- Am Samstag geht Billy auf die *African-Drum*-Party bei Atticus, aber Bikrams Mum fährt die Kinder entweder nur hin *oder* zurück, nicht beides, d.h. die anderen (ich) müssen ebenfalls ran. Am Sonntag ist Mabel auf Cosmatas *Build-A-Bear*-Party, zur selben Zeit geht Billy zum Fußballtraining
- Wasserkocher von John Lewis

UNWICHTIG, NICHT DRINGEND

- Herausfinden, ob das Greenlight-Meeting morgen noch gilt
- ~~Reibekäse~~
- Bikrams Mum anrufen
- Wäsche in Waschmaschine tun
- Brian Katzenberg anrufen wg. Mail von Ambergris Bilk
- Dance Fever
- ~~Auf Rundmail der 3c-Mütter betr. Sportfest-Picknick antworten~~
- Anmeldeformular für Billys Fagottstunden finden
- Stärkung von Rücken und Unterbauch (Erhaltungsübungen)
- Zahnarzttermin für Billy und Mabel machen.
- ~~Mum anrufen (*meine Mum*)~~
- Retoure an Net-a-Porter vorbereiten, da Kleid auf Talithas Party nicht getragen
- Aufs Klo gehen.

14.45 Uhr. Na also. Schon sieht alles viel machbarer aus.

14.50 Uhr. Ich denke, ich gehe als Erstes aufs Klo. Dann habe ich das schon mal aus dem Kopf.

14.51 Uhr. Gut, das wäre erledigt.

14.55 Uhr. Oh! Klingel! Ich machte auf, und Rebecca von gegenüber taumelte mit letzter Kraft (und verschmierter Mascara) in die Diele. In der Hand hatte sie eine Liste und einen Plastikbeutel voller Eiersandwiches.

»Willst du eine mitrauchen?«, sagte sie mit geisterhafter Stimme. »Ich halt's im Kopf nicht mehr aus.«

Wir gingen nach unten, setzten uns aufs Sofa, guckten ins Leere und qualmten wie die letzten Asis.

»Lateinisches Schultheater, weißt du, was das bedeutet?«, sagte sie rätselhaft.

»Ich kann es mir denken. Im Anschluss gibt es Dankeschön-Präsente an die Lehrerschaft. So eine Veranstaltung nennt man Zombie-Apokalypse«, sagte ich und bekam erst einmal einen Hustenanfall, denn ich hatte mit Ausnahme der zwei Züge am Joint der Lederjacke seit fünf Jahren keine Fluppe mehr im Mund gehabt.

»Ich habe vor, mich in den Wahnsinn zu flüchten, ohne dass jemand was merkt«, sagte Rebecca.

Doch plötzlich hatte ich eine Idee. Ich machte die Zigarette aus und stand auf.

»Was du brauchst, ist die Vierteilung! Die Vierteilung des Lebens in – hier, guck – *Quadranten*!«, sagte ich und hielt ihr meinen *Teile-und-herrsche*-Plan unter die Nase.

Sie starrte auf das Blatt Papier und brach in hysterisches Lachen aus.

»Gut«, sagte ich. »Ich sehe schon: Das ist ein Notstand, der Klassiker. Sobald der Notstand ausgerufen wird, wird der normale Service eingestellt, und niemand kann mehr erwarten, dass alles läuft wie normal. Denn jetzt haben die Notstandsmaßnahmen Vorrang. Was bedeutet, dass du nur noch das tust, was den Notstand beendet.«

»Na wunderbar«, sagte Rebecca. »Dann hätte ich jetzt gern einen Drink, nur einen klitzekleinen.«

Ganz erstaunlich, wie nur ein halbes Gläschen die Welt verschönern kann, aber die Ruhe währte nicht lange, denn sie sprang plötzlich auf und rief: »Ach du Scheiße, ich muss ja die Kinder abholen.« Eine Sekunde später war sie aus der Tür, und bei mir ging eine SMS ein. Es war Roxster. <Du bist so still, Jonesey.>

Rebecca kam noch einmal zurück, weil sie ihre Sandwiches vergessen hatte, und auch mir fiel plötzlich ein, dass selbst bei einem Notstand der Kinderfahrbetrieb weiterging. Ich rannte nach oben und wieder herunter auf der Suche nach den Reiswaffeln und schrieb gleichzeitig an Roxster: <Ich bin vielleicht genauso ratlos wie du.>

15.30 Uhr. Endlich im Auto. Habe leider die Reiswaffeln vergessen.

Dann auch noch SMS von Roxster.

<War wohl nur eine Panikattacke. Soll ich mich heute Abend mal melden, dann können wir darüber reden, meine kleine gefüllte Teigtasche?>

Er hat Panik?

Den letzten Teil der Strecke musste ich im Laufschritt hinter mich legen, um noch pünktlich zu sein, was nicht gut aussah. Und dann wurde ich auch noch von ein paar skandinavischen Touristen aufgehalten, die mich nach dem Weg fragten.

Ich tat so, als hätte ich sie nicht bemerkt, und zeigte in irgendeine Richtung. Na gut, bin wohl nicht das beste Aushängeschild für mein Land. Und was verrät es eigentlich über uns,
wenn wir uns mehr davor ängstigen, der Fremde könne uns
die Zeit stehlen statt, sagen wir, die Handtasche?

21.30 Uhr. Kein Anruf von Roxster.
Spielt so oder so keine Rolle mehr. Wenn er anruft, wird er
mit mir Schluss machen – wegen fehlender Zeitmaschine.

22.00 Uhr. Hasse es, wenn Leute Anrufe verschieben, bloß
weil sie zu feige sind, dir etwas ins Gesicht zu sagen, das du
nicht hören willst. Obwohl… Roxster telefoniert ohnehin
nicht gerne, weil ich ihn da immer so zuquatsche. Und ewig
kann er es sowieso nicht aufschieben. Oh, Telefon! Das ging
aber schnell.

22.05 Uhr. »Hallo, Liebes…« Meine Mutter. »Hast du gewusst, dass Penny Husbands-Bosworth sich immer älter
macht, als sie ist? Sie behauptet allen Ernstes, sie ist vierundachtzig, was natürlich vollkommen lachhaft ist. Poo-hl – du
kennst doch Poo-hl, den Chefpâtissier? – Poo-hl meint, das
täte sie nur, damit ihr alle sagen, wie gut sie sich gehalten
hat…«

22.09 Uhr. Endlich Mutter aus der Leitung gescheucht,
prompt schlechtes Gewissen gekriegt. Musste aber sein. Gut
möglich, dass Roxster in der Zwischenzeit angerufen hat…
Oh, SMS!

22.10 Uhr. War aber nur Chloe.
‹Wegen Wochenende fasse ich kurz zusammen: Samstag-

morgen bin ich bei den Kindern, bis Grazina kommt. Grazina bleibt bei Mabel, während Bikrams Mum Billy zum Bongo-Getrommel mitnimmt. Von da aus bringe ich Billy zu Ezekiels Römerparty. (Soll ich auch ein Foto davon machen?) Am Sonntag bleibt Grazina bis 17.00, sie bringt Billy zum Fußball und wieder zurück und Mabel zu Cosmatas Bärenparty und wieder zurück. Ab 17.00 bin ich wieder dran, müsste aber spätestens um 18.00 weg, weil Tai-Chi-Veranstaltung mit Graham ...>

Wer da nicht bekloppt wird! Seit wann sind Kinder eigentlich so kompliziert? Geht es nicht auch ohne fortwährende Bespaßung?

22.30 Uhr. Habe auf einmal Stinkwut auf Roxster. Denn wer, wenn nicht er, ist schuld an diesem bescheuerten Dauerprogramm, das sich Kindererziehung nennt? Von Afro-Bongos über Bärenbastelstunde bis hin zu dem Personal, das ich seinetwegen beschäftigen muss. Und nach all dem Aufwand stehe ich da wie bestellt und nicht abgeholt. Kurzurlaub gestorben, romantischen Landgasthof kann ich vergessen, alles wegen diesem Scheiß-Roxster. Wobei ich einmal außer Acht lasse, dass ich es war, von der der Vorschlag mit dem Kurzurlaub kam, der all diese Aktionen erst nötig macht.

22.35 Uhr. Dann Roxster eisige Mail folgenden Inhalts geschickt: <Würdest du mir gütigerweise mitteilen, ob der für das kommende Wochenende avisierte Kurzurlaub noch erwünscht ist. Falls ja, müsste ich verschiedene Dinge abklären.> Doch ich bereute es sofort, weil total kleinlich, gemein und nicht im Einklang mit *Zen oder die Kunst, sich zu verlieben*. Kann Roxsters Bedenken verstehen, denn ein Altersunterschied von einundzwanzig Jahren wird erst recht unerträglich, wenn ich dieses ewige Gemecker anstimme.

22.45 Uhr. Zurück kam kleinlaute SMS mit folgendem Inhalt: <Gerne, Jonesey, mache mir nur Gedanken, was danach passiert.>

Schrieb postwendend zurück: <Aber Kurzurlaub ist schon geplant, und es wäre das erste Mal, dass nur wir zwei etwas unternehmen, und es wäre so romantisch und alles.>

Die Antwort ließ ein paar Minuten auf sich warten.

<Okay, scheiß auf meine Panikattacken, Baby. Wir machen das jetzt.>

Jawoll! Wir gehen gemeinsam auf Kurzurlaub.

23.00 Uhr. Talitha rief gerade an, um sich nach dem Stand der Dinge zu erkundigen. »Sieh dich vor, Schätzchen. Diese Anfälle zeigen, dass er die Sache nicht mehr ganz unbelastet betrachtet. Von jetzt an denkt er über die Zukunft nach, und er ist leider viel zu jung, um zu begreifen, wie falsch das ist.«

Hätte mir am liebsten die Ohren zugehalten und Talitha übertönt. »Lalalala, mir scheißegal. Man lebt nur einmal. Und wir machen unseren Kurzurlaub, hurra!«

Donnerstag, 6. Juni 2013
9.30 Uhr. Gerade von Schule zurück und kurz Mail gecheckt wegen Sportfest-Picknick. Aber dann die böse Überraschung.

Absender: Brian Katzenberg
Betreff: Weitergeleitete E-Mail
Ja, du bist gefeuert, gehörst aber nach wie vor zum Team. Alles

Weitere auf dem Meeting mit dem neuen Autor. Sorry, aber so läuft es im Filmgeschäft.

Ein neuer Autor? Schon? Wie haben sie so schnell jemanden gefunden?

Mein Handy quakt.

Roxster: <Ich finde einfach kein Hotel. Alles ausgebucht.>

Die Nachricht versetzte mich in hektische Aktion, und ich googelte kreuz und quer, nur um zu genau demselben Ergebnis zu kommen: Nirgendwo war ein Zimmer frei.

Womit wir jetzt wie Maria und Joseph wären, für die auch kein Platz in der Herberge war. Mit dem Unterschied, dass ich keinen Gottessohn gebar, sondern von Joseph in die Wüste geschickt wurde.

10.00 Uhr. SMS an Tom, unseren Hotelspezialisten. Vielleicht fiel ihm ja noch etwas ein. Die Antwort kam fünf Minuten später.

<LateRooms.com bietet ein Baumhaus mit Terrasse im *Chewton Glen.*>

10.05 Uhr. Oh. Gerade nachgesehen: Das *Chewton Glen* ist ein echter Luxusschuppen, und Baumhaus kostet £875 die Nacht.

10.15 Uhr. Jippie! Habe doch noch ein Zimmer gefunden. In einem Landgasthof.

10.20 Uhr. Angerufen wegen Buchung. Wir kriegen die Hochzeitssuite. Sofort Roxster geschrieben.

<Habe Zimmer in Oxfordshire ergattert, mit Blick auf den Fluss.>

<Kluges Kind! Auch mit komplettem englischem Frühstück?>

<Ja. Die Sache hat nur einen Haken.>

<Jetzt sag nicht, man muss zwischen Speck und Würstchen wählen. Ich will beides.>

<Kriegst du. Trotzdem sollte ich dir sagen, dass es sich um die Hochzeitssuite handelt.>

<Ich wusste es. Das wolltest du doch von Anfang an. Aber was ist jetzt mit dem Frühstück?>

<*seufz* Das volle Programm. Du kannst essen, was du willst und so viel du willst.>

<Das heißt, wir nehmen den Zug nach Oxford, heiraten schnell und fahren mit dem Taxi zu diesem Landgasthof?>

<Ja.>

<Dann besorge ich in der Mittagspause noch schnell die Ringe.>

<Stör mich nicht. Bin gerade auf Net-a-Porter und suche unter Kleider, Hochzeits-.>

10.45 Uhr. Keine Antwort. Hat wohl den Witz nicht verstanden und denkt, ich mache ernst.

Deshalb noch SMS hinterher: <Was hältst du davon?>

<Wir könnten aber auch nur einen Tagesausflug machen.> Ich hielt den Atem an …

<Nein, Quatsch! Unter einem ausgewachsenen Kurzurlaub geht gar nichts, Jonesey. Ich kann schon gar nichts anderes mehr denken als KURZURLAUB!>

<Beziehen sich deine Gedanken auf mich oder auf das Essen?>

<*schnellspeisekartegoogel* Einzig auf dich, mein gebratenes Wächtelchen auf dem Pilzbett!>

11.00 Uhr. Bin so hoch im siebten Himmel, dass mir ganz schwindlig wurde. Habe dann aber ganz konkret Suite gebucht und an Roxster geschrieben: <Das Hotel besteht jedoch auf Hochzeitsurkunde.>

Lange Pause, dann...

<Du machst Witze, oder?>

<Du glaubst auch alles, Roxster.>

ZU NEUEN UFERN

Samstag, 8. Juni 2013

SMS mit Roxby McDuff sind vielversprechender und zukunftsträchtiger denn je, und wir schmieden jede Menge Pläne für unseren Urlaub. Vielleicht war bloß dieser blöde Artikel von Ellen Boschup über Toyboys an meinem Durchhänger schuld, und alles ist prima und voll vom Zauber des Augenblicks und ganz und gar dem Heute zugewandt.

Sollte jetzt aber packen, sonst verpasse ich noch meinen Zug. Oh, SMS von Roxster.

<Jonesey?>

Er wird mir doch jetzt nicht absagen?

<Ja, Roxster?>, schrieb ich nervös zurück.

<Willst du meine Frau werden?>

Ich starrte auf das Display. Was ging hier vor?

<Heiraten? Ohne die Verköstigung ehevertraglich zu regeln? Du musst wahnsinnig sein.>

<Richtig, ja. Ich habe das verbriefte Recht auf ein volles englisches Frühstück an jedem Sonntag. Ein volles englisches Frühstück muss zwingend enthalten: Spiegeleier, Bacon, Pilze und flambierte Würstchen. Willst du immer noch meine Frau werden?>

Nach reiflicher Überlegung – Frage könnte ein Trick sein – schrieb ich zurück:

<Wer nimmt hier das Leben zu ernst?>

<Weiß nicht. Ich dachte in erster Linie ans Essen.>

Sonntag, 9. Juni 2013

Kurzurlaube: 1; Sex: 7 Mal; Alkoholeinheiten: 17; Kalorien:
15.892; Gewicht: 63 kg (die Hälfte davon war ein rohes Tier, das
gefühlsmäßig nicht vor Weihnachten verdaut sein wird).

Kurzurlaub war himmlisch. Wie Labsal für meine geplagte
Seele. Das ganze Wochenende witzelten wir über unsere an-
geblichen Heiratspläne, es war warm und sonnig und einfach
nur schön, einmal fern von Lärm und *To-do*-Listen zu sein.
Auch Roxster war wieder guter Dinge. Der Gasthof war winzig und lag an einem malerischen Flüsschen in einem ver-
steckten Tal. Die Hochzeitssuite befand sich in einer ehemaligen Scheune, war innen weiß gestrichen, hatte ein Giebeldach
mit offenem Gebälk und Fenster zu beiden Seiten. Durch
das eine sah man auf den Fluss, durch das andere auf eine
grüne Auenlandschaft. Musste zwar immer wieder Erinnerungen an meine erste und einzig wahre Hochzeitssuite verdrängen, fand es aber trotzdem lustig, als Roxster mich über
die Schwelle trug und dabei so tat, als bräche er unter meinem
Gewicht fast zusammen, ehe er mich aufs Bett warf.

Die Fenster waren offen, und alles, was man hörte, war der
Fluss, Vogelgezwitscher und das Mäh der Schafe. Wir hatten verträumten Kuschelsex und schliefen danach ein wenig.
Dann gingen wir am Fluss spazieren und stießen auf ein altes
Kirchlein und taten so, als sei es unsere Hochzeitskapelle –
und die wiederkäuenden Kühe unsere Hochzeitsgäste. Später
entdeckten wir ein weiteres Gasthaus, wo wir unseren Durst
mit zu viel Bier löschten und noch Vino obendrauf kippten.
Kein Wort mehr von einer drohenden Trennung. Ich erzählte
Roxster von meinem Rauswurf aus dem Filmprojekt, und er
reagierte echt lieb und sagte, die Leute hätten sie nicht alle,
vor allem aber hätten sie keine Ahnung und würden ein Genie

nicht einmal erkennen, wenn man es ihnen auf dem Silbertablett präsentiert – ob er mal vorbeigehen sollte, um ihnen mit seinen starken Fäusten eine Lektion zu erteilen? Danach überfraßen wir uns beim Abendessen, bis ich nicht mehr papp sagen konnte. Seitdem gehe ich schwanger mit einem komischen Tier, das schon Arme und Beine bewegen kann.

Wir versuchten es mit einem Verdauungsspaziergang. Der Vollmond stand am Nachthimmel, und ich dachte an Mabel und ihr Mondgeheimnis. »Das ist der Mond. Er folgt mir, weißt du?« Ich dachte auch an Mark und die Zeit, in der der Mond uns gefolgt war. Die Jahre, in denen ich seiner Gegenwart so sicher war – und Kummer und Leid so fern. Wer hätte damals gedacht, dass sich unsere gemeinsame Zeit bereits dem Ende zuneigte?

»Alles in Ordnung mit dir, Baby?«

»Ich fühle mich, als hätte ich ein ganzes Bambi verdrückt«, lachte ich, um Roxster nicht merken zu lassen, wie es mir wirklich ging.

»Ich könnte dich noch zum Nachtisch essen«, meinte er, legte den Arm um mich, und alles war wieder gut. Wir gingen noch ein Weilchen am Fluss entlang und standen schließlich vor einem Moor. Doch es war schon spät, und wir kehrten zu dem Pub zurück, wo wir uns ein Taxi bestellten.

In unserer Hochzeitssuite standen die Fenster sperrangelweit offen, und Blumenduft und das Gemurmel des Flüsschens erfüllte unser Zimmer. Leider blähte sich Bambi in meinem Bauch immer weiter auf, sodass mir am Ende nichts anderes übrig blieb, als mein Nachthemd anzuziehen und mich bäuchlings aufs Bett zu legen. Unter mir ächzte der Lattenrost, Bambi machte sich schwer. Plötzlich bellte direkt vor unserem Fenster ein Hund, und Bambi bekam einen Schreck und erleichterte sich mit einen gigantischen Furz.

»Jonesey!«, sagte Roxster. »Du hast doch nicht etwa ge-pupst?«

»Kann sein, dass Bambi auf einen kleinen Frosch getreten ist«, sagte ich dümmlich.

»Kleiner Frosch? Es hörte sich an wie ein startender Groß-raumjet und hat sogar den Hund zum Schweigen gebracht.«

Das stimmte. Doch der blöde Köter fing sofort wieder an, und ich kam mir plötzlich vor wie in einer Sozialsiedlung in Leeds.

»Komm her, ich bring dich auf andere Gedanken, Baby«, sagte Roxster.

Mmmmmmmmmmmmmmmmmmmmmmmmmmmmmmmm mmmmmmmmmmmm.

22.00 Uhr. Zurück in London und mehr als zufrieden. Fühle mich wie neugeboren. Auch die Kinder hatten offenbar ein schönes Wochenende verbracht, und ich war froh, wieder bei ihnen zu sein. Für einen Sonntagabend, wenn die neue Schul-woche bereits die Finger nach ihnen ausstreckte und die nicht gemachten Hausarbeiten schwer auf der Kinderseele lagen, waren sie sogar ungewöhnlich brav und heiter gestimmt, fast wie auf einer häuslichen Szene aus den Fünfzigerjahren. Kin-der sind wirklich keine Hexerei, wenn man sich nur ab und zu etwas gönnt, zum Beispiel ein Sex-Wochenende mit einem Toyboy.

Oh, SMS.

Roxster: <Süß ist das Eheleben, meinst du nicht auch, Honey?>

Hmm. War trotzdem misstrauisch, denn das Zeitmaschi-nen-Ding wirkte nach.

Ich: <*pups* Mit so schmonzettigen Sprüchen kriegst du mich aber nicht.>

Roxster: <*schluchz*>

Ich: <*fieskicher* Ich fand das Wochenende überhaupt nicht ♥!>

Roxster: <Nicht mal ein mikroskopisch kleines bisschen ♥?>

Ich: <Um das zu sehen, bräuchtest du schon einen Nissenkamm.>

Roxster: <Das war also unser schlimmster gemeinsamer Ausflug?>

Ich: <Wenn ich Nein sage, kriegst du wieder eine Panikattacke?>

Roxster: <Panikattacken sind seit unserer Hochzeit gegessen.>

Ich: <Siehst du?>

Roxster: <Glaubst du, ich könnte in meinem Lebenslauf schreiben, ich widme mich dem Wohl der Menschheit?>

Ich: <Du meinst, indem du mich heiratest?>

Roxster: <Ja. Ich könnte sagen, ich arbeite beim Seniorenhilfswerk.>

Ich: <Geh weg!>

Roxster: <Ach, Jonesey! Schlaf gut und träum süß.>

Ich: <Du auch.>

BLÜTEN DER KLIMAERWÄRMUNG

Dienstag, 11. Juni 2013

60 kg; letztes Lebenszeichen von Roxster: vor 2 Tagen; täglicher Zeitaufwand für Sorgen wegen ausbleibenden Lebenszeichens: 95 %; Rundmails wegen Grünfutter für Sportfest: 76; Spam-Mails: 104; Verspätung bei Fahrten zur Schule (insgesamt): 9 Min.; Anzahl der Seiten bei einem Pentagon: unbekannt.

14.00 Uhr. Sauwetter. Schweinekalt und dauernd wirbeln so kleine Dinger durch die Luft. Kann aber kein Schnee sein, da Juni. Vielleicht Blüten? Aber so viele auf einmal?

14.05 Uhr. Seit Sonntagabend hat Roxster weder angerufen noch SMS geschrieben.

14.10 Uhr. Es *ist* Schnee. Aber kein schöner Schnee wie im Winter, sondern komischer Schnee. Kein Wunder bei der Klimaerwärmung und dem drohenden Weltuntergang! Verziehe mich besser ins Starbucks.

Obwohl, sollte mich landesweitem Protest gegen Starbucks-Steuertricks anschließen und anderen Laden finden, wo man genauso leckere Schinken-Käse-Paninis kriegt. Andererseits: Welt geht sowieso unter, da zahlt keiner mehr Steuern.

14.30 Uhr. Mmm. Umgeben von Menschen, die vor der Kälte in eine Welt aus Kaffeeduft und Schinken-Käse-Paninis geflohen sind, fühle ich mich gleich besser. Draußen schneit es auch nicht mehr so apokalyptisch, und alles kehrt zum Normalzustand zurück. Ich auch. Warum schreibe ich Roxster nicht einfach eine SMS? Habe ich seit Sonntagabend nicht mehr getan.

<Wusstest du schon, dass in einem Schinken-Käse-Panini 493 Kalorien stecken?>

Roxster: <Ich sehe, du hast mal wieder viel zu tun, Baby.>

Ich: <*in-Tastatur-hämmer* Roxsters männlich-starke Schultern glänzten im glitzernden Sonnenlicht wie… wie… männlich-starke Schultern.>

Roxster: <Schreibst du neuerdings Heftchenromane, mein Herzblatt?>

Ich: <*unverdrossen-weiter-tipp* Urplötzlich entfuhr seinem männlich-glitzernden Knackarsch ein gewaltiger Furz und donnerte durch die von Blumenduft geschwängerte Luft…>

Darauf bekam ich keine Antwort mehr. Doch, hier kommt eine SMS.

War aber Jude.

<Bin jetzt beim 7. Date mit Naturfotograf. Bedeutet das, dass wir zusammen gehen?>

Zurückgeschrieben: <Würde sagen, ja. Du hast es dir redlich verdient. Lass ihn jetzt bloß nicht mehr vom Haken.> So würde ich es normalerweise zwar nicht ausdrücken, aber egal.

14.55 Uhr. Immer noch keine Antwort von Roxster. Hasse diesen Zustand. Bin zunehmend verunsichert. Muss aber in einer halben Stunde die Kinder abholen und darf mir nichts anmerken lassen. Okay, ein paar Minuten bleiben mir noch, um E-Mails betr. Sportfest abzuarbeiten.

Absender: Nicolette Martinez
Betr.: Sportfest-Picknick
Diese Nachricht wurde von meinem Sony Ericsson Xperia Mini Pro gesendet.

Wir benötigen noch weitere Speisen und Getränke für unser Sportfest. Diejenigen, die sich bereits gemeldet haben, stehen schon in der Liste. Bitte um rege Beteiligung.
Fruchtsäfte: Dagmar
Möhren, Radieschen und Paprika (rot/gelb, verzehrfertig in Scheiben geschnitten): ?
Sandwiches: Atsuko Fujimoto
Kartoffelchips: Devora
Mineralwasser: ???
Obst: ??
Melonenbällchen und Erdbeeren: ?
Plätzchen (bitte ohne Nüsse bzw. Spuren von Nüssen): Valencia
Schwarze Mülltüten: Scheherazade
Bitte schreibt uns, was ihr mitbringen wollt.
Danke.
Falls Picknickdecken vorhanden, bitte auch diese mitbringen.

Danke, Nicolette

Absender: Vladina Koutznestov
Betr. Betr.: Sportfest-Picknick
Ich bringe Obst mit: Beeren und kleingeschnittene Melonen.

Absender: Anzhelika Sans Souci
Betr. Betr.: Sportfest-Picknick
Ich bringe Möhren und Radieschen (verzehrfertig). Aber die Paprika (gelb/rot) müsste jemand anders machen.
Anzhelika
PS. Was ist eigentlich mit Pappbechern?

Von Farzia (Bikrams Mum) kommt soeben die Kopie einer Mail, die sie in einem Anfall von Verblendung an Nicolette geschrieben hat.

Absender: Farzia Seth
Betr.: Sportfest-Picknick
Muss jeder eine Picknickdecke mitbringen, oder können wir sie uns auch teilen?

Nicolettes Antwort darauf, versehen mit Farzias Kommentar: »Bitte erschieß mich!«

Absender: Nicolette Martinez
Betr. Betr.: Sportfest-Picknick
Auf GAR keinen Fall. Jeder bringt bitte seine eigene Decke. Mit zwei Jungs an dieser Schule dürfte ich wohl wissen, wovon ich rede.

»Guck mal, was ich kann«, schrieb ich an Farzia – und hängte ihr meine Mail an Nicolette an:

Absender: Bridget Billymum
Betr. Betr.: Sportfest-Picknick
Und ich bringe den Wodka. Würde vorschlagen, wir genießen ihn pur. Alkopops in jeder Form sind was für Teenies.

Postwendend peitschte folgende Rundmail durch die Luft.

Absender: Nicolette Martinez
Betr. Betr.: Sportfest-Picknick
Wodka ist auf einem Sportfest wohl kaum angebracht, Bridget.
Dasselbe gilt für Zigaretten. Aber könntest du bitte die roten
und gelben Paprika übernehmen? Wenn es dir möglich ist, bitte
in Streifen, damit man sie dippen kann? Ich gebe zu bedenken,
dass es nicht leicht ist, so ein Sportfest-Picknick zu organisieren.

Ach du Kacke, jetzt hätte ich fast Mail von Imogen (Greenlight) übersehen.

Absender: Imogen Faraday, Greenlight Productions
Betr: Anmerkungen von Ambergris
Liebe Bridget,
ich will nur sichergehen, dass du die Anmerkungen betr. Drehbuch von Ambergris für das morgige Meeting mit Saffron
erhalten hast. Könntest du mir den morgigen Termin bestätigen und mir deine Anmerkungen zu den Anmerkungen von
Ambergris schicken?
Hoffe, du schneidest dir jetzt nicht die Pulsadern auf, denn ich
bin bald so weit.
Imogen x

Was für ein Meeting? Welche Anmerkungen? Und wer ist Saffron?

Scrollte mich wie eine Irre durch alte Mails betr. Sportfest,
Obst und Gemüse, Zombie-Apokalypse, Ocado, ASOS, Net-
a-Porter, Viagra aus Mexiko etc. und merkte dann, dass es
Zeit war, Mabel von der Schule abzuholen.

16.30 Uhr. Auf der ganzen Rückfahrt stritten sich Mabel und Billy über die Frage, ob ein Triathlon mit fünf Sportarten Quintathlon oder Pentathlon heißt.

»Doch, es heißt so.«

»Heißt es nicht.«

Überlegte dabei, wie viele Seiten eigentlich ein Pentagon hat und was »fünf« auf Latein heißt. Wäre dabei fast jemandem draufgefahren und schrie die Kinder an: »Könnt ihr nicht endlich die Klappe halten?!« Tat mir natürlich sofort leid, und die Kinder gaben trotzdem keine Ruhe. Jetzt kabbelten sie sich über die fünf Sportarten im Fünfkampf. Mabel meinte, eine wäre auf jeden Fall »Metermaßmessen«.

»Metermaßmessen? Mann, bist du dämlich?«, lachte Billy, worauf Mabel in Tränen ausbrach und sagte: »Aber das machen sie immer.«

21.15 Uhr. Gerade einen interessanten Zeitungsartikel über David Cameron gelesen, in dem stand, dass auch er im Auto offizielle Telefonate führe. Und dass schon vorgekommen sei, dass er den Hörer zuhalten und seine Kinder zur Sau machen musste, weil er sonst den israelischen Ministerpräsidenten nicht verstanden hätte.

Bin offenbar kein Einzelfall.

HEKTIK

Mittwoch, 12. Juni 2013
8.00 Uhr. Okay. Greenlight-Meeting ist um neun, deshalb fährt Chloe heute die Kinder zur Schule, und ich hole sie später ab.

8.10 Uhr. Muss nur noch Haare waschen und mich anziehen.

8.15 Uhr. Katastrophe! Blaues Seidenkleid ist noch in der Reinigung, und außerdem habe ich vergessen, Chloe zu bitten, für morgen einen Berg gelber/roter Paprika einzukaufen. Haare waschen muss ich auch noch.

8.45 Uhr. Im Bus, kurz vor dem Ziel. Fühle mich in dem schwarzen Abendkleid eingeschnürt wie ein Masthähnchen, aber es war das einzige Kleidungsstück, das halbwegs nach Business und Meeting aussah. Wirkte im Spiegel noch okay, vor allem wegen des straffen Korsetts, das im Stehen alles schön beieinanderhält und supertolle Sanduhr-Silhouette verleiht. Allerdings Ausschnitt mit Spitze, was ich durch *Grazia*-Blazer zu mildern versuchte. Ist zwar viel zu heiß draußen, sieht aber cool aus – wie experimentierfreudige Tochter in *Meine Schwester Charlie*.

Doch ein Blick ins Schaufenster-Spiegelbild zeigte: Diese Kombination ist vollkommen irre. Im Bus fällt mir dann noch ein, dass diese Art Kleid im Sitzen zur Tortur wird. Nicht nur, dass Fettröllchen wie von einer Küchenmaschine durchgeknetet werden, sondern auch, dass das Gesamtbild eher in Richtung Domina geht, und dieser Rolle entspreche ich momentan am allerwenigsten. Am liebsten würde ich mich jetzt mit Wärmflasche und Puffles Eins im Bett verkriechen. Aber ich stehe im Bus und kann förmlich spüren, wie sich meine Haare zu jenen brikettartigen Kreationen verformen, wie ich sie von Mum und Una kenne. So als hätte ich stundenlang einen Hut aufgehabt.

Immerhin habe ich gestern Abend noch die Anmerkungen von Ambergris Bilk gelesen. Bin leicht verwirrt, weil sie die Handlung von Hawaii nach Stockholm verlegt hat. Weiß sie überhaupt, dass George diese Jacht am Hals hat, weil aus dem Kiffer-Film nichts geworden ist? Denkt George jetzt, ich hätte Ambergris beeinflusst, damit sie die Story wieder im skandinavischen Raum spielen lässt? Ach ja, Chloe soll auch noch eine Flasche Pimm's mitbringen, denn ich habe keine Ahnung, wie ich sonst so ein Sportfest überstehen soll, wenn das Wetter nicht mitspielt. Gaaah! SMS von Roxster!

<Gehen wir heute Abend essen?>

Essen gehen? Heute? Hatten wir das abgemacht? Mist, jetzt habe ich keinen Babysitter und… muss erst mal in mein Meeting.

15.00 Uhr. Meeting war ein Alptraum. Diese Saffron ist tatsächlich meine Nachfolgerin als Autorin. Und natürlich ist sie erst sechsundzwanzig und hat soeben einen Piloten geschrieben, der so etwas ist wie *Girls* meets *Game of Thrones* meets *The Killing*. Und selbstverständlich ist HBO interessiert – woraus aber nichts werden wird, wie ich reichlich unbuddhistisch hoffte. Mit meinem Abendkleid plus Blazer und der krassen Betonfrisur fühlte ich mich wie ein Elefant. Zu allem Unglück kam ich auch noch mit dem Stuhlbein auf meine Handtasche, in der sich unbekannterweise Billys Soundmaschine von dem African-Drums-Nachmittag befand, die nun einen langen Rülpser von sich gab. Niemand außer Imogen konnte darüber lachen.

Saffrons Eröffnung bestand darin, dass sie das Skript vor sich hinlegte und nölte: »Sicher, das hätte mir auch passieren können, aber schreibt man *Hedda Gabler* nicht mit einem *b*? Und ist es nicht von Ibsen statt von Tschechow?«

Alle starrten mich an, und ich stammelte etwas von einem ironischen Seitenhieb auf den etablierten Literaturbetrieb. Dachte daran, wie schön es wäre, jetzt mit Roxster zu Abend zu essen und über alles zu lachen. Hätte ihm beinahe zurückgeschrieben: <Wusste gar nicht, dass wir das verabredet hatten.> Doch das klang mir zu kleinlich. Daher wartete ich, bis sich aller Aufmerksamkeit wieder auf Saffron richtete, die sich lang und breit darüber ausließ, wie man mein Drehbuch vollständig kaputt machen konnte, und schrieb dann unauffällig: <Chicken-Pie bei mir?>

Roxster: <Mmmmmmmmmmmmmmmmm, um 20.30?>

Bereute mein Angebot aber umgehend, da ich weder Chicken-Pie im Haus hatte noch die Zutaten dafür. Hatte außerdem wahrscheinlich schon wieder haarige Beine, was ich aber an Ort und Stelle nicht überprüfen konnte. War viel zu schwach, deprimiert und verwirrt, um mich an Diskussion über Stockholm vs. Hawaii zu beteiligen, und meinte nur, wir sollten Saffron einen ersten Entwurf machen lassen und dann sehen, wie er »auf dem Papier rüberkommt«. Worauf George ganz dringend wegmusste: Flieger nach Albuquerque.

19.30 Uhr. Uff. Gerade nach Hause gekommen. Unterwegs noch Berg von roten und grünen Paprika besorgt (gelbe hatten sie nicht), außerdem überteuerten Chicken-Pie aus Feinkostgeschäft. So schaffte ich es noch gerade rechtzeitig zur Schule.

Auf der Fahrt sagte Billy: »Mummy?«

»Ja?«, sagte ich abgelenkt, denn ich hatte Mühe, den Radfahrer nicht zu überfahren, der gerade vor mir ausscherte.

»Am Sonntag ist Vatertag. Wir haben Karten gemalt.«

»Wir auch«, sagte Mabel.

Sobald es mir möglich war, hielt ich am Straßenrand an und stellte den Motor ab. Ich rieb mir mit beiden Händen die Augen und sah meine Kinder an.

»Zeigt mal her.«

Sie wühlten in ihren Ranzen. Mabels Karte zeigte eine Familie mit Daddy, Mummy, einem kleinen Mädchen und einem kleinen Jungen. Billys Zeichnung war von einem Herz eingerahmt: ein kleiner Junge, der mit seinem Vater ein Spiel spielte. Darunter stand »Daddy«.

»Können wir sie an Daddy schicken?«, fragte Mabel.

Zu Hause angekommen holte ich die alten Fotos wieder hervor. Mark und Billy in identischen Anzügen und identischer Pose. Wie ähnlich ihr Gesichtsausdruck war, wie ähnlich die Hand in der Hosentasche. Dann ein Bild, auf dem Mark eine nur wenige Tage alte Mabel im Arm hielt, Mabel winzig wie eine Puppe. Wir unterhielten uns eine Weile über Daddy, und ich sagte ihnen einmal mehr, dass er zwar nicht mehr da war, aber sie immer noch liebhatte. Dann gingen wir hinaus, um die Karten in den Briefkasten zu werfen.

Mabel schickte ihre Karte an »Daddy. Himmel. Weltraum«. Ich konnte nur hoffen, dass der Briefträger solche verlorenen Schreiben kannte und sich nicht allzu viele Gedanken machte.

Auf dem Rückweg sagte Billy: »Warum können wir nicht in einer normalen Familie leben wie Rebecca?«

»Rebecca hat auch keine normale Familie«, sagte ich. »Sie und ihr Mann sind nicht...«

»Aber Finn darf auch unter der Woche Xbox spielen!«, sagte Billy, als wäre gerade dies der Ausweis einer normalen Familie.

»Dürfen wir gleich *SpongeBob* gucken?«, fragte Mabel.

Doch sie waren schon zu müde, und ihnen fielen sofort nach dem Bad die Augen zu.

20.00 Uhr. Roxster kommt in einer halben Stunde. Werde selber noch ein Bad nehmen und mir noch einmal die Haare waschen. Dann werde ich mich schminken und etwas zum Anziehen suchen, das gleichermaßen geeignet ist, den Laufpass oder einen Verlobungsring entgegenzunehmen.

20.10 Uhr. Das war ja klar! Kaum sitze ich in der Badewanne, klingelt das Telefon.

20.15 Uhr. Aus der Wanne gesprungen, Badetuch umgeworfen und Hörer geschnappt, nur um Georges mächtigen Bariton zu hören.

»Okay, wir sind gerade in Denver gelandet... Das lief ja schon mal sehr gut heute, trotzdem wollen wir Ihre Stimme nicht... Santa Fe.«

»Wieso denn Santa Fe, ich dachte, wir hätten uns auf Stockholm geeinigt?«, sagte ich, wobei mir einfiel, dass der Chicken-Pie noch nicht im Ofen war.

»Bleiben Sie dran, wir steigen gerade aus... Also wir wollen Ihre Stimme nicht verlieren.«

Bitte? Ich hatte meine Stimme nicht verloren. Oder doch?

»Stockholm? Nein, ich steige nur um nach Santa Fe.«
Sprach er mit mir oder zu der Stewardess?

»Wir wollen, dass Sie wieder mehr Schub in die Hedda
bringen.«

»Mehr Schub?« Er sprach in Rätseln – oder gar nicht zu
mir, sondern zu dem Piloten.

»Moment, ich korrigiere: Albuquerque.«

»George!«, rief ich in den Apparat. »Sollten Sie nicht längst
in Albufeira sein?«

»Was? WAS?«

Dann wurde es still in der Leitung.

20.20 Uhr. Kurz nach unten geflitzt, um den Pie in die Röhre
zu schieben. Abermals klingelte das Telefon.

»Was sagten Sie da von Albufeira?« George mal wieder.

»Das war ein Witz«, erwiderte ich und versuchte dabei, die
Packung mit den Zähnen zu öffnen. »Aber ich verstehe Sie
nicht einmal zur Hälfte, wenn Sie dauernd in irgendeinem
Fortbewegungsmittel sind. Können wir uns nicht einmal zwei
Minuten in Ruhe unterhalten und Sie rennen nicht permanent herum?«, sagte ich, den Hörer unters Kinn geklemmt,
da ich mit der einen Hand die Ofenklappe aufmachen und
mit der anderen den Pie hineinschieben musste. »Ich kann so
nicht arbeiten, wenn Sie dauernd etwas anderes zu tun haben.
Ich muss mich konzentrieren!«

Georges Bariton schaltete auf den Besänftigungsmodus,
den ich von ihm noch nicht kannte.

»Okay, schon gut. Ich wollte Ihnen nur sagen, dass wir Sie
für ein Genie halten, ehrlich. Sobald ich wieder in London
bin, stehe ich Ihnen voll und ganz zur Verfügung. Wir möchten, dass Sie die Hedda wieder mit diesem typischen Hedda-
Ton ausstatten, der uns so gut gefallen hat – wenn Saffron mit

ihrer Version fertig ist, versteht sich. Ich verspreche Ihnen, Sie haben meine ungeteilte Aufmerksamkeit.«

»Ja gut«, sagte ich völlig durchgedreht, da ich gleichzeitig überlegte, ob ich den Pie noch mit ein bisschen geschlagenem Ei glasieren sollte, ehe ich mir die Haare föhnte.

20.40 Uhr. Puh! Bloß gut, dass Roxster nicht pünktlich ist. Jetzt kommt alles noch hin. Haare sind wieder normal, Pie ist glasiert und verströmt Hauch von echter Kochkunst. Tisch ist gedeckt, Kerzen sind an, und hauchdünne Seidenbluse ist auch im Rahmen und nicht zu nuttig, da wir schon seit Monaten miteinander schlafen. Die anderen Sachen waren eh zu unbequem oder in der Wäsche. Aber müde bin ich. Ich glaube, ich lege mich ein paar Minuten aufs Sofa.

21.15 Uhr. Gaaah! Viertel nach neun, und Roxster ist immer noch nicht da. Oder habe ich die Klingel nicht gehört?

Deshalb kurze SMS an Roxster.

<Bin eingeschlafen. Hoffe, du hast nicht vor verschlossener Tür gestanden.>

<Jonesey, tut mir so leid: Ich musste nach der Arbeit noch mit Kollegen zum Inder, und jetzt sind die Busse so langsam. Dauert vielleicht noch zehn Minuten.>

Starrte ungläubig auf den Text. Zum Inder? Busse so langsam? Kollegen? Roxster sagte sonst nie »Kollegen«. Hatten *wir* uns nicht verabredet? Was wurde hier gespielt?

21.45 Uhr. Roxster immer noch nicht da. Daher noch eine SMS geschrieben: <Voraussichtliche Ankunftszeit?>

Roxster: <Nur noch 15 Minuten. Tut mir wirklich leid, Darling.>

DAS IST DIE WAHRHEIT

Donnerstag, 13. Juni 2013
62 kg (verfluchter glasierter Chicken-Pie);Alkoholeinheiten: 7 (allein gestern Abend); Alkoholkater: 1 (mutiertes Riesenkatzenvieh sogar!); Außentemperatur: 32 Grad; Paprika geschnippelt: 12; Melonenbällchen gegessen: 35; Faltenbildung im Verlauf des Tages: 45; Anzahl des Wortes »Furz« und Varianten in SMS an Roxster: 9 (meiner nicht würdig).

Erwachte im Morgengrauen, und zunächst schien die Welt noch in Ordnung zu sein. Dann realisierte ich die Spitze des Eisbergs jener Katastrophe katastrophalen Ausmaßes, die gestern Abend über mich hereingebrochen war. Gegen zehn hatte es an der Tür geklingelt. Ich besprühte mich rasch noch mit Parfüm und ging zur Tür, mit kaum mehr am Leib als der weißen Seidenbluse.

Roxster sagte: »Mmm, siehst du schön aus« und küsste mich auf der Treppe nach unten. Wir aßen den Chicken-Pie und leerten die Flasche mit dem Roten, den er mitgebracht hatte. Dann sagte er, ich solle mich aufs Sofa setzen und entspannen, während er den Abwasch erledigte. Ich sah ihm dabei zu und dachte einmal mehr, wie schön alles mit ihm war. Allerdings fragte ich mich schon, wie er es geschafft hatte, erst das Curry beim Inder zu verdrücken und danach noch den Chicken-Pie – und alles ohne Bambi-Gefühl im Magen. Dann kam er zu mir und kniete sich vor mich hin.

»Du, ich muss dir etwas sagen«, erklärte er.

»Sagen? Was denn sagen?«, erwiderte ich und lächelte ihn schläfrig an.

»Etwas, das ich noch nie einer Frau gesagt habe. Denn ich liebe dich, Jonesey. Ich liebe dich wirklich.«

»Oh«, sagte ich und blickte ihn aus einem Auge an, was sicher leicht behindert aussah.

»Wenn da der Altersunterschied nicht wäre«, fuhr er fort. »Sonst würde ich dich auf Knien bitten, meine Frau zu werden. Du bist nämlich das Beste, was mir je widerfahren ist, und ich habe jede Minute mit dir genossen. Aber wir sind nicht in derselben Lage. Du hast bereits Kinder, und ich fange gerade erst an, mein Leben auf die Reihe zu bringen. Mit dir gerate ich in eine Sackgasse. Ich brauche jemanden in meinem Alter, und den finde ich nicht, wenn ich schon gebunden bin. Verstehst du, was ich damit sagen will?«

Wenn ich nicht so müde gewesen wäre, hätte ich vielleicht die große Diskussion angefangen, aber ich ging den Weg des braven Mädchens, das sofort einsah, wie recht er doch hatte. Zu einer Frau seines Alters gab es selbstredend keine Alternative, und ich war ja so dankbar für die gemeinsame Zeit, denn wir hatten ja *so viel* voneinander gelernt, wir beide waren an dieser Beziehung gewachsen und konnten nun selbstbewusst neue Ziele ins Auge fassen.

Roxster sah mich gequält an.

»Aber können wir wenigstens Freunde bleiben?«, fragte er.

»Aber selbstverständlich«, frohlockte ich.

»Ohne gleich übereinander herzufallen?«

»Warum denn nicht? Aber es war ein langer Tag, und morgen ist Sportfest. Gehen wir lieber zu Bett.«

Ich brachte ihn mit einem vereisten Lächeln noch zur Tür. Statt danach jedoch das einzig Richtige zu tun und Rebecca herzuholen, ging ich tatsächlich ins Bett – und heulte mich in den Schlaf. Und jetzt ist es sechs Uhr, die Kinder stehen in einer Stunde auf, und ich muss sie, zusammen mit einem Eimer Gemüse und jeder Menge Restalkohol im Blut, aufs Sportfest begleiten, wo es garantiert brütend heiß sein wird.

18.00 Uhr. Schaffte es immerhin, die Kinder samt Kram pünktlich zum Sportplatz zu fahren, indem ich wieder mein bewährtes Ethos abrief, das etwa so lautete: Ich war ein Soldat, der seinen Dalai Lama wohl studiert hatte und nicht jammerte, wenn es in die Schlacht ging. Mabel hatte übrigens das Vatertags-Trauma längst vergessen und rannte juchzend voraus zu ihren Freundinnen. Ich gönnte ihr das. Was hätte es gebracht, wenn sie gemerkt hätte, dass ihre Mutter dem Zusammenbruch nahe war.

Als besagte Mutter jedoch die Picknickdecke ausbreitete und gesundes Grünzeug in Tupperware-Schälchen verteilte, war aber plötzlich nur noch Wut da. Reine unbuddhistische Wut auf diesen Scheißkerl von Roxster, der mich dermaßen hat hängen lassen. Die Wut schrie förmlich nach einer geharnischten SMS:

<Roxster, du egoistischer Sprühfurz, ich kann immer noch nicht fassen, was du gestern Abend abgezogen hast. Vor allem nachdem du mich vorher noch heiraten wolltest und den ganzen glasierten Chicken-Pie aufgefressen hast. Aber soll ich dir was sagen? Du kannst dir den Chicken-Pie zusammen mit deinem bekackten englischen Frühstück und dem Rektal-Risotto vom Inder in den Arsch schieben und dir selber ins Gesicht pupsen, du verlogener Furzbeutel.>

Musste kurz unterbrechen, um Farzia und den anderen Müttern aus meiner Mammut-Flasche Pimm's einzuschenken. Von wegen kein Alkohol auf dem Sportfest!

<Du hast ohnehin nichts anderes im Hirn als deine eigene bekackte Scheiße. Aber ich sage dir noch etwas: Sobald du mit irgendeiner hergelaufenen verfurzten ... *Saffron* das erste Baby hast, wirst du merken, dass es gar nicht so leicht ist, sich mal eben so einen Babysitter zu besorgen, vor allem wenn man es sich nicht *leisten* kann, hab ich recht? Aber dann komm bitte nicht angeheult und kotz dich bei mir aus. Das gilt übrigens auch für diese SMS. Du fühlst dich jetzt scheiße? Umso besser, ich auch. Aber ich muss obendrein noch auf diesem verfurzten Sportfest sein.>

Schenkte dann kurz den versammelten Müttern meine Aufmerksamkeit und pries das köstliche Picknick. War aber noch nicht fertig mit meiner Botschaft und bat um Verständnis, dass ich mich als Geschäftsfrau um wichtige unaufschiebbare Angelegenheit kümmern musste. Kein Wort von der Hass-SMS an diesen treulosen Sprühfurz von einem Toyboy, dem die erfolgreiche Geschäftsfrau leider Gottes zu alt ist.

Das Handy vibrierte.

Roxster: <Darf ich zu meiner Verteidigung sagen, dass ich gestern Abend kein einziges Mal gefurzt habe – trotz Curry beim Inder?>

Ich: <Mir kackegal. Ich schicke dir mit den besten Grüßen vom Sportfest eine ätzende ARSCHGRANATE mit extra viel Stinke. Kannst dich schon mal drauf freuen.>

Kurz nach den Kindern gesehen. Billy rannte mit den anderen Jungs wie bekloppt im Kreis, und Mabel und ein anderes kleines Mädchen übten fürs Leben und flüsterten sich kichernd kleine Gemeinheiten ins Ohr. Aber weiter im Text.

Roxster: <Wie geht denn das, mit extra viel Stinke?>

Ich: <Ganz einfach. Man verbringt einen Abend mit einem verfurzten Stinkbeutel wie dir.>

Roxster: <Und ich hab gerade in ein Taxi gefurzt und gesagt, es soll zum Sportplatz fahren.>

Ich. <Taxi ist unnötig. So ein Flatulenzakrobat wie du schickt das doch locker per Luftpost.>

»Na, macht's Spaß?«

Es war Mr Wallaker, der verächtlich auf mein iPhone herabsah. Ich wollte aufstehen, aber das war nicht so leicht, da ich so lang auf meinen Knien gehockt hatte, und so landete ich erst einmal auf allen vieren. Hinten ertönte die Startpistole…

… und Mr Wallaker erstarrte, seine Hand fuhr an die Hüfte, als sei dort die eigene Waffe zu finden. Das alles innerhalb eines Sekundenbruchteils, und doch hat es sich wie in Zeitlupe in mein Gedächtnis eingebrannt. Wie sich sein muskulöser Oberkörper unter dem Sporthemd spannte, die Halssehnen hervortraten, die Augen sich verengten und den Sportplatz absuchten. Doch da spielte sich nur das Eierlaufen ab: kleine Menschen, die sich mit Minischritten und vorsichtig balanciertem Löffel auf eine Ziellinie zubewegten. Mr Wallaker kniff kurz die Augen zusammen, als müsse er sich in die Jetztzeit zurückholen, und blickte kurz umher, ob jemand etwas gemerkt hatte.

»Alles in Ordnung mit Ihnen?«, fragte ich und imitierte dabei seine übliche großkotzige Art – was nicht ganz funktionierte, weil ich immer noch auf dem Boden herumkrauchte.

»Sicher«, sagte er und sah mich aus seinen eisblauen Augen geradewegs an. »Ich mag nur keine… keine Löffel.«

Sprach's und begab sich schnellen Schritts an die Ziellinie des Eierlaufs. Ich blickte ihm nach. Was sollte denn *dieser* Spruch? War dieser Spinner mit seinem drögen Lehrerdasein derart unzufrieden, dass er sich in eine James-Bond-Welt träumte? Oder verkleidete er sich als Oliver Cromwell und spielte am Wochenende mit gleichgesinnten Flachköpfen historische Schlachten nach?

Überall waren die Wettkämpfe nun in vollem Gang, und ich steckte mein iPhone weg. »Komm, Mabel«, sagte ich, »sehen wir uns Billys Weitsprung an.«

Als das Ergebnis verkündet wurde, gab es Applaus, und Billy hüpfte vor Freude in die Luft.

»Siehst du, hab ich doch gleich gesagt«, sagte Mabel.

»Was denn?«, fragte ich.

»Beim Fünfkampf machen sie immer auch Metermaßmessen.«

»Ja, es ist auch im Breitensport eine zunehmend populäre Sportart.«

Es war Mr Wallaker, diesmal in Begleitung einer leicht schwankenden Dame, die unter den Schulmuttis irgendwie deplatziert wirkte und die ich vorher auch noch nie gesehen hatte.

»Dürfte ich Sie um ein Schlückchen Pimm's bitten?«

Sie trug ein dem Anschein nach teures Plisseekleid und hochhackige Sandaletten mit Blingbling drauf, doch ansonsten wirkte sie wie ein Schminkopfer. Im stillen Bild des Spiegels hatte ihr Make-up wohl noch zauberhaft ausgesehen, doch leider bestand es den Alltagstest nicht und wurde zur grotesken Maske, sobald sie den Mund aufmachte.

»Du auch ein Pimm's, Liebling?«

Liebling? Das war doch unmöglich Mr Wallakers Frau? Wie war das denn passiert?

Auch Mr Wallaker wirkte einigermaßen verwirrt, was sonst nicht seine Art war. »Bridget, das ist … das ist Sarah. Gehen Sie ruhig zu Billy, ich mach das schon mit dem Pimm's«, sagte er leise.

Doch da kam Billy auch schon angestürmt und vergrub vor Freude den Kopf in meinem Kleid.

Als wir zusammenpackten und zur Siegerehrung wollten, tauchte die schwankende Wallaker-Ehehälfte abermals auf.

»Könnte ich vielleicht noch ein Pimm's?«, lallte sie, wodurch sie mir immer sympathischer wurde. Es ist doch schön, wenn sich andere noch mehr danebenbenehmen als man selber.

Dann sagte sie: »Tausend Dank« und nahm mich überrascht in Augenschein. »Jemand in Ihrem Alter, der noch sein echtes Gesicht hat, das sieht man auch nicht oft.« Während der ganzen Siegerehrung ging mir dieser Satz nicht mehr aus dem Kopf. Was sollte das heißen, echtes Gesicht? Nur weil ich es wagte, nicht als Botox-Zombie herumzulaufen? Oder sollte Talitha am Ende doch recht haben, und ich würde noch an Einsamkeit zugrunde gehen, weil mein Gesicht aussieht wie eine alte Vintage-Ledertasche. Kein Wunder, dass Roxster mich nicht wollte.

Nach der Preisverleihung liefen Billy und Mabel wieder zu ihren Freunden, und ich ging ins Clubhaus, wo ich mich eine Weile ins kühle Klo verziehen wollte, wurde aber von folgendem Plakat am Schwarzen Brett abgelenkt.

Ü50-Tagesausflug nach Hastings

Und um das Maß voll zu machen:

Besuchen Sie unseren Ü50-Club

Jeden Montag 9.30 – 12.30

Bingo · Erfrischungsgetränke
Tombola · Busreisen · Weihnachtsessen
Tanztee · Lebenshilfe und Beratung

Ich tippte gleichwohl die Nummer der Lebenshilfe unauffällig in mein iPhone. Dann war das rettende Klo erreicht, und ich unterzog mein Gesicht unter dem harschen Licht der nackten Glühbirne einer mitleidslosen Prüfung. Doch die Wallaker-Ehehälfte hatte recht. Vor allem um die Augen herum waren die Falten unübersehbar. Die Kinnpartie neigte zur Verdopplung, Hals knittrig wie beim Schildnöck und hängende Mundwinkel wie Angela Merkel. Das Einzige, was zur Oma noch fehlte, war die graue Betondauerwelle. Es war also wahr: Ich war alt.

TIEFKÜHLGESICHT

Dienstag, 18. Juni 2013

62 kg (davon 0,5 kg Botulinum-Neurotoxin)

Ich meine, viele lassen sich Botox spritzen, oder? Es ist auch nicht vergleichbar mit einem Lifting o. Ä. »Du hast es erfasst«, sagte Talitha, als sie mir die Telefonnummer gab. »Du gehst ja auch zum Zahnarzt.«

Doch auf der Treppe in die kleine Praxis im Untergeschoss einer Seitenstraße der Harley Street fühlte ich mich trotzdem wie auf dem Weg zu einer Engelmacherin.

»Es soll aber noch natürlich aussehen«, sagte ich und versuchte im Geiste, das Bild der Wallaker-Ehehälfte durch das von Talitha zu ersetzen.

»Ja«, sagte der Botox-Arzt mit dem fremdländischen Akzent. »Viel zu vielen Leute sehe komisch aus.«

Dann spürte ich die ersten feinen Piekser in der Stirn.

»Nur noch Mund, dann gut. Aber Mund musse, weil sonst sehe aus wie Queen. Unglucklich betrubt, obwohl vielleicht nicht ist. Queen sollte auch versuchen.«

Dann trat ich hinaus ins Licht der Harley Street und zog, wie vom Arzt empfohlen, allerlei Grimassen.

»Bridget!«

Ich blickte auf die andere Straßenseite. Dort stand Woney, Gattin des Cosmo.

Auch sie sah seltsam verändert aus. Sie hatte sich doch

nicht ... Extensions machen lassen? Ihre Haare jedenfalls waren zwanzig Zentimeter länger als noch auf Talithas Party. Vor allem aber waren sie braun und nicht grau. Und statt ihrer gewohnten Gouvernantenaufmachung trug sie ein körperbetontes Sommerkleid in Peach mit einem wunderschönen Ausschnitt, dazu Highheels.

»Du siehst fantastisch aus«, sagte ich.

Sie lächelte mich an. »Danke. Ich glaube, das musste mal sein. Wie du beim letzten Mal auf Magdas Party schon sagtest ... Und dann nach Talithas Party dachte ich ... vor allem weil Talitha mir dann noch die Nummer von ihrem Friseur gab ... Ach ja, und Botox habe ich auch machen lassen, aber erzähl Cosmo nichts davon. Wie läuft es eigentlich mit deinem jungen Mann? Neulich, bei einem Wohltätigkeitsdinner habe ich neben so einem gesessen, und ich muss schon zugeben, so ein kleiner Flirt ist einfach nur ... das lässt sich nicht beschreiben.«

Was sollte ich jetzt dazu sagen? Dass mich der junge Mann abserviert hatte, weil zu alt? Dann hatten die Cosmos dieser Welt erst recht gewonnen.

»Stimmt«, sagte ich. »Das lässt sich nicht beschreiben, man muss es erlebt haben. Und du siehst hinreißend aus.«

Kichernd zog sie ab, und wenn mich ihr unsicherer Gang nicht täuschte, war sie um zwei Uhr mittags bereits angeschickert.

Doch wenigstens hatte ich jetzt Nägel mit Köpfen gemacht, sagte ich mir. Wenn mein Botox später so gut aussah wie bei ihr, hatte sich selbst diese Trennung gelohnt.

Freitag, 21. Juni 2013
Konsonanten, die ich noch artikulieren kann: 0.

14.30 Uhr. Ogottogott! Was ist denn mit meinem Mund los? Er ist von innen ganz aufgequollen.

14.35 Uhr. Hab gerade in den Spiegel geguckt. Lippen sind dick wie Treckerreifen, und Mund ist wie gelähmt.

14.40 Uhr. Die Schule rief gerade an wegen Billys Fagottunterricht, und ich konnte nicht richtig sprechen. Alles mit *P*, *B* oder *F* geht gar nicht. Was mache ich denn jetzt? Bleibt das in den nächsten drei Monaten so?

14.50 Uhr. Fange auch an zu sabbern. Habe kein Gefühl mehr in den Lippen, und der Sabber läuft mir aus dem Mundwinkel wie – o grausame Ironie… bei einem Schlaganfallpatienten. Hey, sollte dies nicht mal eine Verjüngungskur sein? Und jetzt muss ich mir dauernd den Mund abtupfen.

14.55 Uhr. Talitha angerufen und ihr die Lage geschildert.
»Das sollte eigentlich nicht sein. Du musst sofort wieder zu dem Arzt. Irgendwas ist da schiefgelaufen. Vielleicht eine allergische Reaktion. Es geht wieder weg.«

15.15 Uhr. Muss die Kinder abholen, aber das geht schon. Wickle mir einfach Halstuch um den Mund. Überhaupt merken sich die Leute ja nie irgendwelche Einzelheiten, sondern sehen immer nur den ganzen Menschen.

15.30 Uhr. Mit Halstuch vor Mund Mabel abgeholt. Sah aus wie der Frosch mit der Maske und konnte das Tuch erst im Auto wieder abnehmen. Dann die übliche Verrenkung, um Kindersitz anzuschnallen. Zumindest Mabel hat bisher nichts gemerkt, sie mampft nur zufrieden an ihren Reiswaffeln.

15.45 Uhr. Herrgott, dieser Verkehr wieder! Warum fahren die Leute eigentlich diese Dickschiffe von SUVs, und das in einer Stadt, die eh schon so eng ist? Aber sie sitzen wohl gern in einem Schützenpanzer, mit dem sie alles aus dem Weg räumen können ...

»Mummy?«

»Ja, Mabel.«

»Dein Mund sieht so komisch aus.«

»Oh«, sagte ich – ein Satz ohne Konsonanten!

»Warum ist dein Mund so komisch?«

Wollte sagen: »Das ist, weil ...«, aber heraus kam nur: »Baff iff, beil ...«

»Mummy, warum redest du so komisch?«

»Baff geht fbon, der Mund iff nur ein isschen krank.«

»Was hast du gesagt, Mutter?«

»Baff geht fbon, Toffter«, mümmelte ich. Na also, klappt doch. Wenn ich mich an Stimm-, Kehl- und Zischlaute halte, iff allef wonderbra.

16.00 Uhr. Verbarg Mund erneut hinter Bankräuber-Halstuch, nahm Mabel bei der Hand und ging zum Eingang der Grundschule.

Hinten auf dem Spielplatz spielte Billy Fußball. Wollte nach ihm rufen, scheiterte aber schon an »Bfilly«.

Zweiter Versuch: »Hoi Illy!« Billy hob zwar kurz den Kopf, spielte dann aber ungestört weiter. »Illy!«

Wie bekam ich Billy jetzt von dem Spielplatz herunter? Tut mir ohnehin jedes Mal in der Seele weh, wenn ich der Spielverderber bin. Aber Auto stand in einer Ladezone, und ich hatte nur noch fünf Minuten.

»ILLIIIEEE!«

»Alles in Ordnung?«

Ich drehte mich um. Es war Mr Wallaker. »Sind Sie erkältet? Brauchen Sie einen Schal? Aber so kalt ist es doch gar nicht«, sagte er und rieb sich temperaturprüfend die Hände. Er selber trug nur ein blaues Bürohemd, das den durchtrainierten Körper darunter erahnen ließ.

»Bar beim Fahnarf.«

»Wie bitte?«

Ich nahm kurz das Tuch vom Mund und sagte: »Fahn-arff.« Die Antwort schien ihn zu amüsieren.

»Mummys Mund ist ganz komisch«, sagte Mabel.

»Arme Mummy«, sagte Mr Wallaker. Und dann: »Was ist eigentlich mit deinen Schuhen, Mabel? Hast du sie etwa falsch herum angezogen?«

Auch das noch. War aber derart mit Botox-Lähmung beschäftigt, dass mir gar nicht auffiel, wie Mr Wallaker mein Kind richtig anzog.

»Billy kommt nicht«, sagte Mabel auf ihre erzürnte Art und sah Mr Wallaker ins Gesicht.

»Ach wirklich?« Mr Wallaker stand auf. »Billy! Herkommen!«, rief er in seinem Befehlston, und endlich bequemte sich Billy, uns zur Kenntnis zu nehmen.

Eine kurze Kopfbewegung von Mr Wallaker scheuchte ihn vom Platz, und gehorsam trabte er auf uns zu.

»Deine Mutter wartet auf dich. Und jetzt sag mir nicht, du hättest sie nicht gehört. Beim nächsten Mal kommst du zackzack, ist das klar?«

»Ja, Mr Wallaker.«

Er wandte sich zu mir. »Geht's?«

Zu allem Unglück füllten sich jetzt noch meine Augen mit Tränen.

»Billy, Mabel, eure Mutter war beim Zahnarzt, ihr geht es nicht gut. Ich möchte, dass ihr euch jetzt benehmt wie vernünftige Menschen und ihr das Leben nicht noch schwerer macht.«

»Ja, Mr Wallaker«, antworteten sie wie die Automaten und nahmen meine Hand.

»Okay, das hört sich schon besser an. Darf ich Ihnen noch etwas sagen, Mrs Darcy?«

»Bibffe.«

»Lassen Sie das in Zukunft lieber. Sie sehen doch gut aus, was wollen Sie eigentlich?«

Als wir endlich in unsere Straße einbogen, fiel mir auf, dass ich beim besten Willen nicht wusste, wie wir dorthingekommen waren. Ich war die ganze Strecke mit Autopilot gefahren.

»Mummy?«

»Ja?«, sagte ich und dachte: »Jetzt wissen es die Kinder auch. Sie wissen, dass alle anderen Bridget Billymum für eine botox-gestörte Versager-Mum halten, die jeden Tag ihr Auto an die Wand fahren kann, weil sie weder weiß, was sie tut, noch, was sie überhaupt will. Deshalb ist es nur recht und billig, wenn jetzt das Jugendamt kommt und ihr endlich die Kinder wegnimmt.

»Haben Dinosaurier kaltes Blut?«

»Ja. Oder nicht?«, sagte ich, als ich den Wagen einparkte.

Drinnen machten wir es uns aber schnell gemütlich, und bald schon blubberten die Spaggi-Bolo im Topf. (Gebe zu, ist Fertigsauce aus dem Supermarkt, vermutlich mit Pferdefleisch, aber dafür erstaunlich lecker.) Unterdessen saßen die Kinder auf dem Sofa und guckten nervige US-Trickfilme mit zuckersüßen Figuren, aber alles, was ich am Herd davon mitbekam, waren die hysterischen Kopfstimmen der Sprecher. Ich ließ die Pferdespaghetti köcheln, setzte mich zu ihnen, nahm uns alle in den Arm und begrub mein tiefgefrorenes Gesicht in ihren wuscheligen Haaren. So saß ich eine ganze

Weile, spürte ihre kleinen Herzchen schlagen und war so froh, dass ich wenigstens sie hatte.

Dann hob Billy den Kopf und flüsterte, den Blick auf den Herd gerichtet: »Mummy!«

»Waff hafft du, mein Fatz?«, murmelte ich und spürte nichts als Liebe.

»Die Spaghetti brennen.«

Ach du liebe Güte. Ich hatte die harten Spaghetti einfach in den Topf geworfen und wollte die überstehenden Enden später im kochenden Wasser versenken. Musste ich wohl vergessen haben. Als die Spaghetti dann über dem Topfrand schlappmachten, hatten sie Feuer gefangen.

»Ich hole den Feuerlöscher«, sagte Mabel so gelassen, als käme derlei täglich vor. Was aber nicht stimmt.

»Nein«, sagte ich und griff nach einem Geschirrtuch. Das warf ich kurzentschlossen auf den Topf, worauf auch das Geschirrtuch in Flammen aufging und der Rauchmelder ansprang.

Dann spritzte Wasser, und ich sah Billy mit der Kanne in der Hand, der das ganz Feuer mit einem Schlag löschte. Übrig blieb nur eine verkokelte Matsche auf dem Herd. Stolz grinste er mich an: »Können wir jetzt essen?«

Auch Mabel entdeckte völlig neue Möglichkeiten. »Oder wir können Marshmallows rösten!«, rief sie.

Und genau das machten wir auch, nachdem Billy den Rauchmelder zum Schweigen gebracht hatte. Marshmallows, am Kamin geröstet! Es wurde der schönste Abend seit Langem.

DAFÜR SIND FREUNDE DOCH DA

Samstag, 22. Juni 2013

62 kg; Kalorien: 3.844; Verzehr von geriebenem Mozzarella: 2 Pckg.; Boyfriends: 0; Chancen auf Boyfriend: 0; gemeinsam konsumierte Alkoholeinheiten: 47.

»Zumindest ist sie jetzt kein sexloses Wesen mehr«, sagte Tom. »Eher das Gegenteil dessen, wenn du mich fragst: eine Nymphomanin, allerdings mit Fazialisparese. Ist noch Wein da?«

»Im Kühlschrank«, sagte ich und stand auf. »Aber du verstehst das nicht …«

»Tom, sei still«, sagte Talitha. »Ihr Gesicht sieht schon viel besser aus, und sie sabbert auch nicht mehr.«

»Also ich würde sagen, das Wichtigste ist jetzt, dass sie diesen Toyboy aus dem Kopf kriegt«, sagte Jude, die immer noch mit ihrem Naturfotografen zusammen war.

»Es ist doch nicht das allein …«, wehrte ich mich.

»Genau, es geht ums Ego. Es ist ein Angriff auf ihr gesamtes Ego«, sagte Tom, die Stimme der Wissenschaft, obwohl schon reichlich dicht. »Aber man muss verstehen, diese Zurückweisung ist eigentlich keine. Denn wer so von einem Extrem ins andere springt, der weist dich nicht zurück. Er ist nur hin und her gerissen zwischen Herz und Verstand: ein innerer Konflikt …«

»Was machst du auch für Sachen, Bridget. Habe ich dir nicht tausendmal gesagt, dass du dich auf gar keinen Fall in einen Toyboy verlieben darfst?«, unterbrach Talitha. »Einer muss die Kontrolle behalten, sonst gerät das ganze Gefüge durcheinander, und wo das endet, siehst du ja. Deshalb verbiete ich dir, es noch einmal mit ihm zu versuchen. Betrachte die Sache als erledigt. Und du, Tom, könntest mir noch einen Wodka Soda bereiten, aber mit viel Eis, wenn's recht ist.«

»Davon ist doch auch gar nicht die Rede«, sagte ich. »Ich habe ihm eine lange SMS geschrieben, die ziemlich eindeutig war.«

»Papperlapapp«, sagte Talitha. »Du musst dir nur zweierlei merken. Erstens: *Er* wird wieder ankommen, und zwar weil er Knall auf Fall Schluss gemacht hat und nicht leiseweinend-jämmerlich, wie es sich gehört. Und zweitens: Du wirst ihn nie wieder zurücknehmen, denn denselben Fehler begeht man, bitte, immer nur einmal. Damit würdest du nur beweisen, dass du keine Selbstachtung hast, und was das zur Folge hat, brauche ich nicht zu sagen: Er vögelt von da an nur noch in der Gegend rum, und du bist nur noch am Heulen. Also!«

»Aber bei Mark war es auch so …«

»Aber Roxster ist nicht Mark«, sagte Tom.

Worauf mir erst recht die Tränen kamen.

»Du lieber Himmel!«, sagte Jude. »Wir müssen schnell jemanden für sie finden, sonst ist alles zu spät. Hat jemand was dagegen, wenn ich sie auf OkCupid anmelde? Welches Alter sollen wir denn für sie angeben?«

»Nein, lass mal«, schluchzte ich. »Das ist nur die gerechte Strafe, das steht schon in *Zen oder die Kunst, sich zu verlieben.* Die gerechte Strafe dafür, dass ich die Kinder so vernachlässigt habe …«

»Den Kindern fehlt nichts, dir aber schon. Du bist ja völlig durch den Wind. Wo finde ich deine iPhoto-Bibliothek?«

»Jude«, sagte Tom. »Lass sie in Ruhe. Überlass sie mir, ich bin Profi. Ich bin Doktor der Pschyscho… Psycholollie!«

Einen Moment lang herrschte vollkommene Stille. »Danke«, sagte Tom. »Das ist nämlich so: In jeder Beziehung hat man es mit sechs unterschiedlichen Komplexen zu tun. Mit der Wunschvorstellung des anderen, was dich betrifft. Seiner Wunschvorstellung, was die Beziehung betrifft. *Deiner* Wunschvorstellung über den anderen. Der Wunschvorstellung des anderen, was *deine* Wunschvorstellung über ihn betrifft, sowie… habe ich was vergessen? Richtig, und der Wunschvorstellung des anderen über sich selbst.«

Dann erhob sich Tom und ging ruhig, aber leicht schwankend zum Kühlschrank und kehrte mit einer Tüte Schokoladentaler und einer Flasche Chardonnay zurück. Aus seiner Jackentasche holte er eine Packung Silk Cut.

»Manche Dinge ändern sich nie«, sagte er. »Und jetzt Mund auf, es wird Zeit für deine Medizin. Braves Mädchen.«

Als ich am nächsten Morgen erwachte, lag ich sorgsam zugedeckt in meinem Bett, zusammen mit mehreren Plüschtieren und der DVD *Thelma und Louise*. Daneben lag ein Zettel, von allen unterschrieben: »Wir lieben dich aber weiter!«

Als ich danach auf meinem iPhone nachsah, fand ich eine SMS von Jude mit meinem Benutzernamen und Passwort für OkCupid.

EIN GÄHNENDER
ABGRUND VON NICHTS

Montag, 24. Juni 2013

61 kg; SMS von Roxster: 0; Mails von Roxster: 0; Anrufe von Roxster: 0; Voicemails von Roxster: 0; Tweets von Roxster: 0; Twitter-Nachrichten von Roxster: 0.

21.15 Uhr. Kinder liegen im Bett, und die Einsamkeit umschleicht mich wie ein Tier. Roxster fehlt mir so. Jetzt, da mir alle Illusionen geraubt wurden, fällt mir auf, wie sehr mir Mark immer noch fehlt, dass es so viele Dinge gibt, die nie wieder in die Reihe kommen. Und eine davon ist Roxster. Es ist schon ziemlich heftig, wenn man von einem Tag auf den anderen diese Nähe nicht mehr spürt und buchstäblich vor dem Nichts steht. Der Cyberspace schweigt mich an. Keine SMS mehr, keine Mails von Roxster, keine Tweets, und auch seine Facebook-Seite kann ich nicht besuchen, denn dafür müsste ich mich vorher bei Facebook anmelden und eine Freundschaftsanfrage stellen, was emotionaler Selbstmord wäre. Und wer weiß, was ich auf Facebook für Bilder finde. Roxster beim wilden Knutschen mit knackigen Dreißigjährigen? Nein danke. Habe alle seine Nachrichten und Mails noch einmal gelesen, aber nun kommt nichts mehr hinzu. Roxby McDuff war einmal.

Und trotzdem ist er immer noch da, denn Buddhisten wie ich leben in der Gegenwart und lassen Dinge zu. Ich lasse Roxster zu. Roxster und die kleine Welt, die wir uns geschaffen hatten, unsere Witze, die freundlichen Kabbeleien, unsere Lieblingspubs. Auch jetzt noch möchte ich ihm eine SMS schreiben, wenn ich irgendetwas Lustiges sehe. Aber dann fällt mir ein, dass er aus meinem Leben nichts Lustiges mehr hören will, weil er jemand anderen hat, der ihm lustige Sachen schreibt. Und dieser Jemand ist dreiundzwanzig und steht auf Lady Gaga.

22.00 Uhr. Bin dann ins Bett gegangen, in mein kaltes, leeres, langweiliges Bett. Wann werde ich jemals wieder Sex haben oder morgens neben jemandem aufwachen, der so jung und schön ist wie Roxster?

22.05 Uhr. Andererseits, ich scheiße auf diesen verfressenen Kasper, der niemals ernst sein kann. Wer braucht schon so einen hohlen, unreifen Gigolo? Habe ihn aus meinen Kontakten gelöscht und will weder mit ihm kommunizieren noch um ein Wiedersehen bitten. Er ist aus meinem Leben gestrichen.

22.06 Uhr. Und trotzdem liebe ich ihn noch.

Dienstag, 25. Juni 2013
Anzahl von gemeinen SMS, die ich in meinem Kopf auf Lager habe, falls er sich doch meldet: 33.

21.15 Uhr. Ich halte diese Einsamkeit nicht aus und hoffe ständig auf eine SMS von ihm, selbst wenn er sich nur auf einen Drink mit mir treffen will. Aber dann lernt er mich kennen! Dann fängt er sich eine SMS ein, an die er noch lange denken wird.

<Verzeihung, *wer* ist da?>

<Tut mir leid, aber das passt mir im Augenblick gar nicht,

denn ich will mich nur noch mit Leuten treffen, die meinem Niveau entsprechen. Du musst zugeben, dass uns gesellschaftlich doch einiges getrennt hat, ich sage nur Mode und Lebensstil.>

Oder:

<Hast du schon einmal darüber nachgedacht, dass ich jederzeit wieder einem Dreißigjährigen begegnen könnte, der Furzwitze mag? Du bist nicht *so* einzigartig!>

Mittwoch, 26. Juni 2013
21.15 Uhr. O Gott, diese Einsamkeit!

21.16 Uhr. Mir kam gerade eine brillante Idee. Werde der Lederjacke eine SMS schreiben!

21.30 Uhr. Gedankenaustausch ging folgendermaßen vonstatten:

Ich: <Hallo, wie geht's? Hab länger nichts von dir gehört. Lust auf ein Treffen? Dann können wir ein bisschen quatschen.>

22.30 Uhr. Lederjacke: <Hey, du lebst ja auch noch! Hier hat sich in letzter Zeit viel getan. Ich heirate in zwei Wochen! Aber vielleicht kommen wir vorher noch einmal zusammen?>

Donnerstag, 27. Juni 2013
21.15 Uhr. Bin immer noch so einsam. Vielleicht rufe ich Daniel an, und wir gehen irgendwohin. Könnte mich aufheitern.

23.00 Uhr. Keine Reaktion von Daniel. Macht er sonst nicht. Vielleicht heiratet er ja ebenfalls demnächst.

Freitag, 28. Juni 2013

3.00 Uhr. Billy kam weinend zu mir ins Bett. Wahrscheinlich ein Alptraum. Hat sich ganz heiß und verschwitzt an mich geklammert und gesagt: »Ich brauche dich, Mummy.«

Und das stimmt. Sie brauchen mich alle beide. Außer mir haben sie niemanden. Kann mir keinen Durchhänger leisten. Innere Leere mit dummen Mackern zu füllen ist ohnehin Schwachsinn. Werde mich ab jetzt am Riemen reißen.

7.00 Uhr. Soeben aufgewacht und meinen Sohn angesehen. Er lag so warm und makellos schön auf meinem Kissen. Ich meine, eigentlich ist mein Selbstmitleid wegen Roxster nur zum Lachen, denn wann werde ich jemals wieder neben jemandem aufwachen, der so jung und schön ist wie *dieser* Junge?

Ich meine, so darf man es doch auch mal sehen. Er ist sogar noch viel jünger und schöner als Roxster.

SO SIND SIE EBEN

Freitag, 28. Juni 2013 (Fortsetzung)
10.00 Uhr. Mach mir langsam Sorgen um Daniel. Denn trotz
seiner durchgängigen Danielhaftigkeit war er seit Marks Tod
immer derjenige, der sich sofort meldete, wenn ich irgendetwas hatte.

10.30 Uhr. Hatte ich völlig vergessen: Da war ja Telefonkonferenz mit George, Imogen und Damian.

»Bridget, ich grüße Sie. Sie werden mit Freude vernehmen,
dass wir uns *alle* hier versammelt haben, um mit Ihnen zu
sprechen. Bridget, Folgendes…« Im Hintergrund hörte man
das Plätschern von Wasser. »Wenn Sie mit Saffron über die
neue Version sprechen, erwähnen Sie bitte nicht, dass Sie nicht
hundertprozentig hinter Stockholm stehen…«

»George?«, sagte ich misstrauisch. »Wo sind Sie und was ist
das für ein Geräusch im Hintergrund?«

»Ich? Ich bin im Büro. Und was Sie gehört haben, war…
Kaffee. Ich wollte Ihnen nur noch einmal sagen, dass Ambergris voll auf Stockholm abfährt, daher sollten Sie nicht…«

Es gab ein gummiartiges Quietschen, danach einen deutlich vernehmbaren Platscher, einen Aufschrei, und dann…
war alles still.

»Okay«, sagte Imogen. »Ich muss erst einmal abklären, was
hier passiert ist.«

11.00 Uhr. Habe Talitha angerufen, um sie zu fragen, ob sie irgendwas über Daniels Verbleib weiß.

»Wie, du hast es noch nicht gehört?«

Die Sache ist die, dass Daniel ein Suchtproblem hat, das mit den Jahren immer schlimmer geworden ist. Und es gab eine Zeit, in der er sich auf Partys derart danebenbenommen hat, dass nicht wenige allmählich die Geduld mit ihm verloren. Diverse Superbettys aus seiner näheren Bekanntschaft versuchten, ihm den Kopf zurechtzurücken, und verfrachteten ihn sogar in eine Suchtklinik nach Arizona, aus der er geheilt, wenn auch mit einem leicht reprogrammierten Blick zurückkehrte. Im Großen und Ganzen ging es ihm also gut. Doch die Trennung von seiner letzten Superbetty führte geradewegs in den Absturz, und an einem einzigen Wochenende machte er seine gesamte Dreißigerjahre-Hausbar platt. Die Putzfrau fand ihn am Montagmorgen, und jetzt lag er in der Drogenklinik desselben Krankenhauses, das auch die Fatty Farm beherbergte.

Nicht zu fassen, dass ich Mabel und Billy so einer Spritnase ausgeliefert habe!

11.30 Uhr. Imogen rief gerade an. Es scheint, dass George, anders als behauptet, *nicht* kaffeeschlürfend im Büro saß, sondern in einem Schlauchboot auf dem Irawadi. Er hatte sich dort in ein Hausboot zurückgezogen (Premium-Klasse, aber sonst ganz im einheimischen Stil), um durch göttliche Erleuchtung eine »Eingebung« zu bekommen. Aber irgendwie hatte das Speedboot seiner Premium-Nachbarn eine solche Welle gemacht, dass es das kleine Schlauchboot glatt umwarf und George samt iPhone in die schlammigen Fluten des Irawadi katapultierte.

George überlebte, doch der Verlust seines Handys war eine

Katastrophe. War mir aber egal, sollte sich Greenlight darum kümmern. Ich musste Daniel im Krankenhaus besuchen.

14.00 Uhr. Wieder da. Dieses St. Katherine's Hospital ist ein furchteinflößender Kasten. Eine Mischung aus viktorianischem Kerker, Sechzigerjahre-Operationssälen und einer Atmosphäre wie in einem nahöstlichen Höllenloch. Jemen lässt grüßen. Ich lief ziellos durch die Gänge, bis ich im richtigen Block war und Daniel am Krankenhauskiosk ein paar Zeitungen und eine Grußkarte mit einem Häschen an zwei Krücken kaufte. Unter dem Bild stand: »Halt die Ohren steif!«, und ich fügte mit Kuli hinzu: »Du altes Ferkel!« Doch im Innenteil schrieb ich: »Wo immer du bist, was immer du tust, ich habe dich gern.« Ich will ja nichts beschreien, aber ich könnte mir vorstellen, dass er sich im Augenblick nichts als Vorwürfe anhören muss.

Die Station erwies sich als »geschlossene«, und ich drückte auf den grünen Klingelknopf. Nach einer Weile ließ sich eine Frau in Burka blicken, die mich einließ.

»Ich möchte zu Daniel Cleaver.«

Der Name sagte ihr offenbar nichts, aber er stand auf ihrer Liste, das reichte.

»Hinten links. Das erste Bett hinter dem Vorhang.«

Ich erkannte Daniels Tasche und Mantel, doch das Bett war leer. Hatte er sich bereits aus dem Staub gemacht? Ich fing an aufzuräumen, doch plötzlich stand jemand hinter mir, der in seinem Krankenhaus-Schlafanzug aussah wie ein Penner: unrasiert, mit wüstem Haar und blauem Auge.

»Wer sind Sie?«, wollte er wissen.

»Ich bin's doch, Bridget.«

Und dann – als hätte er einen Geistesblitz: »Jones!!« Unsicher wankte er auf sein Bett zu. »Du hättest zumindest vorher anrufen können. Dann hätte ich ein bisschen sauber gemacht.«

Er legte sich hin und schloss die Augen.

»Blöder Arsch!«, sagte ich.

Er tastete nach meiner Hand und gab seltsame Geräusche von sich.

»Was ist denn passiert? Warum kriegst du keine Luft?«

»Die Sache ist die, Jones«, sagte er und zog mich an sich. »Es war wohl ein bisschen viel auf einmal, da verliert man die Übersicht. Ich habe mich mehr oder weniger durchs ganze Sortiment gesoffen und war am Ende bei einer Flasche Crème de Menthe – *dachte* ich. Es war dieses grüne Zeug, und das habe ich in einem Zug leergemacht.« Er verzog die Lippen zu einem schrägen Grinsen. »War aber Fairy Ultra.«

Worüber wir beide lachen mussten. Ich weiß, es ist nicht lustig, aber irgendwie doch. Kurz darauf fing sein Atem an zu rasseln, und Schaum trat vor seinen Mund. Ich ahnte, was sich in seinem Körper abgespielt hatte. Es war dasselbe, das passiert, wenn man Spüli in die Spülmaschine gibt, weil einem die Reiniger-Tabs ausgegangen sind. Irgendwann quillt Schaum aus jeder Ritze.

Die Krankenschwester kam angerannt und versorgte ihren Patienten. Daraufhin nahm er die Grußkarte und machte sie auf. Einen Moment lang sah es so als, als kämen ihm gleich die Tränen, doch dann betrat eine langbeinige Blondine den Raum, und er legte die Karte schnell fort.

»Schau dich bloß an, Daniel«, sagte die Superbetty auf eine Art, die eigentlich eine Ohrfeige verdiente. »Schau dich an! Schämst du dich denn nicht? Das muss auf der Stelle aufhören.«

Dann sah sie die Karte. »Was soll das denn, bitte? Ist das von dir?«, herrschte sie mich an. »Ja, ich sehe schon. Bei solchen Freunden ist das auch kein Wunder.« Sie las vor: »›Lieber Daniel, altes Haus …‹ Wenn ich das schon höre. So ändert er sich nie.«

»Ich gehe jetzt besser«, sagte ich und stand auf.

»Nein, bleib, Jones, bitte«, sagte Daniel.

»O nein, nicht noch mehr Besuch«, schnaubte die Superbetty, als Talitha hereingerauscht kam, in der Hand einen zellophanverpackten Fresskorb mit einer riesigen Schleife.

»Siehst du? Genau das meinte ich«, sagte die Superbetty.

»Und was genau meintest du, Herzchen?«, fragte Talitha zurück. »Wer bist du eigentlich, und was geht dich die Sache überhaupt an? Ich kenne Daniel seit zwanzig Jahren, ich habe in dieser Zeit immer wieder mit ihm geschlafen …«

Das hätte eigentlich einen Aufschrei geben müssen. Was? Auch zu der Zeit, in der ich mit Daniel zusammen war? Aber dann dachte ich: Was soll's? Darauf kommt es jetzt auch nicht mehr an.

Ich verabschiedete mich und ging, und dabei kam mir der Gedanke, dass die Menschen sich von einem bestimmten Alter an einfach nicht mehr ändern können. Sie sind, wie sie sind, und entweder man akzeptiert das, oder man lässt es. Weiß bloß nicht, ob ich ihm noch einmal die Kinder anvertraue. Vielleicht erst nach dem Entzug, wenn er wieder eine Gabel von einer Haarbürste unterscheiden kann.

MUMIENSCHIEBEN

Samstag, 29. Juni 2013
Wollte gerade nach Hampstead Heath aufbrechen, aber gleich
wieder umgekehrt, weil es plötzlich schüttete wie aus Eimern.
Überhaupt war der Sommer bisher eine einzige Pleite. Immer
nur Regen und saukalt, als hätten wir gar nicht Sommer. Kein
akzeptabler Zustand, das.

Sonntag, 30. Juni 2013
Gaah! Und dann auf einmal Affenhitze. Habe aber weder
Sunblocker noch Sonnenhut, und für draußen ist es viel zu
heiß. Wie soll ein normaler Mensch in diesem Backofen überleben? Also das geht *gar nicht*!

Montag, 1. Juli 2013
18.00 Uhr. Egal, sollte mit dem elenden Selbstmitleid aufhören, sonst trinke ich noch versehentlich Fairy Ultra. Das Ende
des Schuljahrs rückt näher und mit ihm das volle Programm
an Theateraufführungen, Klassenfahrten und Pyjama Days.
Rechner läuft heißt wegen Rundmails betr. Lehrerpräsente, darunter eine von Nicolette der Unerreichten, die sich strikt für
gemeinsame Geschenkgutscheine aussprach statt der lieb ge-
meinten Kerze von Jo Malone. Die meisten Mails hat allerdings
Billys Sommerkonzert ausgelöst. Billy spielt »I'd Do Anything«
aus *Oliver Twist*, als Solo! Konzert wird von Mr Wallaker organisiert, der offenbar den gesamten Fachbereich Musik unter

seine militärische Kontrolle gebracht hat, und soll bei Sonnenuntergang auf dem Gelände von Capthorpe House über die Bühne gehen, einem vornehmen Landsitz gleich an der A11.

Sehr wahrscheinlich ist er als Oliver Cromwell verkleidet, und seine Frau hat sich zu diesem Anlass noch literweise Filler unter die Haut spritzen lassen. Oops, jetzt aber fix zurück ins Messerfach, Miss Sharp. Sollte öfter in meinem *Kleinen Buddhaführer* lesen, wo ganz klar steht: *Wir besitzen weder unser Haus noch unsere Kinder. Wir besitzen nicht einmal unseren eigenen Körper. Sie alle sind uns nur für kurze Zeit gegeben, damit wir sie achtsam und mit Respekt behandeln.*

O nein! Habe wieder vergessen, Zahnarzttermin für Billy und Mabel zu machen. Je länger ich das vor mir herschiebe, desto größer wird meine Sorge. Wahrscheinlich sind ihre Zähne schon vollkommen verrottet, und sie kriegen später höchstens noch einen Komparsenjob bei *Fluch der Karibik* – und alles meinetwegen. Aber zumindest behandle ich meinen Körper als den Tempel, der er ist… und gehe zum Zumba.

20.00 Uhr. Gerade von Zumba zurück. Liebe Zumba mit dem jungen spanischen Pärchen, das abwechselnd vortanzt und diese tollen Show-Elemente abspult wie Haarewerfen, auf der Stelle marschieren usw. Versetzt mich jedes Mal in eine andere Welt – nach Barcelona zum Beispiel oder in einen Nachtclub an der baskischen Atlantikküste oder an ein Lagerfeuer von mobilen ethnischen Minderheiten ungeklärter Herkunft.

Doch in dieser Woche hatten sie statt des heißblütigen Duos eine aseptische Schöne, die aussah wie Olivia Newton-John in *Grease* und die den exotischen Zumba-Moves mit eiskaltem Lächeln jede Erotik austrieb, so als wollte sie sagen: »Seht her, Bewegung macht ja so viel Freude und ist außerdem garantiert jugendfrei.«

Um den Ganzen die Krone aufzusetzen, lernten wir noch alle möglichen albernen Handbewegungen wie die »Welle« oder »Wasserabschütteln« oder den »Starburst«, wodurch auch der letzte Hauch Sinnlichkeit den Kältetod starb. Desillusionierung total. Ich blickte mich um und sah, dass ich nicht von glutäugigen Latin Lovers umgeben war, sondern nur von Damen, die von Angehörigen einer unaufgeklärten, patriarchalischen oberen Mittelschicht gern als »fortgeschrittenen Alters« bezeichnet werden. Beim sogenannten Mumienschieben hatten sie unweigerlich den Part der Mumie.

Habe den bösen Verdacht, dass Zumba-Kurs nur den Versuch darstellt, die sexuell aktiven Zeiten irgendwie wiederzubeleben, was man auch in St. Oswald's beobachten kann. Dort hat Zumba längst den hergebrachten Tanztee verdrängt.

Ging dann nach oben ins Kinderzimmer, um zu erleben, dass Chloe offenbar auch ohne Zumba superschlank blieb und darüber hinaus noch sichtlich ein attraktiveres Mutterbild abgab. Wie sie den Kindern aus *Der Wind in den Weiden* vorlas, es hatte etwas von Leonardos Felsgrottenmadonna. Natürlich wurde ich sehnlichst erwartet, denn ich sorgte an solchen Abenden durch meinen Anblick (rot im Gesicht, verschwitzt, kaputt und dem Herzinfarkt nahe) zuverlässig für Heiterkeit.

Sobald Chloe weg war, flog *Der Wind in den Weiden* in die Ecke, und der übliche Blödsinn begann, diesmal indem Mabel und Billy den Inhalt des Wäschepuffs die Treppe hinunterfeuerten. Als ich sie endlich im Bett hatte, war ich so erschossen, dass ich mir einfach zwei große Truthahn-Nuggets (kalt) und ein Zehn-Zentimeter-Stück Bananenkuchen reinstopfte. Sollte mich lieber für richtigen Salsa- oder Merengue-Kurs anmelden, denn das sind wenigstens richtige Lateintänze und nicht Ringelpiez ohne Anfassen mit aseptischer Miss Fitness.

WIEDER VERNETZT

Dienstag, 2. Juli 2013

60 kg (dank Zumba); Dating-Portale angeguckt: 13; Dating-Profile gelesen: 87; ansprechende Dating-Profile: 0; eigene Dating-Profile erstellt: 2; Online-Dating-Pleiten von Jude bis jetzt: 17; vielversprechende Internet-Kontakte von Jude bis jetzt: 1 (immerhin!)

23.00 Uhr. Als die Kinder im Bett waren, kam Jude noch einmal vorbei. Sie trifft sich immer noch mit ihrem Naturfotografen und ist entschlossen, mich ebenfalls online zu verkuppeln.

Sah ihr zu, wie sie sich mit messianischem Eifer durch die entsprechenden Seiten klickte und Notizen machte: »Hobbytaucher«, »mag Hotel Costes in Paris«, »hat *Hundert Jahre Einsamkeit* gelesen« – ist ja interessant. »Man muss sich das aufschreiben, Bridge, sonst kommt man später durcheinander, wenn man ihnen schreibt.«

»Hast du nicht mal daran gedacht, diesen ganzen Online-Mist hinzuwerfen?«, fragte ich.

»Nein, denn dann nuckle ich am Ende nur verzückt am Lutscher.«

Mir fiel auf, dass ich in diesem Moment genau das tat. Lolli-Fellatio ist eben auch dann vielsagend, wenn kein Mann in der Nähe ist.

»Die Sache ist die, Bridget, in diesem Spiel entscheidet die Statistik. Oder die Marginalrechnung, wenn du so willst.«

Jude, die soeben die »gläserne Decke« der Finanzwelt durchstoßen hatte, musste es wohl so sehen.

»Nimm vor allem nichts persönlich. Ja, du wirst versetzt, oder du triffst dich mit Fettsäcken, die ein falsches Foto ins Netz gestellt haben. Aber mit ein bisschen Geschick und Erfahrung trennst du die Spreu vom Weizen.«

Dann gingen wir die Hitparade der krassesten Online-Typen durch, die Jude hatte aussieben müssen, um an ihren *Naturfotografen* zu kommen. Da bot sich ein *Devotersklave* an oder ein *Glücklichervater*. (Es war derselbe, der erst mit ihr rumgemacht und ihr dann die Rundmail von der Geburt eines gesunden Töchterchens geschickt hatte.) Und *Skydiver-Graphicdesignerman* entpuppte sich zwar durchaus als Grafikdesigner, doch zugleich als frommer Moslem, für den Sex vor der Ehe nicht infrage kam, umso mehr aber englische Volkstänze.

»Doch irgendwo«, sagte Jude, »irgendwo da draußen in den Weiten des Internets wartet der Eine, bei dem es auf den ersten Klick klappt, ich schwör's dir.«

»Aber wer will schon eine alleinstehende Ü50-Mutter mit zwei Kindern?«

»Schau es dir doch wenigstens einmal an«, sagte sie und deutete auf den Button mit der kostenlosen unverbindlichen Probemitgliedschaft bei Alleinerziehendentreff24. »Das sind Leute wie du und ich, keine perversen Sextäter. Also ich gebe mal neunundvierzig ein.«

Ein Galerie von unbekannten Männern mit Nickelbrillen und Schmerbauch unter Streifenhemden erschien auf dem Bildschirm.

»Sieht aus wie ein Verbrecheralbum«, sagte ich. »Ich wette, die sind nur deshalb alleinerziehend, weil sie ihre Frau gemeuchelt haben.«

»Okay, nicht jede Suche trifft gleich ins Schwarze«, sagte Jude unbekümmert. »Wie wär's damit?«

Sie öffnete das Profil, das sie für mich auf OkCupid gezaubert hatte.

Dort fanden sich tatsächlich ein paar ganz ansehnliche Kandidaten. Aber auch hier waren die Einsamen in der Mehrzahl – und lieferten teils erschütternde Lebensgeschichten voller Schmerz, Enttäuschung und Kränkung. Jemand mit dem Benutzernamen *Istdajemand?* schrieb:

Ich bin ein normaler Typ, der einfach ein normales nettes weibliches Gegenstück sucht. Wenn dein Foto älter ist als 15 Jahre, HAU AB. Wenn du krank in der Birne bist oder verheiratet oder lebensmüde oder passiv-aggressiv oder gar keine Frau oder nur auf Geld aus oder ein Sadist oder oberflächlich, selbstverliebt und ungebildet oder wenn du nur die schnelle Nummer suchst oder eine von den Ewig-Mailerinnen bist, die sich nie mit einem treffen will, oder wenn du Dates nur für dein Ego brauchst und mich dann versetzt, weil dir alles am Arsch vorbeigeht, VERPISS DICH EBENFALLS!

Dann waren da noch die Profile der Ehemänner, die nur nach »gelegentlichen Treffs« verlangten, also nach unkompliziertem Sex.

»Warum gehen die nicht einfach auf MarriedAffair.co.uk?«, lautete Judes Kommentar.

Mittwoch, 3. Juli 2013
8.30 Uhr. Billys Fußball-Comic fällt durch den Briefschlitz. Ich nehme es mit nach unten, und dabei rutscht mir heraus: »Billy, dein Match.com ist grade gekommen.«

K.B.O.

Mittwoch, 3. Juli 2013 (Fortsetzung)

60 kg; negative Gedanken: 5 Mio.; positive Gedanken: 0; Flaschen Fairy Ultra geschluckt: 0 (Es ist eben nicht alles schlecht.)

21.15 Uhr. Auch schön: Morgen ist Sommerkonzert von der Schule, und das wird bestimmt super. Mabel übernachtet bei Rebecca, sodass ich mir keine Sorgen machen und bei öffentlicher Veranstaltung gleich auf *zwei* Kinder aufpassen muss. Natürlich werden nur wenige Väter anwesend sein, entweder weil sie geschäftlich unterwegs sind – oder im Internet auf MarriedAffairs.co.uk. Und gesetzt den Fall, Roxster gäbe es noch, er wäre sowieso nicht mitgekommen. Wäre sich blöd vorgekommen unter lauter Eltern, die so viel älter sind als er.

21.30 Uhr. Gerade auf Nachrichtenportal nachgeguckt. Der ganze royale Babywahnsinn hilft jungen Paaren in Roxsters Alter nicht die Bohne. Sie sind nach wie vor vollkommen überfordert und haben keine Ahnung, wie sie alles auf die Reihe kriegen sollen.

21.45 Uhr. Noch kurz bei Billy und Mabel nach dem Rechten gesehen.

»Mummy«, sagte Billy. »Weiß Daddy eigentlich, dass morgen das Konzert ist?«

»Bestimmt«, sage ich.

»Meinst du, es klappt alles?«

»Ja.«

Ich hielt seine Hand, bis er eingeschlafen war. Draußen stand wieder der Vollmond über den Dächern. Wie wäre es eigentlich gewesen, wenn ich mit Mark auf das Konzert gegangen wäre? Er hätte mir wahrscheinlich über die Schulter geguckt, sämtliche Rundmails betr. Konzert-Picknick gelöscht und nur lapidar geantwortet: »Ich bringe den Hummus mit und die schwarzen Mülltüten.«

Aber es wäre auf jeden Fall etwas gewesen, auf das ich mich gefreut hätte. Weil es nämlich auf jeden Fall schön geworden wäre. Ach was, reiß dich zusammen und mach weiter. *Keep buggering on!* K.B.O. Berühmter Spruch von Churchill.

SOMMERKONZERT

Donnerstag, 4. Juli 2013

Wir bretterten wie die Wahnsinnigen durch die idyllische Parklandschaft. Wir waren spät dran, weil Billy unbedingt das Navi auf dem iPhone ausprobieren wollte und wir prompt die falsche Ausfahrt nahmen. Aber dann schafften wir es doch noch, und mit einem Mal umfing uns der Duft von frischem Heu, und die alten Kastanien leuchteten satt und grün im goldenen Abendlicht.

Beladen mit Instrumentenkoffer, Picknickdecke und zwei Picknickkörben (Cola light und Haferplätzchen passten nicht mehr in den ersten Korb) folgte ich dem Pfeil, der sagte »Zum Konzert hier«.

Schließlich standen wir vor einer weiten Wiese und waren erst einmal tief beeindruckt von dem Anblick. Alles sah aus wie auf einem Gemälde – sowohl das von Glyzinien zugewachsene Herrenhaus mit der großen Steinterrasse als auch der gepflegte Rasen, der weiter hinten zu einem See abfiel. Offenbar diente die Terrasse als Musikbühne, denn es stand bereits ein Konzertflügel darauf, Notenständer waren aufgestellt und davor die Stühle für das Publikum. Billy fasste mich fest an der Hand, denn wir wussten nicht recht, wie es jetzt weitergehen sollte.

Aber überall rannten kleine Jungen mit Instrumenten herum und waren ungeheuer aufgeregt. Dann riefen Jeremiah und Bikram: »He, Billy«, und Billy sah mich erleichtert an. »Na, geh schon«, sagte ich. »Ich komme mit den Sachen nach.«

Ich sah ihm hinterher und bemerkte bei der Gelegenheit, dass die anderen Eltern alle am Seeufer waren und dort ihre Picknickdecken ausgebreitet hatten. Keiner von denen war allein, man sah nur Paare, deren Ehe garantiert nicht von PlentyOfFlachwichser oder Twitter gestiftet worden war, sondern sich im *real life* angebahnt hatte. Wieder Erinnerungen an Mark, die mir in diesem Moment nicht guttaten. Als Erstes wäre er pünktlich hier gewesen, denn er hätte sich bei dem Navi nicht allein auf seinen Sohn verlassen müssen. Zudem hätte er nicht annähernd so viel Zeugs mitgenommen. Wir wären überhaupt ein Bild von einer Familie gewesen, unten am See bei unserem Picknick statt…

»Haben Sie den Küchentisch mitgebracht?«

Ich drehte mich um. In schwarzer Hose und weißem Hemd mit offenem Kragenknopf sah Mr Wallaker verblüffend elegant aus. Er schaute zum Herrenhaus und schloss dabei seine Manschettenknöpfe. »Kann ich Ihnen helfen?«

»Nein, danke, es geht schon«, sagte ich, während eine Tupperdose aus dem Korb rutschte und die Eiersandwiches auf den Rasen purzelten.

»Lassen Sie mal«, befahl er. »Geben Sie mir das Fagott, und ich hole jemanden, der Ihnen die Sachen zum See trägt. Bei wem sitzen Sie?«

»Bitte reden Sie mit mir nicht wie mit einem Ihrer Schuljungen«, sagte ich. »Weder bin ich Bridget Wie-immer-unbegleitet-Darcy, noch bin ich außerstande, einen Picknickkorb zu tragen, und nur weil Sie hier das große Wort führen und alles unter Kontrolle haben mit Ihrem See und dem Orchester, bedeutet das nicht, dass ich…«

Auf der Terrasse krachte etwas hin, und unmittelbar darauf fielen wie Dominosteine sämtliche Notenständer um, einschließlich eines Cellos, das die Grasböschung hinunterrutschte. »Sie gehen jetzt besser, geben Sie mir das.« Er nahm das Fagott und lief auf das Haus zu. »Ach so, was ich noch sagen wollte: Ihr Kleid…«, rief er im Weggehen.

»Was ist mit dem Kleid?«

»Es lässt tief blicken, wenn Sie die Sonne im Rücken haben.«

Ich sah an mir hinunter. Tatsächlich, das Fähnchen war praktisch durchsichtig.

»Aber trotzdem nicht schlecht. Sie sind ja tageslichttauglich«, sagte er, um das Maß voll zu machen.

Halb entrüstet, halb verwirrt starrte ich ihm nach. Er war… das war… glatter Sexismus! Er reduzierte mich auf ein hilfloses Sexobjekt und… dabei war er verheiratet und alles… und überhaupt.

Gerade, als ich meinen ganzen Kram zusammenpacken wollte, erschien ein livrierter Diener und sagte: »Darf ich das für Sie tragen, Madam?« Und hinten rief jemand: »Bridget!« Es war Farzia Seth, Bikrams Mum. »Komm doch her und setz dich zu uns.«

Fürs Erste war ich gerettet, denn die Ehemänner hatten sich sozusagen in ihre Hälfte zurückgezogen, damit die Weiber quatschen und den herumtollenden Nachwuchs mit kleinen Häppchen füttern konnten.

Vor Beginn des eigentlichen Konzerts stellte sich Nicolette, die natürlich auch Vorsitzende des Musik-Komitees war, auf die Bühne und hielt eine megapeinliche Lobrede auf Mr Wallaker: »Denn ohne ihn, wo wären wir, was hätten wir ohne ihn…?«

»Ohne ihn hätten wir vor allem kein nasses Höschen, meine Süße«, murmelte Farzia. »Jaja, wie man doch seine Ansichten ändern kann vor so einem idyllischen Landsitz.«

»Glaubst du, das Haus gehört *ihm*?«, fragte ich.

»Keine Ahnung. Auf jeden Fall hat er es organisiert. Und Nicolette kriecht ihm so was von in den Arsch. Frage mich, was die orangefarbene Gattin dazu sagt.«

Endlich war Nicolette fertig. Mr Wallaker betrat die Bühne, stellte sich vor sein Orchester und besänftigte den aufbrandenden Applaus.

»Danke schön«, sagte er mit einem süffisanten Lächeln. »Besser hätte ich das selber nicht ausdrücken können. Doch deswegen sind Sie nicht gekommen. Sie sind hier, um Ihre außergewöhnlichen Kinder zu hören.«

Unmittelbar darauf hob er den Dirigentenstab, und mit einer mächtigen, wenn auch leicht schiefen Fanfare legte die Big Band los. Doch im sanften Abendlicht verbreitete die Musik trotzdem einen einzigartigen Zauber.

Zwar war die Flötengruppe einem Stück wie *Age of Aquarius* nicht wirklich gewachsen, und an mehreren Stellen wurde im Publikum gelacht. Aber das war mir recht, ich lachte gerne mit, da ich wusste, dass ich bei Billys Auftritt vor Angst sterben würde. Er trat erst gegen Ende auf und war einer der Jüngsten. Geradezu zitternd verfolgte ich, wie er mit seinem Notenblatt auf die Bühne trat und sich neben den Flügel stellte. Er sah so klein und verängstigt aus, dass ich ihn am liebsten geschnappt und in Sicherheit gebracht hätte. Nach ihm kam Mr Wallaker, flüsterte Billy etwas zu und setzte sich ans Klavier.

Ich wusste gar nicht, dass Mr Wallaker Klavier spielte, und schon gar nicht, wie gut. Wie durch Magie erklang unter seinen Händen ein professionelles Jazz-Intro, das er mit einem Nicken in Billys Richtung abschloss: sein Einsatz. Obwohl das Lied nicht gesungen wurde, hatte ich plötzlich jedes einzelne Wort von *I'd Do Anything* im Ohr. Es war Schwerstarbeit für ein Fagott, das von so einem kleinen Kerl bedient wurde, aber Mr Wallaker spielte sanft und wie selbstverständlich um kleine Patzer herum, sodass sie kaum auffielen.

I'd Do Anything, das galt auch für mich. Ich würde alles für dich tun, Billy! Tränen stiegen mir in die Augen. Mein kleiner Junge, der es so schwer hatte!

Dann brach der Applaus los. Wieder flüsterte Mr Wallaker meinem Sohn etwas zu und blickte dann zu mir. Billy platzte beinahe vor Stolz.

Zum Glück waren dann Eros und Atticus mit einer Blockflöten-Adaption des *Forellenquintetts* dran, reichlich prätentiös vorgetragen übrigens, wenn man sah, mit welchen Verrenkungen sie spielten. Aber zumindest kam ich von dem Mix aus Stolz und Angst wieder herunter. Und dann war alles vorbei, und Billy rannte strahlend auf mich zu, um sich die verdiente Umarmung abzuholen, ehe er wieder zu seinen Freunden verschwand.

Es war eine warme, samtene Nacht, die Luft wie Balsam, eigentlich also *die* Zeit für Romantik. Die anderen Eltern schlenderten Hand in Hand ans Seeufer, nur ich setzte mich allein wieder auf meine Decke und fragte mich, was ich jetzt machen sollte. Ich lechzte nach einem Drink, aber ich musste ja fahren, und so blieb mir nur der Korb mit der Cola Light und den Haferplätzchen. Ich sah zu Billy hinüber. Er tobte noch immer mit den anderen herum. Ich ging zu dem Gebüsch, wo der Korb stand, und ließ die Szenerie auf mich wirken.

Über dem Wald ging langsam ein roter Vollmond auf. Paare in Abendgarderobe lachten und herzten ihren Nachwuchs. Es war einer jener Momente, in denen Menschen auf den gemeinsamen Weg zurückblicken.

Nur ich zog mich wieder ins Gebüsch zurück, wo mich

niemand sehen konnte, und wischte mir eine Träne ab. Ich trank eine halbe Flasche Cola light leer und wünschte, es wäre Wodka. Die Kinder wuchsen schneller auf, als ich gedacht hatte. Sie waren schon längst aus dem Kleinkindalter heraus. Alles ging so furchtbar schnell. Und ich, ich war nicht einfach nur traurig, sondern hatte Angst. Ich hatte schon Angst davor, mich auf dem Rückweg zu verfahren. Angst vor den Jahren, die vor mir lagen und in denen ich vollkommen auf mich allein gestellt war. Alles musste ich allein überstehen: Konzerte, Preisverleihungen, Weihnachten, pubertierende Kinder mit ihren Problemen…

»Dumm, wenn man sich nicht einmal betrinken darf, oder?«

Mr Wallakers weißes Hemd schimmerte hell im Mondlicht. Sein halb verschattetes Profil wirkte beinahe aristokratisch.

»Alles in Ordnung mit Ihnen?«

»Ja, warum denn nicht?«, entgegnete ich und wischte mir schnell die Augen trocken. »Warum laufen Sie mir dauernd hinterher? Warum fragen Sie mich permanent, ob alles in Ordnung ist? Geht Sie das irgendetwas an?«

»Ich merke eben, wenn eine Frau zugrunde geht und dabei so tut, als ginge es ihr prima.«

Er kam einen Schritt näher. Schwer lag der Duft von Jasmin und Rosen in der Luft.

Ich hielt den Atem an. Es war, als würde der Mond uns einander näherbringen. Er streckte die Hand aus wie nach einem Kind oder einem verletzten Reh und berührte meine Haare.

»Die Nissen sind aber weg, oder?«, sagte er.

Ich hob mein Gesicht und tauchte ein in seinen Geruch, spürte seine raue Wange an meiner, seine Lippen an meiner Haut… bevor mir all die geilen Böcke auf den Kontaktseiten wieder einfielen.

»Was machen Sie da?«, schrie ich ihn an. »Nur weil ich zufällig allein bin, heißt das noch nicht, dass ich alles mit mir
machen lasse. Außerdem sind Sie verheiratet. Oh, ich bin der
große Mr Wallaker, ich bin zwar verheiratet, aber unwiderstehlich! Und was verstehen Sie eigentlich unter zugrunde
gehen? Ich weiß, dass ich nicht die beste Mutter bin, aber Sie
müssen es mir nicht noch unter die Nase reiben.«

»Billy! Deine Mum hat Mr Wallaker geküsst!«

Billy, Bikram und Jeremiah kamen aus den Büschen.

»Ah, Billy!«, sagte Mr Wallaker. »Deine Mutter hat sich nur
wehgetan und ...«

»Am Mund?«, fragte Billy konsterniert, worauf die anderen
sich wegschmissen vor Lachen.

»Ah, Mr Wallaker, *Sie* habe ich gesucht!«

O Gott, jetzt kam auch noch Nicolette.

»Ich dachte, wir könnten zum Abschluss noch ein paar
Worte an die Eltern richten ... Bridget? Was machst *du* denn
hier?«

»Ich suche die Haferkekse«, sagte ich locker.

»Im Gebüsch? Tut auch nicht jeder.«

»Kann ich auch einen haben? Kann ich auch einen haben?«,
riefen die Jungs zum Glück und durchwühlten den Korb, was
mir Gelegenheit gab, mich zu bücken und meine Verwirrung
zu kaschieren.

»Ich dachte, es wäre schön, wenn wir den Abend auf diese
Weise *ausklingen* lassen könnten. Die Leute würden Sie gerne
noch einmal sehen – und hören. Sie haben ja *solches* Talent ...
meine ehrliche Meinung.«

»Weiß nicht, ob die Leute noch eine weitere Rede ertragen.
Besser, Sie verabschieden sie einfach ohne großes Tamtam.
Würden Sie das für mich tun, Mrs Martinez?«

»Natürlich, sofort«, sagte Nicolette kühl und sah mich giftig an, gerade als Atticus angerannt kam. »Maaamii, ich will zu meinem Therapeuten!«

»Na gut«, sagte Mr Wallaker, als sich Nicolette und die Jungs verzogen hatten. »Sie haben sich klar ausgedrückt, und ich entschuldige mich ebenso klar. Und jetzt muss ich los, um *keine* Rede mehr zu halten.«

Im Weggehen drehte er sich aber noch einmal um und sagte: »Nur der Vollständigkeit halber: Auch bei anderen Leuten läuft das Leben nicht immer so rund, wie es nach außen hin den Anschein hat – wenn man mal hinter die Fassade schaut.«

MACKER

Freitag, 5. Juli 2013
Dating-Seiten nachgeguckt: 5; zwinkernde Smileys: 0; Nachrichten: 0; Likes: 0; Online-Shopping-Seiten besucht: 12; Wörter in neuer Drehbuchversion: 0.

9.30 Uhr. O. Mein. Gott! Was jetzt? Ich gehe also zugrunde. Dieses Arschloch, dieser lüsterne sexistische Schweinehund. Trotzdem, muss mich jetzt darauf konzentrieren, mehr Schub in die Hedda zu kriegen. Soll heißen, sämtliche von dieser Saffron versauten Hedda-Stellen wieder in ihre ursprüngliche Form zu bringen. Was eigentlich Spaß machen sollte.

9.31 Uhr. Der Vorteil dieser Dating-Seiten ist: Sobald man sich einsam fühlt, kommt man mit einem Klick in eine Art Süßwarenladen für Erwachsene. Auf einen Schlag gibt es Millionen Möglichkeiten, neue Leute kennenzulernen, zumindest theoretisch. Ich sehe förmlich vor mir, wie in Tausenden von Büros landauf, landab heimlich auf Match.com oder OkCupid nachgeguckt wird, wodurch wieder Schwung in den langweiligen Alltag kommt. Okay, muss aber jetzt wirklich anfangen.

10.31 Uhr. Und dennoch, was hat sich Mr Wallaker eigentlich dabei gedacht? Macht er das immer so? Aber so macht man das nicht. Es ist einfach unprofessionell.

Und was meinte er mit »zugrunde gehen«?

10.35 Uhr. Je intensiver man ein Wort betrachtet, desto unklarer wird es. Zugrunde… zu Grunde… Wie tief ist zu Grunde? Bis auf den Meeresgrund? Erst mal gucken, was sich im Netz getan hat.

10.45 Uhr. Habe mich gerade eingeloggt.

> **Du hast 0 zwinkernde Smileys. 0 Mitglieder haben dich als Favoriten gespeichert. 0 Mitglieder haben dir eine Nachricht geschickt.**

Super!

11.00 Uhr. Ich meine, jetzt guck sich einer diesen Macker an. *Verheiratet, aber in einer offenen Beziehung lebend.* Sag ich doch.

12.15 Uhr. Judes Online-Dating war jedenfalls ein Alptraum aus vielen begonnenen, aber nie weitergeführten Dialogen, weil sie von einem bestimmten Punkt an einfach keine Antwort mehr erhielt. Will aber keinen Flickenteppich aus Anbaggerversuchen, sondern sollte besser an *Laub in seinem Haar* arbeiten. Muss mir überlegen, wie ich Jacht-Flitterwochen-Handlung unbeschadet nach Schweden importiere. Hat Stockholm eigentlich warme Sommer? Lebt nicht eines der Abba-Mädchen auf einer Insel vor Stockholm?

12.30 Uhr. Könnte vorher aber kurz bei Net-a-Porter vorbeischauen wegen Sale.

12.45 Uhr. Was läuft da ab? Habe gerade drei Kleider in meinen Einkaufskorb gelegt und mich ausgeloggt. Aber als ich mich wieder einloggte, war alles leer.

13.00 Uhr. Lieber wieder süße Dreißigjährige auf Match.
com angucken, nur eine Minute.

Mmmm...

13.05 Uhr. Habe mich gerade durch eine Galerie mit attraktiven Dreißigjährigen gescrollt und dann laut aufgeschrien.

Denn wen sehe ich da, frech wie Oscar? ROXSTER!

MATCH

Freitag, 5. Juli 2013 (Fortsetzung)

Unbeschwert grinste mich »Roxster30« an, es war dasselbe Foto wie auf seinem Twitter-Account. Angeblich sucht er nach Frauen zwischen fünfundzwanzig und fünfundfünfzig. Also lag es gar nicht daran, dass ich zu alt war, sondern weil er... o mein Gott! In seinem Profil steht, dass er »lange Spaziergänge in Hampstead Heath« mag und »Menschen, die einen zum Lachen bringen« sowie... »Kurzurlaube auf dem Land mit großem englischen Frühstück«. Und was er auch noch mag, ist Fallschirmspringen, im Ernst.

Ich meine, warum auch nicht? So ist der Mensch eben. Und das ist fast schon komisch.

Aber dann traf mich etwas wie ein Schlag in die Magengrube.

13.10 Uhr. Roxster ist online, jetzt, in diesem Moment! Problem ist, ich auch. Was mache ich denn jetzt?

13.11 Uhr. Habe mich blitzartig ausgeloggt und renne jetzt wie eine Geistesgestörte durchs Zimmer. Stopfe mich mit Käseresten und angebissenen Proteinriegeln voll, die noch in meiner Handtasche sind.

Was jetzt? Wie reagiere ich darauf? Gibt es dafür eine Regel? Kann mich nicht wieder einloggen, sonst denkt er, ich stalke ihn oder Schlimmeres. Lieber wieder harmlose Galerie mit attraktiven Dreißigjährigen anklicken, denn da liegt die Zukunft. Ein frischer Toyboy muss her.

13.15 Uhr. Soeben Mail-Postfach gecheckt, das wie üblich überquillt von Ocado-Werbung, Mutti-Rundmails betr. »Lehrerpräsente« und Spam verschiedenster Landgasthöfe, die ich einmal für uns in Betracht gezogen hatte. Neu sind die zahllosen Nachrichten von Alleinerziehendentreff24, OkCupid und Match.com, in denen Sachen stehen wie: Wow, bist du heute wieder beliebt! oder Jemand hat sich dein Profil angesehen. Und dann: Jemand hat dir gerade einen zwinkernden Smiley geschickt.

Auch in den letzten beiden Mails von Match.com steht mehr oder weniger dasselbe: Wow, Jonesey49! Jemand hat sich dein Profil angesehen.

13.17 Uhr. Konnte aber nicht feststellen, wer es war, weil ich mich noch nicht verbindlich bei Match.com angemeldet habe. Eine Nachricht war von jemandem, der neunundfünfzig Jahre alt ist, und die andere von jemandem mit dreißig. Das konnte nur Roxster sein, solche Zufälle gibt es nicht.

13.20 Uhr. Wow, Jonesey49! Du hast gerade einen zwinkernden Smiley von jemandem bekommen! Wieder von einem, der dreißig Jahre alt ist.

13.25 Uhr. Bestimmt hat Roxster spitzgekriegt, wer auf seinem Profil war. Was mache ich denn jetzt? So tun, als wäre es nie passiert? Nein, das geht nicht ... andererseits ist die Lage eh schon verfahren genug ... Ich kann nicht so tun, als wäre ich es nicht gewesen. Wir sind doch alle nur Menschen, und uns lag doch einmal so viel aneinander. Oh, SMS von Roxster: <Jonesey49 alias Bridget alias @JoneseyBJ? Ich glaube, ich spinne.>

Ich starrte auf das Display und ging in Gedanken alle meine vorgefertigten Antworten durch.

<Sorry, aber wer ist da?>

Oder: <Du hast dich entschieden und mir deine Entscheidung auf die brutalstmögliche Weise kundgetan, also verpiss dich.>

Aber ich schrieb dann etwas völlig anderes.

<Roxster30 alias Roxby alias @Roxster *nervöskicher* Nur damit du klarsiehst: Ich war nicht auf Match.com, um süße Dreißigjährige anzugaffen, sondern wegen Recherche für *Laub in seinem Haar*. Hättest du jetzt nicht gedacht, oder? Witzig fand ich besonders deine Vorliebe für Fallschirmspringen! *nach-Weinpulle-greif*>

Funkstille. Aber dann:

<Jonesey?>

<Ja, Roxster?>

Noch eine Pause. Was wollte er mir sagen? Etwas Liebes? Etwas, das mich trösten sollte, worauf ich verzichten kann? Wollte er sich entschuldigen? Oder nachtreten?

<Du fehlst mir.>

Oha! Jetzt wäre eigentlich die Gelegenheit, ihm meine einstudierten Sätze reinzuwürgen, doch dann schrieb ich nur, wie es war.

<Du fehlst mir auch.>

Aber noch in derselben Sekunde dachte ich: Mist! Warum habe ich ihm nicht wenigstens einen meiner eher coolen Sprüche geschickt? Lustig, aber distanziert. Jetzt hat er seinen Ego-Booster bekommen und ist gleich nicht mehr interessiert. Doch Handy meldete weitere SMS.

<Jonesey?>

Und noch eine hinterher.

<*verzweifelt* JONESEYYYY?>

Ich: <*gelassen-weil-mit-anderem-beschäftigt* Was ist denn?>

Das war's wohl.

Roxster: <Du bist so furchtbar still.>

Ich: <*herablassend* Nun, das dürfte wohl kaum überraschen. Und woher nimmst du eigentlich die Dreistigkeit, mein Alter abermals zum Thema zu machen? He, schaut mich an, ich bin ja so blutjung und total aufgedreht, und du bist steinalt und still.>

Roxster: <Nein, es geht so: He, schaut mich an, weil ich den SMS-Boykott länger durchgehalten und somit Nervenkrieg gewonnen habe.>

Erleichtert lachte ich auf, denn ich war hochzufrieden mit mir. Tatsächlich fiel mir eine tonnenschwere Last von der Seele. Es war also noch nicht ganz zu Ende, wir konnten noch miteinander reden, verstanden die Witze des anderen, seine Sorgen, und es gab Vertrauen zwischen uns und nicht nur die kalte Schulter, weil alles unwiderruflich vorbei war.

Und trotzdem beschlich mich eine diffuse Angst vor dem, was sich jetzt – möglicherweise – wiederholen würde.

<Jonesey?>

<Ja, Roxster.>

Auf die nächste SMS musste ich warten.

<Allerdings meine ich immer noch, dass du ziemlich alt bist.>

JETZT REICHT'S ABER! Das ist ja ekelhaft und wider jede Dating-Regel. Würde am liebsten die Polizei rufen. Gibt es da nicht irgendeinen Dating-Ombudsmann, der solche Sachen sanktioniert?

Dann die nächste SMS. Ich starrte auf mein Handy wie

auf eine außerirdische Kreatur aus den Weiten des Alls, bei der nicht absehbar war, was sie als Nächstes tat. Würde sie mich attackieren wie ein Alien oder anlächeln wie ein niedlicher kleiner E.T.? Egal, ich machte die SMS auf.

<Reingefallen, Jonesey. Roxster hat einen Witz gemacht. *schnell-verkriech*>

Ich blicke langsam nicht mehr durch. Die nächste Nachricht kam.

<Ich habe lange über unseren letzten Abend (Curry, Chicken-Pie) nachgedacht, genauer gesagt 3 Wochen, 6 Tage und 15 Stunden lang. Im *Old Moore's Almanac* gilt das bereits als ein kalendarischer Monat. Ich war völlig durcheinander und meistens ziemlich voll. Bitte verzeih mir. Du siehst jünger aus und bist nicht annähernd so spießig wie so manch andere Frau aus meinem Bekanntenkreis (einschließlich meiner Nichte, die drei Jahre alt ist). Ich vermisse dich.>

Was wollte er mir damit sagen? Dass er sich eines Besseren besonnen und nun doch mit mir zusammen sein wollte? Doch für mich lautete die Frage eher: Wollte *ich* das?

<Jonesey?>

<Ja, Roxster?>

<Können wir wenigstens einmal zusammen zu Mittag essen?>

Und fügte in einer weiteren SMS hinzu: <Oder zu Abend?>

Und in einer weiteren: <Oder am besten beides?>

Hatte plötzlich Flashback von gemeinsamen Mahlzeiten (Mahlzeiten und mehr!) und musste mich schon sehr beherrschen, nicht zurückzuschreiben: <Und wo bleibt das Frühstück?>

Vielleicht hatte Tom ja recht. Vielleicht hatte Roxster gar nicht deswegen Schluss gemacht, weil ich so eine alte Schachtel war. Ich schrieb: <Bitte hör auf damit. Ich sehe gerade

aus dem Fenster und suche nach Dotcom-Milliardären mit Wanderschuhen.>

<Ich könnte vorbeikommen und ihnen eine Lektion erteilen.>

<Wäre bei den erwähnten Restaurantbesuchen meine Anwesenheit zwingend erforderlich, oder geht es dir nur ums Essen?>

<Wir müssen nicht unbedingt etwas essen.>

Das war neu, geradezu unerhört. Nichts essen? So ernst kannte ich ihn gar nicht und musste diese Veränderung erst einmal verdauen.

Und noch eine SMS.

<Falls du das erst einmal »verdauen« musst (blödes Wortspiel), ich warte.>

Und noch eine.

<Eine Tüte Chips würde mir reichen.>

Wollte schon schreiben: <*Cheese & Onion*?> Aber Zwiebeln erinnerten so an Tränen, also ließ ich es und schrieb, was mir gerade in den Sinn kam:

<Aber nur, wenn du versprichst, nicht zu pupsen.>

AUF EIN NEUES

Donnerstag, 11. Juli 2013

*Sonnentage am Stück bis jetzt: 11; Regentropfen, die aufs Köpf-
chen tropfen, bis jetzt: 0 (unfassbar).*

14.00 Uhr. Immer noch eine Affenhitze. Die Leute können
ihr Glück kaum fassen. Alle halten sich draußen auf, machen
blau und trinken. Alle sind heiß auf Sex und stöhnen darüber,
dass es so heiß ist.

SMS-Kommunikation ist auf altem Niveau, und Roxster
ist wirklich lieb – Talithas Warnung zum Trotz, dass man eine
treulose Tomate nie zurücknehmen darf. Ich ignorierte sogar
Tom, der einmal mehr vor Ewig-Mailern warnte (immer nur
Text, kein Sex!) und aus psychologischer Sicht, wie er sagte,
»keine echte Perspektive« erkannte, außer Objekt einer permanenten Hinhaltetaktik zu werden. Und ob ich einmal darüber
nachgedacht hätte, was *ich* eigentlich wollte? Etwas, das über
dämliche SMS und gelegentlichen Sex hinausging.

Aber Roxster hielt mich nicht hin, er erklärte mir nur, was
an jenem verhängnisvollen Abend wirklich passiert war. Wie
ich vermutet hatte, war er *nicht* mit Kollegen beim Inder gewesen, sondern hatte allein zu Hause gesessen, sich mit Chi-
cken Korma und Papadams vollgestopft und mit viel zu viel
Bier hinuntergespült, weil er vollkommen überfordert war
von den unterschiedlichen Rollen (Liebhaber, Vaterersatz),
die jetzt auf ihn zukamen. Da erschien ihm die Trennung zu-

nächst als große Erleichterung, mir war es ja ähnlich gegangen. Bis zu meiner Wut-SMS. Danach wusste er erst recht nicht mehr, was er tun sollte. Jetzt ist er allerdings wieder entspannt und lieb und ganz anders als die geilen Böcke von Ehemännern, die ständig auf der Suche nach Frischfleisch sind. Wir wollen uns am kommenden Samstag zu einem Spaziergang in Hampstead Heath treffen.

GENTLEMAN BIS ZULETZT

Samstag, 13. Juli 2013

15.00 Uhr. Hektische Vorbereitung auf das Wiedersehen. Musste Mum bequatschen, dass sie mit Mabel und Billy zu Fortnum & Mason ging, Tee trinken. (Viel Glück dabei, Mum.) Mum: »Ist das richtig, dass Mabel nur Leggings trägt? Wo ist eigentlich dein Küchensieb?«

Dann noch schnell losgerannt zu Waxing und Pediküre, anschließend Haare gewaschen und luftig-durchsichtiges Konzert-Kleid angezogen, aber wieder verworfen, weil schlechtes Karma, und mich für blickdichtes rosa Kleid entschieden. Dann kam SMS von Farzia, die wissen wollte, ob Billy und Jeremiah morgen zum Fußballtraining gehen, denn wenn nicht, hätte Bikram auch keine Lust. Blöderweise habe ich meine Flip-Flops verlegt, und die anderen Sandalen will ich nicht tragen, weil sie den frischen Nagellack ruinieren. Im Pub, wo wir uns treffen wollen, sofort auf Damenklo gelaufen, um Make-up zu überprüfen. Will nicht so zugespachtelt aussehen wie Barbara Cartland. Danach ganz relaxt nach draußen gesetzt wie die Göttin des Lichts und der Ruhe und dem Kommenden entgegengesehen, d. h. Roxster. Doch gerade, als er erschien, bekam ich einen dicken Klacks Möwenkacke auf die Schulter.

War trotzdem wahnsinnig aufregend, ihn wiederzusehen in seinem hellblauen Poloshirt, unter dem sich seine fantastischen Muskeln abzeichneten. Er musste natürlich erst einmal über die Möwenkacke ablachen, aber das versetzte uns gleich in eine heitere Grundstimmung. Wir fühlten uns unbeschwert wie Kinder, nur sexyer. Wir tranken ein paar Bier, Roxster bekam seinen geliebten Pub-Mampf und bemühte sich mehrmals, mir die Möwenkacke vom Busen zu wischen, und ich war einfach nur ... glücklich!

Anschließend gingen wir in Hampstead Heath spazieren. Halb London war dort, genoss den Sonnenschein und klagte über die Hitze. Überall sah man Pärchen Arm in Arm, und wir waren eines davon. Auf einer Lichtung setzten wir uns auf eine Bank.

Nachdem er sich endlich über meine vom Waxing rotgepunkteten Beine eingekriegt hatte, wurde er plötzlich ernst. Ja, er habe nachgedacht, sagte er. Und, klar wolle er eigene Kinder, und das am besten mit einer Frau seines Alters. Und es sei auch schwer einzuschätzen, wie seine Freunde auf mich reagieren würden oder seine Mutter, aber sein Entschluss stehe fest: Er habe noch nie jemanden getroffen, mit dem er so gut klarkomme wie mit mir. Und deshalb, deshalb wolle er jetzt Nägel mit Köpfen machen und sich klar entscheiden: für mich, für die Kinder, für seine Rolle als neuer Vater.

Ich starrte ihn an. Ich liebte Roxster ja. Liebte seine Schönheit und Jugend, seine sexuelle Ausstrahlung. Noch mehr liebte ich seine Art und das, wofür er stand. Er war witzig, unbeschwert, immer nett, dabei handfest, aber auch gefühlvoll und zurückhaltend. Nur: Bei seiner Geburt war ich bereits einundzwanzig Jahre alt. Wer weiß, was sich zwischen uns ergeben hätte, wären wir nur im selben Alter. Aber noch während ich ihn ansah, wusste ich, dass ich sein Leben nicht ruinieren wollte. Denn meine Kinder waren mit Abstand das Beste, das mir je widerfahren war – und genau diese Möglichkeit – eigene Kinder zu haben – wollte ich ihm nicht nehmen.

Kann sein, ich bin manchmal ein bisschen blöd, aber in diesem Moment war ich schlauer als er. Ich wusste, er wollte es ernsthaft mit mir versuchen, doch ich wusste zugleich, dass er das nicht durchhalten würde. Irgendwann, vielleicht in einer Woche, vielleicht in sechs Wochen oder in sechs Monaten, würde bei ihm die Sicherung durchbrennen – spätestens wenn er selber ein »gewisses Alter« erreichte, sagen wir fünfunddreißig. Und die emotionale Achterbahnfahrt, die dann folgte, wollte ich mir und ihm ersparen.

Es sollte auch nicht so sein wie zwischen Judi Dench und Daniel Craig am Schluss von *Skyfall*. Vom Alter her eine ähnliche Konstellation wie zwischen mir und Roxster. Und, ja, diesmal war die Alte das *wahre* Bond-Girl, nicht diese konturlose Naomie Harris, die – reichlich unfeministisch – unbedingt die neue Miss Moneypenny spielen wollte. Und, ja, Judi Dench war diejenige, die Daniel Craig *wirklich* liebte und durch den Kugelhagel trug. Aber hätte Daniel Craig auch mit Judi Dench geschlafen, vorausgesetzt sie hätte den Kampf überlebt? Ich würde sagen, warum nicht? Am besten in einer schön ausgeleuchteten Sex-Szene. Judi Dench in einem hinreißenden schwarzen Negligé von La Perla ... denn das wäre echt mutig, von wegen Aufbruch zu neuen ...

»Jonesey, unterdrückst du etwa wieder einen Orgasmus?«

Ich fuhr hoch und sah Roxster, der vor mir auf die Knie gefallen war. In so einem Moment durch geistige Abwesenheit zu glänzen ist nicht besonders nett. Mein Gott, war Roxster schön ... Und dennoch ...

»Roxster«, stieß ich hervor, »das ist nicht dein Ernst, oder? Das kannst du nicht machen, du mutest dir zu viel zu, glaub mir.«

Roxby McDuff sah mich einen Moment nachdenklich an, dann lachte er bekümmert, erhob sich und schüttelte den Kopf.

»Nein, Jonesey, du hast recht. Es kann nicht mein Ernst sein.«

Danach umarmten wir uns, traurig, glücklich, sinnlich und zärtlich zugleich, und erst jetzt wusste ich, dass es wirklich zu Ende war. Wir hatten gemeinsam den Schlussstrich gezogen.

Wir ließen voneinander ab, und ich öffnete die Augen und sah hinten am Waldrand Mr Wallaker stehen. Stocksteif starrte er in unsere Richtung.

Als er meinen Blick bemerkte, ging er grußlos weiter.

Verwirrt und wehmütig, wie ich war, und auch erschrocken, dass Mr Wallaker etwas gesehen haben könnte, das wie eine Verlobung aussah, in Wirklichkeit jedoch eine Trennung war ... packte mich auf dem Nachhauseweg der überwältigende Drang, dem Gesagten noch etwas hinzuzufügen. Ich meine, der Mensch ist so, er kann ja nie sicher sein, dass er vollständig verstanden wurde, deshalb musste ich unbedingt ... zum allerallerletzten Mal ... und genau in diesem Moment kam eine SMS von Roxster. Das war schon ziemlich unheimlich.

<Jonesey?>

<Ja, Roxster?>

Roxster: <Ich wollte dir nur noch einmal sagen, dass ich dich ewig ... L>

Ich: <I?>

Roxster: <E>

Ich: <B>

Roxster: <E>

Ich: <Ich dich auch.>

Roxster: <G>

Ich: <D>

Roxster: <B>

Ich: <X>

Auch ich werde ihn ewig lieben. GDB: ganze dickes Bussi – oder eben großer delikater Burger.

Ich wartete noch einen Moment. Denn vielleicht wollte er noch dafür sorgen, dass nicht *ich* die letzte SMS geschrieben hatte, deren Botschaft dann einsam im digitalen Raum verging. Und tatsächlich meldete das Handy noch eine allerletzte Nachricht.

<Was ich hatte, habe ich gegeben. Ich wollte dich nicht verlieren. Und jetzt sag nicht, es ist besser so. Sag einfach gar nichts mehr. Lass es einfach so stehen: XX Roxster.>

Roxby McDuff, ein Gentleman bis zuletzt.

LOSLASSEN

Samstag, 13. Juli 2013 (Fortsetzung)

Wieder zu Hause, blieb mir noch eine Stunde, ehe Mum mit den Kindern zurückkam. Ich machte mir einen Tee und setzte mich hin. Ich hatte es also getan, hatte mich in das Unabänderliche gefügt. Kein netter süßer Roxster mehr für mich. Traurig, aber so ist es. Ich kann nicht mit so vielen Bällen gleichzeitig jonglieren. Ich kann nicht mein Drehbuch überarbeiten *und* im Internet unter lauter geilen Böcken den einen Anständigen suchen *und* die wahnwitzigen Terminpläne der Kinder im Kopf haben (ich sage nur Zombie-Apokalypse und Bärenbastelstunde) *und* verheiratete Lehrkräfte abwimmeln *und* mir tolle *Grazia*-Klamotten zulegen *und* noch Freunde haben *und* Job *und* Kinder und ... Sogar jetzt, in diesem Augenblick, denke ich, ich müsste dringend etwas tun: E-Mails checken, zum Zumba gehen, auf OkCupid nachsehen oder mir die letzte hirnamputierte Version von *Laub auf seiner Jacht* durchlesen.

So saß ich nur traurig da und dachte: Das war's also. Von jetzt an nur noch die Kinder. So ein Tag mit Kindern geht schnell rum. Und irgendwann auch die Jahre. Darüber war ich nicht einmal traurig. Ich kannte es ja nicht anders. Ich konnte mich nicht einmal daran erinnern, wie es war, einmal *nichts* zu tun zu haben. Nicht die letzte Sekunde aus jedem Tag herauszuquetschen. Oder endlich herauszufinden, woher beim Kühlschrank diese komischen Geräusche kommen.

Nur zu gern würde ich von mir behaupten, die Mühe hätte sich gelohnt. Aber hat sie das wirklich? Mein Hintern ist fetter geworden, das steht fest. Und doch sah ich jetzt klarer. Und war sicher, mit der neuen Situation meinen Frieden machen zu können. Mehr wollte ich eigentlich nicht, nur ein wenig Ruhe.

Ich werde es von nun an gemächlicher angehen lassen. Noch haben wir Sommer. Wir kümmern uns einfach nicht um die anderen, wir haben ja uns. Ich lasse mir den Wind durch die Haare wehen und den Regen ins Gesicht brausen und genieße die Zeit mit meinen Kindern. Man darf das nicht verpassen, sie sind schneller weg, als man denkt.

Mit pathetischem Gestus nahm ich also meine Zukunft in den Blick und schwor mir: Ich bin allein, aber es fehlt mir nicht an Mut. Daher werde ich alles bezwingen. Dummerweise quakte im selben Moment irgendwo mein Handy. Wo hatte ich es nur gelassen?

Auf dem Gäste-WC, wie sich herausstellte. Ich bekam einen Schreck, als ich die Latte von Chloes SMS sah.

<Deine Mutter hat gerade angerufen. Hast du dein Handy nicht an? Sie sind bei Fortnum rausgeflogen.>

<Sie möchte, dass du sofort kommst. Mabel weint, und sie selbst hat den Hausschlüssel vergessen.>

<Sie wollten dann zu Hamleys in den Spielzeugladen, aber sie haben sich verlaufen und wissen nicht weiter.>

<Hast du meine SMS nicht gelesen?>

<Ich habe ihr gesagt, sie sollen sich ein Taxi nehmen und nach Hause fahren. Ich warte mit dem Schlüssel auf sie.>

In diesem Moment klingelte es an der Tür. Es war Mum mit Billy und Mabel, Letztere total verschwitzt, mit Kuchen beschmiert und am Heulen.

Alle nach unten in unsere Wohnhöhle gelotst, Fernseher

angemacht, Computer auch, Mum mit Tee versorgt. Dann klingelte es schon wieder.

Es war Chloe, ebenfalls in Tränen, was normalerweise nicht vorkommt.

»Entschuldige, Chloe«, sagte ich. »Ich hatte kurz mein Handy ausgeschaltet, weil ich… etwas zu regeln hatte.«

»Das ist es nicht«, heulte sie. »Es ist Graham.«

Es stellte sich heraus, dass Chloe und Graham sich am See im Hyde Park ein Ruderboot gemietet hatten, um ein stilvolles Picknick zu machen, so mit echtem Besteck und Porzellantellern. Mittendrin sagte Graham: »Ich muss dir etwas sagen.«

Wobei Chloe natürlich davon ausging, dass gleich ein Heiratsantrag kam. War aber genau das Gegenteil, denn er hatte auf YoungFreeAndSingle.com jemanden aus Houston, Texas, kennengelernt – wohin er sich jetzt versetzen lassen wollte.

»Er meinte, ich sei zu perfekt«, schluchzte sie. »Aber ich bin gar nicht perfekt, ich denke nur immer, ich müsse so tun, als sei ich perfekt. Und du magst mich auch nicht, weil ich so perfekt bin.«

»Ach, Chloe, das stimmt doch gar nicht. Du bist nicht perfekt«, sagte ich und nahm sie in den Arm.

»Echt nicht?«, fragte sie voller Hoffnung.

»Echt nicht. Ich meine nicht perfekt im Sinne von perfekt, obwohl du klasse bist.« In diesem Moment fühlte ich richtig mit ihr. »Ich weiß, berufstätige Mütter sagen das immer, aber ich sage es trotzdem: Ich wüsste nicht, was ich ohne dich machen sollte, denn du bist absolut perf… ich meine rundum klasse. Ich meine, ich bin sogar etwas erleichtert, dass nicht alles in deinem Leben genauso perfekt ist wie du – obwohl das natürlich eine Schweinerei ist, was dieser Flachwichser von Graham da mit dir anstellt. Ich meine, wer auf solchen Kontaktbörsen unterwegs ist, ist ohnehin ein…«

»Ich dachte immer, ich muss perfekt sein, sonst magst du mich nicht.«

»Nein, ich habe das eher gefürchtet. Weil du mir immer gezeigt hast, wie wenig perfekt *ich* bin.«

»Und ich dachte immer, du wärst diejenige, die perfekt ist.«

»Mummy, können wir in dein Zimmer gehen? Oma rastet aus«, sagte Billy von der Treppe aus.

»Oma hat einen Schwanz«, sagte Mabel.

»Hallo, ihr beiden«, sagte Chloe. Und zu mir: »Soll ich mitgehen?«

»Ja, tu das. Ich sehe mal nach, was Oma macht und ob sie neuerdings einen Schwanz hat«, sagte ich und blickte Mabel streng an. »Und keine Sorge: Du bist bestimmt nicht perfekt.«

»Du meinst das ernst, nicht?«

»Sicher. Du bist alles andere als perfekt.«

»Oh, danke. Du auch nicht«, erwiderte sie und ging mit den Kindern nach oben – ein Muster an Perfektion.

Ging nach unten, wo Mum (nach wie vor schwanzlos oder sie wusste es gut zu verbergen) sämtliche Küchenschränke durchwühlte und rief: »Sagt mal, wo habt ihr euer Teesieb?«

»Ich nehme immer Beutel.«

»Tee*beutel*, tsass! Im Übrigen hättest du ruhig dein Handy anlassen können. Das ist unverantwortlich, wenn man Kinder hat, insbesondere dann, wenn man Kinder hat, die sich kein bisschen benehmen können. Was ist das da auf deinem Kleid? Warst du so auf der Straße? Das Problem mit Rosa ist ohnehin, dass es einen blasser macht, als man ist, meinst du nicht?«

Da konnte ich nicht mehr und brach in Tränen aus.

»Bridget, bitte, reiß dich zusammen. Beiß auf die Zähne. Du kannst nicht immer … kannst nicht immer … kannst nicht immer …«

Dachte schon, sie hört gar nicht mehr auf mit ihrem »kannst nicht immer…«, doch dann heulte sie selber.

»Und warum hilfst du mir dann nicht? Du bist überhaupt keine Hilfe«, schluchzte ich. »Du denkst immer, ich bin so was von scheiße, und meckerst an mir rum, weil du denkst, ich mache sowieso alles falsch, schon was ich anziehe ist in der falschen Farbe, weil Farbe ist ja *so* wichtig, es gibt überhaupt nichts Wichtigeres als deine bekackten Farben…«, heulte ich und ließ mich aufs Sofa fallen.

Mum hielt plötzlich inne und sah mich an.

»Ach, Bridget, es tut mir ja so leid«, sagte sie leise, fast flüsternd. »Ich… ich… ich… es tut mir leid.«

Sie schwankte und kniete sich vor mich, legte die Arme um mich und zog mich an sich. »Mein kleines Mädchen.«

Es war das erste Mal, dass ich Hautkontakt mit Mums Dauerwelle hatte. Sie war tatsächlich spröde und hart wie Bauschaum. Doch Mum schien es in diesem Moment nicht zu kümmern, ob ihre Frisur dabei zerdrückt wurde. Mir gefiel das, und alles, was ich jetzt noch von ihr wollte, war ein Glas heiße Milch o. Ä.

»Es war ja so schrecklich, so schrecklich, was mit Mark passiert ist. Ich wollte mir gar nicht vorstellen, was du durchmachst. Dabei warst du so… Weißt du, Bridget, Daddy fehlt mir auch, er fehlt mir so sehr. Aber du musst jetzt… musst jetzt… darfst jetzt nicht aufgeben. Nur nicht aufgeben… dann hast du schon halb gewonnen.«

»So ein Blödsinn«, heulte ich. »Damit kleistert man nur die Risse zu.«

»Kann sein, aber… Und vielleicht hätte ich mit dir weniger streng sein sollen. Daddy sagte auch immer, warum lässt du sie nicht in Ruhe? Ja, vielleicht ist das mein Problem, ich kann das nicht. Alles muss immer perfekt sein… obwohl es

das gar nicht ist. Und es war auch nie direkt persönlich gemeint, ich meine, du machst das schon ganz gut... Übrigens,
hast du meinen Lippenstift irgendwo gesehen? Und auch dieser Poo-hl, Poo-hl kennst du doch, den Chef-Pâtissier in St.
Oswald's? Ich dachte immer, er bringt mir diese köstlichen
Mini-Windbeutel, weil er mich... Oder als er mir die Küche
zeigen wollte... Aber dann merkte ich, er ist einer von diesen... diesen...«

Ich musste lachen. »Ach, Mum, dass Poo-hl schwul ist,
hätte ich dir gleich sagen können. Das sieht man doch sofort.«

»Aber schwul gibt es nicht, Liebes. Es ist alles nur Lieder-
lichkeit und Bequemlichkeit und...«

Billy erschien am oberen Treppenabsatz. »Mummy, Chloe
ist oben und heult. Oh...« Verwirrt sah er uns an. »Warum
sind alle am Heulen?«

Wir Erwachsenen setzten uns dann an den Küchentisch,
und jeder durfte – wie bei einem Treffen der Anonymen Alkoholiker – seine Geschichte loswerden. Billy spielte Xbox,
und Mabel verteilte »Arschbären« an alle und tätschelte uns
ermunternd aufs Knie. Dann klingelte es erneut, und ein zer-
rupfter Daniel machte seine Aufwartung, eine kleine Reise-
tasche in der Hand.

»Jones, liebes Mädchen, sie haben mich aus der Lasterhöhle
entlassen, aber ich kann jetzt nicht nach Hause... Ich will jetzt
nicht allein sein. Kann ich einen Moment hereinkommen,
ich...« Seine Stimme brach. »Ich brauche etwas menschliche
Nähe... aber eine, die ich nicht gleich flachlegen will.«

»Na gut«, sagte ich und überhörte die Unverschämtheit,
denn jetzt war Einfühlung angesagt. »Aber nur, wenn du ver-
sprichst, dass das auch für Chloe gilt.«

Die Zusammensetzung der Gäste war zugegebenermaßen
etwas seltsam, doch schließlich wurde es für alle noch ein

schöner Abend, denke ich. Am Ende hatte Daniel die arme Chloe derart zugelabert, dass sie sich für Charlize Theron hielt, und Graham war angeblich nicht würdig, ihr auch nur das Kleidchen zu heben – was ich an dieser Stelle nicht überprüfen kann. Mum, mit Mabel auf dem Schoß, schluckte ganz schön was von dem Rotwein weg und aß mit Mabel sämtliche Schokotaler auf, bis sie über und über mit Schokolade bekleckert war und sich sogar mit dem Gedanken an Kenneth Garside anfreunden konnte. »Ich meine, charmant ist er ja, aber er hat eben auch diesen fürchterlichen *Trieb*!«

Worauf Daniel, der hinten mit Billy Xbox spielte (und darin verdächtig gut war), meinte: »Ach, Mrs Jones, als Nachteil würde ich das nicht sehen!« Am Ende versaute er aber trotzdem alles, indem er beim Abschied Chloe an die Wäsche ging – was bei Daniel immer wörtlich zu verstehen ist.

TEIL 4

....

Der mächtige innere Baum

SOMMERFREUDEN

Samstag, 31. August 2013

60 kg (immer noch, ein Wunder!); Boyfriends: 0; Kinder: 2 (wunderbar); Freunde: massenweise; Urlaube: 3 (inkl. Kurzurlaube); Drehbuch-Jobs: 0; Chancen auf Drehbuch-Job: nicht dolle; Tage bis zum Schulanfang: 4; Schocks: 1.

Es war ein fantastischer Sommer. Als Erstes rief ich Brian, meinen Agenten, an und bat darum, mich aus dem Filmprojekt herauszunehmen, und er lachte und sagte: »Na endlich, hast du's kapiert, du Blitzmerker!« Er meint aber, wir sollten es noch einmal mit einer neuen Idee von mir probieren. Titel *Steh stille, Zeit!* Dabei handelt es sich um eine modernisierte Version von Virginia Woolfs berühmtem Roman *Zum Leuchtturm*, nur mit einer strafferen Struktur. Der Film soll in einem dieser historischen Feriendörfer an der Küste spielen, wo früher einmal die Leute von der Küstenwacht in kleinen Cottages gelebt haben – alles nachzulesen im Katalog von *Landferien in England*. Und alles dreht sich um eine Affäre, die Mrs Ramsay mit einem Freund ihres Sohnes James eingeht.

Magda und Jeremy luden uns eine Woche nach Paxos ein, wo schon viele ihrer Bekannten (alle mit Kindern) ihren Urlaub verbrachten. Woney hat sich das Fett absaugen lassen, präsentierte Bademoden in Schreifarben und warf mit ihren Extensions um sich, dass es Cosmo angst und bange wurde. Zwar waren Rebecca und Kids mit Jake zusammen im Tourbus unterwegs, aber es gab reichlich Playdates mit Jeremiah plus Mum, Farzia und Bikram, Cosmata und Thelonius. Wir verschönerten sogar unseren Garten mit Begonien (3 Stck.).

Danach waren wir mit Mum drei Tage in einem Cottage in Devon, was auch schön war. Sie kommt übrigens immer öfter vorbei, backt Kuchen oder unternimmt etwas mit den Kindern. Ihre ewige Krittelei (mein Haushalt, die Kinder) hat sie eingestellt, was bei allen Beteiligten gut ankommt. Ab und zu dürfen die Kinder sogar in St. Oswald's übernachten, was eigentlich zu spät kommt, denn die sturmfreie Bude nützt mir jetzt nichts mehr. Kein Roxster zum Vögeln weit und breit.

Aber meine Entscheidung steht fest: Es war eben eine Liebe, *die hienieden nicht sein durfte*, wie es Tom und Arkis pathetisch formulierten. Und auch wenn der Sex mir fehlt, fühle ich mich gut, denn ich weiß jetzt, dass »es« noch geht.

Nur dem nächsten Schuljahr sehe ich mit wachsender Unruhe entgegen, denn die Kinder kommen langsam in ein Alter, in dem ich ihnen mit den Hausaufgaben nicht mehr helfen kann. Alles wird einen Level schwieriger und härter. Billy bekommt »Projektarbeit« auf (keine Ahnung, was das sein soll), und selbst beim Fußballtraining, so will es die Eltern-Info, braucht er demnächst Schienbeinschoner. Das Heikelste aber wird sein, Mr Wallaker wiederzusehen. Denn wenn ich auf die verschiedenen Begegnungen mit ihm zurückblicke (die Sache mit dem Baum, mein Auftritt im Skianzug, beim Sportfest, beim Konzert und nicht zuletzt der Botox-Unfall), dann frage ich mich, ob ich nicht tatsächlich die Doofe war, die das Entscheidende wieder nicht mitgekriegt hat. Vielleicht wollte er mich gar nicht lächerlich machen, sondern mir helfen. Obwohl das nichts daran ändert, dass er verheiratet ist. Zugegeben, mit einer kaputtoperierten Kunstvisage, die ständig blau ist. Aber verheiratet ist verheiratet. Und Kinder hat er auch. Da kann man nicht einfach hingehen und fremde Frauen abschlabbern – die dann nicht ein noch aus wissen. Zumindest habe ich ihm ordentlich die Meinung gegeigt, und er weiß, dass es da einen Roxster gibt… und eine reifere Frau, die massenweise Kondome kauft, o Gott! Wie soll ich ihm je wieder gegenübertreten? Wenn ich Pech habe, sehen wir uns jeden Tag!

16.00 Uhr. War gerade bei Rebecca, die auch wieder im Lande ist, und habe ihr das Wallaker-Problem geschildert.

»Hmm«, sagte sie, »das passt irgendwie alles nicht zusammen. Der Mann ist ein Rätsel. Hast du ein Foto von ihm oder andere Informationen?«

Ich ging das Fotoalbum auf dem Handy durch und fand ein Bild vom Konzert: Billy und Mr Wallaker auf der Bühne.

Rebecca runzelte die Stirn und sah sich weitere Bilder von dem Abend an.

»Sag mal, das ist doch Capthorpe House, oder? Da finden oft Open-Air-Konzerte statt.«

»Ja.«

»Dann weiß ich auch, wer das ist. Er ist kein Lehrer.«

Ich blickte sie verwirrt an. Aber was war er dann? Ein Perversling?

»Spielt er Jazz-Piano?«

Ich nickte.

Sie ging zum Küchenschrank und holte eine Flasche Rotwein, wobei der Plastikkranz in ihrem Haar verrutschte.

»Er heißt Scott. War mal ein Musikerkollege von Jake.«

»Ein Musiker also?«

»Ja und nein.« Sie sah mich an. »Musik war eher nur sein Hobby. Er ging dann zum SAS.«

»Meinst du diese Spezialeinheit?« Also doch James Bond!

Das erklärte vieles. Den militärischen Drill im Sportunterricht, die Schulterrolle, die er Billy beigebracht hatte. Diesen nervösen Reflex beim Sportfest, als wäre er jemand, der normalerweise ein Waffe trug.

»Wann hat er denn in der Schule angefangen?«

»Letztes Jahr im Dezember.«

»Jede Wette, das ist er. Er war auf der Militärakademie in Sandhurst, dann lange im Ausland. Ich weiß das, weil er mit Jake Kontakt hielt. Typische Männerfreundschaft: Es reicht, wenn man sich alle paar Jahre sieht. Jake ist ihm vor einigen Monaten zufällig über den Weg gelaufen. Er war in Afghanistan. Irgendetwas ist da passiert. Er sagte, er wolle etwas zur Ruhe kommen.« Rebecca lachte kurz auf. »Der Idiot hat wohl geglaubt, auf einer Londoner Privatschule wäre so etwas möglich: Ruhe. Hat er mal auf den Geräuschpegel geachtet?«

»Und er ist verheiratet?«

»Nicht dass ich wüsste. Er hat zwei Jungs auf dem Internat, das ja. Er war wohl mal verheiratet, aber das ist länger her. Muss die Hölle gewesen sein.«

»Hat sie wirklich so viele Gesichts-OPs machen lassen?«

»Nicht nur das. Hat Unsummen für Klamotten und irgendwelchen Society-Scheiß ausgegeben, als hätte ihr der Onkel Doktor die Botox-Spritze direkt ins Hirn gerammt. Queen of Plaste und Elaste! Bei einem Auslandseinsatz von Scott fing sie etwas mit ihrem Personal Trainer an, reichte die Scheidung ein und wollte ihn abziehen. Capthorpe Hill, wo ihr gewesen seid, ist der Familiensitz. Zurzeit sieht es wohl so aus, als schmeißt sie sich wieder an ihn ran – jetzt, wo sie aussieht wie Frankensteins Braut! Ich werde mal Jake fragen, wenn er wieder da ist.«

BACK TO SCHOOL

Freitag, 13. September 2013
Verspätungen bei Schulfahrten: 0 Min. (aber nur weil ich Mr Wallaker beeindrucken will); Unterhaltungen mit Mr Wallaker: 0; Augenkontakt mit Mr Wallaker: 0.

21.15 Uhr. Offenbar hat Rebecca recht. Und obwohl ich niemandem etwas verraten habe (außer Talitha, Jude und Tom), ist es mittlerweile Gemeinwissen unter den Müttern, dass Mr Wallaker noch zu haben ist. Blöder hätte es nicht kommen können, denn jetzt ist die Jagd eröffnet, und alle wollen Mr Wallaker mit armer, alleinstehender Freundin verkuppeln. Farzia beispielsweise will mich vorschieben, aber das ist sinnlos, Mr Wallaker ignoriert mich komplett, auch wenn ich jedes Mal Herzklopfen bekomme, wenn ich ihn sehe. Früher hielt er sich immer in meiner Nähe, jetzt ist er weg. Der Zauber ist verflogen, und alles meinetwegen.

Dazu kommt, dass er an der Schule immer mehr Aufgaben übernimmt, neben Sport, Schach und Musik jetzt auch den Bereich »Psychologische Beratung«. Er ist wie Russell Crowe in *Gladiator*. Er ist derjenige, der die Sklaven zu einer Armee formt und dann alle Griechen und Römer in Grund und Boden besiegt. Es funktioniert wie bei den Ameisen: Egal, wohin man Ameisen umsiedelt, sie beginnen sofort mit ihrem Ameisenwerk. Und wenn man einen coolen, fähigen Mann in eine bestimmte Umgebung versetzt, wird er auch dort sofort entsprechend agieren, nämlich cool und fähig. Was wiederum die Kupplerinnen unter den Muttis auf den Plan ruft, die ihr Möglichstes tun, ihn mit einer Frau zu versorgen. Nur ich bleibe außen vor.

Freitag, 27. September 2013
21.45 Uhr. »Trotzdem, er liebt nur dich«, lautete Toms Diagnose nach dem vierten Mojito im *York & Albany*.

»Hör zu, das Thema hat sich erledigt«, murmelte ich. »Ich akzeptiere mein Leben so, wie es ist. Und es ist gar nicht so schlecht, mit Freunden wie euch. Uns geht's doch gut, wir sind nicht pleite. Ich bin auch nicht mehr so einsam. Ich bin wie ein großer alter Baum.«

»Und *Laub in seinem Haar* wird produziert!«, sagte Jude.

»Das, was davon übrig ist«, sagte ich traurig.

»Aber zumindest wirst du zur Premiere eingeladen, Baby«, sagte Tom. »Und wer weiß, welcher Traummann dir da über den Weg läuft.«

»Das ist nicht sicher.«

»Also wenn er weder anruft noch eine SMS schickt, kann er so verliebt nicht sein«, meinte Jude wenig hilfreich.

»Aber Mr Wallaker hat sich auch vorher nie gemeldet«, sagte Tom angesäuselt. »Von wem reden wir also?«

»Genau. Wir reden ab jetzt gar nicht mehr über Mr Wallaker. Denn eigentlich mag ich ihn gar nicht, und er mag mich ebenso wenig.«

»Na ja, das hast du ihm ja auch deutlich zu verstehen gegeben«, sagte Talitha.

»Eben! Wo sich so viel Emotion aufbaut, da ist immer etwas.«

»Unsinn, es ist ganz einfach: Wenn er scharf ist, ist er scharf. Falls nicht, hat er keinen Bedarf«, sagte Jude.

»Könnte Rebecca nicht was für dich tun?«, fragte Tom.

22.00 Uhr. Ging dann gleich zu Rebecca, aber sie schüttelte nur den Kopf. »Solche Aktionen bringen nie etwas. Vor allem merken es die Betreffenden sofort. Ihr Instinkt sagt ihnen, dass an der Sache irgendwas faul ist. Vertrau lieber deinem Schicksal.«

SCHLAFENDE LÖWEN

Freitag, 18. Oktober 2013
The Lion Sleeps Tonight gehört: 45 Mal (bis jetzt).

21.15 Uhr. Die Chorproben haben wieder begonnen. Billy liegt im Bett und singt *The Lion Sleeps Tonight*: »Iii-jowhiowhiowhiowhiowhi-o-o-o-weee…!« Bis Mabel schreit: »Hör auf, hör endlich auf!«

In diesem Jahr wird nicht nur nach Gehör gesungen, sondern mit Noten. War ganz stolz, dass ich ihnen das mit der Tonleiter erklären konnte. Habe es ihnen auch gleich demonstriert und ihnen den Part von Maria aus *The Sound of Music* vorgesungen: »*Do Re Mi…*« (Kenne *The Sound of Music* nämlich auswendig.)

»Mummy?«, sagte Billy.

»Ja?«

»Könntest du bitte damit aufhören.«

Montag, 21. Oktober 2013
Morgens mit Billy The Lion Sleeps Tonight *geübt: 24 Mal; Zeitaufwand für Angst, dass Billy nicht in den Chor aufgenommen wird (in Stunden): 7; Outfits ausprobiert, in dem ich Billy vom Vorsingen abholen kann: 5; Minuten zu früh in der Schule: 7 (werde immer besser, nur der Grund bleibt fragwürdig, nämlich lieb Kind machen bei aussichtslosem Objekt von Begierde).*

15.30 Uhr. Bin gerade dabei, Billy von der Schule abzuholen. Heute werden die Ergebnisse des Vorsingens bekanntgegeben, und ich bin mit den Nerven am Ende.

18.00 Uhr. War auch diesmal viel zu früh dran. Sah Mr Wallaker auf der Treppe. Er musste mich ebenfalls gesehen haben, tat aber so, als wäre ich Luft. War total deprimiert, dass ich nun offiziell und unwiderruflich Single bin. Offenbar ahnt Mr Wallaker, was sich im Hintergrund abspielt. Macht einen großen Bogen um alles, was nur entfernt nach Singlefrau aussieht, denn er hat folgende Gleichung im Kopf: Singlefrauen = gefräßige Piranhas, die nicht ruhen, bis sie ihn restlos zerlegt haben.

»Mummy!« Freudestrahlend lief Billy aus dem Musiksaal. »Ich hab's geschafft! Ich bin drin. Ich bin im Chor!«

Ich wollte ihn umarmen, aber er wehrte ab. »Lass das.« Das war ihm vor seinen Freunden offenbar peinlich. Woran man wieder sieht, wie schnell die Kinder groß werden. Was gestern noch selbstverständlich war, geht heute *gar nicht* mehr.

»Das müssen wir feiern«, sagte ich. »Ich bin ja so stolz auf dich. Komm, gehen wir zu McDonald's!«

»Gut gemacht, Billy.« Mr Wallaker wieder. »Du hast geübt, und das merkt man. Nicht schlecht.«

»Ähm…«, sagte ich. Es sollte die Einleitung zu einer Entschuldigung werden, aber Mr Wallaker ging bereits weg und zeigte mir die kalte Schulter – sowie seinen knackigen Hintern.

Verdrückte auf die Enttäuschung hin zwei Big Mac mit einer großen Pommes, einen doppelten Schoko-Shake und einen Doughnut.

Na gut. Wenn er scharf ist, ist er scharf. Falls nicht, hat er keinen Bedarf. Nur essen bleibt *immer* ein Quell des Lebensglücks.

ELTERNABEND

Dienstag, 5. November 2013

21.00 Uhr. Hmmm. Und falls er *doch* ein bisschen... scharf auf mich ist? Oder jedenfalls nicht *komplett* abgeneigt? Kam zugegebenermaßen etwas zu spät zum Elternabend, die meisten anderen brachen schon wieder auf, und Mr Pitlochry-Howard, Billys Klassenlehrer, schaute auf seine Uhr.

Mit einem Schwung Zeugnisse im Arm betrat Mr Wallaker den Raum. »Ah, Mrs Darcy, wie schön, dass Sie *doch* noch gekommen sind.«

»Ich war... in einer Besprechung«, erwiderte ich hochnäsig, auch wenn unerklärlicherweise für mein neuestes Projekt *Steh stille, Zeit!*, eine aktualisierte Version von *Zum Leuchtturm*, noch keinerlei Meeting anberaumt war. Mit meinem scheinheiligsten Lächeln nahm ich vor Mr Pitlochry-Howard Platz.

»Wie geht es Billy?«, erkundigte sich dieser. Eine Frage, die mich immer unangenehm berührt, denn in meiner Paranoia denke ich immer, mit Billy stimme irgendetwas nicht.

»Gut«, sagte ich. »Aber wie macht er sich in der Schule?«

»Ich glaube, er ist nicht unzufrieden.«

»Verträgt er sich mit den anderen Jungen?«, fragte ich besorgt.

»Ja, würde ich sagen, ja. Er ist recht beliebt und immer lustig und fidel. Er schwätzt ein bisschen viel...«

»Ja?«, fragte ich und entsann mich, dass Mum einmal einen Brief der Direktorin bekommen hatte, in dem stand, ich sei

460

»eine rechte Kicherliese«. Was Dad aber nicht auf mir sitzen ließ und der Direktorin gehörig Bescheid sagte. Ich vermute jetzt dennoch, Kichern und Schwätzen sind genetisch bedingt. Ich habe die Krankheit an meinen Sohn weitergegeben.

»Nichtsdestotrotz scheint mir das eher ein nachrangiges Problem zu sein«, sagte Mr Wallaker. »Wie ist Billy denn in Rechtschreibung? War da nicht etwas?«

»Nun ja, seine Rechtschreibung ist, wie soll ich mich ausdrücken ...«, begann Mr Pitlochry-Howard.

»Also immer noch schlecht?«

»Das kann man so nicht sagen«, verteidigte ich Billy. »Und wenn, dann nur ein bisschen. Als Autorin sehe ich Sprache als etwas Lebendiges an, als etwas, das fluktuiert und sich ständig verändert. Und ist nicht die Kommunikation *an sich* viel wichtiger als die Frage nach dem Wie, also Rechtschreibung und Zeichensetzung?« Wobei mir einfiel, dass Imogen stets meine »fantasievolle Kommapraxis« gelobt hatte. Tatsächlich war ich der Meinung, dass Kommas nur dort etwas zu suchen hatten, wo sie auch schön aussahen.

»Nehmen Sie zum Beispiel ein Wort wie ›nichtsdestotrotz‹«, sagte ich. »*Sie selber* haben es eben benutzt! Nur, *ich* habe noch gelernt, dass ›nichtsdestotrotz‹ eine Verballhornung von ›nichtsdestoweniger‹ darstellt und nur in der informellen Rede verwendet werden sollte. Heute jedoch steht ›nichtsdestotrotz‹ im Wörterbuch gleichberechtigt neben ›nichtsdestoweniger‹ – keine Spur mehr von Ironie. Daran sehen Sie, wie sehr Sprache sich entwickelt«, schloss ich triumphierend.

»Richtig. Und Tollpatsch schreibt man nach den neuen Rechtschreibregeln mit zwei *l*«, sagte Mr Wallaker. »*Nichtsdestotrotz* muss Billy die Orthografie beherrschen, sonst kommt er sich in den nächsten Jahren wie der letzte Tollpatsch vor. Mein Vorschlag: Üben Sie mit ihm, am besten auf den letzten Drücker kurz vor der Schule, wenn es schon ge-klingelt hat, denn dann kann so ein Kinderhirn neue Informationen besonders gut verarbeiten.«

»Na gut«, sagte ich und sah ihn böse an. »Aber wie ist er im Aufsatz? Das ist *kreatives Schreiben*, wenn Sie verstehen, was ich meine.«

»Tja also …«, sagte Mr Pitlochry-Howard und raschelte in seinen Unterlagen. »Ah, hier ist es. Das Thema war *Was mir neulich Seltsames passierte.*«

»Darf ich mal sehen?«, sagte Mr Wallaker und setzte seine Brille auf. Wäre es nicht herrlich, wenn wir das auf einem Date auch machen könnten? Einfach Brille auf, ohne sich wie lebendes Fossil zu fühlen!

»*Was mir neulich Seltsames passierte*, sagen Sie?«, er räusperte sich.

Mummy

Morgens frü, wenn wir aufstehn, sind Mummys Hare total schräg. Örks! Sie sehn dann aus wie eine explodierte Kloobüste. Dann sagt sie zack-zack und los-los. Abmarsch in fünf Minuten, wie bei der Armeeh. Aber auch keine Angst das schafen wir noch. Aber dann hat sie gleich alles VOLL VERKACKT! Sie schütet das Müslie in die Waschmaschine und das Persil in die Müslie-Schalen. Also kommt Mabel zu speht in die Vorschule, wo sie schon alle im Morgenkrais sitzen. Und KACK ist auch, wenn sie stendig <u>Attong</u> sagt, aber auf französisch so wie ein französischer Bolizist wegen dem französischen Älternbuch. Jetzt redet Mabel auch schon so mit Sabbelina. VOLLE KACKE ist noch, wenn Mummy am Computer abeitet und gleichzeitik telefoniert und immer diese Dinger da kaut, damit man nicht so vil raucht.

Als ich letztes Jahr nicht in den Chor kam, sagte sie aber nicht KACKE, sondern das wäre wie bei Supatalent und ob man da gewinnt, steht auch imer in den Sternen! Trozdem war es VOLL VERKACKT. Aber dann hat sie Puffles 2 wiedergefunden und hat mit mir geknudelt. Einmal nachts kam ich runter und sah, wie sie ganz allein am tanzen war ... Killer Queen!!! Örks! Würg! Das war das Seltsame, das mir neulich passierte.

Ich sank auf meinem Stuhl zusammen. So also sahen mich meine Kinder?

Mit gerötetem Gesicht starrte Mr Pitlochry-Howard auf seine Unterlagen.

»Sie haben recht«, sagte Mr Wallaker. »Der Text kommuniziert recht anschaulich, was er kommunizieren will, und liefert einen lebendigen Eindruck von seltsamen Dingen, die uns im Alltag begegnen.«

Ich sah ihn an – und hielt seinem Blick stand. Denn er hatte gut reden. Er war es gewöhnt, Befehle zu erteilen. Darüber hinaus aber hatte er es sich leicht gemacht, hatte seine Söhne ins Internat abgeschoben und ihnen in den Ferien höchstens den letzten Schliff gegeben. Wenn man sich selber nie um ein krankes Kind kümmern muss, kann man ihm natürlich gut beibringen, wie man »rezidivierende katarrhalische Angina« buchstabiert.

»Wie sieht es denn in den anderen Fächern aus?«, fragte Mr Wallaker.

»Gut, was seine Noten angeht. Schwach ist er nur in Rechtschreibung. Und mit den Hausaufgaben klappt es noch nicht optimal.«

»Na, dann schauen wir doch mal nach«, sagte Mr Wallaker und ging die Arbeitsblätter im Fach Naturwissenschaft durch.

»Benenne fünf Eigenschaften von...« Er rückte sich die Brille zurecht... »Ur-*anus*?«

Er stutzte, und ich hätte beinahe gelacht.

»Er hat nur eine einzige Eigenschaft hingeschrieben. Was war so schwer an der Frage?«

»Finden Sie nicht, *fünf* Eigenschaften von einem gesichtslosen Planeten am Arsch der Welt sind ein bisschen viel auf einmal?«, entrüstete ich mich.

»Tatsächlich? Sie halten Ur*anus* für gesichtslos?« Ich sah Mr Wallaker an, dass ihn das Thema heimlich amüsierte.

»Genau das tue ich«, sagte ich. »Ich meine, wenn es wenigstens der Mars gewesen wäre, der sagenumwobene Rote Planet, wo sie vor einiger Zeit mit Robotern gelandet sind, oder sogar noch Saturn mit seinen zahlreichen Ringen...«

»Oder die Venus mit ihren Hochformationen...«, ergänzte Mr Wallaker und sah mir – ich schwöre – direkt auf die Titten, ehe er sich wieder seinen Unterlagen zuwandte.

»Genau«, sagte ich mit blockierter Stimme.

»Aber, Mrs Darcy«, meldete sich Mr Pitlochry-Howard beinahe beleidigt zu Wort. »Ihr, wie Sie es nennen, *Arsch der Welt* interessiert mich persönlich erheblich mehr als beispielsweise die Hügel auf der Venus.«

»Oh, gut zu wissen«, sagte ich noch, bevor ich nicht mehr an mich halten konnte und laut loslachte.

»Mr Pitlochry-Howard«, sagte Mr Wallaker mit äußerster Selbstbeherrschung, »ich denke, das wäre damit geklärt.« Leiser fügte er hinzu: »Und es dürfte auch der Grund für Billys angeregte Unterhaltung im Unterricht sein. Gibt es noch mehr, das Mrs Darcy wissen sollte?«

»Nein, denn seine Noten sind ja gut, und im Klassenverband hat er keinerlei Probleme. Also alles in allem ein aufgeweckter kleiner Junge.«

»Das ist allein Ihnen zu verdanken«, schleimte ich. »Ihnen und Ihrem Unterricht. Danke für alles.«

Dann ging ich, wagte es aber nicht, Mr Wallaker anzusehen.

Erst als ich im Auto saß, fiel mir ein, dass ich Mr Pitlochry-Howard noch gern gefragt hätte, wie man Billy besser bei den Hausaufgaben unterstützen könnte. Oder notfalls, wenn Mr Pitlochry-Howard beschäftigt war, Mr Wallaker.

Doch im Klassenzimmer unterhielten sich Mr Pitlochry-Howard und Mr Wallaker bereits mit Nicolette und ihrem gutaussehenden Mann, der seiner Frau die Hand um die Schulter gelegt hatte, wodurch die beiden sichtlich als Einheit auftraten.

Man soll ja nicht lauschen, ganz besonders nicht, wenn besorgte Eltern sich über ihre Sprösslinge erkundigen, aber bei Nicolettes greller Stimme ließ sich das kaum vermeiden.

»Ich frage mich, ob Sie Atticus mit so viel Förderung nicht etwas… überfordern«, sagte Mr Pitlochry-Howard so leise und verbindlich wie möglich. »Bei derart vielen außerschulischen Aktivitäten und Playdates kann er eigentlich nichts wirklich gründlich machen. Entsprechend niedrig ist seine Frustrationstoleranz. Wenn er nicht überall der Erste ist, wirft er sofort die Flinte ins Korn.«

»Gut, dass Sie das ansprechen. Wo steht er denn in der Klasse?«, fragte Nicolette. »Wie weit ist er von der Spitzengruppe entfernt?«

Sie versuchte, einen Blick auf die Liste zu erhaschen, die Mr Pitlochry-Howard mit seinen gefalteten Händen bedeckte, und da das nicht ging, warf sie gereizt ihre Haare nach hinten. »Warum erfahren wir eigentlich nie den relativen Leistungsstand der Kinder? Ich glaube, das würde alle Eltern interessieren.«

»Wir vergeben keine Tabellenplätze, Mrs Martinez«, sagte Mr Pitlochry-Howard.

»Und warum nicht?«, fragte sie scheinbar interessiert, obwohl das Messer schon gezückt war, mit dem sie Mr Pitlochry-Howard gleich in Streifen schneiden würde.

»Es geht uns in erster Linie um die *individuelle* Leistungsförderung der Kinder.«

»So? Dann möchte ich Ihnen jetzt etwas erklären«, sagte Nicolette. »Ich war einmal CEO einer großen Fitness-Kette hier in England und Nordamerika. Zurzeit bin ich CEO einer Familie. Meine Kinder sind das wichtigste, komplexeste und aufregendste Produkt, das ich je entwickelt habe. Aus diesem Grund habe ich wohl das Recht, ihre Position im Vergleich zu ihren Mitbewerbern auf einem insgesamt schwierigen Marktumfeld zu erfahren. Ohne solche Kennzahlen kann ich die internen Abläufe für eine verbesserte Entwicklung nicht optimieren. Verstehen Sie, was ich meine?«

Wortlos verfolgte Mr Wallaker die Auseinandersetzung.

»Ein gesunder Ehrgeiz ist das Eine«, begann Mr Pitlochry-Howard nervös. »Aber wenn eine Obsession daraus wird, wenn die Position auf einer Leistungstabelle den Kindern jede Freude am Lernen austreibt, dann...«

»Sie wollen also behaupten, seine außerschulischen Aktivitäten und Playdates seien eine *Belastung*?«, sagte Nicolette.

Ihr Mann legte ihr beruhigend die Hand auf den Arm. »Darling, lass doch...«

»Diese Jungen brauchen eine universelle Ausbildung und Förderung. Dazu gehört ihr Flötenunterricht ebenso wie ihr Fechtunterricht. Außerdem erschließt sich mir nicht, wie man soziales Engagement als Playdates abtun kann. Im Gegenteil, es ist eine Übung in Teamfähigkeit.«

»Es sind Kinder, Herrgott!«, fuhr Mr Wallaker dazwischen.

»Keine Industrieprodukte mit mehr oder weniger viel Potenzial, das es zu optimieren gilt. Es ist gar nicht nötig, permanent ihr Ego zu streicheln. Was sie hingegen sehr wohl brauchen, ist Selbstvertrauen, Spaß an dem, was sie tun, Zuneigung, Freundschaft und ein realistisches Selbstwertgefühl. Das heißt, sie sollen begreifen, dass es immer Leute gibt, die besser oder schlechter sind als sie selbst, und dass ihr persönlicher Wert aber genau darin liegt, sich nicht vom Ehrgeiz zerfressen zu lassen. Sie sollen sich einfach im Rahmen ihrer Möglichkeiten entwickeln.«

»Sorry, habe ich Sie richtig verstanden?«, sagte Nicolette. »Sie meinen, sie sollen erst gar nicht versuchen, immer der Beste zu sein? Interessant! Vielleicht sollten wir uns besser nach einem Platz in der Westminster School umsehen.«

»Nein, aber wir sollten bedenken, welche Art Erwachsene einmal unsere Schule verlassen«, sagte Mr Wallaker unbeirrt. »Da draußen weht ein rauer Wind. Doch Erfolg im Leben misst sich nicht daran, ob sie immer gewinnen, sondern wie sie Niederlagen verarbeiten. Gefragt ist *Resilienz*, wenn Sie wissen, was das ist. Die Fähigkeit, wieder aufzustehen, wenn man am Boden ist, und zwar ohne gleich das ganze Leben infrage zu stellen. Genau das sollen die Kinder hier lernen. Ob sie dazu fähig sind, sagt vermutlich mehr über ihren künftigen Lebensweg aus als ihre Tabellenposition in Klasse 3.«

Himmel, hatte Mr Wallaker etwa meinen *Kleinen Buddhaführer* in die Hände bekommen?

»Die raue Wind da draußen muss mich nicht interessieren, wenn ich gelernt habe zu siegen«, sagte Nicolette. »Dürfte ich jetzt bitte erfahren, auf welcher Position Atticus steht?«

»Das hat Ihnen Mr Pitlochry-Howard doch schon gesagt: Nein! Noch Fragen?« Er war aufgestanden.

»Ja, seine Französischnote«, sagte Nicolette hartnäckig, und alle setzten sich wieder, denn es sah nicht so aus, als sei die Unterredung allzu bald beendet.

22.00 Uhr. Vielleicht hat Mr Wallaker recht, wenn er sagt, dass es *immer* jemanden gibt, der besser oder schlechter ist als man selbst. Auf dem Weg zum Auto jedenfalls sah ich eine reiche, aber völlig fertige Mutter, die verzweifelt versuchte, mit ihren drei Designer-Blagen zurande zu kommen, und eines davon anschrie: »Clemency! Du elendes Miststück!«

FIFTY SHADES VON ALT

Freitag, 22. November 2013
62 kg (Hilfe, Rückfall in Fettleibigkeit!); Kalorien: 3.384; Cola light: 7; Red Bull: 3; Schinken-Käse-Paninis: 2; trainiert: 0 Min.; Monate seit dem letzten Nachfärben: 2; Wochen seit letztem Waxing: 5; Wochen seit letzter Pediküre: 6; Monate seit letzter sexueller Aktivität (in jeglicher Form): 5 (bin abermals Rühr-mich-nicht-an).

Lasse mich schrittweise vergammeln. Bin ungewaxt, ungezupft, untrainiert, ungepeelt, unpedikürt, unmeditiert, ungefärbt, ungeföhnt, unmöglich gekleidet und stopfe mich mit Sachen voll, die mir nicht guttun. Hier muss sich etwas ändern.

Samstag, 23. November 2013
15.00 Uhr. War gerade beim Friseur, wo rausgewachsene Coloration wieder jugendliche Auffrischung erfuhr. Doch draußen an der Bushaltestelle sehe ich ein Plakat von Sharon Osbourne zusammen mit Tochter Kelly. Kelly mit rostbraunen Haaren, Sharon mit grauen.

Hat mich doch sehr verwirrt. Ist »alt« neuerdings das angesagte Ding? Muss sofort zurück zum Friseur. Ich will meine grauen Haare zurück. Und dem Botox-Mann sage ich, dass ich gern ein paar Falten mehr hätte.

War noch am Überlegen, da hörte ich hinter mir eine Stimme: »Hallo.«

»Mr Wallaker!«, sagte ich und rüschte kokett meine Haare auf.

»Hallo!« Er trug eine sexy Winterjacke mit Schal und sah mich auf seine übliche Art an, auch jetzt mit diesem leicht amüsierten Zucken im Mundwinkel.

»Hören Sie«, sagte ich. »Ich wollte mich noch für das entschuldigen, was ich bei dem Konzert gesagt habe. Ich weiß, dass Sie nur nett zu mir sein wollten, und von mir bekamen Sie diese schnippischen Sprüche zu hören. Aber ich dachte, Sie wären verheiratet. Außerdem war vieles nicht so gemeint. Ich weiß inzwischen, dass Sie beim SAS waren und …«

Sofort verdüsterte sich seine Miene. »Was haben Sie gesagt?«

»Jake und Rebecca wohnen bei uns gleich gegenüber.«

Mit abgewandtem Kopf blickte er die Straße entlang, und seine Kiefermuskulatur arbeitete.

»Keine Angst, von mir erfährt niemand was. Aber ich weiß eben, wie es ist, wenn etwas wirklich Schreckliches passiert.«

»Ich will darüber nicht reden«, sagte er schroff.

»Okay, ich weiß, was Sie von mir denken. Dass ich eine furchtbare Mutter bin, die nur beim Friseur herumhängt und Kondome kauft. Aber so bin ich nicht. Und diese Gonorrhö-Broschüre hat Mabel aus dem Wartezimmer mitgenommen. Ich habe weder Gonorrhö noch Syphilis noch Sackratten oder Schenkelgazellen …«

»Entschuldigung, wenn ich unterbreche.«

Aus dem Starbucks war eine junge Superbetty gekommen und stand nun mit zwei Bechern Kaffee vor uns.

»Hi«, sie reichte ihm einen davon und grinste mich breit an.

»Das ist Miranda«, sagte Mr Wallaker steif.

Miranda war jung und schön, mit langen rabenschwarzen Haaren, die unter einer trendigen Strickmütze hervorquollen.

Natürlich hatte sie auch lange, dünne Beine und trug Ankle Boots mit Nietendesign.

»Miranda, das ist Mrs Darcy, die Mutter eines meiner Schüler.«

»Bridget!«, rief eine Stimme. Die Friseurin, die gerade meinen Haaransatz nachgefärbt hatte, lief auf die Straße. »Sie haben Ihr Portemonnaie bei uns liegen lassen. Na, wie gefällt es Ihnen bei Tageslicht, so ohne Shades of Grey? Jetzt kann Weihnachten kommen.«

»Danke, sehr schön. Ihnen auch frohe Weihnachten«, sagte ich wie eine traumatisierte Automaten-Oma. »Frohe Weihnachten, Mr Wallaker. Frohe Weihnachten, Miranda«, sagte ich, obwohl Weihnachten erst in einem Monat war.

Sie sahen mir verdutzt nach, während ich mich mit wackligen Knien entfernte.

21.15 Uhr. Die Kinder liegen im Bett, und ich spüre die Einsamkeit des Alters. Kein richtiger Mann wird mich je wieder ansehen. Wahrscheinlich vögelt Mr Wallaker in diesem Moment mit Miranda. Alle haben ein schönes Leben, nur ich nicht.

DIE FASSADE BRÖCKELT

Montag, 25. November 2013
62 kg; Gewichtsunterschied zwischen mir und Miranda: 20 kg.

9.15 Uhr. Na gut, das kenne ich schon. Und ich weiß mir auch zu helfen. Als Erstes stelle ich dieses ekelhafte Selbstmitleid ein. Und dass ich bei Männern nicht mehr landen kann, diese Gedanken lasse ich erst gar nicht zu. Ich denke auch nicht, dass andere es immer so viel besser haben als ich – außer vielleicht Miranda. Ich konzentriere mich auf meinen mächtigen inneren Baum und gehe wieder zum Yoga.

13.00 Uhr. Gute Güte! War gerade beim Yoga, hatte aber wieder zu viel Cola light getrunken. Im Fersensitz bei der Taube-Übung ist es dann passiert.

Deshalb nach nebenan in die Meditationsklasse gegangen, obwohl eigentlich Geldverschwendung. Alles, was man tut, ist im Schneidersitz rumsitzen und an *nichts* denken – und das für 15 Pfund die Stunde. Doch *nichts* zu denken ist gar nicht so einfach, wenn es einem die Eingeweide zusammenzieht, weil man dauernd an Mr Wallaker und Miranda denken muss, und um ein Haar wäre es wieder passiert.

Erst erkannte ich ihn gar nicht, aber der Typ in den weiten grauen Klamotten, der da mit geschlossenen Augen und geöffneten Handflächen auf einer violetten Matte saß, war niemand anders als George von Greenlight Productions. Zumindest war ich ziemlich sicher, dass er es war. Gewissheit hatte ich jedoch erst, als ich die riesige Brille und das iPhone neben der Matte entdeckte.

War im Zweifel, ob ich ihn beim Hinausgehen ansprechen sollte, aber dann dachte ich, dass unsere Auren bereits seit einer Stunde miteinander kommunizierten, also warum nicht? Ich sagte: »George?«

Er setzte die Brille auf und sah mich so misstrauisch an, als wollte ich ihm jeden Moment ein unverlangtes Manuskript anbieten.

»Kennen Sie mich noch? Ich bin's«, sagte ich. »*Laub in seinem Haar*?«

»Oh … ja … Ja, richtig … Hey …«

»Ich wusste gar nicht, dass Sie meditieren.«

»Ich auch nicht. Ich bin nicht mehr im Filmgeschäft. Die Studios wollen heutzutage alles selbst machen. Keine Achtung mehr vor der Kunst. Alles bedeutungslos. Leer. Eine Schlangengrube. Am Ende war ich fix und fertig und … Kleinen Moment, bitte.« Er checkte sein iPhone. »Entschuldigung, ich muss mein Flugzeug kriegen. Ich gehe für drei Monate in einen Ashram in Lahore. War schön, Sie zu sehen.«

»Entschuldigung, aber …«

Ungeduldig drehte er sich um.

»Sind Sie sicher, der Ashram war nicht in Le Touquet?«

Er lachte und erkannte mich offenbar erst jetzt wieder, was zu einer für meinen Geschmack etwas übertriebenen Umarmung führte. »Namaste«, sagte er noch mit seinem Produzenten-Bariton, aber eben mit jenem Schuss Selbstironie, die ihn am Ende liebenswert machte. Dann war er verschwunden.

Dienstag, 26. November 2013

61 kg (gut, nur noch 19 kg schwerer als Miranda); Kalorien: 4.826; Schinken-Käse-Paninis: 2; Pizzen: 1,5; Becher Häagen-Dazs Frozen Jogurt: 2; Alkoholeinheiten: 6 (böses Mädchen!).

9.00 Uhr. Soeben die Kinder zur Schule gebracht. Fühle mich wie fette Qualle. Könnte gleich wieder zu Starbucks gehen und Schinken-Käse-Panini essen.

10.30 Uhr. Und wer stand in der Schlange vor dem Tresen? Nicolette die Unerreichte. Sie wartete auf ihr Heißgetränk. Trug ein weißes Webpelzjäckchen, Sonnenbrille und eine Megahandtasche. Sah aus wie Kate Moss bei einem offiziellen Empfang, bloß dass es erst neun Uhr morgens war. Wollte am liebsten den Rückzug antreten, ließ es aber, weil ich schon eine Weile anstand. Leider entdeckte sie mich, und ich sagte freundlich hallo.

Keine Reaktion. Keine Reaktion bedeutete hier: auch keine frostige, wie ich erwartet hatte. Stattdessen stand sie nur da und starrte mich an, mit ihrem Pappbecher in der Hand.

»Guck mal, ich habe eine neue Handtasche. Hermès«, sagte sie, hielt mir das Ding entgegen, worauf ihre Schultern anfingen zu beben.

»Ein SkinnyVentiohneKoff, stimmt so«, ratterte ich meine Bestellung herunter und schob dem Barista einen Fünfer hin. Ich dachte, wenn sie jetzt unbedingt einen Nervenzusammenbruch haben muss, bitte schön. Kenne ich schon, kümmert mich aber nicht. Denn hinter *jeder* Fassade, und sei sie noch so schön, lauern die Risse.

»Gehen wir nach unten«, sagte ich zu Nicolette und tätschelte ihr linkisch die Schulter. Zum Glück war unten nichts los.

»Wie gesagt, ich habe hier diese Handtasche, und das ist die Quittung.«

Verständnislos starrte ich auf den Kassenzettel.

»Hat mein Mann für mich gekauft, am Frankfurter Flughafen.«

»Wie nett. Die ist aber schön«, log ich. Tatsächlich war die Handtasche ein monströses Unding mit tausend Schnallen, Riemchen und Reißverschlüssen, die keinerlei Sinn ergaben. So was kaufen auch nur Männer.

»Schau auf den Kassenzettel, hier steht 2 Handtaschen.«

Ich schaute auf den Zettel. Es stimmte: 2 Handtaschen. Na und?

»Die haben sich sicher vertan«, sagte ich. »Ruf sie an und lass dir das Geld zurückgeben.«

Nicolette schüttelte den Kopf. »Nein, denn ich kenne die Frau, die die zweite Handtasche hat. Da läuft schon seit acht Monaten etwas. Und sie hat jetzt die gleiche Handtasche wie ich, wie praktisch, nicht?« Ihr Gesicht zerknitterte im Schmerz. »Alle seine Frauen kriegen die gleiche Handtasche.«

Ich ging dann nach Hause und checkte meine Mails. Und was sehe ich da?

Absender: Nicolette Martinez
Betr.: Scheiß Schulkonzert
Wollte nur kurz sagen, dass es mir scheißegal ist, wer jetzt die Fruchttaschen und den Glühwein mitbringt. Und was ihr tut oder nicht tut oder ob ihr überhaupt kommt, geht mir ebenfalls am Arsch vorbei.

Nicorette (die brauche ich jetzt)

Sollte sie vielleicht mal anrufen.

23.00 Uhr. Bis gerade war Nicolette hier. Schöner Abend. Die drei Jungs spielten *Roblox* am Computer, Mabel guckte *SpongeBob*, und wir beiden saßen in der Küche und aßen und tranken alles, was bei Nicolette sonst auf der roten Liste stand (Wein, Pizza, Käse, Cola light, Red Bull, Schokotaler von Cadbury). Wir gingen auf OkCupid und guckten, wer sich da alles anbot und wie. Unser Fazit: Alles Schweine. Flachwichser, wie sie im Buch stehen.

Zwischendurch kam Tom vorbei und erläuterte, leicht angeheitert, die Ergebnisse einer neuen Studie. »Demzufolge ist die psychische Gesundheit eines Menschen weitgehend abhängig von der Qualität seiner Sozialkontakte und weniger von *engen* Bindungen wie etwa zu Freund oder Ehemann. Das wollte ich euch nur kurz sagen, damit ihr wisst, wo das wahre Glück liegt. So, und jetzt muss ich weg, weil ich mich mit Arkis treffe.«

Nicolette schläft jetzt in meinem Bett, und die vier Kids haben sich auf das Stockbett verteilt.

Okay, was lernen wir jetzt daraus? Dass Männer eigentlich gar nicht gebraucht werden.

ZEIT FÜR HELDEN

Freitag, 29. November 2013

Folgendes ist heute passiert: Billy hatte ein Freundschaftsspiel in der Schule in East Finchley, nur ein paar Meilen entfernt. Wir sollten beim Abholen auf der Straße parken, da Autos nicht auf das Schulgelände dürfen. Die Schule war ein Kasten aus rotem Backstein mit einem winzigen Vorplatz am Schultor. Links davon befand sich ein tiefergelegter Sportplatz, umgeben von einem Maschendrahtzaun.

Die Jungs spielten unten Fußball, und die Mütter standen auf der Freitreppe und unterhielten sich. Plötzlich setzte sich lautstark ein getunter BMW auf den Vorplatz, am Steuer ein affiger Schicki-Vater, der sich mit seinem Mobiltelefon unterhielt.

Mr Wallaker ging gleich hin. »Entschuldigung, Sir?«

Der Vater ignorierte ihn und redete ungestört und mit laufendem Motor weiter. Mr Wallaker klopfte ans Seitenfenster. »Sie stehen im Parkverbot, Sir. Bitten stellen Sie Ihr Fahrzeug auf der Straße ab.«

Die Seitenscheibe schnurrte herunter. »Zeit ist Geld, mein Freund. Zumindest für einige von uns.«

»Auf dem Schulgelände herrscht aus Sicherheitsgründen ein generelles Parkverbot.«

»Pah, ihr mit eurem Sicherheitsquatsch. Ich bin in zwei Minuten wieder weg. So lange werden Sie wohl warten können.«

Mr Wallaker sah ihn böse an. »Fahren Sie den Wagen vom Gelände. Sofort!«

Das Handy am Ohr, knallte der Mann den Rückwärtsgang rein und gab unter wilden Lenkbewegungen Gas, allerdings ohne nach hinten zu gucken, wodurch er direkt einen der dicken Eisenpfosten des Zauns vor dem Sportplatz rammte.

Der Knall zog alle Blicke auf sich. Mit rotem Gesicht gab der Vater erneut Gas, ohne zu bedenken, dass noch der Rückwärtsgang eingelegt war, und krachte mit einem hässlichen Geräusch mit voller Wucht gegen den Pfosten. Und diesmal gab der Pfosten nach.

»Jungs, weg da!«, rief Mr Wallaker. »Weg von dem Zaun!«

Das Weitere geschah wie in Zeitlupe. Während die Jungs davonrannten, schepperte der Eisenpfosten anderthalb Meter tief auf den Sportplatz, gefolgt von dem BMW, der plötzlich mit einem halben Hinterreifen in der Luft hing.

Alle erstarrten außer Mr Wallaker, der sofort nach unten sprang und den Müttern zurief: »Jemand ruft bitte die Feuerwehr.« Und die Jungs brüllte er an: »Verschwindet von da vorne. Alles nach *hinten*!«

Zu allem Unglück wollte der BMW-Dad jetzt auch noch die Seitentür öffnen.

»Sie! Sie bleiben, wo Sie sind!«, schrie Mr Wallaker, doch der Wagen rutschte immer weiter nach unten. Plötzlich hatten die Hinterreifen keinen Bodenkontakt mehr und schwebten frei über der Senke.

Ich sah zu den Jungs auf dem Sportplatz. Wo war Billy?

»Pass mal kurz auf Mabel auf«, sagte ich zu Nicolette und rannte hinunter auf den Platz.

Mr Wallaker war bereits unten und versuchte sich trotz der Panik ringsum, einen Überblick zu verschaffen. Ich konnte kaum hinschauen.

Wie eine Rutschbahn hatte sich der Pfosten zwischen Wand und Boden gekeilt und dabei den halben Maschendrahtzaun mitgezogen, der nun eine Art Zelt bildete. Und unter dem Zelt sah ich Billy, Bikram und Jeremiah, die angstvoll zu Mr Wallaker aufblickten, denn für sie gab es nun kein Entrinnen mehr. Nicht auszudenken, was geschah, wenn der BMW endgültig abstürzte.

Mir stockte der Atem, und ich sprang ebenfalls nach unten.

»Keine Angst«, sagte Mr Wallaker ruhig. »Alles unter Kontrolle.«

Er hockte sich hin. »Okay, ihr Superhelden, jetzt kommt euer Teil. Alle nach hinten an die Wand, macht euch klein! Hände über den Kopf, Sicherheitsposition einnehmen!«

Die Jungs schienen das Ganze weniger beängstigend als spannend zu finden und taten genau wie von Mr Wallaker befohlen.

»Gute Arbeit, Männer«, sagte Mr Wallaker und hob den schweren Zaun an.

Doch dann knirschte erneut Metall auf Beton, und der BMW geriet wieder in Bewegung und riss einen Teil der Mauer ab. Jetzt schaukelte schon das komplette Heck über dem Abgrund.

Hinten schrien die Mütter auf, aber auch Feuerwehrsirenen waren zu hören.

»Bleibt ganz dicht an der Wand«, sagte Mr Wallaker, der vollkommen cool blieb. »Wir schaffen das schon.«

Er trat vorsichtig auf den niedergedrückten Zaun, bückte sich unter den Wagen und versuchte, das Chassis anzuheben. Ich sah, wie sich unter seinem Hemd die Muskeln spannten.

»Und ihr da oben, ihr drückt die Kühlerhaube runter!«, brüllte er mit schweißnassem Gesicht. »Los, Ladys, macht schon. Stemmt euch auf den Wagen!«

Ich sah, wie Mütter und Lehrer plötzlich aus der Schockstarre erwachten und sich wie die Hühner auf die Frontpartie des BMW warfen. Und da auch Mr Wallaker nicht lockerließ, richtete sich das Hinterteil des Wagens etwas auf. »Okay, Jungs«, sagte er, die Arme zitternd vor Anstrengung. »Ihr bleibt ganz dicht an der Wand und kriecht seitlich unter dem Zaun durch.«

Ich lief zu der Stelle, wo der Zaun nach unten gebogen war, und die andern Eltern machten es mir nach. Hektisch zerrten wir an dem Zaun, während die Jungs auf uns zurobbten. Billy war ganz hinten.

Plötzlich war alles voller Feuerwehrmänner, die mit vereinten Kräften den Zaun anhoben und erst Bikram herauszogen (wobei sein Shirt zerriss), dann Jeremiah. Aber Billy war immer noch gefangen. Verzweifelt langte ich nach seinem Arm und zog mit der Kraft von zehn Männern, bis ich ihn hatte und schluchzend vor Erleichterung in die Arme schloss. Feuerwehrmänner brachten uns dann nach oben.

»Das war der Letzte! Jetzt macht schon«, rief Mr Wallaker, der den Wagen nicht länger halten konnte. Die Feuerwehrmänner eilten ihm zu Hilfe, und dort, wo gerade noch drei Jungs gekauert hatten, trampelten schwere Stiefel den Zaun platt.

»Wo ist eigentlich Mabel?«, rief Billy aufgeregt. »Los, wir müssen sie retten!«

Die drei Jungs rannten sofort los, und alles, was noch fehlte, waren die flatternden Capes der Superhelden. Ich lief ihnen nach und fand Mabel neben einer hyperventilierenden Nicolette.

Billy schlang die Arme um Mabel und rief: »Ich habe sie gerettet! Ich habe meine Schwester gerettet! Geht es dir gut, Schwester?«

»Ja«, sagte sie ernst. »Aber Mr Wallaker brüllt ganz schön rum.«

Inmitten des allgemeinen Durcheinanders öffnete BMW-Dad jetzt erneut die Wagentür und kletterte ins Freie. Er schien sich keiner Schuld bewusst und klopfte sich mit schnöseliger Gebärde ein nicht vorhandenes Staubkörnchen vom Mantel. Im selben Moment gab es für seinen Wagen kein Halten mehr.

»Achtung, das Ding kommt runter!«, rief Mr Wallaker. »Alle Mann weg hier!«

Fassungslos sahen wir zu, wie sich Mr Wallaker und die Männer in Sicherheit brachten und der BMW über den Eisenpfosten in die Tiefe schlitterte und krachend unten aufschlug, wobei die Fenster barsten und sich als glitzernde Swarovski-Steinchen über die cremefarbenen Ledersitze ergossen.

»Mein schöner BMW!«, jammerte der Besitzer des Wagens.

»Tja, Zeit ist Geld, Arschloch«, erwiderte Mr Wallaker und grinste schadenfroh.

Während die Sanitäter ihn kurz untersuchten, sprudelte Billy die Worte nur so aus seinem Mund: »Auf einmal konnten wir uns nicht mehr rühren, Mummy. Und weglaufen ging auch nicht, weil dieses Zaunding direkt über uns hing. Aber wir waren trotzdem Superhelden, weil …«

Auch sonst war die Aufregung noch groß. Eltern rannten aufgelöst hin und her, dass die Extensions flogen, Megahandtaschen lagen vergessen auf dem Boden.

Mr Wallaker trat auf die Treppe.

»Alle mal herhören!«, rief er. »Ruhe, bitte …! Danke. Die Jungen stellen sich bitte hier oben auf, ihr werdet gleich durchgezählt. Aber vorher möchte ich noch sagen, ihr habt soeben das Abenteuer des Tages erlebt, und zum Glück wurde niemand verletzt. Ich muss sagen, ihr habt euch ziemlich gut geschlagen. Und ihr drei – ich spreche von Bikram, Jeremiah und Billy – ihr wart absolute Superhelden. Das könnt ihr heute Abend feiern. Denn erst im Moment der Gefahr, erst wenn es wirklich eng wird, zeigt sich … zeigt sich … zeigt sich, was in einem Mann steckt.«

Eltern und Kinder jubelten und applaudierten. »O mein Gott!«, stöhnte Farzia. »*Nimm* mich!« – was ziemlich gut meine eigenen Gedanken wiedergab. Als Mr Wallaker an mir vorbeiging, warf er mir denselben überlegenen Blick zu, den ich auch von Billy kannte.

»Machen Sie das jeden Tag?«, fragte ich.

»Hab schon Schlimmeres erlebt«, sagte er gut gelaunt. »Wenigstens hat Ihre Frisur keinen Schaden genommen.«

Kaum waren die Jungen durchgezählt, wurden Bikram, Jeremiah und Billy sofort von den anderen umringt. Und als sie, gefolgt von ihren traumatisierten Müttern, in den Krankenwagen stiegen, um sich im Krankenhaus untersuchen zu lassen, hätte man meinen können, sie wären die neueste Boyband aus *Supertalent*.

Mabel hingegen nickte sofort ein und verschlief die ganze Aufregung. Außer ein paar Kratzern fehlte den Jungs aber nichts. Kurz darauf erschienen erst Bikrams und Jeremiahs Vater im Krankenhaus, danach auch Mr Wallaker. Er hatte eine Tüte von McDonald's dabei und ging mit den Jungen den ganzen Vorfall noch einmal durch, wobei er nicht müde wurde, sie als die wahren Helden darzustellen.

Als Jeremiah und Bikram mit ihren Eltern die Ambulanz verließen, klingelte Mr Wallaker mit den Autoschlüsseln.

»Alles in Ordnung mit Ihnen?« Doch schon ein kurzer Blick in mein Gesicht sagte ihm, dass dies keineswegs der Fall war. »Ich fahre Sie jetzt nach Hause«, sagte er kurzerhand.

»Nein, mir geht's gut«, log ich.

»Hören Sie zu«, sagte er mit einem leisen Lächeln. »Ihr Feminismus nimmt keinen Schaden, wenn Sie sich mal helfen lassen.«

Und zu Hause, als wir alle auf dem Sofa saßen, sagte er: »Brauchen Sie sonst noch etwas?«

»Ja, die Plüschtiere der Kinder. Sie sind oben im Stockbett.«

»Puffles Zwei?«

»Ja. Und Nummer Eins und Drei. Und dann noch Mario, Horsio und Sabbelina.«

»Sabbelina?«

»Ihre Puppe.«

Als er mit den Spielsachen zurückkam, war ich gerade dabei, die Glotze anzuschalten, aber vor den vielen Fernbedienungen konnte ich nur kapitulieren.

»Darf ich mal?«, fragte Mr Wallaker.

SpongeBob füllte den Bildschirm, und Mr Wallaker ging mit mir hinters Sofa, wo ich lautlos zu weinen begann.

»Schh. Schh«, flüsterte er und legte seine starken Arme um mich. »Es ist doch nichts passiert«, sagte er. »Ich hatte die Lage im Griff.«

Ich lehnte mich an ihn und konnte gar nicht mehr aufhören zu heulen.

»Du machst das gar nicht schlecht, Bridget«, beruhigte er mich. »Du ersetzt eine ganze Familie und kriegst das besser hin als so mancher, der einen Haufen Hausangestellte und eine Wohnung in Monte Carlo hat. Selbst wenn du gerade mein Hemd vollgerotzt hast.«

Seine Worte hüllten mich in so wohlige Wärme wie der erste Schwall Sommerluft im Urlaub. Ich hatte das Gefühl, dass ich endlich loslassen konnte.

Dann rief Mabel: »Maaamii! *SpongeBob* ist zu Ende.« Gleichzeitig klingelte es an der Tür.

Es war Rebecca. »Wir haben von dem Unfall an der Schule gehört«, sagte sie und polterte auch schon die Treppe hinunter. Auf dem Kopf trug sie eine LED-Lichterkette. »Was ist denn passiert?« Dann sah sie Mr Wallaker und sagte: »Oh! Hallo, Scott.«

»Hallo«, sagte er. »Schön, dich zu sehen. Dein Kopfputz ist zwar nicht mehr so gewagt wie früher, aber trotzdem.«

Finn, Oleander und Jake kamen ebenfalls, und plötzlich war das Haus voller Menschen. Und Schokolade. Und Familie-Hase-Püppchen und Xbox-Lärm, und alle rannten herum. Ich wollte mit Billy reden, weil ich meinte, er müsse das Erlebte »verarbeiten«, aber er sagte nur: »Ach, Mummy, ich bin doch ein Superheld.«

Ich hörte zu, wie sich Mr Wallaker mit Jake unterhielt. Beide waren groß, attraktiv, Freunde seit ewigen Zeiten und … Väter. Rebecca beobachtete Mr Wallaker und warf mir mit erhobener Braue einen fragenden Blick zu. Doch dann piepte sein Handy, und ich wusste sofort, dass er mit Miranda sprach.

»Ich muss jetzt leider gehen«, erklärte er und machte sein Handy aus. »Ihr kümmert euch um sie, okay, Jake?«

Geknickt begleitete ich ihn zur Tür und sagte noch: »Danke für alles. Eigentlich sind *Sie* ja der Superheld, und das meine ich ernst.«

»War mir eine Vergnügen«, sagte er.

Er ging die Eingangstreppe hinunter, drehte sich unten noch einmal um und sagte. »Wenn das stimmt, dann bist du die Superheldin.« Im nächsten Moment war er an der Straße, wo irgendwann ein Taxi halten und ihn zu einem Mädchen bringen würde, das aussah wie aus einem Hochglanzmagazin. Ich sah ihm noch länger nach und dachte: »Superheldin? Ich hätte lieber jemanden fürs Bett.«

LUSTIG, LUSTIG ...

Montag, 2. Dezember 2013
Alles in Ordnung. Habe Billy zum Kinderpsychologen geschleppt wegen möglicher posttraumatischer Belastungsstörung. Psychologe meinte aber nur, der Junge reagiere »unauffällig auf externale Hinweisreize in Bezug auf das traumatische Erlebnis«. Ich hatte den Eindruck, er wollte mir sagen, Billy hat die Sache weggesteckt und unter Lebenserfahrung verbucht. Konnte mich damit natürlich nicht zufriedengeben und wollte mit ihm ein zweites Mal hin, nur zur Sicherheit, aber Billy meinte: »Ach, Mummy, *du* solltest mal zum Psychologen.«

Auf jeden Fall genossen Billy, Bikram und Jeremiah ihre neue Berühmtheit und mussten sogar Autogramme geben. Getoppt wird ihre Popularität an der Schule nur noch von Mr Wallakers.

Und das Schönste, Mr Wallaker ist neuerdings viel netter zu mir – ich allerdings auch zu ihm. Weiter hat sich aber nichts getan. Es ist ein freundschaftliches Verhältnis, mehr nicht.

Dienstag, 3. Dezember 2013
15.15 Uhr. Mabel kam gerade aus der Schule und brachte folgendes Liedchen mit:

> *Lasst uns froh und munter sein*
> *und uns recht von Herzen freu'n.*

> *Lustig, lustig, trallerallerara,*
> *bald ist Nikolausabend da!*

Okay, mach ich, zumindest den ersten Teil. Dieses Jahr also wollen wir froh und munter sein. Und von Herzen dankbar.

Mittwoch, 4. Dezember 2013
16.30 Uhr. Oh. Mabel hat den letzten Vers folgendermaßen abgeändert:

> *Lustig, lustig, trallerallerara,*
> *bald kriegt Billy eins auf den Arsch!*

Keine Ahnung, woher sie das hat.

Donnerstag, 5. Dezember 2013
10.00 Uhr. Thelonius' Mutter sprach mich gerade in der Vorschule an.

»Bridget, könntest du deine Tochter bitten, nicht länger Thelonius zu triezen?«

»Wieso? Was ist denn?«, fragte ich verdutzt.

Aber Mabel war wohl wieder kreativ und lief auf dem Spielplatz mit folgendem Liedchen herum.

> *O Tannenbaum, Begonienbaum,*
> *wie grün sind deine Blätter!*
> *Du grünst nicht nur zur Sommerzeit,*
> *Thelonius kriegt den Arsch verbläut!*

14.00 Uhr. »Man sollte halt nie so langweilige Blumen wie Begonien pflanzen«, lautete Rebeccas Kommentar. »Wie läuft's mit Scott? Ich meine Mr Wallaker.«

»Er ist nett«, sagte ich. »Nett, aber nicht mehr.«

»Und wie bist du zu ihm? Ahnt er überhaupt, was du für ihm empfindest?«

»Er ist doch mit Miranda zusammen.«

»Ein Mann wie er hat halt seine Bedürfnisse. Aber das bedeutet noch lange nicht, dass er mit ihr leben will.«

Ich schüttelte den Kopf. »Er ist nicht interessiert. Er mag mich vielleicht, rein menschlich, aber sonst läuft nichts.«

Traurig, aber wahr. Aber sonst bin ich von Herzen froh. Denn manchmal weiß man erst nach einer überstandenen Gefahr wieder zu schätzen, was man hat.

14.05 Uhr. Blöde Miranda.

14.10 Uhr. Ich hasse Miranda. »Oh, oh, schaut mich an! Ich bin ja *soo* jung, mit *soo* langen Beinen und *soo* dünn und überhaupt von Kopf bis Fuß perfekt!« Sehr wahrscheinlich schläft sie auch mit Roxster, die Schlampe!

ADVENTSSINGEN

Mittwoch, 11. Dezember 2013

Das Adventssingen rückt näher. Und da die Kinder am selben Abend auch bei Freunden übernachten dürfen und ich deshalb *zwei* Rucksäcke packen muss, herrscht im Haus Hektik pur. Festlich anziehen müssen wir uns auch noch, und vor allem sollten wir diesmal zumindest so pünktlich sein, dass bei unserer Ankunft nicht schon alles vorbei ist.

Outfit- und stylemäßig gab ich alles, denn zweifellos würde auch Miranda anwesend sein, um »ihrem« Mann Beifall zu spenden. Mabel trug ein Kunstpelzjäckchen mit einem roten Glockenröckchen, das ich bei ILoveGorgeous.com günstig im Sale erstanden hatte, ich einen Mantel in Schneeköniginnenweiß. (Die Idee hatte ich von Nicolette, die gerade auf den Malediven weilt, wo sie ihrem Fremdgänger von Mann die Ehehölle heißmacht. Davon abgesehen muss es aber traumhaft sein. Luxus-Bungalow am Strand mit eigenem Steg und Haien drum herum, die beim Anblick der weißen Badegäste Appetit bekommen.) Da ich selber nicht mal Fremdgänger habe, sondern gar keinen Mann, lasse ich mir wenigstens die Haare schön machen und habe jetzt eine richtig gute Föhnfrisur. Die Kinderrucksäcke mit Disney Princess und Super Mario passen zwar nicht ganz ins elegante Gesamtbild, aber was soll ich machen? Ich muss akzeptieren, dass Miranda bereits jetzt uneinholbar vorn liegt. Ich sehe sie richtig vor mir in einer Klamotte, die einerseits das reine Understatement ist, aber gleichzeitig so unverschämt sexy und trendy, dass sich sogar Mabel die Augen reibt und glaubt, sie träumt.

Als wir aus der U-Bahn nach oben kamen, lag das ganze Viertel in magische Lichter getaucht, die bis in die Bäume hochstrahlten. Auch die Geschäfte waren festlich illuminiert, und ein Posaunenchor spielte *Guter König Wenzeslaus*. Im Metzgergeschäft hingen Truthähne im Fenster, und wir ... wir waren zum ersten Mal seit Menschengedenken zu früh da.

Und da ich mir ein Beispiel am guten Wenzeslaus nehmen wollte, kaufte ich beim Metzger rasch vier Cumberland-Würstchen – nur falls ich ebenfalls einem armen alten Mann begegnen sollte. Neben zwei knatschbunten Kinderrucksäcken hatte ich, als weiteres Accessoire, nun auch eine Metzgertüte in der Hand. Dann wollte Mabel eine heiße Schokolade und bekam sie auch. Aber unversehens war es Viertel vor sechs, die Zeit, in der das Publikum die Plätze einnehmen sollte, und jetzt mussten wir doch noch einen Zahn zulegen. Wir rannten los, wobei Mabel stolperte und den ganzen Kakao über meinen weißen Mantel kippte. Sie war untröstlich, und heiße Tränen sprangen ihr aus den Augen. »Mummy, jetzt habe ich deinen Mantel ... Der schöne neue Mantel.«

»Ist doch egal, Schatz«, sagte ich. »Macht doch nichts. Es ist nur ein Mantel. Hier, nimm meinen Kakao.« Aber insgeheim dachte ich: Ach, du Kacke! Jetzt hätten wir es *beinahe* mal geschafft, halbwegs manierlich auszusehen, und ich vermassle wieder alles.

Aber der Kirchplatz war so schön mit der erleuchteten Tanne, den georgianischen Häusern ringsum, dem Weihnachtsschmuck in den Fenstern und den Adventskränzen an den Haustüren. Die Kirchenfenster glühten orange, und von innen ertönte bereits Orgelmusik.

Ganz vorn in der Kirche waren sogar noch ein paar Plätze

frei. Aber keine Spur von Miranda. Ich bekam Herzklopfen, als Mr Wallaker erschien, gelassen-souverän in einem blauen Hemd mit dunklem Jackett.

»Guck mal, da ist Billy«, sagte Mabel, als Chor und Orchester Aufstellung nahmen. Billy hatte uns eingeschärft, ihm, bitte, *nicht* zuzuwinken, aber Mabel machte es natürlich trotzdem – und ich schloss mich an, ich konnte einfach nicht anders. Mr Wallaker sah zu Billy hinüber, der die Augen verdrehte und grinste.

Dann setzte sich alles, und der Pfarrer schritt durch den Mittelgang und sprach den Segen. Billy guckte dauernd zu uns rüber und grinste, stolz, endlich im Chor zu sein. Zum ersten Adventslied standen alle wieder auf, und wie immer sang Spartacus den Solopart. Ich fand, das ging auch völlig in Ordnung, so, wie seine glockenhelle Stimme den Kirchenraum erfüllte.

> *Es kommt ein Schiff, geladen*
> *bis an sein' höchsten Bord,*
> *trägt Gottes Sohn voll Gnaden,*
> *des Vaters ewigs Wort.*

Ich merkte, wie mir die Tränen kamen.

Dann setzte die Orgel ein, und die Gemeinde sang die zweite Strophe.

> *Das Schiff geht still im Triebe,*
> *es trägt ein teure Last;*
> *das Segel ist die Liebe,*
> *der Heilig Geist der Mast.*

Und plötzlich überkam es mich. Ich musste an all die vergangenen Weihnachtsfeste denken. An die Christmetten meiner Kindheit mit Mum und Dad in der Kirche von Grafton Underwood, wo wir auf den Weihnachtsmann warteten. Dann die Weihnachten meiner Teeny-Zeit, als Mum und Una mit ihrem schrillen Organ den Kirchenchor bereicherten, worüber sich Dad und ich kaputtlachen konnten. Danach meine Ü30-Single-Weihnachten, meistens eine traurige Angelegenheit, weil ich mir langsam ausrechnen konnte, dass *ich* nie ein Kind in eine Krippe legen würde – besser gesagt in einen Bugaboo-Kinderwagen. Bis hin zu den weißen Weihnachten im vergangenen Jahr, als die Sache mit Roxster lief. Roxster! Was machte er wohl jetzt, in diesem Augenblick? Vermutlich abzappeln zu House-Musik mit irgendeiner Natalie. Oder Miranda. Oder Saffron. Ich erinnere mich auch an das letzte Weihnachten mit Dad, als er auf schwachen Beinen das Krankenhaus verließ, um mit uns in die Mitternachtsmesse zu gehen. Das erste Weihnachten mit Mark – und Billy in seinem putzigen Santa-Kostüm. Das erste Weihnachten nach Marks grausamem Tod, als Billy in dem Krippenspiel mitspielte und ich Weihnachten selber für ein grausames Spiel hielt.

»Nicht weinen, Mummy, bitte nicht weinen«, sagte Mabel und umklammerte meine Hand. Billy sah immer noch her. Also wischte ich meine Tränen ab, erhob den Kopf und sang mit.

> *Und wer dies Kind mit Freuden*
> *umfangen, küssen will …*

Dann bemerkte ich, dass auch Mr Wallaker mich ansah, während die Gemeinde sang.

> *… muss vorher mit ihm leiden …*

Nur Mr Wallaker hatte aufgehört und sah mich weiter an. Und ich, ich schaute zurück mit der verschmierten Schminke im Gesicht und meinem bekleckerten Mantel. Dann lächelte er, aber so fein, dass es für niemanden außer mir sichtbar war. Ein Lächeln über die Köpfe seiner Schüler hinweg. Es sprach aber kein Lehrerstolz über die gelungene Aufführung daraus, sondern einzig und allein, dass er verstand, *alles* verstand. In diesem Moment wusste ich, dass ich Mr Wallaker liebte.

Als wir später die Kirche verließen, hatte es draußen angefangen zu schneien, und dicke Flocken legten sich gleichermaßen auf die Feiertagsmäntel wie den Weihnachtsbaum. Draußen hatten die älteren Schüler eine Feuerschale aufgebaut und verteilten Glühwein, geröstete Maronen und heiße Schokolade.

»Dürfte ich davon noch etwas auf den Mantel geben?«

Ich drehte mich um, und da war er, mit einem Tablett, auf dem zwei Becher Glühwein und zwei Becher heißer Kakao standen.

»Der ist für dich, Mabel«, sagte er, setzte das Tablett auf dem Boden ab und reichte Mabel von unten einen Becher.

Sie aber schüttelte den Kopf. »Ich habe vorhin alles auf Mummys Mantel geschüttet.«

»Soll ich dir mal was sagen, Mabel?«, fragte er ernst. »Wenn Mummys weißer Mantel wirklich noch weiß wäre, ohne Schokoflecken drauf, wäre es dann noch Mummy?«

Sie sah ihn mit großen, ernsten Augen an, schüttelte den Kopf und nahm den Becher. Und dann, völlig untypisch für sie, setzte sie ihren Becher ab, umhalste ihn und gab ihm einen Kuss – wodurch er endlich auch einen Schokofleck auf dem Hemd hatte.

»Danke schön«, sagte er. »Jetzt ist aber wieder Mummy dran, schon weil bald Weihnachten ist.«

Er stand auf und wankte mit zwei Bechern ironisch auf mich zu.

»Gleichfalls ... frohe Weihnachten!«, sagte er. Wir stießen mit den Pappbechern an, unsere Blicke trafen sich und konnten trotz der vielen Leute ringsum nicht mehr voneinander lassen.

»Mummy!« Es war Billy. »Mummy, hast du mich gesehen?«

»Bald kriegt Billy eins auf den Arsch!«, trällerte Mabel.

»Mabel«, sagte Mr Wallaker. »Hör auf mit dem Unsinn.« Was sie erstaunlicherweise tat. »Natürlich haben wir dich gesehen, Billy. Sie hat euch doch zugewunken, was ich ausdrücklich untersagt hatte. Hier ist dein Kakao, Billy.« Er legte ihm die Hand auf die Schulter. »Du warst toll.«

Billy ließ sein breitestes Grinsen sehen, und seine Augen glänzten, doch zeigte mir Mr Wallakers Miene, dass er, genauso wie ich, nicht vergessen hatte, wie knapp Billy dem Tod entronnen war. Nur für Billy schien die Sache ein für alle Mal erledigt, denn er krähte dazwischen: »Mummy, dein Mantel sieht echt krass aus. Hey, da ist ja auch Bikram! Hast du meinen Rucksack dabei? Kann ich gehen?«

»Ich auch, ich auch!«, sagte Mabel.

»Wo wollt ihr denn hin?«, fragte Mr Wallaker.

»Ich schlafe heute bei Bikram«, sagte Billy.

»Und ich bei Cosmata«, erklärte Mabel stolz.

»Na, das hört sich ja gut an«, sagte Mr Wallaker. »Schläft Mummy auch woanders?«

»Nein«, sagte Mabel. »Sie schläft allein.«

»Wie immer«, sagte Billy.

»Interessant.«

»Mr Wallaker?« Es war Valerie, die Schulsekretärin. »In der Kirche ist ein Fagott liegen geblieben, was machen wir jetzt damit? Wir können es nicht in der Kirche lassen, und es ist ein Riesenteil.«

»O Gott, tut mir leid«, sagte ich. »Das ist von Billy, ich hole es sofort.«

»Nein, ich hole es«, sagte Mr Wallaker. »Bin gleich wieder da.«

»Nein, das geht schon, ich ...«

Mr Wallaker legte mir fest die Hand auf den Arm. »Ich hole es.«

Völlig verwirrt blickte ich ihm nach. Weder verstand ich ihn, noch verstand ich in diesem Moment meine eigenen Gedanken und Gefühle. Ich hängte Mabel und Billy die Rucksäcke um und wartete neben der Feuerschale, bis sie mit Bikram und Cosmata und ihren jeweiligen Familien gegangen waren. Auch die anderen Familien brachen allmählich auf, und ich stand mehr und mehr allein da und kam mir blöd vor.

Vielleicht hatte Mr Wallaker nie vorgehabt zurückzukommen. Ich sah ihn jedenfalls nirgendwo. Vielleicht war ein Satz wie »Bin gleich wieder da« gar nicht ernst gemeint, sondern nur eine Floskel, wie man sie auch auf Cocktail-Partys sagte, wenn man von seinem Gesprächspartner genug hatte. Andererseits wollte er aber das Fagott holen. Vielleicht hatte er es auch nur weggesperrt und war längst auf dem Weg zu seiner Miranda. Wahrscheinlich hatte ich ihm auch nur leidgetan, weil ich bei *Kommt ein Schiff geladen* geflennt hatte. Ja, so musste es gewesen sein, auch das mit dem Glühwein und der heißen Schokolade. Ich war eben doch nichts weiter als die tragische Witwe mit zwei vaterlosen Kindern ...

Ich warf den Becher mit dem restlichen Glühwein enttäuscht in die Tonne, wodurch ich neben den Schokoflecken jetzt auch Weinspritzer auf dem Mantel hatte. Es war niemand mehr da außer einem versprengten Häuflein Eltern, also konnte ich ebenfalls gehen.

»He, warten Sie.«

Er kam mit dem riesigen Instrumentenkasten auf mich zu. Die anderen Väter und Mütter drehten sich um. »Alles in Ordnung. Ich bringe sie nur zum Adventssingen«, sagte er und fügte, als er auf meiner Höhe war, leise hinzu: »Aber ich schlage vor, wir verlegen es in den Pub.«

Der Pub war einer von den alten, gemütlichen mit Steinfußboden. Auch hier war schon alles weihnachtlich geschmückt. Palmzweige hingen an den alten Deckenbalken, und ein Feuer prasselte im Kamin. Leider war er aber auch voller Eltern, die uns gleich interessiert beäugten. Amüsiert ignorierte Mr Wallaker die neugierigen Blicke und fand eine Sitzecke, in der uns nicht jeder sah. Als echter Gentleman schob er mir den Stuhl unter und stellte den Instrumentenkasten an die Wand mit den Worten: »Können Sie so darauf aufpassen, dass er nicht verloren geht?« Dann ging er an die Bar, um uns etwas zu trinken zu holen.

»So«, sagte er, als er sich mit zwei Gläsern wieder zu mir setzte.

»Mr Wallaker!«, rief eine der Sechstklässler-Mütter und tauchte vor uns auf. »Ich wollte Ihnen nur sagen, wie *gut* mir der heutige Abend gefallen hat und wie wunderbar Sie...«

»Ich danke Ihnen, Mrs Pavlichko«, erwiderte er und stand auf. »Es freut mich, dass es Ihnen gefallen hat, und wünsche Ihnen ebenfalls ein gesegnetes Weihnachtsfest.« Derart höflich abgefertigt zog sie von dannen.

»So«, sagte Mr Wallaker erneut.

»So«, sagte ich. »Auch ich möchte mich nun bedanken für alles, das...«

»Was macht eigentlich Ihr Toyboy? Der, mit dem Sie in Hampstead Heath unterwegs waren.«

»Und was ist mit Miranda?«, parierte ich ebenso elegant wie dreist.

»Miranda? *Miranda?*« Fassungslos sah er mich an. »Sie ist zweiundzwanzig, sie ist die Stieftochter meines Bruders.«

Ich senkte den Blick, denn das musste ich erst einmal verarbeiten. »Also sind Sie mit Ihrer Stiefnichte zusammen?«

»Natürlich nicht! Wir sind uns zufällig in der Stadt begegnet. Sie war beim Schuhe-Shoppen – was sonst? Meines Wissens sind Sie diejenige, die ernsthaft daran denkt, ein halbes Kind zu heiraten.«

»Daran denke ich ernsthaft nicht.«

»Doch, das tun Sie wohl!«, lachte er.

»Tue ich nicht.«

»Das müssen Sie mir aber genauer erklären.«

Also erzählte ich ihm die ganze Geschichte mit Roxster. Nicht die *ganze* Geschichte natürlich, einige Stellen, die Highlights zum Beispiel, waren stark bearbeitet.

»Wie alt war er denn jetzt wirklich?«

»Neunundzwanzig. Das heißt dreißig, als ich …«

»Na dann«, sagte er und kniff die Augen zusammen, wodurch die Falten in den Augenwinkeln zum Vorschein kamen. »Mit anderen Worten, ein richtiger alter Sack.«

»Und Sie? Waren Sie all die Jahre Single?«

»Ich will nicht behaupten, ich hätte ein mönchisches Leben geführt …«

Er schwenkte den Scotch in seinem Glas. O Gott, diese Augen!

»Andererseits …« Er beugte sich vertraulich nach vorn. »Man geht nicht mit anderen aus, wenn man heimlich in jemanden ver …«

496

»Mr Wallaker!« Diesmal war es Anzhelika Sans Souci. Sie starrte uns nur mit offenem Mund an, sagte sorry und war gleich wieder verschwunden.

Ich sah ihn an und gab mir alle Mühe, dem, was er einen Moment zuvor *nicht* sagen konnte, Glauben zu schenken.

»Langsam ist es aber gut mit den Schulmuttis«, sagte er. »Ich kann Sie nach Hause bringen, wenn Sie mir versprechen, dass Sie noch einmal zu *Killer Queen* tanzen.«

Wie berauscht und begleitet von allerlei Komplimenten, die nicht mir galten (»Wunderbare Vorstellung!« »Selten so etwas Schönes gehört.« »Wirklich eindrucksvoll!«), verließ ich an seiner Seite den Pub. Am Ausgang begegnete uns noch Valerie, die uns nachrief: »Viel Spaß, ihr beiden.«

Draußen schneite es immer noch. Ich sah ihn begehrlich an. Er war so groß, so unheimlich anziehend auf seine männliche Art. An so ein Kinn, an so eine behaarte Brust (teilweise sichtbar wegen des offenen Hemdkragens) hätte ich mich jederzeit werfen können.

»Mist, jetzt haben wir das Fagott vergessen«, sagte ich unvermittelt und wollte schon zurückgehen.

Abermals hielt er mich davon ab. »Ich mach das schon.«

Atemlos wartete ich und fühlte die Schneeflocken an meinen Wangen. Dann war er wieder da, mit dem Instrumentenkoffer und der Plastiktüte vom Metzger.

»Hier, die Würstchen«, sagte er und reichte sie mir.

»Richtig, die Würstchen ... vom guten König Wenzeslaus ... vom Metzger«, sagte ich nervös.

Dann kamen wir uns auf einmal sehr nahe.

»Da oben«, sagte er und zeigte Richtung Himmel. »Ist das nicht eine Mistel?«

»Mistel, glaub ich nicht«, sagte ich, ohne hinzusehen. »Wohl eher eine Ulme ohne Blätter, im Schnee ...«

»Bridget.« Plötzlich lag seine Hand auf meiner Wange, und seine eisblauen Augen versenkten sich zärtlich, hungrig in meinen. »Wir sind hier nicht in der Biologiestunde…« Er hob mein Gesicht an, bis er mich küssen konnte, einmal, dann noch einmal, gieriger, und setzte hinzu: »Jedenfalls *noch* nicht…«

O Gott, wie er küssen konnte. Ja, so küsst ein richtiger Mann! Und dann legten wir richtig los, und einmal mehr drehte sich alles in mir. Wieder dieses Gefühl, als hätte ich mit Stilettos das Gaspedal eines Sportwagens durchgetreten, aber anders diesmal, denn am Steuer saß…

»Mr Wallaker«, keuchte ich.

»Tut mir leid«, sagte er. »Das mit dem Fagott war ein Trick.«

Wir kamen überein, erst einmal das Fagott in seine Wohnung zu bringen, die ganz in der Nähe in einer Seitenstraße lag. Eine sehr schöne Wohnung übrigens, mit alten Holzdielen und einem warmen Feuer im Kamin, davor ein Tierfell. Auf dem Esstisch brannten bereits die Kerzen, und es lag der Geruch von Essen in der Luft. Eine kleine philippinische Hausdame wuselte in der Küche.

»Vielen Dank, Martha«, sagte er. »Sieht alles wunderbar aus. Sie können jetzt gehen. Danke.«

»Oh, Mr Wallaker wieder eilig?« Sie lächelte. »Bin schon weg. Wie war Konzert?«

»Es war fantastisch«, sagte ich.

»Ja, fantastisch«, sagte er und bugsierte sie freundlich hinaus, wobei er ihr zum Abschied auf den Kopf küsste. »Der Posaunenchor klang ein bisschen schief, aber sonst lief es nicht schlecht.«

»Passen Sie gut auf ihn auf«, sagte sie beim Hinausgehen zu mir. »Er ist der Beste. Mr Wallaker ist bester Mann, wo gibt.«

»Ich weiß«, sagte ich.

Als die Tür zu war, standen wir da wie zwei Kinder, die man allein in einem Süßigkeitenladen zurückgelassen hat.

»Ich komme immer noch nicht über diesen Mantel hinweg«, murmelte er. »Du bist so ein Chaot, aber genau deswegen...«

Und dann begann er, meinen Mantel aufzuknöpfen, der sich schon im nächsten Moment von meinen Schultern hob. Erst dachte ich: Mann, der hat ja Übung... Vielleicht hatte sich Martha deshalb so schnell verabschiedet. Aber dann sagte er: »Aber genau deswegen... oder zum Teil deswegen...« Er zog mich an sich, und ich spürte seine Hand am Rücken, die langsam den Reißverschluss öffnete. »Deswegen habe ich mich in dich...«

Ich spürte, wie sich meine Augen mit Tränen füllten, und eine Sekunde lang hätte ich schwören können, dass es ihm ebenso ging. Aber dann übernahm er wieder die gewohnte Führungsrolle und legte meinen Kopf an seine Schulter. »Darf ich dir deine Tränen wegküssen? Die vielen Tränen... Das heißt, nachdem ich mit dir fertig bin?«

Der Reißverschluss gab bald den letzten Widerstand auf, sodass das Kleid zu Boden glitt und ich nur noch in Stiefeln vor ihm stand. In Stiefeln und – frohe Weihnachten, Talitha! – einem schwarzen Unterkleid von La Perla.

Als wir beide nackt waren, war ich zunächst völlig überfordert von seinem Anblick. Da war das schöne, vertraute Gesicht aus dem Schulalltag, nun aber kombiniert mit einem durchtrainierten Körper wie nicht von dieser Welt.

»Mr Wallaker!«, keuchte ich.

»Könntest du aufhören, mich dauernd mit Mr Wallaker anzusprechen?«

»Ja, Mr Wallaker.«

»Okay, das war das Ankündigungskommando, das unausweichlich ...« Er hob mich hoch, als wäre ich leicht wie eine Feder, die ich bekanntermaßen nicht bin, es sei denn die Flugfeder einer prähistorischen Riesenflugechse. »...das unausweichlich zu einem Übergriff führt«, sagte er und legte mich sanft vor dem Kaminfeuer ab.

Er küsste meinen Nacken und arbeitete sich von dort an ganz langsam nach unten vor. »Oh, oh«, stöhnte ich auf. »Haben sie dir das beim SAS beigebracht?«

»Natürlich«, sagte er, richtete sich auf und sah mich von oben amüsiert an. »Die britischen Spezialeinheiten haben die beste Ausbildung der Welt, doch letztlich kommt es auf ...«

Ich spürte ihn an mir, erst sacht und behutsam, dann immer fordernder, bis ich schmolz und zerfloss wie ... »Denn letztlich kommt es ...« Ich schnappte nach Luft. »... auf den Ballermann an.«

Dann gab es für uns kein Halten mehr. Es war wie im Himmel oder einem vergleichbaren Paradies. Ich kam und kam und kam immerzu. Eine schönere Anerkennung für den hohen Ausbildungsstandard bei den Spezialkräften Ihrer Majestät kann es nicht geben. Doch am Ende musste auch er sich geschlagen geben und ächzte: »Ich kann auch nicht länger ...«

»Dann los, lass dich gehen«, rief ich, und so erlebten wir, nach Monaten der Sehnsucht am Schultor, einen gewaltigen gemeinsamen Orgasmus.

Danach lagen wir nur keuchend und völlig erschöpft da und schliefen in unseren Armen ein. Als wir später in der Nacht erwachten, machten wir es gleich noch mehrmals hintereinander.

Gegen fünf Uhr früh aßen wir etwas von Marthas Suppe, kuschelten uns vor dem Feuer zusammen und redeten. Er erzählte mir von dem fehlgeleiteten Angriff in Afghanistan, bei dem Frauen und Kinder ums Leben gekommen waren, was sich aber erst später gezeigt hatte. Für ihn war es trotzdem das Signal gewesen, die Armee zu verlassen. Er hatte sein Bestes gegeben, doch genug war genug. Und jetzt war ich es, die ihn in den Arm nahm und tröstend über den Kopf strich.

»Jetzt verstehe ich, was du meinst«, murmelte er.

»Was denn?«

»Das mit dem Kuscheln. Es tut so gut.«

Er erzählte, wie er Lehrer geworden war. Er wollte weg von der Gewalt, ein bisschen Ruhe, ein einfacheres Leben. Er mochte Kinder und wollte etwas tun, das eindeutig positiv war. Worauf er nicht vorbereitet war, waren die Mütter und ihr überdrehter Ehrgeiz, der immer alles komplizierte. »Aber dann war eine so freundlich und hat mir von einem Baum aus ihr Tangahöschen gezeigt, und ich dachte, dass mir ein bisschen mehr Spaß im Leben vielleicht nicht schaden könnte.«

»Und? Gefällt es dir, dein neues Leben?«, flüsterte ich.

»Ja«, sagte er und küsste mich erneut. »Das kann man so sagen.« Und küsste in den Pausen zwischen den Wörtern jedes Mal eine andere Stelle. »Ich würde sagen ... ich mag es jetzt ... definitiv ... sensitiv ... und ultimativ ... viel mehr.«

Ich brauche nicht zu erwähnen, dass ich kaum richtig gehen konnte, als ich Billy und Mabel später bei ihren Gasteltern abholte.

»Warum hast du noch immer den Schokoladen-Mantel an?«, wollte Mabel wissen.

»Das erzähle ich dir, wenn du erwachsen bist«, sagte ich.

DIE EULE

Donnerstag, 12. Dezember 2013
21.00 Uhr. Soeben die Kinder ins Bett gebracht. Mabel sah aus dem Fenster. »Der Mond folgt uns noch immer.«

»Nun ja, das liegt daran, dass der Mond immer…«, begann ich mit meiner Erklärung

»Und auch die Eule«, unterbrach Mabel.

Ich sah hinaus in den verschneiten Garten. Der Mond stand bleich und voll am Nachthimmel. Und auf der Gartenmauer saß wieder diese Eule und sah mich still und reglos an. Doch diesmal spreizte sie die Schwingen, blickte ein letztes Mal zu mir herüber und erhob sich lautlos wie mein eigener Herzschlag in die dunkle Winternacht und ihre Geheimnisse.

JAHRESABSCHLUSS

Dienstag, 31. Dezember 2013

- Pfunde verloren: 17
- Pfunde zugelegt: 18
- Twitter-Follower: 797
- Twitter-Follower verloren: 793
- Twitter-Follower hinzugewonnen: 794
- Neue Jobs: 1
- Jobs verloren: 1
- SMS verschickt: 24.383
- SMS erhalten: 24.284 (gut)
- Anzahl Wörter für Drehbuch geschrieben: 18.000
- Anzahl Wörter umgeschrieben: 17.984
- Anzahl Wörter schließlich so gelassen wie zu Beginn: 16.822
- Anzahl Wörter in SMS: 104.569
- Leute mit Nissen infiziert: 5
- Gesamtzahl der sichergestellten Nissen: 152
- Kostenpunkt pro Nisse bei professioneller Nissenjägerin: £8.59
- Boyfriends verloren: 1
- Boyfriends gewonnen: 2
- Brandfälle im Haus: 4
- Kinder über die Runden gebracht: 2
- Kinder verschüttgegangen (sämtliche Einzelfälle): 7
- Kinder wiedergefunden: 7
- Gesamtzahl der Kinder aktuell: 4

ENDE GUT, ALLES GUT

Eine Hochzeit gab es übrigens nicht, denn weder Mr Wallaker (oder Scott, wie ich ihn gelegentlich nenne) noch ich wollten wieder heiraten. Aber da keines unserer Kinder bisher ge-
tauft war, wollten wir das zu einem großen Familienfest in
Capthorpe House machen. Außerdem waren die Kinder dadurch gegen jegliche Unbill in einem künftigen Leben versi-
chert, sollte sich herausstellen, dass der christliche Gott eben
doch der wahre Jakob war. Ansonsten waren Mr Wallaker und
ich eher buddhistisch angehaucht.

Die Taufzeremonie fand in der Kapelle statt. Der Schulchor
sang, und Scotts Söhne, Matt (Klarinette) und Fred (Klavier),
spielten *Someone to Watch Over Me*. Sie sind auch nicht mehr
im Internat, sondern machen ihren Abschluss hier in London. Ich weinte die meiste Zeit. Von Greenlight Productions
kam ein Blumenstrauß so groß wie ein Schaf. Rebecca trug
einen Afro mit einem erleuchteten Motel-Schild samt Pfeil,
der in ihr Großhirn zeigte. Daniel war so betrunken, dass er
sich an Talitha heranmachte, was Sergei so in Rage versetzte,
dass er eine Riesenszene machte und schimpfend das Fest
verließ. Jude, der die Anhänglichkeit ihres Naturfotografen
langweilig geworden war, fing etwas mit Mr Pitlochry-Howard
an und kam jetzt aus der Nummer nicht mehr heraus. Tom
und Arkis waren sauer, weil wir Gwyneth Paltrow nicht eingeladen hatten, obwohl Jake einmal zusammen mit *Coldplay*-
Frontmann und Gwyneth-Gatte Chris Martin aufgetreten

war. Weitaus besser gefielen ihnen da schon die älteren Jungs in der Big Band. Mum war leicht verschnupft, weil ich ihre Farbtipps in den Wind geschlagen hatte, tröstete sich aber damit, dass ihr Mantelkleid eindeutig schicker war als das von Una. Mr Wallaker überschüttete sie mit Komplimenten, sagte ihr andererseits jedoch postwendend Bescheid, sobald sie mit Meckern anfing, doch er machte es immer so, dass sie selber darüber lachen konnte. Auch Roxster meldete sich noch öfter bei mir und schrieb in einer romantischen SMS, wie sehr er seine kotzende ältere Geliebte vermisste. Doch offenbar gab es wirklich einen Dating-Gott, denn seine neue Freundin litt neuerdings unter Morgenübelkeit. Allerdings nicht, weil sie schwanger war, sondern weil es bei Roxster ständig zu viel zu futtern gab. Überhaupt sei die Frau eher nichts für ihn, schrieb er – was ich schön fand.

Ich hatte auch so eine Ahnung, dass Mark im Himmel über die neue Entwicklung nicht unglücklich war. Denn dass ich weiterhin so allein und verdattert durch die Weltgeschichte rannte, wollte auch er nicht. Und wenn es (außer ihm) einen gab, der mich verdiente, dann Mr Wallaker.

Und jetzt habe ich nicht mehr zwei Kinder, sondern vier. Und Billy hat zwei ältere Brüder, mit denen er Xbox spielen kann, und auch die elenden Diskussionen am Ende der erlaubten Computerzeit (»Ich bin *soo* nah am nächsten Level!«) entfallen komplett. In der Regel reicht ein Blick von Mr Wallaker, und jeder Widerstand fällt in sich zusammen. Das Wochenende verbringen wir oft mit Jake, Rebecca und ihren Kids, dann haben alle einen zum Spielen. Und Mabel hat zum ersten Mal einen Daddy, der im Diesseits für sie da ist statt im Jenseits. Allerdings verwöhnt Mr Wallaker sie so, dass ich immer gegensteuern muss, denn kleine verzogene Prinzessinnen können wir hier nicht gebrauchen. Ansonsten fühle ich mich zum ersten Mal seit langer Zeit wieder geborgen und geliebt. Und an den Wochenenden in Capthorpe House spielen wir die Szene am Gebüsch nach, wenn die Kinder im Bett sind. Allerdings mit einem schöneren Schluss.

Unter der Woche wohnen wir in einem alten chaotischen Haus nahe Hampstead Heath, wo die Kinder zu Fuß zur Schule können und wir auch nur noch ein Auto brauchen, was die Sache mit der Anwohnerparkerlaubnis erleichtert. Trotzdem kommen wir nach wie vor fast jeden Morgen zu spät. Ach so, das hätte ich beinahe vergessen: *Laub in seinem Haar* kommt demnächst heraus, allerdings nicht im Kino, sondern direkt als DVD. Und auch nicht unter meinem Originaltitel, sondern als *Deines Nachbarn Jacht*. Achten Sie beim nächsten Besuch in der Videothek Ihres Vertrauens darauf. Was noch? Ich war mit den Kindern beim Zahnarzt, und ihre Beißer waren vollkommen gesund. Nur die Nissen grassieren wieder, und diesmal hat es jeden von uns erwischt.

DANKSAGUNG

Anfangs wollte ich die Danksagung hierarchisch ordnen, nach Verdienst, denn nicht alle haben gleich viel zu dem Buch beigetragen. Ohne bestimmte Personen hätte ich mit der Geschichte gar nicht erst angefangen, andere steuerten lediglich eine Zeile bei. Aber dieses Vorgehen erwies sich als ebenso heikel wie die Sitzordnung bei einer Hochzeitsfeier, auf die auch verflossene Ehepartner geladen sind.

Ich versuchte es sogar mit einer Art Punktesystem, was mir erst recht merkwürdig vorkam.

Überhaupt sind Danksagungen – man kennt es von Oscar-Verleihungen – eine öde Angelegenheit. Alle außer den Angesprochenen langweilen sich zu Tode. Daher entschied ich mich am Ende für die gute alte alphabetische Reihenfolge. Ich hoffe, das geht in Ordnung.

So weiß jeder, wo er steht (z.B. irgendwo in der Mitte) und wo er, in einer hierarchischen Ordnung, eigentlich stehen *müsste* (nämlich ganz oben). Wie auch immer, es ist mir ernst damit – vor allem weil eure Anregungen oft so lustig waren, dass sie mir über manchen schweren Tag hinweggeholfen haben. Es ist schön, wenn andere Menschen an einen glauben. Deshalb an alle – ja, mit Tränen in den Augen! – ein dickes DANKE!

Gillon Aitken, Sunetra Atkinson, Simon Bell, Maria Benitez, Grazina Bilunskiene, Paul Bogaards, Helena Bonham Carter,

Bob Bookman, Alex Bowler, Billy Burton, Nell Burton, Susan Campos, Paulina Castelli, Beth Coates, Richard Coles, Dash Curran, Kevin Curran, Romy Curran, Scarlett Curtis, Kevin Douglas, Eric Fellner und alle bei Working Title, Richard, Sal, Freddie und Billie Fielding, meine Mutter Nellie Fielding (die übrigens ganz anders ist als Bridgets Mum), die gesamte Familie Fielding, Colin Firth, Carrie Fisher, Paula Fletcher, Dan Franklin, Mariella Frostrup, die Familie Glazer, Hugh Grant, die Familie Hallatt Wells, Lisa Halpern, James Hoff, Jenny Jackson, Tina Jenkins, Christian Lewis, Jonathan Lonner, Tracey MacLeod, Karon Maskill, Amy Matthews, Jason McCue, Sonny Mehta, Maile Meloy, Daphne Merkin, Lucasta Miller, Leslee Newman, Catherine Olim, Imogen Pelham, Rachel Penfold, Iain Pickles, Gail Rebuck, Bethan Rees, Sally Riley, Renata Rokicki, Mike Rudell, Darryl Samaraweera, Brian Siberell, Steve Vincent, Andrew Walliker, Jane Wellesley, Kate Williamson, Daniel Wood.

Helen Fielding

wurde in Yorkshire geboren, studierte Englische Literatur-
wissenschaft in Oxford und begann 1979, als Reporterin
für die BBC zu arbeiten. Später war sie als Journalistin und
Kolumnistin für verschiedene Zeitungen tätig, darunter auch
für den Independent, wo ihre Kolumnen mit den originel-
len und urkomischen Tagebucheintragungen einer gewissen
Bridget Jones schon bald die Leserinnen begeisterten. 1997
erschien der Roman »Schokolade zum Frühstück«, der sich
rasch zu einem weltweiten Bestseller entwickelte. Nie zuvor
hatte jemand mit so viel Witz und Selbstironie die alltäglichen Nöte und Sorgen eines Singles beschrieben. Auch mit
der Fortsetzung des Kultbuchs, »Bridget Jones: Am Rande
des Wahnsinns«, sowie den Romanverfilmungen hat die
Autorin ein Millionenpublikum erobert. Helen Fielding lebt
mit ihren beiden Kindern in London und Los Angeles.

<u>Von Helen Fielding bei Goldmann lieferbar:</u>

Bridget Jones Baby. Roman
Bridget Jones – Verrückt nach ihm. Roman

Diese Romane von Helen Fielding sind auch
als 📖 E-Book erhältlich.

Unsere Leseempfehlung